Dois erros, um acerto

CHLOE LIESE

Dois erros, um acerto

Tradução
MARIANA MORTANI

para_la

Copyright © 2022 by Chloe Liese

A Editora Paralela é uma divisão da Editora Schwarcz S.A.

Grafia atualizada segundo o Acordo Ortográfico da Língua Portuguesa de 1990, que entrou em vigor no Brasil em 2009.

TÍTULO ORIGINAL Two Wrongs Make a Right
CAPA Rita Frangie
ILUSTRAÇÃO DE CAPA Kelly Wagner
PREPARAÇÃO Laura Chagas
REVISÃO Paula Queiroz e Valquíria Della Pozza

Dados Internacionais de Catalogação na Publicação (CIP)
(Câmara Brasileira do Livro, SP, Brasil)

Liese, Chloe
    Dois erros, um acerto / Chloe Liese ; tradução Mariana
Mortani. — 1ª ed. — São Paulo : Paralela, 2023.

    Título original: Two Wrongs Make a Right.
    ISBN 978-85-8439-325-1

    1. Romance norte-americano I. Título.

23-151534   CDD-813.5

Índice para catálogo sistemático:
1. Romances : Literatura norte-americana   813.5

Eliane de Freitas Leite – Bibliotecária – CRB-8/8415

Todos os direitos desta edição reservados à
EDITORA SCHWARCZ S.A.
Rua Bandeira Paulista, 702, cj. 32
04532-002 — São Paulo — SP
Telefone: (11) 3707-3500
editoraparalela.com.br
atendimentoaoleitor@editoraparalela.com.br
facebook.com/editoraparalela
instagram.com/editoraparalela
twitter.com/editoraparalela

Pela força interior que encontrei quando precisei.
E esperança indomável.

Por qual das minhas más qualidades
tu te apaixonaste primeiro?
William Shakespeare,
Muito barulho por nada

Caro leitor, cara leitora,

Esta história apresenta personagens com realidades humanas que, acredito, merecem ser vistas de modo mais evidente na literatura por meio de uma representação positiva e autêntica. Sendo uma pessoa neurodivergente com condições crônicas (frequentemente) invisíveis, me dedico bastante a escrever gostosas histórias de amor que reforcem minha crença de que todos somos dignos e capazes de encontrar um "felizes para sempre", se for isso que nosso coração desejar.

Em especial, esta história explora as particularidades de ser neurodivergente — ser autista, ter ansiedade — e transitar pelo lado vulnerável da vida e dos relacionamentos. A experiência de duas pessoas com qualquer condição ou diagnóstico nunca será a mesma, mas através da minha própria experiência, e com a ajuda de leitores específicos, eu me esforcei para criar personagens que honrem as nuances de suas identidades. Por favor, esteja ciente de que esta história também aborda um período de reconhecimento e cura de um relacionamento tóxico.

Se algum desses assuntos for delicado para você, espero proporcionar algum conforto ao dizer que apenas relacionamentos saudáveis e amorosos — consigo e com outras pessoas — são defendidos nesta narrativa.

Beijos,
Chloe

Playlist

1. "Modern Girls & Old Fashion Men", The Strokes e Regina Spektor
2. "Cold Cold Cold", Cage The Elephant
3. "Prom Dress", mxmtoon
4. "Dream a Little Dream of Me", Handsome and Gretyl
5. "Honest", Tessa Violet
6. "Nantes", Beirut
7. "AGT", Mountain Man
8. "Hello My Old Heart", The Oh Hellos
9. "I Don't Wanna Be Funny Anymore", Lucy Dacus
10. "Ain't No Rest for the Wicked", Cage The Elephant
11. "Coffee Baby", Nataly Dawn
12. "Roma Fade", Andrew Bird
13. "Us", Regina Spektor
14. "Move", Saint Motel
15. "Yes Yes I Can", Rayelle
16. "Lost Day", Other Lives
17. "Feel Something Good", Biltmore
18. "Constellations", The Oh Hellos
19. "La Vie En Rose", Emily Watts
20. "A Question", Bombadil
21. "Slack Jaw", Sylvan Esso
22. "Talk", Hozier
23. "Your Song", Ellie Goulding
24. "Fine Line", Harry Styles
25. "Subway Song", Julianna Zachariou

26. "No Plan", Hozier
27. "Said and Done", Meiko
28. "Kiss Me", Vitamin String Quartet
29. "Let the Light In", MisterWives
30. "Human", dodie e Tom Walker
31. "Crane Your Neck", Lady Lamb
32. "Power Over Me" (Acústico), Dermot Kennedy
33. "Halo", Lotte Kestner
34. "Sweet Creature", Harry Styles
35. "Honeybee", The Head and the Heart
36. "Left Handed Kisses", Andrew Bird
37. "Love You So Bad", Ezra Furman

1

BEA

Um conselho: não leia a sua sorte a menos que esteja preparado para ser profundamente perturbado.

O errado é certo e o certo é errado.
Prevejo guerra — agradável ou miserável, breve ou demorada?
Uma montanha se ergue construída em ilusão.
Supere-a para então aprender a lição.

Entende o que quero dizer? Perturbador.

Tentei não ficar ansiosa. Mas na manhã seguinte à leitura da minha sorte sombria, recebi por e-mail um horóscopo diário sinistro. O aviso cósmico veio em alto e bom som. Entendi, universo. Entendi.

Tremendo nos coturnos, decidi me retirar da festa. Não deu muito certo, visto que essa festa foi ideia da minha irmã gêmea, e é difícil dizer não a ela. E por "difícil" quero dizer impossível.

Por isso, embora o universo tenha praticamente me avisado *aperte o cinto, querida*, e o ar crepite como ozônio antes de uma tempestade, aqui estou eu. Me apresentei para a missão na casa da família — coloquei um vestido, pus minha máscara de caranguejo, fiz um prato de queijo e biscoitos. E agora, como qualquer medrosa que se preze, estou me escondendo na despensa.

Isso até minha irmã aparecer e acabar com meu disfarce. A porta de vaivém se abre, e sou pega por um feixe de luz como um criminoso encurralado pelos policiais. Escondo o licor de menta atrás de mim e o deslizo para a prateleira bem a tempo de provar minha inocência.

"Achei você", diz Jules alegremente.

Bufo, levantando os braços contra o meu rosto. "A luz. Machuca os meus olhos!"

"Não tem vampiro nesse reino animal de fantasia. A máscara de caranguejo que você está usando é assustadora o suficiente. Vem cá." Me pegando pelo braço, ela me puxa para o saguão, em direção à selva sortida de convidados mascarados. "Quero que você conheça uma pessoa."

"JuJu, por favor", digo com um gemido, arrastando os pés. Passamos por um elefante cuja tromba se prende ao meu ombro, um tigre cujos olhos perseguem meu corpo com avidez, depois um par de hienas cuja risada é perfeita. "Eu não quero conhecer pessoas."

"Claro que não. Você quer beber na despensa e comer metade do prato de queijo e biscoitos antes de qualquer outra pessoa. Isso é o que você *quer*, mas não é disso que você *precisa*."

"É uma estratégia sólida", resmungo.

Jules revira os olhos. "Para uma solteirona excêntrica."

"E tomara que eu continue assim por um bom tempo, mas é da minha ansiedade que estou falando."

"Sendo sua irmã gêmea durante toda a nossa vida", ela diz, "estou familiarizada com a sua ansiedade e seu limite pra socialização, então confia em mim quando digo que esse cara vale a pena."

O truque de beber licor de menta e me esconder *é* a minha defesa contra a ansiedade social. Sou neurodivergente; para o meu cérebro autista, interagir com estranhos não é fácil, nem relaxante. Mas com o truque de alguns goles escondidos de licor — meio alta, mais calma —, acho a experiência menos esmagadora, e minha companhia me acha não apenas razoavelmente sociável, mas fresca como menta. Pelo menos, é assim que costuma acontecer. Não esta noite. Esta noite avisos cósmicos sombrios pairam sobre a minha cabeça. E eu tenho um mau pressentimento sobre isso, seja lá qual for o lugar para onde ela está me arrastando.

"Juuuules." Sou tipo aquela criança berrando no supermercado. Só faltam uma lambuzada de biscoito de chocolate na bochecha, um cadarço velho desamarrado, e sou a própria criança.

"BeeBee", Jules cantarola de volta, olhando para mim sem conseguir esconder que ela acha a minha máscara de caranguejo de papel machê perturbadora. Ela puxa a máscara do meu rosto e a apoia no meu cabelo. Eu a puxo de volta para baixo. Ela puxa de volta para cima.

Olho feio para Jules enquanto puxo a máscara para baixo de novo. "Deixa a máscara em paz."

"Ah, fala sério. Você não acha que já tá na hora de sair da concha?"

"Não, nem mesmo com essa piada de tiozão."

Jules suspira, cansada. "Pelo menos você está usando um vestido sexy — opa, pera aí." Paramos no final da escada antes de ela me puxar para trás do corrimão.

"O que foi?", pergunto. "Você vai me deixar ir?"

"Nem pensar." Jules levanta uma sobrancelha escura e lisa enquanto seu olhar analisa meu vestido. "Tem um problema com a sua roupa."

Quando olho para baixo, vejo que meu vestido está aberto nas minhas costelas. Obrigada, universo! "Certeza que o zíper ficou preso. Eu acho melhor eu dar uma olhada no banheiro."

"Pra se esconder de novo? Não mesmo." Ela desliza o zíper pelas minhas costelas, o som do meu destino sendo selado.

"Esse zíper pode estar nas últimas. Melhor eu não arriscar. Um dos meus seios pode pular pra fora!"

"Aham." Segurando minha mão, Jules me lança para a frente. Sou um meteoro voando em alta velocidade em direção à catástrofe. À medida que nos aproximamos de nosso destino, o suor brota em minha pele.

Reconheço o namorado dela, Jean-Claude, e Christopher, nosso vizinho, amigo de infância, irmão postiço. Mas o terceiro homem, que está de costas para nós, uma cabeça acima deles, é um estranho — alto, a silhueta marcada por ondas loiras escuras e um elegante terno cinza. O homem se vira ligeiramente enquanto Jean-Claude fala com ele, revelando um quarto de seu perfil e o fato de que ele usa óculos de tartaruga. Um laço derretido de desejo se abre dentro de mim e se curva na direção das pontas dos meus dedos.

Distraída por essa sensação, tropeço no tapete. Só não caio de cara no chão porque Jules, que está acostumada com a péssima propriocepção do meu corpo, agarra meu cotovelo com força suficiente para me manter de pé.

"Falei", diz ela, presunçosa.

Estou olhando para uma obra de arte. Não. Pior. Estou olhando para alguém que eu gostaria de *transformar* em arte. Minhas mãos amassam o tecido do vestido. Pela primeira vez em séculos, anseio pelas minhas tintas a óleo e pela madeira fria e polida do meu pincel favorito.

Meu olhar de artista se deleita com ele. Roupas de corte impecável revelam a largura de seus ombros e a longa linha de suas pernas. Esse homem tem um corpo e tanto. É o atleta dos sonhos que esqueceu as lentes de contato e teve que usar os óculos reserva. Os que ele usa à noite quando lê na cama.

Pelado.

A fantasia inunda minha mente, pornográfica, em brasas. Sou uma zona erógena ambulante.

"Quem *é* aquele ali?", murmuro.

Jules nos para na beirada do círculo e se aproveita do meu estado atordoado, levantando minha máscara enquanto sussurra: "O colega de quarto do Jean-Claude, West".

West.

Ah, merda. Agora, graças ao meu recente mergulho profundo em romances históricos sensuais, já criei ainda mais expectativas pelo cara, que tem um nome como *West*. Imagino um duque exaurido pelas obrigações, as coxas esticando seus calções de camurça enquanto ele caminha taciturno por charnecas varridas pelo vento. Me preparo para a imponência de um duque, luto contra uma onda de ansiedade enquanto Jules adentra o trio e West se vira e fica de frente para mim.

Olhos cor de avelã deslumbrantes se fixam nos meus e se arregalam. Mas eu não encaro seus olhos por muito tempo. Estou curiosa demais, encantada demais, meu olhar passeia por ele, absorvendo os detalhes. Sua garganta se mexe quando ele engole. A mão agarra o copo, áspera nos nós dos dedos, as pontas dos dedos rudes e vermelhas. Ao contrário do desapaixonado Jean-Claude, cuja atitude é arrogantemente largada, com uma gravata frouxa, não há nada descontraído ou casual nele. Sua postura é reta como uma vareta, sem uma ruga à vista, nem um fio de cabelo fora do lugar.

Seus olhos também passeiam por mim e, embora eu seja ruim em ler expressões faciais, sou excelente em perceber quando elas mudam. Observo o instante exato em que suas feições se contraem. E o calor que antes inundava minhas veias esfria até virar uma geada gélida.

Eu o observo registrar as tatuagens que serpenteiam pelo meu corpo, começando pelo percurso da abelha que se inicia no meu pescoço, passa pelo meu peito e segue para baixo do meu vestido. Seu olhar vai para cima, para o frizz do meu cabelo recém-lavado e para minha franja bagunçada. Por fim, vagueia sobre os pelos brancos de Puck, o gato da família, grudados em meu vestido preto. Há um tufo bem chamativo na área do meu colo, onde Puck estacionou antes que eu o afastasse. O Sr. Certinho e Adequado parece pensar que esqueci o rolo de catar fiapos. Ele está totalmente me julgando.

"Beatrice", diz Jules.

Eu pisco, encontrando seus olhos. "O quê?"

Depois de 29 anos de coexistência como gêmeas, sei que o sorriso paciente dela junto com meu nome inteiro significa que eu estava devaneando e ela está se repetindo. "Eu disse que este é o Jamie Westenberg. Ele é conhecido como West."

"Pode ser Jamie também", diz ele, depois de um breve silêncio constrangedor. Sua voz é profunda, mas tranquila. Ela atinge meus ossos como um diapasão. Eu não gosto disso. Nem um pouco.

Ele ainda está me examinando e decido que este homem não vai arruinar o romance histórico *Wests* e será chamado de Jamie. Jamie Julgador combina muito mais com ele.

Seus olhos estão de volta, viajando pelas tatuagens ao longo do meu pescoço, sobre a minha clavícula. Seu olhar crítico é como um raio X. O calor arde nas minhas bochechas. "Gostou do que viu?", pergunto.

Jules grunhe enquanto rouba a bebida de Jean-Claude e vira metade de uma vez.

O olhar de Jamie encontra o meu e ele pigarreia. "Desculpe. Você me parece... familiar."

"Ah. Familiar como?"

Ele pigarreia de novo e desliza os óculos para o alto do nariz. "Todas essas tatuagens. Elas me lembraram... Por um momento pensei que você fosse outra pessoa."

"É isso mesmo que alguém que vira as noites desenhando tatuagens extremamente pessoais quer ouvir", digo a ele. "Elas são tão comuns que são facilmente confundidas com as de outra pessoa."

"Imaginei que você estivesse acostumada a ser confundida com outra pessoa", Jamie diz, olhando para a minha gêmea.

"Por isso as tatuagens *extremamente pessoais*", digo por entre os dentes cerrados. "Para parecer comigo mesma e com mais ninguém."

Ele franze a testa, me avaliando. "Bom, ninguém pode dizer que você não esteja empenhada."

Christopher ri pelo nariz em sua bebida. Esfrego o dedo do meio na lateral do meu nariz.

"Talvez West reconheça essas tatuagens porque vocês dois *já* se esbarraram na cidade... em algum lugar... em algum momento?", Jules diz, esperançosa.

"Duvido", digo a ela. "Você sabe que eu não saio muito, e com certeza não vou a lugares que pessoas tão afetadas, quer dizer, tão *sérias*, como ele iriam."

Jamie estreita os olhos. "Tendo em vista que aquele clube para o qual Jean-Claude me arrastou no ano passado era um antro de caos e que a experiência foi completada pela mulher que me tocava demais de um jeito inapropriado e vomitou nos meus sapatos, estou reavaliando. Talvez fosse você."

Jean-Claude esfrega o alto do nariz e murmura algo em francês.

Sorrio para Jamie, mas é mais como se eu mostrasse os dentes. "Antros de caos não são a minha praia, mas quem quer que tenha sido a pobre alma que esbarrou em você e depois colocou tudo pra fora, imagino que vomitar tenha sido apenas a resposta involuntária ao infortúnio que foi te conhecer."

Jules me dá uma cotovelada. "O que deu em você?", ela sibila.

"Eu me lembro daquela noite e com certeza não era ela", Jean-Claude diz a Jamie, antes de se dirigir a mim. "O West está determinado a morrer como um solteirão velho e infeliz e começou a ficar rabugento com essa solidão toda. Desculpe os maus modos."

As bochechas de Jamie escurecem com manchas de um vermelho framboesa enquanto ele olha para seu copo quase vazio.

Um solteiro convicto? Quer dizer que não sou a única que anda evitando romance. Droga. Não quero camaradagem com o Sr. Me Acho Demais E Uso Óculos.

"A Bea também", Jules acrescenta, como a boa gêmea intrometida leitora de pensamentos que ela é. "Ela se enfureceu quando a encontrei escondida esta noite. Essa solteirona convicta ficou uma fera." Sorrindo para Jean-Claude, ela diz: "Mas eu também estou determinada a vê-la baixar a guarda e ser tão feliz quanto eu".

Os dois trocam olhares apaixonados, depois um beijo longo e lento que faz os biscoitos com queijo que comi subirem pela minha garganta. À medida que o beijo deles evolui para *beijos*, Christopher ajusta o relógio. Jamie estuda seu copo. Eu cato alguns pelos de Puck do meu vestido.

Olhando por cima do relógio, Christopher faz um movimento de sobrancelhas significativo para mim. Eu dou de ombros. *O quê?*

Ele suspira antes de se virar para Jamie. "Então, West, você e o Jean-Claude se conhecem há muito tempo, certo?"

"Nossas mães são amigas", Jamie responde. "Eu o conheço a minha vida toda."

"Entendi", diz Christopher. "Vocês estudaram no mesmo internato?"

"Nossas mães estudaram em Paris, de onde elas são. A família do Jean-Claude só se mudou para os Estados Unidos quando éramos adolescentes, e nossos caminhos acadêmicos só se cruzaram quando fomos para a mesma universidade."

Reviro os olhos. Claro que Jamie é uma daquelas pessoas cuja mãe *francesa* estudou num *colégio interno*. Aposto que Jamie também. Ele exala a energia de escola particular.

Enquanto Christopher faz outra pergunta, Jamie bebe o resto do drinque. Tem cheiro de bourbon e laranja e, quando ele engole, meu olhar vai de seus lábios para sua garganta.

Eu o encaro enquanto eles conversam, dizendo a mim mesma que não preciso gostar *dele* para que meu olho de artista ame observar como a luz suave da casa da minha família corta a longa linha de seu nariz e acaricia os ângulos de seu rosto, revelando as maçãs acentuadas, uma mandíbula marcada, lábios finos que devem ser secretamente macios quando ele não os está prendendo entre os dentes. Um desmancha-prazeres empolado não devia poder ser tão bonito.

"Então, senhorita Irritadinha", Christopher diz, cutucando minha máscara de caranguejo e me arrastando de volta para a conversa. "Você que fez isso?"

"Mas é claro", digo a ele, sentindo os olhos de Jamie em mim e odiando como isso me faz corar. "Nem vou perguntar pra você, Christopher. Dá pra ver que esse disfarce de urso-pardo foi comprado em uma loja."

"Desculpa te decepcionar. Alguns de nós estão ocupados demais trabalhando pra fazer a própria fantasia pra festa de máscaras do aniversário do Jean-Claude."

"Bom, pelo menos você combinou as cores." O cabelo escuro e os olhos âmbar de Christopher têm o mesmo tom da máscara de urso. Eu afundo meus dedos em suas mechas estilizadas com cuidado e bagunço de propósito.

Ele dá um peteleco na minha orelha. "Já ouviu falar de espaço pessoal? Sai pra lá. Você fede a licor de menta."

Eu me desvio do peteleco seguinte. "Melhor do que ter bafo de bourbon."

Jamie nos observa em silêncio, franzindo a testa, como se nunca tivesse visto duas pessoas se provocando amigavelmente.

Antes que eu possa dar uma alfinetada a respeito, os pombinhos se separam com um estalo alto dos lábios, deixando minha irmã sem fôlego e com as bochechas rosadas.

"As coisas que a Juliet inventa", Jean-Claude diz com um suspiro enquanto olha para minha irmã. "Uma festa de máscaras, cheia de pessoas com quem tenho que dividir sua atenção." Ele a aperta contra a lateral do corpo e ajusta o decote do vestido transpassado dela para cobrir mais os seios. "Quando tudo que eu preciso é *você*."

Jules sorri e morde o lábio. "Eu queria fazer alguma coisa especial. Você sempre me tem toda pra você."

"Não o suficiente", ele rosna.

Tem alguma coisa na intensidade de Jean-Claude com minha irmã que me dá um arrepio na espinha. Eles estão juntos há pouco mais de três meses e, em vez de arrefecer a fascinação do começo, como acontecia com as outras pessoas com quem Jules namorou, Jean-Claude parece intensificá-la. A tal ponto que não consigo nem andar de roupão pelo apartamento porque ele está *sempre* ali, no sofá, na cozinha, no quarto dela. Meu instinto diz que é um exagero.

Mas Jean-Claude trabalha nos fundos de investimentos de Christopher e foi promovido há pouco tempo, o que significa que Christopher confia nele, e isso diz muito. Mais ainda, Jean-Claude parece fazer Jules genuinamente feliz. Não entendo, mas não posso negar. É por isso que, até agora, mantive minhas preocupações para mim mesma.

"Bom." Jules sorri. "Já que somos os anfitriões, a gente devia dar uma volta, Jean-Claude." Em seguida, ela dá uma cotovelada em Christopher, erguendo as sobrancelhas. "Você se importa de dar uma olhada se tem gelo suficiente no bar?"

Christopher franze a testa para ela antes de sua expressão se iluminar. "Ah, certo. O dever me chama. Tenho que ir."

E deixam Jamie e eu ali. Parados juntos. Sozinhos.

O ar pesado de tensão.

Se eu estivesse a fim de agir como uma pessoa madura, sumiria daqui. Ia tentar ser útil. Servir bebidas. Repor os aperitivos. Mas não estou. Estou sentindo minha veia competitiva ultrapassar a lógica. Estou me sentindo perversamente investida em provar para Jamie que ele está errado a meu respeito. Não sou alguém que pode ser confundida com um demônio do caos com tatuagens genéricas que vomitou nos sapatos dele em um bar sujo meses atrás.

Bom, tenho um pouco de demônio do caos, mas não é minha culpa que eu seja um pouco desastrada. De resto, ele está totalmente enganado, e vou vencê-lo no quesito civilidade só para provar isso. O único problema é que isso requer algo no qual sou muito, muito ruim: conversa fiada.

"O que... que... você tá... bebendo?", pergunto. Porque, sabe. Conversa fiada.

Jamie levanta os olhos e me lança um olhar cauteloso, como se não tivesse certeza de aonde quero chegar. Somos dois.

"Um *old-fashioned*", ele diz, afinal, suas palavras são tão limpas e organizadas quanto a sua aparência. Então ele olha para minhas mãos vazias. "Não está participando do convescote?"

"Ah, estou. Acabei de entornar um bom tanto de licor na cozinha. Tipo, um pouco de lubrificante social, sabe."

Seus olhos se arregalam. Eu morro por dentro.

Lubrificante. Eu tinha que dizer *lubrificante.* E pensar que eu queria vencê-lo sendo civilizada.

"Entendo." Ele ajeita a máscara de leão que repousa sobre seus impecáveis cabelos loiros escuros.

A maré dessa conversa virou depois da minha bomba *lubrificante*. Estamos a segundos de nos afogar, mas Jamie acabou de jogar uma boia com essa resposta. Então eu me agarro a ela e lanço uma para ele também. "Máscara legal", digo.

"Obrigado." Ele examina a minha. "A sua é..."

"Horrível?", acaricio uma garra da máscara de caranguejo de papel machê. "Obrigada. Eu que fiz."

Ele pisca para mim como se estivesse se esforçando para pensar em algo gentil para dizer. "Isso é... impressionante. Parece..." Ele limpa a garganta. "Complicado?"

"Ah, não foi tanto assim. Além do mais, sou artista, gosto de técnicas em que se precisa botar a mão na massa." E então, porque estou me sentindo muito juvenil, acrescento: "Tipo as minhas tatuagens".

Ele engole em seco e fica espetacularmente corado enquanto seu olhar se move do meu pescoço para os meus seios, seguindo o rastro da abelha. Não tenho certeza do motivo para ele corar, uma vez que quase não há nada para ver. Meu vestido preto tem um decote profundo, mas, ao contrário de Jules, não fui abençoada no departamento peitoral. A maldição da gêmea bivitelina: rostos parecidos, seios diferentes.

Jamie fica em silêncio diante da minha última interação. É gloriosamente recompensador. Agora sou eu quem está sorrindo com educação, e é ele quem está deixando nossa conversa ter uma morte lenta e constrangedora. Estou prestes a declarar vitória quando Margo aparece.

Sorrindo para mim com sua baixa estatura e usando um macacão laranja queimado e uma máscara de raposa que prende seus cachinhos pretos, Margo diz: "Precisa de um drinque, carinho?".

"Por Deus, sim." Pego o copo que ela oferece, apreciando o tom vermelho escuro e o aroma sedutor. Margo é uma mixologista que faz os melhores drinques. Aceito qualquer coisa que ela me der. Como quase todo mundo nesta festa, ela também é amiga de Jules, porque minha gêmea é o núcleo da nossa célula social, ao contrário de mim, que fico feliz em existir à margem dessa semipermeável membrana social.

Tenho amigos, mas apenas por causa de Jules, e isso me basta. Foi por meio dela que conheci a Margo, que é casada com a Sula. E porque conheci a Sula, que é para quem trabalho agora, mais uma vez tenho um emprego como artista que me paga um salário digno. Lidar com as estratégias sociais da minha irmã pode ser exaustivo, mas também deixou minha vida melhor. Sem Jules me puxando para dentro de sua esfera ou me cutucando para fazer contatos, eu seria mais solitária e muito menos bem remunerada, ainda mais depois que as coisas desandaram quase dois anos atrás.

Mantendo minha campanha para provar que não sou um demônio do caos, sou educada e faço as apresentações enquanto Margo estende a mão para Jamie. "Jamie", eu digo, "esta é a Margo."

"Na verdade", ele diz, pegando a mão dela e depois soltando, "a maioria das pessoas me chama de...".

"West!", uma voz grita atrás de nós, e me assusto tanto que dou um pulo e jogo meu coquetel vermelho vivo direto no peito dele.

O maxilar de Jamie estremece enquanto ele recua e sacode o líquido que escorre de sua mão. "Com licença", ele diz, com a sobrancelha arqueada em censura. *Viu*, a sobrancelha diz, *você é um demônio do caos.* Então ele se vira e desaparece na selva de convidados.

Eu imploro para que o chão me engula.

Mas o universo está silencioso, então permaneço aqui. O meteoro que acabou de cair, sibilando na sua cratera.

2

JAMIE

Jean-Claude me olha confuso de cima a baixo quando chego ao final da escada. Minha troca de roupa ocorreu em um banheiro do segundo andar — bom, um deles. Esta casa me lembra a dos meus pais, no tamanho, pelo menos. É aí que as semelhanças terminam. Esta casa parece um lar.

"O que aconteceu?", ele pergunta.

Eu ajusto as mangas até que os botões estejam no meio dos meus pulsos. "Beatrice. Felizmente eu trouxe uma camisa reserva."

Ele me dá um tapinha nas costas e suspira. "Claro que você estaria neuroticamente superpreparado."

"Sempre tenho uma muda de roupa de reserva. Sou pediatra, Jean-Claude. Tem ideia de quantas vezes por semana um bebê vomita em mim?"

"Justo." Ele bebe um gole de sua bebida e aponta para a grande sala de estar onde ocorreu a explosão de coquetel. "Espero que você não a desconsidere", ele diz, baixo.

"Quem?"

Ele olha em volta, então muda para o francês. Nós dois somos fluentes, graças às nossas mães francesas expatriadas, mas ele só usa quando quer fofocar perto de outras pessoas. "Estou falando da Bea. Eu sei que ela é muito... estranha, mas ela é gentil quando você a conhece melhor. Do jeito dela."

"Não estou desconsiderando ninguém. Não há necessidade, já que ela e eu não vamos nos cruzar novamente." Eu estava no meu pior estado de ansiedade social, e sei que não é nesses momentos que minhas qualidades mais cativantes aparecem. Beatrice também se certificou de que eu soubesse disso. Depois daquele desastre, por que iríamos querer a companhia um do outro?

"Talvez não esta noite", Jean-Claude admite enquanto caminhamos em direção ao vestíbulo. "Mas você a verá bastante no futuro."

Eu paro abruptamente. "O quê?"

Ele dá um rápido sorriso maroto e um tapinha no bolso. "Vou pedir Juliet em casamento."

"Casamento? Vocês estão juntos há três meses."

Jean-Claude parece perturbado. "Tempo suficiente pra saber que eu quero que ela seja minha pra sempre. Nem todo mundo tem esse seu ritmo glacial, West."

Isso me atinge, mas deixo passar, como sempre faço com ele. "Certo. Não quis ofender. Só fiquei surpreso."

Seu olhar se fixa em Juliet, que está se misturando aos convidados, com um sorriso largo que nem mesmo a máscara de cisne é capaz de esconder. "West", diz ele, os olhos ainda sobre ela. "Você está sozinho há muito tempo, cedendo a essa bobagem de solteirice. Você está solitário e infeliz. Por que não permite que isso mude esta noite, hein?"

"Não estou solitário nem infeliz", digo a ele, voltando para o inglês, um sinal de que essa conversa particular acabou. "Estou ocupado."

Não dá tempo de sentir falta de um relacionamento quando você está se afogando em trabalho. E, sim, talvez eu esteja trabalhando demais para evitar conhecer alguém ou namorar a qualquer custo, mas se seu último relacionamento tivesse terminado como o meu, você também estaria solteiro por opção.

Tudo passa pela minha mente em alta velocidade, desde o momento em que conheci Lauren em um evento beneficente local até o dia em que ela terminou tudo. Pensei que tinha encontrado alguém que fazia todo sentido para a minha vida, que queria exatamente o mesmo que eu — uma carreira significativa na medicina, uma rotina, uma vida organizada. Vim a descobrir que eu só havia encontrado alguém que considerou que eu seria útil por um tempo e depois facilmente descartável quando não servisse mais aos propósitos dela.

Citei o rompimento complicado como uma desculpa para recusar convites sociais no último ano, quando na verdade estou cansado demais para sequer pensar em tentar algo com alguém de novo, apenas para no final não ser o suficiente, para mais uma vez me puxarem o tapete. Não, uma vida de solteiro longa e monótona é tudo de que preciso, e evitar socializar é a melhor maneira de conseguir isso. Infelizmente, parece que minha desculpa da recuperação pós-término expirou para o Jean-Claude, que me encurralou com *É meu aniversário, sou seu colega de quarto e seria rude não ir.*

Ele sabia que ia funcionar. E estava certo.

"Se você não está infeliz, então por que está curtindo uma fossa?", ele pergunta.

"Não estou curtindo uma fossa."

"Está, sim." Ele gira sua bebida, olhos azuis pálidos se estreitando sobre mim para fazer uma análise. "E está na hora de você se divertir um pouco."

"Me divertir?"

"Sim. Se divertir. Como esta noite. Está sendo divertida."

"Hum." Coço minha bochecha onde a máscara me incomoda. "E essa 'diversão' envolve sentir coceira? Isto é de poliéster, não?"

Jean-Claude revira os olhos por trás de uma máscara de cobra bastante pavorosa, então se vira e se examina no espelho do corredor, arrumando o estilo despenteado de seu cabelo castanho, no qual ele gasta uma quantidade abominável de tempo todas as manhãs para deixá-lo parecendo que não gasta tempo algum. "Não sei do que a máscara é feita. Mas sei que você dá um ótimo leão. Agora só temos que encontrar alguém pra fazer você rugir."

"Saia daqui. Vai. Vai se misturar."

Ele bate nas minhas costas. "A gente vai se divertir esta noite! O amor está no ar, o vinho está fluindo." Ele sorri, se afastando. "Nunca se sabe o que pode acontecer."

Meu estômago azeda. Aquele olhar. Eu conheço aquele olhar. É traquinagem.

Quero o máximo de distância possível disso. Então ando com cuidado no meio da multidão, procurando um canto isolado da casa para me sentar, onde possa pegar meu telefone e ler. Só um pouco. Graças a Deus pelos smartphones, assim se pode ler e-books disfarçadamente.

"West! Oi de novo." Uma das amigas de Juliet engancha o braço no meu. Acabei de conhecê-la, a de cachos escuros e máscara de raposa. Preciso de alguns segundos para me lembrar do nome dela.

"Oi, Margo."

Ela sorri. "Procurando alguma coisa?"

"Só um lugar tranquilo pra sentar."

"Sei qual é o lugar perfeito pra você. Aqui." Ela me guia até a parte de trás da casa, onde aponta para um canto aconchegante que parece habitado, mas arrumado. Duas poltronas idênticas amarelo-mostarda, uma mesa lateral estreita, um abajur estilo Tiffany, cuja sombra de vitral lança cores caleidoscópicas em tons de joias ao nosso redor.

"Obrigado", digo a ela.

Ela sorri de novo. "Fico feliz em ajudar."

Afundo em uma das poltronas, estico as pernas, tiro o telefone do bolso e começo a ler. Só por um ou dois minutos. Tempo suficiente para terminar o capítulo que foi interrompido quando meu táxi chegou.

É quieto aqui atrás, afastado do caos da festa, uma paz. Uma das janelas está entreaberta, e o cheiro do outono paira no ar. É um daqueles momentos absolutamente perfeitos.

Até que Bea entra por uma porta de vaivém que eu não sabia que existia no outro lado da sala e me dá o maior susto.

Eu me endireito rápido no assento e quase derrubo o abajur chique. "Beatrice."

Seus olhos se arregalam por trás da elaborada máscara de papel machê. "James."

"Jamie", corrijo, mas por que diabos eu disse a essa mulher irritante que ela podia me chamar pelo primeiro nome, sendo que poucas pessoas em toda a minha vida conseguiram essa intimidade, é algo que está totalmente além da minha compreensão.

"Bea", ela retruca. "Você me chama de Beatrice, eu te chamo de James. O que você está fazendo aqui?"

A linguagem me escapa por dez segundos eternos. Sempre fui assim, inarticulado quando a ansiedade ganha vantagem sobre mim. Mas está pior esta noite. Com ela.

Eu encaro Bea, a começar por suas longas pernas e pelas sutis marcas de tinta preta em sua pele, até o decote que é torturantemente grande e ainda assim revela tão pouco. Seu cabelo é escuro, exceto nas pontas sobre os ombros, que foram descoloridas até ficarem quase brancas. Mas foram os olhos dela que fizeram cada palavra fugir da minha cabeça quando a vi pela primeira vez. Íris verde-azuladas circundadas por um impressionante cinza nuvem, como ondas do mar se agitando sob um céu tempestuoso.

"Margo me mostrou este lugar", consigo dizer, afinal. Desconfortável porque sentado fico muito mais baixo do que ela, eu me levanto. Agora pareço um gigante perto dela. O que é ainda mais desconfortável. "O que *você* está fazendo aqui?", pergunto.

"Me mandaram aqui pra garantir que nenhum convidado fique sem champanhe antes que a Jules faça seu brinde para o aniversariante."

"Ah." Limpo a garganta.

Isso é suspeito. Por que os amigos de Juliet — e suponho que também sejam amigos de Jean-Claude — nos enviaram para o mesmo canto da casa depois do desastre que acabou de acontecer?"

"Pega um", diz Bea, aproximando a bandeja com taças borbulhantes. Dou um passo involuntário para trás.

"É champanhe, James, não coquetel molotov."

"Bebidas na sua mão não são apenas bebidas, Beatrice. São mísseis."

"Uau", ela diz. "Você é um baita de um..."

Antes que Bea possa terminar qualquer que fosse o insulto que estava prestes a lançar, a porta de vaivém se abre bem sobre ela. Em vez de insultos, ela joga seis taças de champanhe gelado direto na minha calça.

Depois de *outra* troca de roupa, entro na cozinha com minhas calças molhadas na mão, e me assusto ao ver Beatrice parada no balcão com uma intensidade felina à espreita em seus olhos.

Puxo a máscara de leão sobre o rosto, deslizo as calças encharcadas de champanhe para dentro da minha bolsa carteiro e endireito as mangas. "Apesar de ter me fantasiado como um predador esta noite", digo a ela, "sinto que estou sendo caçado."

"Pode acreditar, eu também não queria passar a noite assim." Ela desliza uma fatia grudenta de brie entre dois biscoitos e morde, depois diz entre um bocado e outro: "De quem foi a ideia da máscara de leão?".

"Peguei na entrada. Sua irmã tinha uma coleção para convidados que não trouxeram as suas."

Bea para de mastigar. "Eu não entendo vocês com essas fantasias impessoais e sem alma. Máscaras caseiras são a única coisa boa desta noite."

"Bem, você é artista. Você pensa assim. Não toco em papel de seda ou cola desde o início dos anos 2000 e gostaria de continuar assim."

"Que existência triste. Fazer bagunça é um dos maiores prazeres da vida. Além do mais, de que outro jeito eu poderia comemorar ser uma canceriana?", ela diz, dando um tapinha na máscara de caranguejo. "Ninguém vende máscaras de caranguejo."

"Eu me pergunto por quê."

"Ah, fala sério. Pelo menos estou usando meu signo apropriado. O que um capricorniano clássico está fazendo com uma máscara de leão? É isso que eu quero saber."

Eu pisco para ela e ajusto os óculos, que a máscara empurra para baixo. "Como você sabia?"

Não que eu dê crédito aos signos do zodíaco e a toda essa bobagem, mesmo que tecnicamente, sim, o dia do meu nascimento me coloque no mapa astrológico como um capricorniano.

Ela ri pelo nariz. "James. Se você fosse um pouquinho mais caprino, estaria escalando uma montanha enquanto conversamos."

"Isso não é bem uma resposta."

"É, sim", diz ela, mastigando seu biscoito de novo. "Só não é a que você queria. Enfim, você terminou?"

"Sim. Mas por que você me esperou..."

"Jules está esperando *você*. Tenho ordens de te levar pra fora e dar um sinal pra ela poder fazer o brinde." Ela franze a testa, seus olhos me percorrendo. "Você se *trocou*?"

"Sim."

"É óbvio que você teria uma calça passada de reserva." Ela morde outro biscoito. "Você é capricorniano."

"Mal sabia eu como foi sensato vir preparado para algum desastre, visto que, só esta noite, o álcool em recipiente aberto está ganhando de você por dois a zero."

Ela solta um suave rosnado. Com aqueles olhos felinos e a chocante máscara de caranguejo, é bizarramente atraente.

Deve ser esse vestido que cai incompreensivelmente bem nela. E minha longa abstinência. Isso faria qualquer um sentir atração quando deveria estar correndo para o lado oposto.

Aliso os punhos da camisa com as mãos e os puxo para baixo, desfazendo uma dobra de cada lado, então encontro os olhos dela mais uma vez. "A propósito, eu te perdoo."

Ela sorri, mas é mais como se mostrasse os dentes. "Que generoso. Ou você poderia perdoar *Jean-Claude*, que entrou sem bater como se fosse a personificação de uma manada de elefantes."

"Como ele estava sozinho, não poderia ser a personificação de uma manada *inteira*."

Ela pisca para mim, claramente irritada. "Vamos lá. Eu não aguento mais isso."

"Ei, vocês dois!" Margo diz, afetuosa, quando Bea e eu entramos juntos no vestíbulo. "Que visão adorável." Ela dá um sinal para Juliet, que sorri e levanta a taça de champanhe. "Vamos lá. Jules vai fazer um brinde; depois vamos jogar!"

"Jogar?", pergunto debilmente.

Beatrice se inclina e diz: "É uma coisa que as pessoas fazem às vezes, James. Essa coisa chamada... 'se divertir'".

Ela não tem como saber quão certeiro foi esse golpe. Como uma flecha acertando o alvo, as palavras aterrissam em meu peito com um baque.

Se divertir.

É difícil se divertir quando você tem ansiedade desde sempre, quando lugares e pessoas novos fazem a sua garganta fechar e seu peito apertar, quando, aonde quer que você vá, te dizem que você carrega o nome da família e uma reputação nas costas, e que será uma decepção enorme se você falhar.

Minha ansiedade está mais controlada agora do que quando eu era criança, mas a acusação atinge um machucado antigo e sensível, e abre uma ferida que nunca cicatrizou direito.

Não tenho resposta espirituosa para sua farpa a respeito de minha solenidade, nem uma réplica mordaz. Beatrice parece surpresa com isso, franzindo a testa enquanto desvio o olhar e encaro com vontade o coquetel na mão de Margo. Meu Deus, eu quero outro drinque, mas, com Beatrice por perto, vale a pena arriscar?

"West." Decidindo por mim, Christopher me oferece um copo, uma cópia do que eu tinha antes. Sua máscara está fora do rosto, aninhada em seu cabelo escuro, e tomo isso como uma permissão silenciosa para fazer o mesmo com a minha.

Anseio por um bom gole da bebida, antes de pensar melhor. Primeiro, coloco discretamente mais um passo de distância entre Beatrice e eu. "Obrigado", digo a ele.

Christopher assente. "É o mínimo que eu podia fazer depois de assustar a Bea. Ela transformou você em uma pintura do Pollock com o drinque da Margo."

"Estou aqui, esqueceu?", ela dispara.

Ele ajeita o cabelo de Bea com carinho. "Como eu poderia esquecer?" Então ergue seu copo e brinda com o meu. "Desculpe de novo."

"Não tem por quê", digo a ele. "Saúde."

Nós dois tomamos longos goles.

Beatrice olha feio para mim. "Então você não bebe o champanhe que eu ofereço, mas aceita o bourbon de homem do Christopher."

"Nada pessoal. É só que eu não *gosto* de champanhe em particular. E é bem sexista da sua parte masculinizar o bourbon."

Seus olhos de tempestade marítima brilham como relâmpagos.

Christopher ri. "Ah, qual é", ele diz a ela. "Foi engraçado."

"Não começa, Papai Urso."

"Papai Urso?", pergunto.

Bea olha feio para Christopher e puxa a máscara de urso de volta para seu rosto. "Ele é o irmão que eu nunca tive."

Christopher a desliza mais uma vez para o alto da cabeça. "Alguém tem que ficar de olho em vocês, irmãs Wilmot."

"Nós crescemos juntos", explica Bea. "A casa dele é aqui ao lado."

Christopher dá um sorriso largo. "Tenho muitas histórias embaraçosas da Bea."

Os olhos dela se estreitam perigosamente. "Nem *pense*."

Antes que isso possa evoluir, Juliet assobia, chamando a atenção da multidão. "Ok", diz ela, de pé em uma cadeira perto da porta da frente. "Obrigada por estarem aqui esta noite! Estou muito feliz por vocês terem vindo comemorar o aniversário do Jean-Claude. Antes de a gente começar a diversão, queria fazer um brinde", ela diz, erguendo o copo.

"Na verdade..." Jean-Claude dá um passo à frente e se ajoelha enquanto abre a caixa do anel. "Eu queria dizer uma coisa primeiro."

"Que *porra* é essa?", Bea diz.

Christopher dá uma cotovelada nela. "Shiu."

"Eles estão namorando há *três* meses!"

"Bea." Ele olha com severidade para ela.

Quando volto a focar no pedido de casamento, Juliet já está assentindo com fervor, as mãos sobre a boca.

Entre gritos, vivas e aplausos, levantamos os copos, brindando um noivado e depois um aniversário. Bea fica parada, atordoada, enquanto as pessoas enchem o casal feliz de cumprimentos.

Eu não tenho ideia do que dizer.

"Agora!", uma nova mulher fala, pulando na cadeira que Juliet ocupava um minuto atrás. Seu cabelo é azul brilhante, uma combinação perfeita com sua máscara de pavão. "Para quem não me conhece, eu sou a Sula, amiga da Juliet!"

Margo assobia do meio da multidão, e Sula lhe lança uma piscadela.

"Nosso primeiro jogo da noite começa agora. Vamos começar e dar aos novos noivos alguns minutos para eles. Jules e Jean-Claude, vocês vão liderar a busca. Mas primeiro todo mundo deve se esconder. Pode ser em qualquer lugar. Depois que for encontrado, você se junta à equipe de busca e a última pessoa a ser encontrada ganha o grande prêmio! Valendo!"

3

BEA

Eu sou extremamente competitiva, e o objetivo desse jogo é ser o último a ser encontrado. Mas não é por isso que estou no meu melhor esconderijo. Só quero ficar sozinha o máximo de tempo possível. Pela primeira vez, não me importo nem um pouco em ganhar.

Há uma dúzia de pequenos armários na grande e velha casa georgiana dos meus pais. Mas Jules não conhece este no terceiro andar. Ela sempre teve muito medo, desde quando nossa ameaçadora irmã mais nova, Kate — que agora está do outro lado do mundo e perdendo essa novidade de virar o estômago, a sortuda —, inventou uma história de fantasmas no terceiro andar que aterrorizou minha gêmea quando éramos crianças.

Se Jules vier aqui, será um último recurso desesperado, e ela com certeza não estará sozinha.

O armário de vassouras fica no meio do hall do terceiro andar e se mistura com um grande painel de madeira. Mas se você tiver olho para detalhes — e eu tenho —, você percebe a emenda ao longo da madeira. Foi assim que o encontrei há vinte anos.

Pressionando com cuidado, sinto a porta ceder, então a arrasto silenciosamente para fechá-la atrás de mim. Uma pequena lâmpada noturna de plugar na tomada banha o pequeno espaço com um brilho fraco. Tem cheiro de lustra-móveis de limão e dos sachês de flores cítricas secas que mamãe aninha nos muitos cantos e fendas da casa "para manter o lugar fresco" quando ela e meu pai viajam, o que acontece com frequência. Meus pais adoram viajar e passam boa parte do ano explorando os recantos quentes ao redor do mundo. Eles passaram esse desejo de vagar para Kate, que não parou em casa por mais de algumas semanas desde o dia em que se formou na faculdade. O que eu daria para estar no lugar dela agora — a milhares de quilômetros de distância desse absurdo.

Quer dizer, noivos. Depois de *três* meses. Eu sei que pareço uma velha rabugenta, mas convenhamos. Três meses!

Tiro a máscara e fecho os olhos enquanto me sento em uma caixa de papel higiênico, em seguida puxo o vestido para cima para poder esticar as pernas. Está quieto demais aqui. Eu gosto de ambientes silenciosos — uma brisa suave, o bater rítmico das ondas do mar. Mas este silêncio é vazio e doloroso. O tipo de silêncio em que não sobra nada para ouvir além da minha respiração rápida demais e meu coração batendo forte.

Juliet está *noiva*. Esfrego a mão no meu peito dolorido. Parece racha- do, como se não houvesse cola para consertá-lo.

Assim que a primeira torrente de lágrimas enche meus olhos, ouço passos no corredor. Suaves e regulares. Eles param bem do lado de fora da porta, e meus ouvidos se aguçam com o som de uma mão alisando a madeira. Sério? Isso não pode estar acontecendo. Ninguém devia ter en- contrado este lugar.

A porta se abre e depois se fecha. O armário agora se enche com a forma alta e esguia da última pessoa que eu esperava ou queria ver.

Jamie.

Ele gira e bate a mão no peito quando me vê. "Jesus", sussurra, fechando os olhos. Ele se afasta e esbarra nas prateleiras, causando um baque audível.

"Shiu", eu sussurro-grito. "Se você vai invadir meu esconderijo, pelo menos fica quieto. Como você achou aqui?"

"Todo mundo tem medo do terceiro andar. É o melhor lugar pra ir." Ele ajusta as mangas até que os botões estejam exatamente no meio da parte interna dos pulsos. "E Sula... eu acho que era esse o nome? A de cabelo azul? Meio que mencionou que o terceiro andar seria uma boa opção."

Cerro os dentes. Com certeza é armação dos meus amigos. Eles es- tiveram nos empurrando e cutucando a noite toda, desde quando Jules forçou nossa apresentação, depois Jean-Claude e Christopher fugiram com ela e nos deixaram sozinhos. Então Margo me mandou para os fundos com champanhe. Jules me incumbiu de ficar como babá de Jamie antes do brinde. Agora Sula deve ter me visto subir as escadas e fez com que ele me seguisse. "Esses intrometidos."

"Como?"

"Nada", digo. "Vou me esconder em outro lugar." De pé, passo por Jamie e procuro a pequena ranhura na porta e apoio para abri-la. Mas, quando tento abrir, não acontece nada.

Tento de novo, puxando com mais força.

E de repente uma onda de calor, o cheiro de algo muito melhor do que lustra-móveis e flores secas, toma conta de mim. Fecho os olhos por um momento. Maldito. Por que Jamie tem que cheirar como... como caminhar por uma floresta densa em uma manhã fria e enevoada? Como sálvia, cedro e terra molhada.

Engulo em seco e olho para ele. Ele está parado bem atrás de mim, franzindo a testa para a porta.

"O que foi?", ele diz baixinho. Sua respiração sopra ao longo do meu pescoço. Raspas de laranja e bourbon, o coquetel que ele tomou.

Engulo de novo, sentindo o quarto ficar menor a cada segundo. "Está emperrada."

"*Emperrada?*"

"Sim", murmuro com amargura. "Graças a você."

"Mas como? Eu só fechei depois de entrar."

Eu giro e o encaro, o que é um erro. Ficamos de frente um para o outro, e neste espaço minúsculo não há para onde ir. A inspiração repentina de Jamie faz suas costelas se expandirem, e seu peito encosta no meu. Agarro a parede enquanto um calor indesejável invade minhas veias.

"Se você fechar com muita força", digo, sem nem tentar esconder o tom acusatório na minha voz e me esforçando muito para não perceber que agora meu coração está batendo ainda mais forte, "às vezes ela trava."

"Como eu ia saber?"

"Você não ia! Você nem devia *estar* aqui." Cerro os dentes, tentando conter as lágrimas de frustração. Eu só precisava ficar sozinha. Em vez disso, estou presa em um armário com esse homem quadrado, condescendente, pretensioso e irritantemente atraente em quem derramei bebida não uma, mas *duas* vezes na mesma noite em que minha irmã ficou noiva do *nada* de alguém em quem eu ainda não tenho certeza se posso confiar.

E agora vou chorar na frente dele porque sinceramente não aguento.

"Você está bem?", Jamie pergunta, calmo.

Eu pisco para ele, sem palavras. Isso é... gentileza? Do capricorniano rabugento?

Ele olha para mim. "Você é claustrofóbica? Se precisar, acho que consigo abrir com o ombro."

Merda. Agora não vou mesmo conseguir conter as lágrimas. Eu não estava preparada para ser tratada com delicadeza. Não por este cacto de um metro e oitenta e óculos. Não quando eu estou sofrendo e precisando mais disso.

Um chiadinho escapa. Outro chiadinho. Então um soluço que sufoco bem a tempo, tapando a boca com a mão.

"Ah, não", ele sussurra, como se para si mesmo. Ele arranca a máscara do topo da cabeça e a joga de lado. "Só... por favor... n-não chora."

Soluços sacodem meu peito. Levo a mão à boca, mas agora é uma cachoeira. A pouca maquiagem que uso vira uma pintura escorrida no rosto. Meu nariz está escorrendo. Sou o retrato do desastre emocional.

"Eu n-não consigo parar."

"Tudo bem." Ele olha para mim com tanta preocupação que faz eu me sentir ainda pior. Choro mais ainda. "O que..." Ele engole, nervoso. "O que pode ajudar?"

Um abraço. Bem forte. Mas não posso dizer isso a ele. Não posso pedir que me abrace. Então me envolvo com meus próprios braços e abaixo o queixo, escondendo minhas lágrimas.

De repente ele está mais perto, o calor de seu corpo se derramando sobre mim. "Posso te abraçar.... quer dizer... Você precisa... ser abraçada?"

Encaro o chão. Constrangida. Determinada a lidar com isso sozinha. Mas estou tremendo com a necessidade do alívio que a pressão me dá, a calma feliz que toma conta de mim com um abraço forte e bem apertado. Com relutância, faço que sim com a cabeça.

Sem hesitar, Jamie me envolve em seus braços, me apertando contra seu peito, como se entendesse exatamente do que eu preciso. Ele não esfrega minhas costas. Seu aperto não é pela metade. O zumbido insistente da minha pele começa a diminuir. Já consigo respirar com mais facilidade, esmagada contra ele, em um aperto de morsa, meu ouvido em seu coração sintonizado com sua batida.

Ele parece calmo e imperturbável, mas o *tu-dum* trovejante de seu coração diz que está longe disso. O que faz com que eu me pergunte: se Jamie é tão bom em parecer que está bem quando na verdade está surtando, o que mais ele está escondendo debaixo dessa superfície imaculada?

Bem, *era* imaculada. Agora está uma bagunça, graças a mim.

Me afasto um pouco, enxugo os olhos e o nariz, depois apalpo inutilmente sua camisa, manchada de rímel, ranho e lágrimas. "Desculpe pela sua camisa", sussurro, de repente percebendo quão perto ele ainda está me segurando e como tudo em nós se alinha um pouco bem demais.

Jamie parece ter notado a mesma coisa. A respiração dele mudou. A minha também. Mais rápida. Superficial. "O quê?", ele pergunta, parecendo atordoado.

"Sua camisa", digo, tentando respirar fundo e me arrependendo de imediato dessa decisão, já que isso força meus seios a roçarem em seu peito. "Sinto muito por estragar sua camisa. Essa... e a outra... e as suas calças."

Um quase sorriso aparece em sua boca. "Tudo bem. Eu vim preparado."

"Muito escoteiro da sua parte."

"Você está olhando para um." Seu tom é sério como sempre, mas há um leve brilho em seus olhos que é novo, um calor que combina com a gentileza que ele acabou de me mostrar.

Eu me pergunto como teria sido se tivéssemos visto esse lado um do outro antes, se não tivéssemos começado de maneira tão catastrófica. Olhando para ele agora, sinto uma esperança estranha e absurda de que em algum universo paralelo, onde o timing não esteja totalmente errado, a Bea Alternativa e o Jamie Alternativo tenham se dado bem e estejam escondidos em um pequeno armário de vassouras pelos motivos certos.

O silêncio preenche o espaço apertado e parece que o mundo gira enquanto nossos olhares se encontram por um momento breve e em suspenso. A expressão de Jamie se atenua. A ruga acentuada em sua testa desaparece. A linha rígida de sua boca se rende a uma leve inclinação torta. Mas é para aqueles olhos que não consigo parar de olhar. Seus olhos cor de avelã são uma noite de setembro — bordas cor de fumaça de fogueira, íris cor da luz dourada do fogo dançando sobre as últimas folhas verdes do verão. São injustamente adoráveis.

É tão estranho. Estou presa em um armário de vassouras com o cara com quem só troquei farpas a noite toda. E ele está me abraçando. Ele me deu conforto.

Me pergunto se troquei de corpo. Se agora me encontro naquele universo paralelo, se somos a Bea Alternativa e o Jamie Alternativo, porque estou me inclinando para ele, minhas mãos deslizando por seu peito, enquanto Jamie exala lentamente uma respiração constante e coordenada, lutando para manter o controle, que me aquece da cabeça aos pés. Seu aperto é forte na minha cintura, me puxando para perto.

Sinto como se tivesse uma epifania em meio a uma névoa espessa: talvez Jamie possa ser não apenas espinhoso, mas também um pouco promissor. Talvez ele seja como meu ouriço de estimação, Cornelius. Só preciso preparar um banho de espuma para ele, depois vê-lo se desenrolar e ficar fofinho.

Merda. Meu cérebro está embaralhado agora, minhas pernas amolecem enquanto imagino isso.

O nariz de Jamie roça o meu cabelo, e ele inspira como se não conseguisse respirar o suficiente de mim. Olho para cima enquanto ele olha para baixo, e nossas bocas quase se encostam. Nossos olhos se encontram. Será que vamos nos beijar? Nós não vamos nos beijar.

Ai, meu Deus. *Vamos?*

Meu olhar se desvia para sua boca. Sua mão desliza pelas minhas costas e prende nossos quadris juntos. Ele geme e eu choramingo.

E os sons nos trazem de volta à realidade, nos arrancando do que quer que isso tenha sido. Nos separamos cambaleando, ricocheteamos como ímãs que se repelem, Jamie bate a cabeça em uma prateleira e eu tropeço para trás e faço uma pilha de toalhas cair em cima da gente.

"Sinto muito", ele murmura, me encarando com os olhos arregalados. "Não sei... não sei o que eu estava pensando..."

"Nem eu", sussurro, minhas bochechas quentes de constrangimento.

Antes que ele possa responder, a porta se abre de uma vez, Jean-Claude sorri triunfante com Jules e uma multidão atrás dele. "O que é isso, hein?"

"Nada", Jamie diz, sem sequer olhar para mim enquanto sai do armário como se não pudesse sair rápido o suficiente. "Com licença." Indo direto para as escadas, ele desaparece.

Nada. Não devia, mas mesmo assim sua rejeição dói.

Achei que não tinha como eu ser mais humilhada esta noite. Mas, é claro, Jamie Westenberg provou mais uma vez que eu estava errada.

4

JAMIE

Em casa, no escuro, me deito na cama olhando para o teto. Não consigo dormir. Quando fecho os olhos, tudo o que vejo é Beatrice nos meus braços. Aqueles olhos de um azul como o céu salpicado de verde folha e nuvem cinzenta circundando o perímetro. Aquela tinta delicada correndo pelo seu pescoço, desaparecendo atrás do decote profundo de seu vestido. O tecido apertado em sua cintura, que minhas mãos ansiavam por abrir para sentir cada costela, a inclinação de seus quadris, e depois puxá-la para perto e...

Miau.

Espio meus gatos ao pé da cama, dois pares de olhos de lanterna no escuro.

"Vocês estão certos", digo a eles. "Melhor cortar o mal pela raiz. Aquela mulher é um tornado tatuado de coquetéis voadores e comentários astrológicos não solicitados. Não poderíamos ser mais diferentes ou incompatíveis."

E eu quase a beijei.

Jesus, o que eu estava *pensando*?

"Eu não estava pensando", explico para os gatos. "Esse é o problema. Mais uma razão para nunca mais vê-la."

Os gatos soltam mais alguns miados.

"Bom, vocês têm um bom ponto. Agora, com Jean-Claude e Juliet noivos, com certeza vou ver essa mulher mais vezes." Suspiro e esfrego o rosto. "Vou ter que ficar muito, muito ocupado com o trabalho."

Os gatos não respondem. Eu também não tenho respostas para esse dilema, nem para o que aconteceu naquele armário. Mal mantínhamos uma conversa antes de ficarmos presos, e o que conseguimos foi um modelo social de acidente com perda total.

Então por que eu queria beijá-la?

E por que parecia que ela também queria me beijar?

Resmungando, fecho os olhos e começo a catalogar todos os ossos do corpo humano. No geral isso me ajuda a dormir logo. É a versão médica de contar carneiros.

Mas nem isso funciona. Porque cada osso que nomeio, imagino onde está no corpo de Beatrice.

Clavícula. Sombras beijando suas clavículas.

Mandíbula. Sua mandíbula cerrada, os lábios macios franzidos.

Metacarpos, falanges proximais, mediais e distais. Sua mão ágil segurando uma taça de champanhe, preparando biscoitos crocantes com queijo branco. Um dedo solitário deslizando pela boca, sugando o brie com um estalo erótico.

"Tudo bem", murmuro para ninguém em particular. Com certeza não para os meus gatos, que ainda me encaram com desaprovação nos olhos, que me remetem a um outro olhar felino, brilhando de desdém.

Jogo os lençóis para o lado e me levanto. "Hora de tomar um banho frio e estudar latim."

5

BEA

"Beatrice Adelaide." Com atraso, processo o tilintar alegre que anuncia que a porta da loja foi aberta e a voz que acabou de dizer meu nome completo.

Olhando para cima, eu franzo a testa para Jules. "O que você está fazendo acordada tão cedo?"

"Existe uma coisa chamada café", diz ela. "E outra chamada despertador."

Seu sorriso é inocente enquanto ela passeia pela Edgy Envelope, a papelaria personalizada de Sula que eu administro e para a qual desenho. Mas conheço minha irmã melhor do que ninguém, e sinto cheiro de cilada nela, assim como o aroma da confeitaria em que ela passou no caminho para cá. Ela está tramando alguma coisa. Não sei o que é, mas, depois de uma semana de noites maldormidas desde aquela festa horrorosa, estou cansada demais para forçá-la a contar. Então volto para a caixa antiga de vidro e abarrotada com meu caderno de desenho e canetas de ponta fina.

As manhãs de segunda-feira são lentas e costumo passá-las rabiscando, rascunhando novas ideias. Quando um cliente entra, eu simplesmente deslizo meus desenhos para o lado, e ninguém sabe que Bea, que trabalha no caixa, também é a artista mais comprada da loja.

"Ele parece familiar", Jules diz.

"O quê?"

Ela aponta para o papel sob minha caneta. "Eu disse que ele parece familiar."

Olho para o meu desenho e bato a palma da mão no papel. É o perfil de uma pessoa que não é nem um pouco responsável pelo meu sono agitado, com quem eu sem dúvida não tenho sonhando todas as noites desde que ficamos presos em um armário apertado. Cujas mãos envolveram minha cintura e me apertaram contra seu corpo, o que eu não recriei de forma alguma em meu cérebro sonolento, e nem acordei pensando sobre ela, à beira de um alívio destruidor.

Porque eu nunca sonharia com uma pessoa que fez com que eu me sentisse como cocô de cachorro desde o momento de nossa apresentação hostil até sua saída apressada, que fez com que eu parecesse uma idiota.

A mão da minha irmã avança em direção ao caderno de desenho, e eu o empurro para longe. "Sem bisbilhotar minha arte", digo.

Sorrindo, Jules gira e segue em direção ao meu canto da loja — a Coleção Papel Impróprio. Ela pega um cartão com uma estampa detalhada de flores e estreita os olhos. "O que é isso?", ela pergunta.

"Ei, dedos de manteiga, deixe o cartão aí."

Ela vira o cartão. "Não sei do que você está falando."

"Eu tô ouvindo o barulho do papel pardo amassando no seu bolso e você está cheirando a croissant de chocolate. Se você não pegou um da Nanette's antes de vir pra cá, eu compro um sutiã com aro."

Rindo, ela vira o cartão de novo e o coloca de lado.

"JuJu", eu aviso, "estragou, pagou."

Suspirando, ela pega um envelope junto com o cartão e os leva até o caixa. Ela bate nos dois, apoia os cotovelos no vidro e passa os dedos pelas delicadas correntes penduradas no mostruário de colares.

Afasto a mão dela. "Você precisa mesmo tocar em *tudo*?"

"Falou a pessoa que vê tudo com as mãos. Agora, me diz uma coisa...", ela diz e coloca sobre o cartão um dedo com a unha perfeitamente pintada. "O que é isso?"

Não preciso olhar uma segunda vez para a ilustração. Depois de conceber um trabalho, ele fica na minha cabeça para sempre. "É uma vulva."

"Não, não é!" Ela gira o cartão, tentando encontrar um ângulo que lhe permita ver o desenho oculto.

Já estou acostumada com essa reação. Faz um ano e meio desde que expandi meu trabalho como artista erótica, vendendo encomendas, até virar meu atual ganha-pão: a Coleção Papel Impróprio. Com uma extensa linha de cartões, artigos de papelaria e outros trabalhos artísticos feitos de papel, minhas criações para a Papel Impróprio incluem tudo, de cenas exuberantes da natureza até arte geométrica abstrata que contém secretamente uma imagem sensual.

Tudo começou como uma piada que fiz quando fiquei absurdamente bêbada em uma noite de filmes com Jules, Sula e Margo. Sula, dona da Edgy Envelope, amou a ideia de ter uma linha de papelaria que poderia servir de presente tanto para um parente pudico que nunca saberia o que ganhou quanto para o amante que você gostaria que soubesse *exatamente* o que você estava pensando. Agora é a coleção mais vendida da Edgy Envelope.

"Você é muito boa", Jules murmura. "Acha que poderia adaptar pros meus convites de casamento?"

Já estamos falando de convites de casamento? Ela ficou noiva *faz uma semana*.

"Sem chance. Mamãe consegue identificar muito rápido."

"Mas ela não liga. Na verdade, tenho certeza de que ela ia adorar se gabar de você na noite de jogos das amigas. Até o papai gosta da sua arte."

"Porque ele não consegue identificar o que há nela e continua feliz e ignorante."

Jules sorri. "Exato. Por isso não vou aceitar um não como resposta. Meus convites de casamento terão uma ilustração original de Beatrice Wilmot."

Adiciono o cartão dela à minha aba no iPad da loja que usamos para as transações e faço a cobrança na minha conta. Enfio o cartão e o envelope em uma de nossas sacolas finas de papel reciclado, estampadas com o logotipo da Edgy Envelope, e espio Jules, que está mesmo comendo, escondida, pedacinhos do croissant de chocolate que tem no bolso.

"Bom, agora que resolvemos essa compra falsa", digo, "a que devo a honra de uma visita nesta manhã de segunda-feira? Você não deveria estar dormindo ainda, já que você e Jean-Claude estavam gemendo como pandas no cio até três da manhã?"

Jules sorri envergonhada e lambe o polegar para limpar um pontinho grudento de chocolate. "Desculpa por isso. Já fazia um tempo porque nossos horários de trabalho não estavam batendo. E quando fico excitada assim, fico..."

"Muito barulhenta? É. Pois é, você fica. Agora, vamos parar de falar da sua vida sexual."

"Bom, você não vai ter que saber da minha vida sexual por muito tempo. Jean-Claude e eu vamos começar a procurar um lugar pra gente."

Meu estômago revira. "Já?"

"Não se preocupa", ela diz rápido, apertando minha mão. "A gente vai encontrar outra pessoa pra dividir o apartamento com você antes de eu me mudar. Você me conhece, sabe como eu sou exigente, e além do mais é difícil encontrar um aluguel decente por aqui, vai demorar um pouco pra encontrarmos algo que agrade aos dois."

Respiro fundo e tenho a sensação de engolir um chá muito quente. "Certo. Claro."

"Vamos lidar com isso juntas, ok?" Jules sorri, gentil.

Tenho vontade de dizer que é difícil sentir que ainda existe um "nós" quando o namorado dela — perdão, *noivo* — está nos separando. Mas é provável que eu só esteja tendo meu comportamento padrão--Bea, que reluta em aceitar mudanças, especialmente quando estou a anos-luz de distância de suas prioridades como casamento, filhos e ser felizes para sempre.

"Sim", concordo com a cabeça e forço um sorriso.

Soltando minha mão, Jules sorri ainda mais, depois pigarreia e diz: "Então, o motivo de eu estar aqui: quero conversar. Você tem estado pra baixo desde a festa. É por causa do que aconteceu com o West?".

"*Jamie*. E sim, a culpa é de todos vocês, seus delinquentes. Vocês ficaram empurrando a gente um pro outro até que acabei trancada com ele num armário!"

Onde a gente chegou muito perto de se beijar.

Guardo essa informação para mim. Não vou admitir que a gente quase se beijou antes de ele pensar melhor e fugir. Já fui humilhada o suficiente.

"A gente não planejou isso!", Jules diz, examinando meu olhar. "Por que você estava chateada? Aconteceu alguma coisa?"

"Eu já disse que não!"

Ela levanta as mãos, se rendendo. "Tá bom, tá bom! É que você parecia incomodada. Ainda parece."

"Porque foi uma noite horrível, péssima, ruim, desastrosa."

Jules mexe o pé, arrastando o salto de seu sapato Mary Jane nas largas tábuas de madeira da loja. "Eu não acho que ele quis te ofender indo embora como..."

"Se tivesse acabado de escapar de um animal raivoso?", completo.

"Ele fica nervoso. Jean-Claude me contou que o West é muito duro consigo mesmo e fica ansioso em situações sociais."

"Bem-vindo ao clube. Você não me vê agindo desse jeito, e eu também tenho ansiedade social."

"Não. Você só joga drinques na roupa das pessoas."

Olho feio para ela.

Ela arqueia a sobrancelha. "Não estou ridicularizando você. Estou só argumentando. Vocês dois tiveram um começo meio difícil. Aquela noite não mostrou o melhor dele. Tenho certeza de que você também não estava no seu melhor momento."

Não tenho resposta para isso. Porque ela está certa. O que é muito rude.

"Vamos seguir adiante", digo. "Para o verdadeiro motivo de você ter vindo aqui."

Jules me dá uma das suas longas encaradas cortantes de gêmea, com uma pequena ruga se formando em suas sobrancelhas. "Eu... tenho uma coisa pra você."

Aah, eu amo presentes. Mas odeio surpresas. "O que é?"

Sua expressão se atenua quando ela estende a mão. "Me dá seu celular e você vai descobrir."

Bato a mão no bolso da saia instintivamente. "De jeito nenhum. Da última vez que te dei meu celular, minha tela de bloqueio mudou pra sua única tatuagem, e nós duas sabemos onde ela fica."

Jules pisca várias vezes. "Eu estava bêbada quando fiz isso. Agora estou sóbria como uma santa e, acredite em mim, você quer isso."

"Explique-se, JuJu."

Virando de costas, minha irmã examina os frascos de perfume organizados na parede ao lado de velas e incensos baseados nos signos do zodíaco. Culpo a Sula pela minha recém-descoberta obsessão por tudo que envolve astrologia.

"BeeBee, eu sei que você não gosta que eu me meta nas suas coisas, mas há questões que apenas os mais velhos e sábios entendem. E eu *sou* mais velha que você."

"Por doze enormes minutos!"

"A sabedoria dos primogênitos é inata", Jules diz, serena. "Doze anos ou doze minutos, não faz diferença." Ela borrifa uma névoa de perfume no ar e a atravessa.

"Esse nem é o seu signo", eu resmungo.

Ela me ignora, recolocando a tampa. "Olha, eu só quero que você seja feliz, e você não está feliz. Você não namora mais. Você não sai há anos..."

"Estou feliz *porque* não namoro mais, *porque* não saio há anos."

Jules levanta uma sobrancelha. "Ah, sério?"

"Sim! Essa é a verdade."

Bem, em parte. Estou feliz que meu coração não esteja sendo esmagado. E meu coração não pode ser esmagado se eu não entregá-lo para ninguém. Mas eu sinto falta de sexo. Só não quero que meus sentimentos fiquem presos a isso, já que eles são ainda mais sensíveis do que meu corpo. Encontros casuais seriam a solução ideal, mas encontrar alguém que tope não é muito fácil dado que não consigo socializar além do meu grupo de amigos, e todos eles têm seus parceiros ou são pseudoirmãos.

Em resumo, é um beco sem saída: para mim, o sexo costuma acontecer quando estou em um relacionamento; não quero um relacionamento e não vou fazer o que é preciso para transar sem estar me relacionando.

Inspecionando suas unhas perfeitamente cuidadas, Jules solta em tom casual: "Ok, já que você está tão feliz, quando foi a última vez que transou?".

Olho feio para ela porque ela sabe a resposta. Nós somos gêmeas. Contamos quase tudo uma para a outra. "Você sabe que estou desfrutando de uma longa abstinência."

Jules ri alto pelo nariz e abaixa a mão. "*Desfrutando?* BeeBee, sinceramente."

"Tá, tá bom!" Eu borrifo o tampo de vidro com o spray caseiro de limpeza da Sula e esfrego com raiva. "Estou feliz, *exceto* pelo fato de que não transo com ninguém há séculos."

"Certo. O que quer dizer que você não está nada feliz. E é por isso que preciso do seu celular. Eu tenho uma solução."

Agarro o limpador de vidro à base de óleo essencial, mas sem muita esperança. "Você achou um parceiro sexual para mim que topa um lance casual sem sentimentos que inclua abandono frequente e descuidado?"

"Sexo? Sim. Sem sentimento? Provavelmente não. Ele não parece ser do tipo casual."

Minha esperança se esvai como um balão disparado no céu. "O que significa que você torce para que eu namore esse cara. E eu não namoro mais, Juliet."

"Você tem um encontro no sábado." Ela tira o próprio celular da calça jeans e se afasta para que eu não tenha uma única chance de ver a tela enquanto ela digita. "Só *um* encontro", ela fala, antes de colocar o celular no bolso e estender a mão novamente. "É só isso que eu estou pedindo de você. A partir das dez da manhã. No banco do parque, na calçada oposta à Boulangerie."

Eu a encaro, incrédula. "Como é?"

"Não precisa se preocupar. Eu sabia que ia chegar a esse ponto. Você passou por um término ruim há *dois anos*..."

"Foi há dezoito meses, só pra constar!" Respiro fundo pelo nariz. "Jules. Não estamos falando a mesma língua. Eu não vou a um encontro, nem no sábado, nem em um banco, nem em uma padaria que é..."

"Francesa?", ela diz docemente, batendo no meu nariz com a ponta do dedo. "Ok, dr. Seuss. Só que você vai. Porque você está infeliz, e isso tem que mudar."

Eu me preparo para a briga. Ergo os ombros. Faço minha expressão mais fechada. "Você sabe que é insuportavelmente mandona, né?"

"Claro que sou. Eu sou a mais velha."

"Isso de novo não!", grito.

"BeeBee, me dá o seu celular. Vou te dar o número dele. Ele está recebendo o seu enquanto a gente conversa."

"O quê?", gaguejo. "Como você pode simplesmente dar o meu número pra um estranho..."

"Ele não é bem um *estranho*." Se aproveitando do meu estado de choque, Jules avança rápido e puxa meu celular do bolso da saia. "Ele é alguém que combina com você. Um Par Perfeito, eu posso sentir. Tem ideia de quantos romances eu li? Sei do que estou falando."

"Bem, com todo esse conhecimento guiando você, como eu poderia dizer não? Isso é absurdo. Eu não vou ao encontro."

Jules já está no meu celular, os dedos voando sobre a tela porque a droga do seu rosto consegue desbloquear meu identificador facial. Maldita gêmea bivitelina quase idêntica. Se pelo menos eu não fosse incapaz de memorizar números para uma senha. Toda vez que acho que me lembro, acabo travando meu telefone. Números e nomes, eles se misturam no meu cérebro, então escoam como se estivessem em uma peneira.

Fico na ponta dos pés e observo enquanto ela digita. "Ben?"

"Benedick", ela diz. "É o nome do meio dele, mas chame ele de Ben. Ele vai te chamar pelo seu."

"Eu *odeio* o nome Adelaide."

"E é por isso que ele vai te chamar de Addie."

Fecho os olhos e respiro fundo outra vez. "Isso é ridículo."

"Na verdade, é genial. Todo mundo concorda."

Meus olhos se abrem. "Todo mundo?"

"Bom..." Jules põe um cacho castanho cor de chocolate atrás da orelha. "Quero dizer, todo mundo concorda comigo que ele combina muito com você. Até a Margo."

"Margo?" Meu queixo cai. Margo é conhecida por ser difícil de agradar.

"Quem está falando do meu amor?" Sula bate a porta dos fundos e deixa a bolsa cair, a que ela costuma pendurar na garupa da bicicleta. "Aliás, eu odeio motoristas."

Eu a espio por cima do ombro. "Quem quase jogou você pra fora da rua hoje?"

"Um babaca tentando aparecer com a caminhonete levantada dele."

Nós duas resmungamos em solidariedade. Sula tira o chapéu felpudo, alisa o cabelo azul-celeste raspado e desabotoa a bainha da calça, que estava enrolada para andar de bicicleta.

"Já superei." Sula sorri para mim. "Então, como estamos nos sentindo a respeito do encontro..."

Jules pigarreia alto, e elas trocam por telepatia alguma coisa não dita.

Sula sorri sem jeito e começa a voltar para o escritório. "Eu, hã... Tenho que falar com o encanador, que ainda não ligou de volta para falar do vazamento. Papelarias e danos causados por água não combinam." Então ela desaparece no corredor.

Eu me viro para a Jules. "Vocês são muito sutis."

Jules funga, voltando seu foco para digitar no meu celular. "Ok, então o plano é Operação Primeiro Encontro com Ben."

Só que ele não é mesmo o Ben. Ele é um cara para quem devo mandar uma mensagem, sabendo apenas seu nome do meio e que minha irmã e meus amigos acham que ele é ótimo para mim. Quem é ele? E como todo mundo o conhece, menos eu?

Jules empurra meu telefone, fazendo-o deslizar pelo balcão de vidro que nos separa. "Manda uma mensagem pra ele. Hoje. Conversa com ele. A semana toda. Sem detalhes externos, pro caso de não dar certo. Só vocês dois. Pra se conhecerem melhor."

Olho do meu telefone para ela. "Você tá falando sério."

"Muito", ela envolve minha mão com a dela. "Escuta. Sei que nem todo mundo gosta de amor romântico, mas eu já vi você feliz e apaixonada antes, Bea."

Eu me encolho, odiando a lembrança.

"O amor *é* a sua praia", ela diz com suavidade. "E não é porque você se afogou uma vez que não vai encontrar a onda perfeita pra você."

"Uau."

"Ok, eu exagerei na metáfora. Mas mantenho meu argumento. Você quer amor. Você merece amor. Você recebe amor."

"Bom, isso é tudo que eu precisava ouvir. Agora magicamente eu acredito de novo em felizes para sempre!"

Jules continua inabalável. "Fala com ele. Seja você mesma."

"Juliet..."

"Beatrice, vou ser honesta com você." Ela apoia os cotovelos no balcão e me olha nos olhos. "Você é uma das melhores, mais calorosas, lindas e queridas pessoas que conheço. Mas você é teimosa pra caramba. Você está sozinha. Você quer um relacionamento. E você tem medo de dar uma chance pra alguém. Estou tentando encontrar uma maneira de te ajudar a aproveitar essa chance e se sentir segura fazendo isso. Principalmente porque em breve, quando eu estiver morando com o Jean-Claude, se você não encontrar alguém, vai ficar sozinha. Eu odeio isso."

Meu estômago se embrulha. Sinto um nó na garganta só de pensar nessas mudanças. "Eu vou ficar bem."

Seus olhos examinam os meus, suaves, de um azul-cinza-esverdeado plácido que herdamos da mamãe. "Eu sei que você vai ficar *bem*", ela diz. "Mas a vida é muito curta para estar só *bem*."

"Você é romântica. Você está apaixonada", digo. "Claro que pensa assim."

Não digo *quando o seu coração for partido, você vai entender quanto estar "bem" se torna importante.* Porque eu não desejaria essa dor para ninguém, muito menos para Jules.

"Bea, eu te conheço. No fundo, por baixo de toda essa dor, você também pensa assim." Se endireitando, ela solta minha mão. "Manda uma mensagem pra ele. Se você não fizer isso, ele vai mandar uma mensagem pra você."

Olho para o celular. É inacreditável. "Então eu tenho que enviar uma mensagem pra um estranho?"

"Não é um estranho qualquer, lembra? É alguém que eu acho que é bom pra você."

Suspirando, enfio a sacola com o cartão da Papel Impróprio e o envelope nos braços dela. "Sai daqui."

"Sim, querida", ela diz, se afastando, um brilho travesso nos olhos. "Não esquece. Manda uma mensagem pra ele. Seja você mesma. Aí, quando chegar a hora, você vai estar confortável no seu encontro que é...?"

"Neste sábado", complemento, cansada.

"Isso mesmo. Ah, e você sabe que a Boulangerie tem mesas de xadrez?"

"Irmã querida, por favor. Conheço todas as mesas de xadrez da cidade."

Ela sorri. "Parece que ele também gosta de xadrez."

"Hum", passo os dedos pela superfície do telefone e processo essa informação. Acho que ele não pode ser tão ruim se gosta de xadrez.

"Me promete uma coisa, no sábado?", Jules diz.

"O quê?"

Ela abre a porta e atravessa a soleira. "Vá com a mente aberta."

6

JAMIE

Isso é sério. Nem mesmo uma semana de corridas brutais no meu clima favorito — manhãs frias e enevoadas de outono — dá conta de fazer minha cabeça parar de reviver o que aconteceu com Beatrice.

Minhas mãos estão segurando o liquidificador, que está transformando meu café da manhã em um smoothie aceitável, porém minha cabeça está no armário do terceiro andar da casa dos Wilmot. Presa no momento em que percebi quão perto eu segurava Beatrice, quando o mundo se tornou o brilho de sua pele sob a luz fraca, as curvas de seus ombros e quadris.

Ainda não acredito que quase a *beijei*.

Fecho os olhos quando o liquidificador zumbe mais alto, lembro de inspirar seu cheiro — o toque de menta em seu hálito, o aroma sensual de figo doce e sândalo terroso que vinha de seu cabelo.

Jean-Claude fecha a porta da frente atrás dele, me tirando desses pensamentos. Ele estremece com o som.

"Está tudo bem?", pergunto.

Ele me lança um olhar mal-humorado e desaba em um banquinho no nosso balcão de café da manhã. "Bebi vinho demais ontem à noite. Tem café?"

Sirvo uma xícara e a deslizo em sua direção. "Beba."

Jean-Claude toma metade em um só gole, apoia a xícara na mesa e me avalia com o olhar. "Você devia ter ido ontem", diz. Seu celular vibra, e ele o pega, franzindo a testa enquanto lê, então digita uma resposta. "Juliet insistiu para convidar os amigos, e alguns eram da variedade feminina atraente."

"Tive uma emergência com um paciente." Essa é a minha mentira-padrão. Ninguém questiona um médico quando ele diz que o dever o chama.

"Mentira", ele diz antes de outro gole de café. "Você não estava de plantão. Você só queria fugir."

Despejo o conteúdo do liquidificador em um copo alto de vidro. "Se eu *quisesse mesmo*, diria que estou perdoado, considerando que na última vez em que estive em um evento social por sua causa acabei preso em um armário com a mesma mulher que havia me encharcado de bebida alcoólica. *Duas vezes.* Tive que trocar toda a minha roupa por causa dela."

E você quase a beijou, minha mente sussurra, *sem analisar demais a situação, sem se preocupar ou duvidar de si mesmo.*

O que é um absurdo. Eu quase beijei Beatrice porque eu tinha... perdido a cabeça. Segurá-la perto de mim, sentir que ela se apoiava no conforto dos meus braços enquanto desmoronava, me deixou desnorteado. Como transitar por uma cidade desconhecida sem saber para onde se está indo e fazer uma curva errada em uma rua de mão única. Só porque abraçá-la não foi totalmente desagradável não quer dizer que foi sábio ou que a gente se daria bem de alguma forma.

"West, escuta aqui. Você não vai superar a Lauren se fugir sempre que começar a gostar de uma mulher."

"Eu não tenho feito isso. Não tem ninguém de quem fugir."

Ele guarda o celular no bolso. "Então está mais do que na hora."

"Do quê?"

"De namorar de novo."

Resmungo. "Jean-Claude, não."

"West, sim. Você precisa namorar de novo. Ter um novo começo."

"Com quem exatamente?"

"Alguém que é a pessoa certa pra você. Vamos lá." Ele estende a mão. "Me dá seu celular."

"Para quê?", pergunto, apreensivo.

Jean-Claude gesticula para que eu lhe entregue o aparelho. "Vou te passar o número da Srta. Certa. Juliet conhece a pessoa perfeita pra você."

"Não tenho tempo pra namorar agora."

"Ninguém está dizendo pra você casar e ter filhos", ele diz. "É só um encontro. Apenas um. Juliet já preparou tudo. Vocês dois têm um encontro marcado para este sábado, no banco do parque em frente à Boulangerie, às dez da manhã em ponto."

Olho para ele, chocado. "Você marcou um encontro pra mim? Antes mesmo de perguntar?"

"Bem, tecnicamente, foi a Juliet que marcou." Vendo meu celular conectado ao carregador, que está muito mais perto dele, ele avança e consegue pegá-lo primeiro.

"Jean-Claude..."

"West." Ele digita o número no meu celular e adiciona aos meus contatos. "Pronto. Até sábado, escreva pra ela. E nada de falar de outras pessoas. Seja o mais anônimo possível."

"Por quê?"

Ele dá de ombros. "Pro caso de vocês não se darem bem. Daí podem se ignorar sem que fique estranho quando vocês se trombarem de novo."

"Eu a conheço?"

Ele toma um gole de café e me lança um olhar enigmático. "Se conhecesse, eu não te contaria."

"Isso não faz sentido."

"Faz todo o sentido. Tanto faz se for alguém que você já conheceu ou se for alguém novo, você tem a possibilidade de um novo começo e mantendo o anonimato pro caso de não dar certo. Conte coisas sobre você, pergunte sobre ela. Você vai se sair melhor assim, por mensagem. Sem o risco de ter que lidar com os seus silêncios constrangedores ou o jeito fechado que você tem pessoalmente."

"É claro. Mandar mensagem é muito melhor, porque tenho bastante tempo pra surtar com cada frase que escrevo, em vez de surtar pessoalmente."

Ele suspira. "Esqueci o tanto de apoio de que você precisa."

"Nós não estamos mais na faculdade, e eu com certeza não preciso que você fique segurando a minha mão. Só estou apontando um fato. Eu costumo parecer..."

"Frio? Indiferente? Exigente?", ele sugere. "Sim. Mas depois que conhece melhor a pessoa, você não é tão ruim. Só relaxa e seja você mesmo."

"Não dá pra acreditar nisso. Você está me dando o número de uma estranha. E pior, ela já tem o meu?"

"Ela não é uma estranha. Bom... não muito", ele murmura.

"Que reconfortante."

Ele olha para mim. "Juliet passou seu número e seu nome do meio, abreviado. Ela te conhece como Ben. Mantenha desse jeito até vocês se encontrarem."

"O quê?"

"Como eu disse, se vocês dois continuarem anônimos até se encontrarem fica mais fácil terminar de um jeito confortável se não der certo. Por outro lado, se vocês se derem bem, podem se explicar quando se encontrarem pessoalmente."

Esfrego os olhos por baixo dos óculos, massageando o alto do nariz. "Já estou com dor de cabeça."

Jean-Claude desliza o celular na minha direção, e minha curiosidade fala mais alto. Olho para o número e depois para o nome acima dele. *Addie*.

"Addie. Como a Juliet conhece essa *Addie*? Ou quem quer que seja com esse pseudônimo."

Jean-Claude coça o queixo e desvia o olhar. "Ah, elas têm uma relação antiga. Desde criança. Juliet jura que a está guardando pra alguém legal, pra pessoa certa. Ela acha que você é esse cara."

"E ela acredita que essa mulher vai me querer? Como ela pode saber quem combina comigo?"

Jean-Claude faz um barulho muito francês no fundo da garganta antes de tomar outro gole de café. "Acho que é *você* que não sabe quem combina com você. E não vem falar da Lauren, ela era péssima."

"Ela era justamente a pessoa certa. Quer dizer, não *ela* especificamente, mas o tipo dela. Organizada. Estável. Mesma profissão..."

"Tá, tá", ele faz um gesto com a mão. "Eu sei como você é chato com isso. Você acha que precisa de alguém exatamente como você, mas não precisa, West. Você precisa de alguém que dê uma bela sacudida em você."

"Isso parece terrível."

Ele suspira, se levantando com seu café. "Desde que te conheço, você só aposta no que é seguro. Tente uma coisa nova. Veja até onde isso pode te levar. Mesmo que..." Ele dá um sorriso despudorado. "Mesmo que seja só para resolver alguma frustração, tá? Pode progredir ou não, depende do que você quiser."

No meio do corredor, ele se vira e diz: "Ah. E... ela gosta de xadrez. Então já é alguma coisa".

Droga. Não posso descartar por completo um possível encontro com uma mulher que gosta de xadrez. Resmungando, olho para o número.

E quando me acomodo no escritório trinta minutos depois para me preparar para o dia, ainda estou olhando fixo para aquele número. Bebendo meu chá verde, leio os primeiros prontuários do dia e tento evitá-lo.

Mas então olho para o celular de novo, cogitando a possibilidade de enviar uma mensagem para ela.

É uma mensagem. Só uma mensagem.

Mas parece muito mais. Parece que estou prestes a sair da minha vida à la *Feitiço do Tempo* para me arriscar em algo novo. Será que estou pronto para isso?

Há quase um ano, a minha vida é um borrão de mesmice, o que não é tão deprimente quanto Jean-Claude diz que é, ao menos não para mim. Amo a mesmice e a rotina. E, no entanto, talvez Jean-Claude também não esteja totalmente errado. Talvez eu tenha apostado *demais* no que é seguro. Ultimamente, sinto que a previsibilidade dos meus dias tem ficado mais desgastante. A vida começou a parecer um pouco vazia, um pouco desbotada.

Talvez eu esteja mesmo um pouco solitário.

Ainda que eu não saiba muito bem até onde essa história de trocar mensagens com essa tal Addie pode levar, percebo que quero descobrir.

Tente algo novo, disse Jean-Claude. *Veja até onde isso pode te levar.*

Respiro fundo e começo a digitar.

7

BEA

No meio desta manhã tranquila de segunda-feira, meu celular vibra. Olho por cima do meu bloco de desenho e leio a notificação.

NSCB: Por que é ruim almoçar com um jogador de xadrez?

Meu telefone me diz que é o cara que Não-Se-Chama-Ben "NSCB", como nomeei o contato. Espero para responder, pensando que talvez as mensagens cheguem fora de ordem. Mas não há mais nenhuma, sem a introdução previsível, sem o *Bom dia!* batido. Ele foi direto ao ponto, que é como eu adoro me comunicar. Dou um longo suspiro de alívio. Eu não tenho que fingir. Não tenho que participar de uma conversinha introdutória.

BEA: Não sei. Por quê?

A resposta chega segundos depois:

NSCB: Porque ele demora mil anos para passar o sal.

Solto uma risada.

Sula espia da sala dos fundos. "Tudo bem aí?", ela pergunta com um sorriso no rosto.

"Tudo." Aceno com a mão e coloco o celular no bolso. Quando ela desaparece dentro do escritório, pego o aparelho de novo e o coloco no balcão de vidro.

BEA: Você vai me causar problemas no trabalho. Você me fez rir.

NSCB: Sério? Não esperava fazer você rir. Mas me disseram que temos o xadrez como um interesse em comum. Uma piada relevante parecia um bom lance de abertura.

Sorrio.

BEA: E foi. Vai ser difícil manter esse ritmo, NSCB.

NSCB: NSCB?

BEA: Não-Se-Chama-Ben. NSCB.

NSCB: NSCB, gostei. Estamos pensando do mesmo jeito. Salvei você como PA. Pseudônimo Addie.

Outra risada pelo nariz escapa.

BEA: Pseudônimo? Vocabulário chique.

NSCB: Passei muitas horas lendo durante os estranhos e desajeitados anos da juventude.

BEA: Bom, você não é o único. Eu era estranha & desajeitada quando era nova. Ainda sou.

BEA: Por falar em estranho, você acha estranho a gente não compartilhar nossos nomes verdadeiros?

NSCB: É esquisito não saber seu primeiro nome. Mas até aí, a situação em si é esquisita. Mas não é ruim. Pelo menos não pra mim. Dito isso, se você estiver desconfortável, podemos deixar pra lá. Não faço ideia de como te convenceram a fazer isso, mas não quero que se sinta obrigada. E posso dizer meu primeiro nome se ajudar.

Fico olhando para o celular, analisando as opções. Está fluindo bem até agora, talvez *porque* não estamos usando nosso nome verdadeiro, porque posso me esconder atrás de algo seguro. Na minha cabeça, ter um pseudônimo faz diferença, porque se as coisas não derem certo, na verdade não fui *eu* que ele dispensou. Foi a Addie. Acho que gosto de ele não saber meu nome.

BEA: Vamos manter os pseudônimos por enquanto. Tudo bem?

NSCB: Por mim tudo bem. Temos muito tempo até sábado e sempre podemos rever essa decisão. Supondo que nós dois estaremos à vontade para nos encontrar quando chegar sábado.

Espio meu celular. Uma tensão estranha me puxa por dentro. Continuo pensando no Jamie e naquele quase beijo da semana passada. Que ridículo eu ter me importado com um cara quadrado e engomadinho que saiu correndo daquele armário como se eu fosse uma doença contagiosa. Isso só serviu para mostrar quanto preciso transar, quanto *alguma coisa* precisa mudar na minha vida amorosa.

A verdade é que estou um pouco desesperada, e isso é tudo o que me sobrou. Não posso dizer que eu tenha conhecido um monte de outros bons candidatos recentemente. Não suporto aplicativos de namoro ou conversa fiada em bares — toda aquela socialização que raramente dá certo e mais raramente ainda leva a uma transa de qualidade. Já que minha irmã e meus amigos me mandaram um encontro pré-aprovado, será que eu deveria mesmo ficar olhando os dentes do cavalo dado?

BEA: Combinado. Quero ser franca com você: não tenho certeza do nível de envolvimento que estou procurando. Sei que só estamos começando a conversar, mas não quero te enganar.
NSCB: Obrigado pela honestidade. Também não sei muito bem para o que estou pronto. Vamos devagar, um dia de cada vez, sendo sinceros um com o outro sobre como estamos nos sentindo. É uma configuração estranha e ninguém tem culpa se não der certo.
BEA: É muito estranho. Mas estranho pode ser bom às vezes.
NSCB: É muito estranho dizer que já gosto de falar com você?

Sorrio de novo e passo o dedo pelas palavras.

BEA: Espero que não. Se for, somos dois. ☺

Decidi que perdoo minha irmã, em parte. Apenas o suficiente para deixar que ela faça o jantar enquanto desenho na bancada da cozinha.

"Seus nuggets em forma de dinossauro, madame." Jules coloca o prato na mesa com um floreio. "Como diria Jean-Claude, *bon appétit!*"

"Se ele cozinhasse", murmuro.

"Olha aí o sujo falando do mal lavado. Essa crítica só funcionaria se você não fosse tão dependente do meu talento culinário quanto ele. A propósito, de nada."

Olho para cima e faço uma careta para as quatro cenouras baby que ela colocou no meu prato se afogando em uma poça de molho *ranch*. "Você está me forçando a comer legumes."

"Extracrocantes", diz ela.

Suspirando, puxo o prato para mais perto. "Obrigada, acho."

"De nada, raio de sol." Jules desliga o forno e coloca sua salada ao lado da minha, e parece um terreno frondoso e colorido com nuggets em forma de dinossauro espalhados por ele.

"Pode ser que eu tenha que tirar uma foto disso", digo.

"Fique à vontade. É meio fofo."

Encontro meu celular, ativo o modo retrato e ajusto o ângulo. Aumento o zoom. Diminuo o zoom.

"Ok, Annie Leibovitz", diz Jules. "Algumas pessoas estão com fome."

Tiro a foto justo antes de seu garfo vir abaixo, destruindo a utopia dos dinossauros. "Já entendi."

"Então", ela diz no meio de uma mordida. "Quer me contar o que tá rolando?"

Posto a foto no Instagram com uma legenda dizendo *Talvez desenhe isso mais tarde*. Tirando os nuggets de frango em forma de dinossauro, ficaria fofo pra cacete em um cartão. Eu poderia, com toda certeza, esconder uma pose de autoprazer na salada.

"BeeBee."

Largo o celular. "O que tá rolando? O fardo da existência? A verdade cruel de que, para permanecer aberta, uma empresa precisa ser frequentada por clientes?" Mergulho meu nugget de dinossauro direto na poça mortífera de ketchup. "Tive um longo dia de trabalho. Interação social demais."

Ela balança a cabeça, espetando outro bocado de salada. "Você realmente não foi feita pra atender clientes."

"É, bom, isso é verdade. Mas se eu parar de trabalhar no balcão da

Edgy Envelope, vou ter que voltar a pintar pra compensar o orçamento. E visto que não tenho conseguido pintar de jeito nenhum, meio que eu não tenho alternativa."

Jules cutuca meu pé por baixo da bancada. "Vai passar. Bloqueio criativo acontece com todos os artistas."

A culpa vem com tudo, forte e inesperada. Sempre acontece quando Jules está sendo legal e me lembro que nenhuma das minhas irmãs sabe a história toda, que estou enfrentando muito mais do que um bloqueio criativo. É o resíduo de um relacionamento de merda, cuja sujeira persistente ainda não foi retirada do meu psicológico para que eu consiga voltar a pintar.

Evitando o olhar dela, digo: "Eu mal tenho conseguido *desenhar* qualquer coisa original nas últimas semanas. É como se meu cérebro tivesse zerado de ideias. Minha maior inspiração nos últimos tempos foi essa salada de nugget de frango."

"Quem sabe esse encontro no sábado e um pouco de romance não ajudam a colocar seu motor criativo pra funcionar."

Quebro uma cenoura entre os dentes. "Nós *não* vamos falar sobre isso."

"Vocês têm conversado por mensagem?", ela pergunta, me ignorando completamente.

Pego meu nugget de tiranossauro rex, o faço pisotear pela mesa e bato no diplódoco da minha irmã até quebrar a cabeça dele.

"Isso foi rude!" Jules voa com seu pterodáctilo até meu prato e esmaga meu triceratopes.

"Esse é o meu favorito, cabeção!"

Ela aponta para seu nugget decapitado. "Perdão. Você tomou sua pílula de hipocrisia hoje?"

Mergulho uma cenoura no molho *ranch* e a uso para pintar sua bochecha de branco.

Jules fica atônita. Depois pesca uma metade de tomate-cereja cortado da sua salada e enfia no meu nariz. "É isso aí, Rudolph!", ela diz, triunfante.

"Juliet!", eu grito. "Eu odeio tomate!"

Estamos à beira de uma guerra de comida quando a campainha do apartamento nos interrompe.

"Eu atendo", diz ela, se levantando enquanto limpa o rosto com o guardanapo. Jogo outra cenoura em sua direção e erro por um quilômetro quando ela pressiona o botão do interfone. "Oi?"

"Juliet?"

Um arrepio percorre minha espinha. Conheço essa voz.

"Desculpa incomodar", Jamie diz, "eu estava..."

"West, oi!" Jules diz. "Não precisa se explicar. Pode subir!"

Um calor me percorre enquanto minha memória vai direto para o armário. O quase beijo. As mãos dele em mim. A vergonha horrível quando ele saiu correndo. "Por que ele está vindo pra cá?"

Jules dá de ombros. "Não sei. Foi por isso que falei pra ele subir, pra contar pra gente.

"Ele podia ter contado pra gente do interfone lá de baixo."

Ela revira os olhos. "Não vou fazer ele ficar do lado de fora como se fosse um estranho suspeito. Ele é nosso amigo."

"*Seu* amigo."

Ela destranca a porta da frente, abre uma fresta e sorri para mim. "Você ficou vermelha."

"Juliet." Eu pego outra cenoura encharcada de molho *ranch*, me viro e jogo nela.

Só que atinge Jamie no rosto quando ele cruza a soleira. A cenoura cai com um baque triste no chão, e ele fica com um respingo de molho que parece um teste de Rorschach na testa.

"Ai, meu Deus, Bea!" Jules pega um lenço rápido e o entrega a Jamie.

A humilhação queima minhas bochechas. Me levanto, varro a cenoura e jogo no lixo. "Desculpa", murmuro.

"Tudo bem", diz Jamie, limpando a testa. "Eu devia ter esperado por isso. Parece ser seu cumprimento-padrão."

Eu me viro. "Assim como a sua condescendência lacônica."

"Lá vem." Jules ri meio nervosa. "Sejam legais, vocês dois. Foi um pequeno mal-entendido. A cenoura era pra mim, não pra você, West. Bea não fez por mal."

Jamie e eu nos encaramos. Como que eu quase colei minha boca na dele dentro de um armário? Esse momento parece estar a uma vida de distância. Ele fica parado, a boca apertada, olhos semicerrados, tudo tão na aparência dele que eu quero puxar aquela camisa até enrugar, despentear o cabelo imaculado dele e bater na lateral dos óculos pra que fiquem tortos em cima daquela merda de nariz perfeito.

Ele se vira para minha irmã. "Sinto muito por aparecer sem aviso. Parece que perdi minhas chaves, devo ter deixado no escritório. Estou trancado pra fora do meu apartamento e imaginei que Jean-Claude estivesse aqui, já que ele não atendeu a campainha."

"Ele ficou preso no trabalho", diz Jules. "Você pode ficar com a minha chave por enquanto. Vou pegar na minha bolsa."

Ela belisca a lateral do meu corpo e sussurra: "Seja legal". E então segue pelo corredor até seu quarto.

Deixando Jamie e eu sozinhos. De novo.

Mergulho meu nugget massacrado de dinossauro no ketchup, que francamente está com um aspecto horrível, e giro no meu banquinho para ficar de frente para ele. Jamie olha ao redor da sala para qualquer coisa, menos para mim, e tem a mandíbula tensa.

"Tem um pouco de molho nos seus óculos", aviso.

Ele para, então se vira devagar para encontrar meus olhos. "Eu imagino que sim", diz com frieza.

"Você não vai limpar? Você não parece o tipo de cara que quer molho *ranch* enferrujando as dobradiças dos óculos."

Seu olho esquerdo estremece. "Cuido disso quando chegar em casa."

"Entendi." Enfio o último nugget na boca.

"São nuggets de frango em formato de dinossauro?", ele pergunta.

"E se forem?"

Ele limpa a garganta. "Escolha surpreendente pra uma refeição de uma pessoa adulta. E os vegetais se resumem a uma cenoura solitária encharcada de molho *ranch*. Talvez seu cuidado com a alimentação seja igual ao da maioria dos americanos. Deplorável."

"Eram *quatro* cenouras!"

"Ah, mas você só ingeriu três", diz ele. "Considerando que uma delas atingiu minha testa."

"Aqui está!", Jules fala cantarolando, cortando a tensão.

Jamie pega a chave dela e acena educadamente com a cabeça. "Obrigado", ele fala para ela. "Beatrice", ele diz como um adeus.

"James", murmuro entre os dentes cerrados.

Quando Jules fecha a porta, pego meu celular e procuro minha conversa com Não-Se-Chama-Ben. Trocamos algumas mensagens nos últimos dias, mas, depois dessa lembrança infeliz de como Jamie é absolutamente horroroso, estou pronta para me comprometer a ir ao nosso futuro encontro. Preciso tirar aquele quase beijo e a cara arrogante de Jamie Westenberg da minha cabeça. De vez.

BEA: Estou prestes a arrancar os cabelos. Uma piada de xadrez cairia bem agora.

NSCB: Eu mandaria uma, mas estou tão irritado que mal consigo digitar.

BEA: O que aconteceu?

NSCB: Não quero falar sobre isso. É só alguém que gosta de me tirar do sério.

BEA: Cara. Aqui também. Lidei com pessoas por oito horas e depois ainda tive que lidar com a última pessoa que eu queria ver. Não tenho mais saco pra aguentar grosseria depois de socializar o dia todo.

NSCB: Somos dois. Lamento que você tenha tido um dia como o meu, mas é bom saber que não estou sozinho.

BEA: Lamento que você também tenha tido um dia assim.

NSCB: Bom, vamos tentar salvar o fim do dia? Aqui vai uma: por que o jogador de xadrez ficou tenso no restaurante?

Tamborilo meus dedos no balcão.

BEA: Não tenho ideia.

NSCB: Porque o lugar só aceitava cheque.

BEA: Uau. Essa piada foi nível tio do pavê, NSCB.

NSCB: Fez você parar de pensar no seu dia ruim por um momento, não? Talvez até tenha feito você sorrir?

Escondo o celular quando Juliet olha na minha direção e mexe as sobrancelhas para indicar que sabe o que estou fazendo. E não é que um sorriso escandaloso está iluminando o meu rosto?

8

JAMIE

Horas depois do meu encontro traumático com Beatrice e a Cenoura Baby, meu celular vibra enquanto estou deitado na cama com um livro no colo. Uma mensagem da Pseudônimo Addie ilumina a tela.

PA: Às vezes você se sente completamente sozinho?
JAMIE: Sim. E você?
PA: Sim.
PA: Mas sinto que é culpa minha.

Mudo de posição na cama, colocando um marcador no livro e dedicando toda a minha atenção ao telefone.

JAMIE: Como assim?
PA: Já disse que sou esquisita, mas é o tipo de esquisita que não se sente à vontade em lugar nenhum. É como se o meu jeito de ser não fosse suficiente pra certas coisas e fosse exagerado pra outras. Às vezes sinto que não pertenço a lugar algum e que se eu fosse mais isso ou menos aquilo eu me sentiria bem. Faz sentido?
JAMIE: Faz, sim. Isso lembra o período em que cresci da noite pro dia e minhas calças eram muito curtas e minhas mangas não eram longas o suficiente. Eu vivia me sentindo como se mais nada coubesse em mim.
PA: O que você fez? Como você lidou com isso?
JAMIE: Eu descobri quais partes disso tudo me serviam melhor, e agora é isso que eu visto por aí. Foi assim que aprendi a me encaixar.
PA: Mas isso não é solitário? Você nunca quis usar só o que queria?

Que fizesse você sentir que pertencia a algo independente do que estivesse usando?

PA: Aliás, estou um pouco bêbada.

PA: Na verdade, você pode só ignorar isso. Desculpa. Estou sendo a versão em texto do estranho bêbado no bar que chora no seu ombro falando de merdas pessoais que você não pediu para ouvir.

Meu coração bate forte enquanto olho para as palavras. Como se finalmente tivesse encontrado alguém como eu.

JAMIE: Não precisa se desculpar. Eu gosto de falar sobre isso. Ninguém quer falar sobre isso. A não ser eu. E você, aparentemente.

PA: Promete que não está falando só por falar?

JAMIE: Prometo. E para responder à sua pergunta, é solitário — usar aquelas roupas pra me encaixar, roupas que não são necessariamente minhas, mas que concordei em usar. Mas faz muito tempo que não uso qualquer outra coisa. Acho que eu me sentiria muito estranho se fizesse isso. Talvez eu nem saiba mais o que colocar.

PA: Você não vai saber até tentar, né? Talvez você se sinta livre.

Meu coração bate mais forte, meus dedos anseiam despejar tudo que mantenho guardado bem no fundo. Digito minha resposta, mas hesito, pensando se envio ou deleto. Meus gatos pulam e se espreguiçam no meu colo, e um deles esbarra em mim de modo que meu polegar aperta o "enviar" prematuramente. Minha humilhação aumenta à medida que vai até uma torre de celular e depois aterrissa nas nossas mensagens.

JAMIE: Não sei se alguma vez já me senti livre. O que isso quer dizer, afinal?

PA: Não sei. Acho que quando me sinto incompreendida ou sozinha eu lembro que pelo menos sei quem eu sou e sou fiel a mim mesma. Isso pra mim é ser livre. Quem eu sou não é algo negociável. Isso sou eu mesma. Às vezes, eu só queria que essa identidade tivesse espaço em meio aos outros.

Engulo em seco, meus dedos traçando suas palavras.

JAMIE: As pessoas não gostam de admitir esse tipo de solidão, mas, só para constar, acho que todo mundo é um pouco sozinho desse jeito. A maioria das pessoas só não tem coragem de dizer isso.

PA: Você tá falando sério? Eu não te assustei com a minha crise existencial bêbada no meio da semana?

JAMIE: Se você visse meu rosto, saberia que não.

PA: Por quê? O que você tá fazendo?

Levo uma mão ao rosto e sinto a pequena elevação esquecida dos músculos faciais, a curva estranha da minha boca.

JAMIE: Estou sorrindo.

Meu celular vibra quando desligo o chuveiro. Passo as mãos pelo cabelo para tirar os fios molhados do rosto, piso no tapete do banheiro e enrolo uma toalha na cintura. Meu estômago dá uma cambalhota quando vejo de quem é.

PA: Ilustre NSCB. Bom, eu disse que sou do tipo criativo.

JAMIE: Disse. Mas não foi nada generosa com os detalhes.

PA: Os detalhes chegarão daqui a uma hora. Eu queria fazer uma piada.

JAMIE: Sou todo ouvidos.

PA: Por que os artistas são péssimos no xadrez?

JAMIE: Não sei. Por quê?

PA: Porque eles ficam empatando pra desenhar o jogo.

Uma risada seca sai do meu peito.

JAMIE: Olha só quem assumiu os trocadilhos cafonas de xadrez!

PA: Você que começou com eles esta semana! Estou só voltando para onde começamos.

PA: Aff. Minhas pernas estão tremendo. Estou nervosa. E você?

Olho para o meu telefone, percorrendo as conversas dos últimos dias.

Desde meu terrível encontro com Beatrice e a Cenoura Baby, e as mensagens tarde da noite com Addie, a conversa fluiu, alguns dias com mais mensagens do que outros, mas sempre com alguma coisa significativa. Nunca a vi nem ouvi a sua voz, não sei o seu verdadeiro nome, mas sinto uma ligação inegável com a pessoa do outro lado desse diálogo.

JAMIE: Estou nervoso, sim. Nervoso-animado.

PA: Eu também me sinto assim ☺. Estarei com um vestido amarelo brilhante. Não vai ter como não me ver.

JAMIE: Sou alto, mas provavelmente estarei sentado no banco, então não ajuda muito. Estarei de suéter azul-marinho e óculos.

PA: Ok. Já estou saindo. Meu cabelo está tão bagunçado que parece que tomei um choque. Ele precisa ser domado.

PA: Por favor, desconsidere a mensagem anterior e, quando me vir, imagine que eu sempre estou muito elegante.

JAMIE: Se estiver tudo bem para você, eu prefiro imaginar o cabelo selvagem.

PA: Nesse caso, talvez eu apareça *au naturel*.

Um sorriso surge em minha boca enquanto digito.

JAMIE: Estou ansioso por isso.

9

BEA

Em algum momento nos últimos cinco dias, comecei a gostar desse tal de Ben. NSCB é um cara fofo, inteligente, engraçado e aparentemente decente que estou animada para conhecer. Estou até alguns minutos adiantada. Em parte porque quero observá-lo escondida, mas não de um jeito bizarro, à distância. Além disso, algo na maneira como ele se expressa e na rapidez com que responde às mensagens me dá a impressão de que ele deve ser *extremamente pontual*. Não quero decepcioná-lo chegando atrasada.

A longa caminhada da minha casa até o banco em frente à Boulangerie não é difícil, e absorvo a manhã gloriosa, o outono em todo seu esplendor. O mundo é um mosaico de pedras preciosas. Grama verde-esmeralda. Folhas de âmbar balançando com a brisa contra um céu safira salpicado de nuvens brancas como diamantes. É um daqueles dias em que eu poderia me sentar em qualquer lugar com minhas canetas coloridas e papel e desenhar por horas.

Mas não tenho horas, tenho minutos. Então continuo andando.

Conforme me aproximo, meu olhar se depara com um homem sentado no banco onde vou encontrar o NSCB, com um livro esparramado em seu colo. Um *teco* de reconhecimento dança na minha espinha. Ele tem um perfil forte. Nariz comprido, queixo anguloso, maçãs do rosto pronunciadas. Lábios puxados suavemente entre os dentes enquanto lê o livro aninhado em suas pernas dobradas. Ele é muito gostoso.

Mas, bom, ele *está* lendo um livro, e isso sempre mexeu comigo. Tem perfis inteiros no Instagram dedicados a compilar fotos espontâneas de caras gatos lendo em público. A humanidade chegou a um consenso: ler um livro deixa uma pessoa sexy ainda mais sexy.

Eu o observo à medida que meus passos desaceleram, e me aproximo do banco. Sua postura é excelente, suas roupas impecáveis...

Ahhhh, não. Não pode ser.

Mas é. É *ele*.

O Cara Gato com um Livro não é ninguém menos do que Jamie Westenberg, sentado no mesmo banco onde, daqui a cinco minutos, devo me encontrar com o NSCB. Que sorte. Que maldita sorte. Claro que, bem antes do encontro que me deixa superansiosa, eu tinha que esbarrar no senhor Jamie Julguiane.

Paro logo depois do banco. Ao perceber alguém olhando fixo para ele, Jamie olha para cima, um dedo marcando o lugar em que parou no texto. Seus olhos se arrastam pelo meu corpo e se arregalam quando encontram meu rosto.

"Beatrice?", ele diz com a voz rouca.

"James." Faço uma mesura. Porque sou estranha e às vezes faço coisas assim.

Ele fecha o livro e, sem quebrar o contato visual, o coloca na bolsa ao seu lado. E então ele faz algo que eu realmente acho que nunca vou esquecer.

Ele se levanta. Como se eu fosse alguém para quem você deve se levantar. Eu o encaro, tão alto e reto, de pé na minha frente, enquanto meu coração gira como um pião. Tentando ignorar o sentimento inconveniente de arrebatamento, puxo minha bolsa mais para o alto no ombro, mas meus olhos ignoram a ordem mental e vagam pelo corpo dele. Infelizmente, Jamie combina com o ar livre.

Muitíssimo.

Nossas interações até agora foram em ambientes internos. Eu nunca o tinha visto à luz do dia. Nunca nos dias gloriosos de outono raiados de sol. E agora eu gostaria muito de ter continuado assim.

Porque sob o sol de outono, o cabelo loiro escuro de Jamie é de um bronze deslumbrante, com uma leve promessa de ruivo nas curvas sombreadas de suas ondas. Seus olhos cor de avelã são esmeraldas rajadas com ouro, e todo o seu corpo alto e esguio parece ainda mais escultural. Ele é como as esculturas que contemplei com reverência em museus europeus, como as obras de arte que me deixaram apaixonada pelo desenho da forma humana. Odeio admitir, mas, sob a melhor luz natural, Jamie Westenberg é nada menos que magnífico.

"Senta", digo, porque *eu* preciso me sentar. Meus joelhos estão vacilando perto dele de novo. "Não precisa ficar em pé por minha causa."

Ele não se senta. Ele me encara, o olhar vagando pelo meu corpo. Já fui analisada antes, mas não é isso. Jamie parece estar tentando montar um quebra-cabeça. "Seu cabelo está... arrumado. E seu vestido", ele murmura. "É bem amarelo."

Eu toco meu cabelo, constrangida, então olho para baixo, para meu vestido tipo camiseta leve e folgado, da cor de dente-de-leão que floresce por toda parte.

"Sim", digo devagar. "E?"

O olhar de Jamie encontra o meu enquanto ele leva a mão ao peito, espalmada sobre o coração. "Alto, mas sentado no banco. Suéter azul. Óculos."

As peças se encaixam brutalmente quando nós dois falamos: "*Você!*".

Jamie agarra meu cotovelo quando eu oscilo, antes de me puxar para baixo com firmeza em direção ao banco. Seu toque já se foi antes que eu possa de fato processá-lo — a ponta áspera de seus dedos, o calor seco de sua mão.

"Se você estiver prestes a desmaiar, coloque a cabeça entre os joelhos", ele diz.

Largo minha bolsa no colo. "Puta. Merda."

Sentado ao meu lado, Jamie desliza sua bolsa carteiro para fora do caminho. Ele também parece atordoado. "Então você é..."

"Pseudônimo Addie." Olho para ele. "E você é..."

"Ilustre NSCB."

"Ben?", pergunto.

"Benedick", ele murmura. "Um nome de família. Addie?"

"Adelaide. Não se preocupa, eu sei que é horrível."

"Beatrice Adelaide", diz ele. "Não é tão horrível. Experimenta ser um James Benedick pra ver até onde isso te leva no parquinho."

De um jeito muito não Jamie, ele desaba, cotovelos sobre os joelhos e cabeça entre as mãos, e passa os dedos pelos cabelos. "Isso é inconcebível."

Uma risada salta de mim. Imagino aquele cara de *A princesa prometida* gritando: "Inconcebível!".

Jamie olha para mim, suas mãos caem. "Você acha isso divertido? Terem enganado a gente?"

"Não. Foi só que você disse... Deixa pra lá." Olhando para meus pés, eu bato uma bota na outra à medida que emoções me invadem, são muitas para nomear. Uma se destaca em relação a todas as outras: raiva. Estou com *raiva*.

"Aqueles cretinos", murmuro.

Jamie grunhe em concordância.

"Eu não acredito!", digo. "Vou matar a Jules."

"E Jean-Claude?" Ele se vira e sua coxa bate na minha. Agarro meu vestido com as mãos para lidar com o raio de eletricidade que salta dele para mim. "Vou estrangulá-lo."

A última emoção, de longe a mais forte, me atinge como uma onda por trás. Estou triste, sabendo que NSCB não existe. É apenas Jamie. Jamie petulante e impertinente. Conforme a promessa daquele Não-Se-Chama--Ben desaparece, minha última esperança também se esvai. Depois de quase dois anos querendo seguir em frente, mas sem saber como, eu tive a chance de finalmente ter alguma coisa com alguém. E agora ela se foi.

O golpe final é Jules. Minha irmã mentiu para mim. Uma mentira horrível.

"Por que eles estão fazendo isso?", pergunto.

"Não tenho certeza. Também estou me perguntando isso."

"Como juntar a gente pode fazer algum sentido?"

"Não faz. A não ser que..." Ele franze a testa. "Não, esquece."

"Fala." Eu me viro para ele, batendo nossos joelhos sem querer. "Me conta o que você está pensando."

"Você mora no mesmo bairro que eu. Você sabe como é difícil encontrar um aluguel acessível. Jean-Claude é um sujeito muito preocupado com dinheiro..."

"Você quer dizer um mão de vaca?"

Jamie franze os lábios. "Eu o defenderia, mas ele não é bem a minha pessoa favorita no momento."

"Então não defenda. Fala logo o que você acha que eles fizeram."

"Bom, não é possível que eles achem mesmo que combinamos um com o outro."

Solto uma risada anasalada. "Dá pra imaginar?"

Os olhos de Jamie se estreitam. "Você não precisava rir *tanto*."

"Como é? Foi você que acabou de dizer que de jeito nenhum eles iam pensar que a gente faria bem um para o outro."

"Eu não disse *dessa* forma."

"Ah, meu pai." Arrasto as mãos pelo meu rosto. "Podemos conversar sem brigar por tipo... três minutos? Já estou começando a ficar com dor de cabeça."

Ele suspira pelo nariz, o queixo tremendo. "Certo."

O silêncio se instala constrangedoramente entre nós. Cutuco minhas cutículas e olho de relance para as mãos retorcidas de Jamie, os nós e as pontas dos dedos, tão esfolados que dói olhar para eles. Se eu não estivesse à beira de fazer um cuecão épico nele, eu lhe ofereceria a pomada caseira da minha avó para as mãos, que faz maravilhas.

Respirando fundo, controlo meu humor. Pelo menos o suficiente para perguntar: "Então, se não era pra nos juntar, qual você acha que foi o motivo deles?".

Jamie lança um olhar rápido e fugaz na minha direção. "Talvez Juliet e Jean-Claude queiram não ter que se preocupar conosco. Se você e eu começássemos a namorar, eles poderiam nos pedir para trocarmos de apartamento. Você mora comigo. Jean-Claude mora com a sua irmã."

"Uau. Você é ainda mais cínico do que eu."

Ele olha para as mãos e raspa o polegar ao longo de uma junta ressecada. "Pensar no pior cenário é minha especialidade." Há uma longa pausa enquanto ele olha as palmas das mãos. "Não *quero* pensar isso. Mas é a explicação mais lógica."

"*Ou* eles acham que nós dois somos patéticos demais pra encontrar outra pessoa. Tipo as duas crianças que sobram na aula de educação física, formando dupla."

Ele suspira pesado. "Acho que eu mereço ser visto dessa maneira. Mas você, acho difícil."

"O que isso quer dizer?"

Antes que ele possa responder, um carro buzina, assustando nós dois.

Isso leva minha atenção para o outro lado da rua, na direção do barulho e do fluxo preguiçoso do tráfego do meio da manhã — pais empurrando carrinhos de bebê, casais andando de mãos dadas, ocasionais ciclistas e corredores passando. E é aí que eu os vejo.

"Jamie."

Sua cabeça se inclina na minha direção, me banhando com aquele aroma amadeirado de névoa matinal. Ele tem a audácia de cheirar bem desse jeito.

"O que é?", ele diz baixinho.

Eu viro a cabeça, quase roçando o nariz no dele. Nenhum de nós se afasta. "Do outro lado da rua. *Não* olha. Só ouve e depois dá uma olhada disfarçada. Do outro lado da rua tem duas pessoas familiares usando disfarces bem ruins."

Jamie olha para as mãos, passando o polegar sobre uma rachadura na ponta do dedo. Depois, devagar, espia por baixo dos cílios o outro lado da rua. Um lampejo de irritação contrai sua expressão antes de ele se recostar e cruzar os braços. "O que há de errado com as pessoas?"

"Eu realmente gostaria de saber. Não entendo. Não mesmo."

Olhando furtivamente para o outro lado da rua, observo Jules e Jean-Claude, dispostos em uma composição chamada *Traição casual*. Jules usa um boné, colete *puffer* e leggings com botas felpudas que ela jamais usaria em nenhuma outra ocasião. Jean-Claude está usando uma camisa de flanela moderna que está longe de seu costumeiro estilo mauricinho e está quase irreconhecível graças a...

"Jean-Claude descoloriu o cabelo?", Jamie diz.

"Spray branco, tipo aqueles de Halloween."

"Isso é perturbador", ele murmura.

"Isso é *inaceitável*, é isso que é. Eles manipularam a gente, Jamie. Eles manipularam a gente como marionetes."

Faz anos desde a última vez que a Jules fez algo assim — deu um jeitinho de contornar minha teimosia. Tudo o que ela disse na Edgy Envelope na segunda-feira gira dentro da minha cabeça e, em alguma parte extremamente simpática do meu coração gêmeo, quero apenas rir disso e deixar para lá, porque conheço a Jules e sei que ela pensa que é isso que ela tem que fazer para me ajudar.

Mas só consigo me concentrar na dor. Minha irmã e meus amigos, que segundo a Jules eram todos a favor disso, bancando o cupido — parece que eles estão dizendo que ninguém vai me desejar se eu estiver por conta própria, que não existe esperança para mim a menos que eles me joguem em cima de alguém. Que tenho que ser manipulada — não, *enganada* — para formar um casal.

Claro, reconheço que não chovem pretendentes para mim. Não sou charmosa e sofisticada como a Jules. Não sou aventureira e carismática como a nossa caçula, Kate. Sou um espírito livre do meu jeito e intratável de outras maneiras. Sou uma sonhadora solitária, muitas vezes perdida no meu próprio mundo. Sou sensível e me assusto com facilidade. Tenho limites e barreiras que muitas outras pessoas não têm.

Mas sou capaz de amar e ser amada. Posso compartilhar paixão quando a atmosfera é a certa. Só que precisa de tempo. E depois do que aconteceu com Tod, vai precisar de alguém especial.

Admito que, nos piores momentos, tenho medo de que esse alguém especial não exista, e que ficar procurando por ele confirme isso. Então, na maioria das vezes, não procuro. Permaneci nesse padrão de espera, cansada de ter tão pouco, mas com medo de ir em busca de mais. E eu reconheço que isso não é particularmente saudável.

Mas *esta* é a solução deles? As pessoas que supostamente mais me amam, que mais me entendem, me *enganando* para ir a um encontro. E com alguém que, uma semana atrás, lembrou a todos nós como posso ser esquisita, desajeitada e péssima em socializar.

Quanto mais penso nisso, mais fico irritada.

"Nem acredito que eles tentaram mesmo fazer isso", digo a Jamie. "Quero dizer, tem tantas falhas nesse plano."

"Não se eles presumissem que nós fôssemos consistentes, o que..." Ele olha para mim, ajustando os óculos. Camisa passada branca como papel. Suéter azul cor de céu noturno. E aquelas malditas armações de tartaruga que realçam o âmbar em seus olhos. Ele é irritantemente atraente, e não gosto de ter que reconhecer isso agora. "Eu sei que *eu* sou consistente. E imagino que você... seja... à sua maneira."

Olho feio para ele. "Você tem um talento especial para usar poucas palavras e ainda assim fazer com que elas soem nem um pouco legais."

Ele faz o favor de corar. "Eu só quis dizer que sua irmã conhece você bem."

"Aham."

"Estou sendo sincero, Beatrice. Nem tudo que digo a você é para ser um insulto. Estou tentando expressar que a Juliet sabia como propor essa situação de um modo que você aceitasse ir adiante. Da mesma forma que o Jean-Claude sabia como fazer isso para mim. Ele sabia que eu seguiria as regras que ele impôs."

Entendo o que ele quer dizer agora, mesmo que eu não goste. "Jules sabia que eu ia adorar a ideia do anonimato, pra me proteger."

Assim que digo isso, quero arrancar essas palavras do ar e enfiá-las de volta na minha garganta.

Jamie franze a testa para mim. "Se proteger do quê?"

"Ignora isso."

"Eu não vou ignorar", diz ele. "Me conta."

Nós mantemos uma troca de olhares breve e intensa. Jamie pisca primeiro.

"Ponto pra mim!", digo, triunfante.

"Quem disse? Nenhum ponto concedido. Eu não sabia que estávamos competindo."

"Óbvio que era uma competição de quem pisca primeiro. Eu ganhei. Fim."

Ele balança a cabeça. "Eu exijo um prêmio de consolação. A verdade."

"Ahhh, tá bom. Se você não soubesse meu nome verdadeiro e perdesse o interesse, não seria tão pessoal... ou tão doloroso."

"Entendi." Ele olha para as próprias mãos. "Bom... Acabou não sendo um problema."

"Claro. Já que tudo isso é uma grande piada."

Outro momento de silêncio se mantém entre nós antes que ele diga, mais baixo: "Eu quis dizer que, conversando a semana toda, eu não perdi o interesse".

"Ah." Meus olhos se arregalam.

Ah.

Ainda estou processando essa informação quando Jamie pigarreia e olha na minha direção. "Isso com certeza não é o que eu esperava ou o que qualquer um de nós merecia." Ele se levanta e desliza a bolsa sobre a cabeça, colocando-a sobre o ombro. "Mas já que estamos aqui, eu diria que a gente devia pelo menos aproveitar uma bebida quente e um jogo de xadrez."

Eu também me levanto e olho para ele, atordoada. Toda essa merda que nossos "amigos" nos fizeram enfrentar, e ele vai deixar passar batido por um jogo de xadrez e uma xícara de café? Nem ferrando.

"Eu quero mais do que café e xadrez, James." Meus olhos se estreitam para os cupidos do outro lado da rua. "Eu quero *vingança*."

10

JAMIE

Bea toma seu café em uma xícara enorme acomodada em suas mãos. Eu a observo através de espirais de vapor saindo da superfície, soprando uma lufada de ar que faz sua longa franja esvoaçar acima de seus olhos. Não é a primeira vez que penso isso, mas, depois de perceber que era ela que estava por trás das mensagens desta semana, parece mais arriscado admitir a verdade: Beatrice é muito bonita.

Mesmo quando ela leva dez minutos para fazer um lance.

"Você não estava mesmo brincando quando disse que era uma jogadora de xadrez lenta."

Ela olha para mim. "Não enxergo o tabuleiro com facilidade. Tenho que pensar nas minhas opções."

"Sem pressa. Não tenho horas de trabalho pela frente nem nada."

"James", ela avisa, enfim avançando seu peão. "Não é problema meu que você seja um workaholic. É sábado, pelo amor de Deus."

"Sábado é um dia essencial na minha semana de trabalho."

"O que você faz?"

Olhando para o tabuleiro, considero minhas opções à luz de seu lance. "Nos finais de semana? Tudo que não consigo fazer durante a semana. Profissionalmente? Sou pediatra." Quando olho para cima, Bea está me observando. "O que foi?"

"Pediatra?", ela diz com a voz fraca. "Tipo, bebês e crianças?"

"Em geral isso indica que um médico é pediatra, sim."

"Espertinho", ela murmura, voltando seu foco para um guardanapo de papel sob sua mão. Ela está desenhando, e eu estou dando umas olhadas furtivas, vendo o desenvolvimento. Não ficou claro para mim o que está por trás dos traços pretos e das curvas desenhadas com tanta leveza que não rasgam o papel delicado. Mesmo que o conceito seja um mistério, me faz sentir algo agudo e intenso. Me dá vontade de ver mais.

"O que você está desenhando?", pergunto.

Ela congela, depois dá um tapa no guardanapo. Ele amassa dentro da sua mão enquanto ela o arrasta para fora da mesa e o enfia no bolso do vestido.

"Não precisa parar por minha causa."

Um toque de cor chega a suas bochechas enquanto ela evita meus olhos. "Tudo bem. Meu desenho não é próprio para consumo público."

"Como assim?"

Ela hesita um pouco, então encontra meus olhos com desafio no olhar. "Eu sou uma artista erótica."

"Uma *o quê*?"

Minha expressão deve tê-la divertido, porque uma risada brilhante e radiante como confete brota dela. "Eu sou uma artista erótica. Celebro a sensualidade do corpo humano através da arte. Na Edgy Envelope, a loja da Sula, eu desenho cartões, itens de papelaria e outros produtos em papel que contêm imagens eróticas sutilmente representadas. Isso é um problema?"

"Hã..." Eu pisco para ela. "Não?"

Estou tendo muita dificuldade em processar essas informações. Bea desenha nus. Arte erótica. Ela se desenha?

Um calor toma conta do meu corpo.

"Isso soou como uma pergunta", ela diz, com olhar crítico.

"Desculpa. Não. Não foi. E não é. Um problema, quero dizer." Tirando o fato de que meu corpo está pegando fogo e minha mente se tornou pornográfica, imaginando tinta molhada e pele nua e...

"Ótimo", diz Bea, me arrancando dos meus pensamentos obscenos. "Vamos falar sobre o motivo de estarmos aqui. Porque mesmo depois de comer um muffin de chocolate do tamanho da minha cabeça, ainda estou furiosa."

"Eu entendo."

Ela estreita os olhos. "Você entende? Você não parece chateado."

Olho para o tabuleiro e avanço meu bispo. "Eu estou... perturbado."

"Seu babaca!"

"O que foi? É assim que estou me sentindo."

"Estou falando do seu lance no xadrez, Jamie." Ela faz uma careta para o tabuleiro.

Tomo um longo gole de chá verde chinês observando-a examinar suas opções. Ela não tem chance, a menos que...

Droga. Ela move a rainha para fora do perigo.

"Então." Ela bebe um gole de café. "Você estava dizendo..."

Avanço meu cavalo. "Eu estava dizendo que estou perturbado."

"Bom, eu também ficaria perturbada se tivesse acabado de comer um bolinho de gengibre com chá verde." Ela faz um barulho de náusea.

"Com licença? Gengibre e chá verde são uma combinação clássica."

Ela bebe mais um pouco de café, fazendo uma pantomima de como é delicioso. "*Mmm*. Café sim é que é bom. Café e chocolate. Chá verde? Gengibre? Tem gosto de sabonete e limpador de chão."

Enfio o resto do bolinho na boca e o engulo com um longo gole de chá. Bea me observa, a repulsa pintando seu rosto, seguida de um estremecimento do corpo todo. É tão subversivamente agradável fazê-la se contorcer que quase não consigo engolir sem rir.

"Você é um homem estranho." Balançando a cabeça, Bea analisa o tabuleiro. "Então, qual é a estratégia?"

"Bom, você abriu com uma defesa francesa, então aqui estamos."

"Não estou falando de xadrez, Jamie. Estou falando dos intrometidos que são os únicos responsáveis por você e eu estarmos tomando um café juntos, em vez de nos evitarmos como a praga."

"Café *e* chá verde. Sejamos inclusivos."

Ela hesita com seu peão, então abaixa a mão, olhando para o tabuleiro. "Eu estou furiosa. Você está perturbado. Mas isso não resolve nosso problema. Minha irmã está tão obcecada com a ideia de eu voltar a namorar que me enganou pra que eu fosse a um encontro."

"O mesmo vale para o Jean-Claude." Voltando à situação, tomo um gole do meu chá. "É uma ironia enlouquecedora saber que não estaremos a salvo da pressão deles até que estejamos namorando de novo..."

"Ai, meu Deus." Os olhos de Bea se arregalam. "É isso, seu gênio."

"O quê? O que foi genial?"

Ela pula na cadeira. "Temos que convencê-los de que o plano deles funcionou. Temos que fingir que estamos nos apaixonando."

"Eu não estou conseguindo acompanhar. Por que fingiríamos uma relação romântica?" Assim que as palavras saem da minha boca, a lógica se encaixa. "Ah. Pra fazer com que eles nos deixem em paz?"

"Quer dizer, isso seria uma ótima vantagem." Seus olhos brilham com malícia. "Vamos fingir um romance pra acabar com os sonhos deles, James. Vamos dar a eles um gostinho do seu próprio remédio de merda e mostrar que ser manipulado é zoado."

"Como?"

Bea se inclina, me fazendo inalar seu perfume suave e quente, que é desconcertantemente agradável. "Vamos fingir que estamos namorando, deixá-los animados com a nossa relação, convencê-los de que estamos muito felizes. E depois...?"

Uma lâmpada acende sobre a minha cabeça. "Depois a gente se separa?"

"Sim." Ela assente com a cabeça, triunfante. "Depois a gente se separa."

Recostando-me na cadeira, corro a palma da mão contra o queixo. "Por princípio, não acredito em vingança."

Ela revira os olhos. "Deus me livre pisar um dedinho fora da linha do seu código moral, seu capricorniano rabugento."

"Você pode parar com essa bobagem de astrologia..."

Ela se faz de chocada. "Retire o que disse. *Não* é bobagem."

Solto um suspiro pesado. "Beatrice..."

"Você...", ela aponta um dedo na minha direção, "não poderia ser mais capricorniano. Se informe. Prepare-se para ser humilhado, Sr. Regras e Regulamentos."

"Regras e regulamentos existem por uma razão. Eles proporcionam ordem e estrutura, estabelecem expectativas claras e ditam o comportamento apropriado..."

"Que os nossos 'amigos' violaram completamente", ela dispara em resposta.

"E porque eles cruzaram a linha, nós também devemos cruzar? Dois erros não fazem um acerto."

"Quem disse isso nunca sofreu uma injustiça muito grave. As regras servem para as pessoas que têm facilidade pra se adaptar aos seus limites e têm vantagem com isso. Eu não sou uma dessas pessoas. Eu vivo de acordo com meu próprio código e não vou engolir essa merda sem fazer nada."

Não tenho nada a dizer porque não poderíamos ser mais diferentes nesse quesito. As regras me mantêm seguro. As regras são a minha segurança, a estrutura da minha vida.

Um silêncio desconfortável se instala entre nós.

"Lamento estar frustrando você", consigo dizer, por fim. "Só sei que não concordamos nisso."

Ela olha de novo para o tabuleiro. "Eufemismo do século. Que seja. Tudo bem."

Eu a encaro enquanto ela avalia o jogo, e entro em guerra comigo mesmo. Será que eu deveria considerar isso? Por que eu quebraria minhas regras para concordar com uma trama de vingança — uma trama que não só faria com que nos víssemos o tempo todo, como ainda exigiria que fingíssemos um relacionamento? Estou mesmo disposto a me envolver em um romance falso — um *romance falso*? — com uma mulher com quem não compartilhei nada mais do que catástrofe física e dezenas de alfinetadas verbais irritantes?

Tirando essa última semana. Tirando aquelas mensagens. Ben e Addie se deram bem, não? Por que você e Bea não conseguem?

Maldito seja aquele momento no armário. Malditas sejam as mensagens e a alegria que senti nelas, as risadas que percebi em muitas trocas matinais. Malditos Jean-Claude e Juliet e seus supostos amigos por bagunçarem ainda mais o que já era uma bagunça.

De repente, a ponta do dedo de Bea roça o meu. Quase derrubo meu chá.

"Canhoto?", ela pergunta.

"O quê?", gaguejo. "Ah. S-sim. Por que a pergunta?"

Ela ergue a mão esquerda, revelando marcas de tinta na parte interna das juntas. "Eu também."

Sua expressão é cautelosa, mas ela parece estar me dando uma colher de chá. Eu aceito. "É uma vida difícil", digo, "sempre do lado errado do papel."

"E das maçanetas."

"E dos teclados numéricos de dez teclas."

"Aah!", ela diz. "E dos freios de bicicleta."

Levanto meu braço esquerdo, revelando a cicatriz ao longo do meu pulso, resultado de um rádio distal fraturado. Apertei demais o freio da esquerda, que parou a roda dianteira, e capotei da bicicleta. "Aprendi isso da pior maneira."

Nossos olhares se encontram por um momento, e um rubor sobe pela garganta de Bea em direção às suas bochechas. Ela desvia o olhar e examina os dedos manchados de tinta. Quando seus olhos se voltam para a janela, ela fica estranhamente imóvel. "Aqueles filhos da puta se regozijando."

Meu olhar segue sua linha de visão. Os intrometidos ainda estão lá, agora sentados no banco onde Bea e eu nos encontramos. A cabeça pintada de branco de Jean-Claude está inclinada, os polegares se movendo no celular. Juliet lança olhares furtivos para a Boulangerie por trás dos óculos escuros, com seu celular em mãos como se, não muito tempo atrás, estivesse sutilmente apontado na nossa direção.

"Ela estava *nos filmando?*", pergunto.

"É provável", diz Bea entre os dentes cerrados. "Tirando fotos. Contanto para os outros."

"Os outros?"

Ela arqueia uma sobrancelha para mim. "No final de semana passado, na festa, você e eu não nos cruzamos várias vezes por acidente. A Margo, a Sula, até o Christopher... eles estão todos envolvidos nisso."

Eu a encaro, atordoado. "Sério?"

"Muito sério, James."

Minha pressão sanguínea sobe, e uma rara onda de raiva justificada queima em mim. Eu sou um enxadrista. Aprecio a beleza de uma estratégia que leva à vitória. Mas pessoas não são peões, e a vida pessoal delas não é um jogo de tabuleiro.

"É isso", digo. "Estou dentro. Quero sangue."

Bea solta uma risada, olhando na minha direção. "Uau."

"Quero dizer, isto é, sangue m-metafórico. Sangue emocional. Espera..."

Esticando o braço sobre a mesa, Bea pousa a mão na minha. Não deixo de notar que são as nossas mãos esquerdas, porque é raro que o toque de alguém espelhe o meu. É irritante ter algo em comum com Beatrice.

"Entendi o que você quis dizer", ela diz, calma.

Olhando para nossas mãos, observo minhas ações como se eu estivesse fora de mim, sem dirigir a central de comando. Meu polegar varre a palma da mão dela, traçando manchas desbotadas de tinta e calos que evidenciam quanto trabalho a arte exige, e como criar ilusões pode ser bagunçado. Bea inspira enquanto meu toque desliza até seu pulso. Ela puxa a mão no mesmo momento em que a solto.

"Talvez seja imprudente." Limpo a garganta e evito os olhos dela. "Ir assim atrás de vingança. Não consigo me lembrar da última vez que fiz algo tão impulsivo ou vingativo. Mas, nossa, vai ser muito bom."

"Pensa só", ela diz, "na cara deles quando finalmente contarmos tudo. Vai valer a pena. Isso vai acabar com essa besteira de bancar o cupido intrometido de uma vez por todas. Agora, qual vai ser o nosso cronograma? Tem que ser longo o suficiente pra convencê-los, mas não muito, pra não tirarmos um ao outro do sério."

"Parece sábio", concordo.

"Nós vamos 'namorar' até...?"

"Vocês fazem alguma reunião tradicional, na qual uma separação causaria um verdadeiro furor? Natal, talvez? Seria um período muito longo, no entanto."

Bea torce o nariz. "Meu Deus, não."

"Perdão", digo com frieza, "isso seria um tempo insuportavelmente longo pra fingir que namora comigo?"

"Sinceramente, um pouco. E eu sei que você também não aguentaria fingir que namora comigo por tanto tempo."

Justo. "Dia de Ação de Graças? Seus amigos se encontram nesse período?"

Os olhos dela se iluminam. "A festa de Ação de Amigos! Nossa, é perfeito. Ok, então temos..."

"Um pouco menos de dois meses."

"Dois meses. É possível."

"Concordo."

Inclinando-se, ela diz: "A gente vai ter que ser convincente. Quero que eles comam nas nossas mãos".

Dou mais uma espiada no banco onde nosso público está sentado, enviando mensagens de texto para os outros conspiradores, deleitando-se com a crença de que nos fizeram de bobos. Em breve, vão perceber que os bobos são eles. "Eu entendo. Estou empenhado."

"Excelente. Estamos de acordo." Ela oferece a mão esquerda e eu a pego com a minha, a mão que me ensinaram a vida inteira que era a errada a oferecer.

Tento ignorar o fato de que isso parece extraordinariamente certo. "Combinado."

11

BEA

Jamie e eu saímos da cafeteria piscando contra o sol forte do fim da manhã.

Enquanto viro de costas para a rua e para os nossos adversários do outro lado, Jamie fica de frente para a luz do sol, apertando os olhos para mim.

"Eles estão olhando, né?", pergunto.

"Sim." Ele puxa a bolsa mais para o alto no ombro. "Suponho que devamos nos despedir com algum tipo de gesto amoroso?"

"Sim." Não consigo conter um sorriso. "Um 'gesto amoroso' faz sentido."

Ele aperta os olhos com mais força quando a luz do sol se intensifica. "Você está zombando de mim."

"Não estou, Jamie. Quando eu não sabia que era você, eu realmente gostei dessas suas palavras diversificadas. Meu vocabulário se expandiu *horrores* esta semana, graças ao Ilustre NSCB."

Ele olha para o chão e desliza os óculos para o topo do nariz. "Bom. Tudo bem, então." Um toque de rosa escurece suas bochechas.

"Não precisa ser muita coisa", digo. "A gente não vai dar uns amassos nem nada."

Ele espia sob os cílios esfumaçados que terminam em uma ponta de bronze polido. "Boa ideia. Muita coisa muito cedo poderia levantar suspeitas."

"Ok. Então." Limpo minha garganta. "Lá vai."

Chegando mais perto, eu me aproximo dele até que nossos dedos dos pés se tocam. Devagar, levo minhas mãos ao seu rosto, seguro seu queixo e sinto a leve aspereza de seus pelos faciais fazerem cócegas nas pontas dos meus dedos. Fecho os olhos, sentindo com minhas mãos de escultora os ângulos e planos de seu rosto. Enquanto ainda sou guiada por um pouco de coragem, me estico na ponta dos pés e dou um beijo em sua bochecha. Em seu queixo. No canto da sua boca.

A respiração de Jamie para no peito dele, a tensão envolve seu corpo. E assim que começo a duvidar do que fiz, a me perguntar se fui longe demais, suas mãos deslizam em volta da minha cintura, me firmando no lugar. Me segurando perto de si. Ele vira o rosto levemente, até que sua boca roça a concha da minha orelha.

E, por um momento, esqueço do motivo por que isso está acontecendo. Fecho os olhos, imaginando sua boca molhada e quente contra a parte sensível do meu pescoço, seus dentes roçando a linha da minha clavícula, deixando uma mordida longa e promissora.

"Eles viram cada segundo", ele diz, destruindo a fantasia.

"Que bom." Minha voz sai ofegante e irregular, o que obviamente não tem nada a ver com o fato de a minha pele crepitar com energia, com a consciência de que o corpo de Jamie emana calor e essa desgraça de cheiro delicioso.

Ele se afasta, o olhar sustentando o meu. "Adeus, Bea."

"Adeus, Jamie."

Nos separamos virando ao mesmo tempo, costas com costas, armados e prontos, como num duelo em um dos meus romances históricos. Só que mesmo que nossas personalidades estejam sempre em desacordo, agora não estamos mais em lados opostos, sem essa de *preparar*, *apontar*, *fogo*. Esse relacionamento falso é um projeto ambicioso e precisamos unir forças. Agora, de alguma forma, Jamie e eu estamos do mesmo lado. Não tem mais *eu contra você*, mas sim *nós contra eles*.

Me lembro do roçar de seu polegar no meu pulso, do calor de seu toque quando eu beijava o canto daquela boca dura e intransigente.

Vou levar um tempo para me acostumar com esse *nós contra eles*.

Descendo a rua o mais rápido que minhas pernas permitem, estou sem rumo e fervilhando.

Aonde devo ir, nervosa assim por causa de um beijinho de nada e um abraço de despedida, enquanto a humilhação ardente por ter sido enganada ainda queima em meu peito? Eu poderia pegar um trem para a casa dos meus pais. Está vazia. Eu a teria só para mim. Mas a ideia de uma viagem de trem agora — os cheiros estranhos, as constantes paradas e partidas, a ameaça de um vagão lotado — me faz descartar a ideia. Eu não conseguiria lidar com tudo isso depois de uma manhã tão turbulenta. Não é como se eu pudesse ir pra casa também. Eu me arriscaria a encontrar Jules e ainda não estou pronta para vê-la. Estou muito chateada.

Meus pés têm vontade própria, e logo estou a um quarteirão da Edgy Envelope. Eu paro depois de atravessar a rua. Devo me enfiar no trabalho? A Sula e a Margo não vão voltar. Toni toca a loja no fim de semana com estagiários alternados, para que a Sula e a Margo possam ter algum equilíbrio entre vida pessoal e profissional.

Isso responde a minha pergunta. Nenhum membro da equipe de cupidos intrometidos estará trabalhando. A Edgy Envelope é o lugar perfeito para ir.

Ao abrir a porta, sou recebida pelo tilintar familiar da campainha. Toni não levanta o olhar, focado em uma cliente, com mais seis aguardando na fila. Olho ao redor, procurando por alguém da equipe de estagiários do fim de semana, mas logo percebo que Toni está sozinho.

Atravessando para a área dos fundos, pergunto a ele: "Quer ajuda?".

"Meus biscoitos de macadâmia com chocolate branco são lendas da confeitaria?"

"A resposta é sim, então."

Toni entrega à cliente uma sacola grande de papel, com um de seus lindos e intrincados laços prendendo as alças de papel retorcido. Dando a ela um de seus megassorrisos, ele diz: "Muito obrigado! Agradeço sua paciência".

Fico ao lado dele e desbloqueio o outro iPad, digitando minha identificação de funcionária e a senha. Depois de chamar e dividir os seis clientes restantes entre nós, Toni e eu nos apoiamos contra a vitrine.

"Afe", diz ele. "Obrigado pela ajuda."

"Sem problema. Por que você está aqui sozinho?"

"McKenna está doente."

"Por que ninguém me mandou uma mensagem? Eu teria vindo ajudar."

As bochechas de Toni ficam rosadas enquanto ele puxa seu cabelo preto como tinta em um pequeno rabo de cavalo. "Bem, você tinha um encontro e eu não queria, hã..." Ele coça o nariz. Sinais que revelam que ele está escondendo algo.

Eu fico em choque. "Você está participando dessa merda!"

"Ok. É que... escuta." Ele olha para mim muito sério. "Elas me obrigaram."

"Elas te obrigaram."

"Sim! Ontem à noite, a Sula e a Margo me mandaram uma mensagem dizendo que você tinha um encontro e que não era pra te incomodar. É só isso, eu juro. Isso melhora alguma coisa?"

Olho feio para ele. "Não."

"Que tal..." Ele se abaixa e então retorna com um prato coberto com algo que não posso ver, mas sei pelo cheiro que são os *melhores* biscoitos de limão do mundo. "Que tal agora?"

"Ah", digo com um suspiro ofegante.

Ele tira a toalha que os cobria. "Feitos com amor. E uma pitadinha de culpa."

"Delícia." Enfio um na boca e mastigo alegremente, fazendo o biscoito amanteigado com recheio azedinho de limão estourar na minha língua. "Essa pitadinha de culpa realmente deu um toque extra."

Toni pousa o prato e pega um para si. Ele gesticula com o biscoito. "Como foi?"

Olho feio para ele e enfio outro biscoito na boca. Eu não esperava ter que mentir tão cedo. Presumi que ele estaria por fora da trama porque é a única pessoa do nosso grupo de amigos que não era amigo da Jules antes. Ele socializa conosco ocasionalmente, às vezes nas noites de filmes, porém mais nas noites de jogos, já que seu namorado, Hamza, adora sair e faz muitos planos para eles. Além disso, Toni continua muito envolvido com o círculo de artistas locais. Foi assim que ele e eu nos conhecemos, embora a gente não tenha ficado amigos de verdade até ele conseguir o emprego aqui para complementar a renda. Na época em que ele começou na Edgy Envelope, eu já havia me afastado da cena artística, em grande parte por causa do Tod.

O biscoito fica preso na minha garganta. Engasgo só de pensar no meu ex.

Toni me dá um tapa nas costas. "Tudo bem?"

"Sim", ofego, tiro minha garrafa de água da bolsa e bebo até que o nó na garganta desapareça.

Os olhos de Toni estão apertados de preocupação quando abaixo a garrafa de água. "Você parece aborrecida."

"Você também ficaria se de repente se visse saindo com o Jamie Westenberg."

"Quem?" Vendo meu olhar desconfiado, Toni diz: "Eu te disse, não sei quase nada, só que seu encontro hoje seria no modo não perturbe".

Pego meu celular e vou para uma guia do navegador que pode ou não já estar aberta com uma foto de Jamie. O que foi? Fiz uma pequena pesquisa rudimentar na internet sobre o cara que me apalpou e quase me beijou num armário de vassouras. Nunca é demais se certificar de que ele não é um assassino com um machado.

"Uau, ele é gato." Toni olha para a foto do perfil de Jamie no LinkedIn. E dá um sorriso. Largo.

"Para com isso."

"Não consigo." Seu sorriso se alarga. "Ele é *muito* fofo. Ele me passa uma vibe meio modelo de óculos, meio solteirão arrumadinho e engomado. E com certeza estou percebendo uma energia de cavalheiro total na rua e safado na cama."

"O quê?"

"Sabe, todo educado e contido em público, mas, no instante em que fecha a porta, ele te joga na mesa de mogno, levanta a sua saia e bate na sua bunda."

"Antoni Dabrowski." Cruzo as pernas e ruborizo da cabeça aos pés. "Se comporte."

Toni pega o celular da minha mão e amplia a foto do Jamie. "Aff. Tão adorável. Ele é todo tenso e sem rugas. *Mas* obviamente vai na academia. É só olhar pra esses ombros dentro da camisa. Ponto extra, óculos deixam claro que ele lê."

"Os óculos não deixam claro que ele lê. Só deixam claro que a acuidade visual dele é menor. Mas o vocabulário impressionante dele deixa claro que ele lê."

"Que seja. Você entendeu o que eu quis dizer."

Pego meu celular de volta, guardo no bolso e pego outro biscoito. "Eu entendi. Ele parece estudioso e esconde um corpo deslumbrante debaixo das calças antiquadas engomadas."

"Então." Toni mexe as sobrancelhas. "Você disse que vocês estão saindo? Isso significa mais encontros e ver como as coisas ficam? Namoro exclusivo?"

Levo meu tempo mastigando outro biscoito, depois engulo. "Definitivamente exclusivo", digo, saboreando a mentira na minha língua junto com aquele último bocado amanteigado de limão.

"Bom, não vejo a hora de conhecê-lo! Tenho a sensação de que esse vai durar."

Uma onda de mal-estar cresce dentro de mim. Forço um sorriso e coloco outro biscoito na boca. "Eu também."

12

JAMIE

Não sou um homem violento, mas depois do que ele fez, se eu visse meu colega de quarto hoje, ficaria tentado a dar um soco na sua garganta. Felizmente, é fácil evitar Jean-Claude. Ele praticamente mora na casa da Juliet e da Bea, então volto para o nosso apartamento e passo o resto do dia lá, até tarde da noite, me atualizando sobre educação médica continuada, assistindo a alguns seminários e lendo um longo artigo, até a tela do laptop ficar embaçada e meu estômago começar a roncar. É quando percebo que não comi nada desde o bolinho com chá de manhã, e não há nada na geladeira.

Este não é o meu horário costumeiro de ir ao supermercado, mas nada foi costumeiro hoje. Não desde esta manhã, quando foi a Bea quem apareceu no banco em frente à Boulangerie.

Paro no meio do corredor da loja, minha mão próxima do meu celular que queima no bolso da calça. Pensamentos ansiosos lotam meu cérebro. Agi com frieza quando nós fomos embora? Eu deveria ter enviado uma mensagem para ela depois que nos despedimos? Por que sou tão horrível nisso tudo? E por que um relacionamento *falso* de dez horas já tem potencial para ser uma dor de cabeça ainda maior do que o último relacionamento real que eu tive?

Uma voz nos alto-falantes anunciando uma promoção de carne moída me tira dos pensamentos excessivos.

"Sem mandar mensagem", digo para mim mesmo, empurrando o carrinho. "Não precisa compensar nada. Não tem motivo pra agir como um namorado ansioso e apaixonado."

Porque eu não estou, é óbvio. Apaixonado. Também não sou o namorado dela. Não de verdade.

"Falando sozinho no meio do corredor do supermercado, James?"

Quase bato nos enlatados quando me viro. "Beatrice?"

Ela faz uma leve mesura, sua cesta de compras com o conteúdo batendo atrás dela.

"O que você tá fazendo aqui?", pergunto.

"Bom." Ela se inclina como se estivesse conspirando. "Provavelmente a mesma coisa que você. Infelizmente passei o dia todo trabalhando e agora estou comprando o que preciso no único mercado perto do meu apartamento."

Certo. Nossos apartamentos não são tão distantes. É provável que a gente sempre vá ao mesmo mercado. É só que eu costumo vir de manhã cedo.

Não digo nada disso porque a capacidade do meu cérebro está no limite graças à roupa muito perturbadora dela. Bea preenche o silêncio. "Talvez a gente nunca tenha se cruzado porque temos horários diferentes", diz ela. "Eu gosto de vir tarde da noite. É mais tranquilo."

"É uma cidade fantasma às sete da manhã", eu por fim consigo falar. "Faço as compras bem cedo."

"Claro que sim. Levanta bem cedo. Faz as compras bem cedo. Aposto que você corre uma maratona e depois toma um smoothie sem nenhum carboidrato antes de comprar orgânicos."

"Uma olhada num cadáver aberto de alguém que sofria de má nutrição e você também comeria melhor."

"Eca", diz ela. "Passo. Prefiro viver na ignorância."

Não consigo tirar os olhos de suas leggings. Estão cobertas de ornitorrincos com pequenos balões de fala saindo de cada um. O primeiro que vejo diz: *Sem mamilos? Sem problema.*

Beatrice percebe o que estou olhando. Ela olha para baixo. "Pois é, eu não esperava esbarrar em alguém conhecido. Essas são as minhas calças repelentes."

"Calças repelentes?"

"Costumam manter os caras escrotos longe."

"Ah." Não consigo parar de olhar. "Ornitorrincos são mamíferos, não?" Aponto para o balão de fala que li, perto do seu quadril. "Como eles amamentam, então?"

Ela sorri, toda dentes brancos e olhos azuis-esverdeados brilhantes.

O mundo balança um pouco. Esse sorriso é perigoso. "Em vez de mamilos, as fêmeas amamentam os bebês através de dobras no pelo abdominal."

"Entendi." Bea disse *mamilos* e estou corando como um adolescente. Eu limpo a garganta e sinto as bochechas esquentando. Quando desvio o olhar das leggings de ornitorrinco, vejo que ela ainda está com os braços esticados atrás de si, escondendo a cesta de compras. "Bea, por que você está escondendo a sua cesta?"

Cor-de-rosa tinge as suas bochechas. "Cesta? Que cesta?"

"Essa que você está segurando atrás do corpo."

"Ah!" Ela dá de ombros. "Nada não."

"Se for comida processada, prometo que não vou falar nada. Estou fora do horário de trabalho."

Ela arqueia uma sobrancelha. "Mesmo? Não consigo imaginar que tenha horário certo pra ouvir uma palestrinha sua."

"Ah, sim. É coisa de capricornianos, certo?"

Outro sorriso vencedor escapa. "Ha! Você deu o braço a torcer e leu sobre o signo, não foi?"

"Não."

Talvez eu tenha feito isso. Muito rápido.

"Com certeza foi." Ela muda a cesta de posição atrás de si, estremecendo ao perceber que está forçando os ombros. "Bem", ela diz, fazendo um movimento desajeitado para o lado que mantém a cesta escondida. "Isso foi divertido."

Como seus olhos estão fixos em mim, Bea não vê o display com pacotes de salgadinhos. Tropeçando nele, ela se inclina para a frente, mas eu sou mais rápido e seguro seu pulso antes que ela caia no chão. Quando a puxo na minha direção, o impulso faz com que ela caia no meu peito.

"Merda", ela grita, e suas mãos aterrissam na minha cintura enquanto ela se firma.

Uma onda de seu perfume me atinge, e suas mãos quentes queimam minhas roupas. Engulo em seco, implorando para que meu corpo esfrie. Faz um ano desde a última vez que alguém me tocou. É só isso.

"Você está bem?", pergunto.

Se endireitando, ela dá um passo rápido para trás e quase escorrega em um dos sacos de salgadinho que caíram.

Eu a pego de novo, desta vez pelo cotovelo. "Pronto."

"Ok." Ela balança a cabeça, a respiração instável. "Ok. Estou bem."

"Que bom."

Nossos olhos se fixam por um longo momento antes de Bea desviar o olhar. Meu olhar segue o dela e congela na cesta caída de lado, o conteúdo espalhado pelo piso laminado da loja

Uma dúzia de cupcakes. Remédio para cólica. Absorventes noturnos. Duas massas enlatadas. E...

Jesus Cristo. Este é o maior tubo de lubrificante que já vi.

Bea grita de novo, mergulhando para pegar seus produtos. Eu me inclino a tempo de recuperar os cupcakes e as massas enlatadas enquanto ela enfia os itens que claramente a deixam mais constrangida no fundo da cesta.

"Obrigada", diz ela, pegando rápido o meu punhado, tentando, sem sucesso, cobrir o lubrificante, os absorventes e os remédios para TPM. "É, isso foi humilhante..."

"Bea." Eu me aproximo, baixando a voz. "Eu sou médico. Não vou ter um troço só de ver os sinais do seu ciclo menstrual."

Ela fica vermelha. "Pelo amor de Deus, Jamie. Você tinha que dizer isso."

"O quê? É perfeitamente natural..." Ela fica mais vermelha a cada segundo. O constrangimento me inunda. "Desculpa. Eu não queria te deixar desconfortável. Eu só queria que você soubesse..."

"Tá tudo bem", ela solta. "Não sei por que fiquei constrangida. Não tenho vergonha da minha menstruação. É só que eu fico confusa perto de você..." Ela inspira devagar, então expira. "Tudo bem. Vamos só... seguir em frente."

Antes que eu possa responder, nossos celulares tocam em uníssono. O toque do meu é um trio nítido de toque de telefone rotativo. O de Bea é a música "Bad Girls" de M.I.A.

Nós pegamos os celulares e olhamos para eles.

Os nós dos dedos de Bea ficam brancos. "Minha irmã está brincando com fogo."

A mensagem de Juliet para o grupo diz: Boliche no The Alley nesta sexta, às nove da noite, em ponto! Tenho duas pistas reservadas. Tragam dinheiro para os sapatos e muito espírito competitivo ☺.

As respostas chegam. Todos estão magicamente disponíveis, respondendo de imediato.

"Bom." Coloco meu celular no bolso. "Eles sem dúvida não estão dificultando o desejo de vingança, né?"

"Com certeza não." Suspirando, Bea esfrega os olhos. "Antes de sermos interrompidos, eu interrompi você. Fiquei nervosa. O que você estava dizendo?"

"Só que..." É preciso um pouco de coragem, uma respiração lenta e profunda antes que as palavras colaborem. "Mesmo que você e eu estejamos fingindo, a mentira é pros outros. Você pode ser honesta comigo. Pra ser sincero, vai ser mais fácil se você for."

Ela arqueia uma sobrancelha. "Você não parece alguém que queira honestidade nível Bea Wilmot."

"Eu sei que não sou do tipo caloroso e fofo. Eu dou a impressão de ser seco quando não quero. Sei que começamos com o pé errado e parece que sou constitucionalmente incapaz de não te ofender, mas não estou tentando fazer isso, juro."

Ela morde o lábio e olha para o chão. "Sempre acho que você está me julgando."

"Eu sinto o mesmo em relação a você."

"Não estou." Seus olhos encontram os meus. Bea dá um passo à frente e então hesita. "Não estou mesmo. Viva a sua vida, comendo bem e passando suas roupas. Eu não julgo. Só não me menospreze por eu ser diferente."

"Eu não te menosprezo. Talvez seja difícil perceber isso porque eu sou um pouco tenso, mas..."

Ela ri abafado, então controla sua expressão. "Desculpa. Pode continuar."

"Mas, se vamos fazer isso, quero que você fique confortável comigo. Você pode me dizer que está menstruada e comprar absorventes na minha frente. Você não precisa esconder ravióli enlatado, cupcakes do mercado ou qualquer outra coisa, Bea. E prometo que vou dar o meu melhor para que você não se arrependa de ser honesta."

O silêncio se estende entre nós. "Ok", ela diz afinal. "Isso é..." Fungando, ela enxuga o nariz. "Isso é legal."

Ai, Jesus. Eu a fiz chorar.

O médico em mim assume o comando, considerando que, se suas compras forem pontuais, seu padrão hormonal faz com que seja provável que ela chore por qualquer coisa nesse período do mês. É o momento em que as coisas reconfortantes — um sofá aconchegante, uma bolsa térmica, uma comida quente que ela não precisou preparar — são muito bem-vindas.

"Que tal você..." As palavras morrem na minha garganta.

"Hum?" Ela olha para mim, os olhos lacrimejantes, o nariz vermelho da ameaça de choro.

"Que tal você... jantar lá em casa?"

13

BEA

Estou começando a achar que bati a cabeça quando saí da cama hoje de manhã. Talvez eu não tenha acordado e todo o dia tenha sido um grande sonho doido.

Tirando o fato de que, quando cheguei do trabalho e minha irmã estava cantando no chuveiro, a dor que senti no peito por causa da desonestidade dela foi dolorosamente real. Quando me escondi no meu quarto, depois de colocar na porta um aviso muito adulto escrito à mão dizendo NÃO PERTURBE, e me afundei em autocompaixão, isso também foi real. E então, quando uma pontada de dor começou na minha barriga, seguida pelo desconforto familiar do meu fluxo fazendo a sua visita mensal, aquilo sem dúvida foi real. Real o suficiente para me fazer ir ao supermercado usando calças de ornitorrinco e passar vergonha na frente de Jamie Westenberg.

Jamie Westenberg, que está me oferecendo um jantar. Sendo... *legal*.

É difícil negar que todo o resto foi real até o momento em que tropecei no estande de salgadinhos. Talvez tenha sido *nessa hora* que bati a cabeça.

"Você está me convidando... pra jantar", repito com ceticismo.

Jamie pigarreia, depois ajeita os óculos no nariz. "Bom, sim. Jantar tardio, infelizmente, mas ainda assim, jantar." Ele examina minha expressão. "Não fique tão horrorizada. Eu sei cozinhar, sabe."

"Ok, vai com calma, Sir West. Só estou me acostumando à ideia, você foi de oito a oitenta."

Seu queixo se retrai. Ele ajusta o relógio até que a parte frontal esteja entre os ossos do pulso. "Só estou sendo prático. Se você for comigo agora, poderá relaxar enquanto faço o jantar. Depois podemos discutir a estratégia do nosso relacionamento falso, considerando essa..." — ele bate no bolso onde guardou o celular — "demanda mais recente."

Encaro minhas leggings de ornitorrinco e sinto os nervos dando um nó no meu estômago que é ainda pior do que qualquer cólica menstrual. Sou um ímã de desastres, vou sujar a cozinha impecável dele. Nós vamos brigar. Ele vai fazer eu me sentir ainda pior do que já estou neste dia ruim. Eu nem sei por que ele está me convidando. Talvez ele se sinta mal por mim, perambulando por aí com itens essenciais para a menstruação em leggings cobertas de mamíferos aquáticos falantes.

Pois é, não preciso dessa energia na minha vida.

"Você não precisa me convidar", digo. "Tenho certeza de que você está cansado. Você trabalhou o dia todo."

Ele tira um fiapo microscopicamente pequeno de seu suéter. Está tão intacto quanto estava de manhã. Será que ele vive em um vácuo de perfeição? Ele se troca e põe roupas idênticas no meio do dia?

Merda, agora estou imaginando Jamie desabotoando a camisa. O algodão lisinho deslizando sobre seus peitorais tensos e músculos arredondados dos ombros...

"Você trabalhou também", ele diz, estourando a bolha dos meus pensamentos luxuriosos.

Trabalhei mesmo. Toni e eu estávamos a ponto de desmaiar quando trancamos a Edgy Envelope. "Sim, mas eu vendi artigos de papelaria. Você salvou bebês."

Um quase sorriso se insinua em sua boca. "Fiquei olhando pra uma tela por nove horas."

"Documentos? Você não tem administradores pra isso?"

"Tenho, e eles são inestimáveis. Mas isso é EMC, educação médica continuada, e tenho que fazer pra manter minha licença e continuar qualificado pra exercer a profissão." Ele limpa a garganta. "De todo modo, a próxima semana será incrivelmente cheia pra mim. Com o boliche na sexta, ao qual presumo que iremos..."

"Ah, iremos, sim", digo. "Você é bom?"

Ele ergue um ombro. Meu Deus, até seu dar de ombros é elegante. "Sou razoável."

"Excelente. Então não vamos ter que trapacear."

Sua boca se contorce em outro quase sorriso. "Não vamos ter que trapacear, não. Não que eu saiba como trapacear no boliche. Mas se quisermos passar por um casal de verdade e não apenas uma dupla estável de boliche, essa pode ser a única noite em que vou poder solidificar nossa abordagem por causa da semana ocupada que tenho pela frente. Peço desculpas, nem sempre é assim."

"Jamie, está tudo bem. Eu não sou..." Olho ao redor e abaixo a voz porque, com a nossa sorte, se eu falasse alto, a Jules e o Jean-Claude poderiam pular da prateleira de enlatados e estragariam nosso plano. "Eu não sou sua namorada de verdade. Você não me deve tempo nem explicações."

Ele desvia o olhar. "Certo. Eu só quis dizer... Que... O que eu quis dizer é..."

Não sei por que eu tento reconfortá-lo, talvez porque eu me sinta culpada, ou eu o tenha interpretado mal, ou ele tenha me interpretado mal. Ele está tendo dificuldade com esta conversa. Se tem alguém que entende isso, esse alguém sou eu.

Como uma pessoa autista, eu me esforço pra caramba para funcionar em um sistema social que não é intuitivo. Um sistema cujos padrões eu tive que aprender e dar o meu melhor para observar sem me destruir. É mais difícil com pessoas novas com quem não estou acostumada, mas às vezes é ainda mais difícil com as pessoas que conheço e amo. Alguns dias, não importa com quem seja, eu tenho dificuldade, de um jeito parecido como Jamie está agora.

Então faço um gesto de apoio, e meus dedos roçam os dele. Eu seguro a mão dele e aperto com suavidade. "Desculpa. Eu não quis te cortar. Você estava sendo atencioso, se explicando. Eu não devia implicar com isso."

A tensão em seus ombros se dissolve. "Eu não quero que você pense que precisa se acomodar à minha agenda. Nem sempre é tão lotada."

A bondade de suas palavras me sacode. Eu me afasto e cerro os punhos, como se isso fosse extinguir as faíscas dançando sob a minha pele. "Obrigada, eu agradeço. Mas sabe, todos na papelaria são muito tranquilos em relação a trocas de turno e nós cobrimos uns aos outros em caso de emergência, então tenho flexibilidade. Não me importo de me acomodar à sua agenda quando você precisar."

Ele pisca rapidamente, um sulco fundo gravado em sua testa, como se eu o tivesse confundido ao dizer isso. "Bom... obrigado." Ele volta a colocar as mãos no carrinho de compras. Vejo os nós dos dedos dele ficarem brancos. "Certo. Podemos ir ao caixa, então?"

Não me canso do seu jeito de falar. *Podemos ir?* Parece que ele saiu direto da pilha de romances históricos na minha mesa de cabeceira, e isso me faz sorrir, para minha surpresa. Aperto mais a cesta em meus braços, com o lubrificante enorme e os absorventes noturnos visíveis para todos. "Acredito que podemos."

Enquanto Jamie fecha a porta de seu apartamento, duas grandes bolas de pelo se aproximam de nós, emitindo miados que mais parecem uivos agonizantes. Talvez eles *estejam* mortos. Assombrando a gente. Gatos zumbis. É isso. Eles têm aquele balanço dos mortos-vivos.

"Qual é a desses bebês peludos?", pergunto.

Jamie passa por mim com os braços carregados de sacolas reutilizáveis — é claro — e as coloca cuidadosamente no balcão. Os gatos passam por mim e se enroscam nas pernas dele, me lançando olhares felinos suspeitos.

"O que tem eles?", ele diz.

Eu os observo com cautela. Uma é cinza com olhos azuis pálidos e enevoados, o outro tem íris verde menta e longos pelos brancos. Seus olhares penetraram em mim. "Eles parecem um pouco... hostis?"

"De jeito nenhum. Eles são idosos tranquilos." Desempacotando uma sacola de vegetais, Jamie coloca tudo em uma pilha arrumada separados por tipo em cima do balcão.

"Você tem eles desde que eram filhotes?"

"Pelo contrário. Foram adoções bastante recentes."

"Então eles são os gatos velhos do abrigo que ninguém queria e estavam prestes a ser sacrificados." Deus do céu, se ele resgatou esses gatos...

Jamie pigarreia e diz: "De certa forma, sim".

Droga. Primeiro, ele é um médico de bebês. Agora, ele resgata gatos zumbis quando eles mais precisam. Droga.

E a situação piora. Ele agarra a parte de trás do suéter e o tira, bagunçando temporariamente aquelas mechas cor de bronze. Ele alisa o cabelo, depois desabotoa os punhos e começa a arregaçar as mangas até os antebraços. Sacudindo a água, esfrega as mãos de uma maneira que percebo ser habitual, olhando fixamente e seguindo uma sequência de ações que revela veias e tendões sob uma leve camada de cabelo loiro-bronzeado. Meus joelhos vacilam um pouco.

Jesus Cristo, se recomponha, Beatrice!

Marchando até a pia, eu paro ali e lavo minhas mãos depois dele, então me preparo para lavar os vegetais. "Eu faço isso", digo a ele. "Você faz a parte da culinária."

Ele franze a testa para mim. "Tem certeza? Você está se sentindo indisposta e..."

"Jamie." Eu o empurro de leve com meu quadril. "Lido com isso há catorze anos, todos os meses. Eu sou profissional. Fazer algo é uma boa distração. E, eu prometo, não vou explodir nada. Não tem nenhum vidro pra ser quebrado, nenhum líquido pra ser derramado. Só lavar alguns legumes. Estou bem. Vai lá. Banque o chef."

Procurando meus olhos por um momento, ele assente com a cabeça do seu jeito cavalheiresco. "Se você insiste." Então se vira carregando vários perecíveis e vai em direção à geladeira.

Eu não fico olhando para a sua bunda, apertada, redonda e elevada dentro da calça bem passada.

Bem, não por muito tempo.

A gata cinza sibila para mim. Fui pega.

Eu tenho que ficar de boa. Preciso parar de me deixar levar por essa atração bizarra que sinto por Jamie. E daí se ele é meu sonho de consumo, corpo de atleta com óculos dos filmes do Gregory Peck e gato demais? E daí se ele cuida de bebês e resgata gatos geriátricos e diz coisas adoráveis como *Podemos ir?* E *Se você insiste*.

Ele é o meu oposto, tão diferente de mim que chega a ser cômico. Eu não tenho que ficar sonhando em me ajoelhar e transformar o Sr. Certinho e Adequado em uma grande bagunça desgrenhada e desbocada. Essas fantasias têm que parar.

Embora minha mente tenha decidido que é hora de interromper as olhadas em Jamie, meus olhos não entenderam o comando. Eles viajam por ele, sedentos. Seus ombros largos. Os músculos das suas costas, tensionados sob a camisa enquanto ele mexe dentro da geladeira. Sua bunda incrível e aquelas pernas longas e fortes.

"Ai!" Olho feio para o gato branco, cujas unhas afundaram nas minhas leggings de ornitorrinco. "Ok", digo. "Entendi a deixa!"

Sibilando para mim enquanto retrai as garras, o gato me lança um olhar ameaçador com seus olhos verdes. Se ele pudesse levantar a pata e fazer o gesto *Estou de olho em você*, ele faria. Eu mostro a língua em retaliação. Virando-se com um floreio, ele levanta o rabo e me mostra a bunda. É cem por cento intencional.

"Os gatos são muito territorialistas, James."

Ele fecha a porta da geladeira e se agacha devagar. Ah, pelo amor de Deus. Os músculos de suas pernas pressionam as calças. Eu tenho que me virar para não olhar fixamente para a junção de suas coxas.

De costas para Jamie, ouço o ronronar que os gatos fazem para ele e o som baixo dele coçando seus queixos.

"Eles só são idosos e têm costumes estabelecidos", ele responde se endireitando e voltando a se juntar a mim no balcão.

"E você os adotou por que mesmo?"

A testa de Jamie franze enquanto ele se concentra em desempacotar as últimas compras. "Existem muitos gatos sem lar e, no quesito ético, faz mais sentido que os primeiros a serem adotados sejam aqueles cuja vida está em risco. É a coisa prática a fazer."

Eu luto contra um sorriso. "Claro. Muito prático."

"Exato." Um momento de silêncio se mantém entre nós enquanto ele organiza os itens que colocou no balcão. "E... eu estava me sentindo um pouco sozinho."

Meu estômago dá um nó. Olho para ele, sentindo a água caindo nas minhas mãos e no pimentão verde que estou segurando. "Eu adotei meu ouriço porque também estava me sentindo sozinha."

Ele olha na minha direção, mas evita meus olhos, pegando gentilmente o pimentão da minha mão. "Um ouriço? Parece perigoso. Todos aqueles espinhos."

"Superficialmente, Cornelius pode parecer assustador. Mas muitas vezes as coisas espinhosas são as que têm o interior mais suave."

Os olhos de Jamie encontram os meus. "Como você descobriu isso?"

"Tempo", digo. "E paciência. E banhos de espuma."

Ele quase ri, mas o som fica contido, quente e estrondoso em sua garganta. "Banhos de espuma, é? Eu gostaria que funcionasse para mim, mas esses dois não querem ouvir falar em banho."

"Você e os gatos se dão bem?", pergunto.

A gata cinza me lança um olhar de morte. Depois mostra os dentes de agulha. Eu estremeço.

"Nos damos, sim", Jamie diz, tirando minha atenção das ameaças de morte que seus gatos me mandam por telepatia. "Eles não parecem se importar que eu trabalhe tanto. Eu mantenho a casa bem aquecida e coloco caminhas para eles nas janelas voltadas para o sul, para que peguem o máximo de sol possível para tirar soneca. Eles parecem satisfeitos quando estou em casa."

"Eles dormem com você, né?"

Um quase sorriso puxa o canto de sua boca. "Pode ser que a gente durma abraçadinhos na cama às vezes."

Enquanto coloco os últimos vegetais lavados para secar em uma toalha, observo Jamie separar ingredientes, reparando em seus movimentos ordenados. Tudo nele parece preciso e deliberado. Fico curiosa para saber se existe um lado selvagem escondido num desses bem passados bolsos emocionais. Isso me deixa um *tiquinho* determinada a descobrir.

"Parece que você está tramando alguma coisa", diz ele, selecionando um livro de receitas de uma prateleira estreita acima de sua cabeça. "Criando estratégias para o que está por vir?"

"Algo assim."

Nossos olhares se prendem. Jamie quebra o contato visual primeiro, limpando a garganta. "Bom. Por que você não vai relaxar agora?"

"Eu prefiro comer um cupcake."

Ele se impede de dizer alguma coisa, então pigarreia de novo. "Se é o que você quer. Embora, eu já aviso, se você levar para o sofá, Sir Galahad e Morgan le Fay provavelmente vão atrás de você miando por um pedaço."

"Pera, *quais* são os nomes deles?"

Aí acontece. Acontece de verdade. Jamie sorri. É pequeno e suave e torto, mas está lá. Observo o sorriso se desenrolar e meu coração se transforma em um balão dourado que explode, uma chuva de purpurina dourada brilhando no meu peito.

"Eu era fascinado pelas lendas arturianas quando criança", diz ele, folheando o livro de receitas. "Sempre quis ter gatos com os nomes de Sir Galahad e Morgan le Fay. Mas nós só tínhamos permissão para cachorros com nomes chatos tipo Bruno e Jasper..."

"*Jasper?*"

"Não olha pra mim. Eu não podia escolher os nomes. Com os gatos, essa é a minha primeira chance."

Olho para ele, as últimas rajadas douradas se acomodando sob as minhas costelas. "Isso é adorável."

"É um pouco juvenil, mas me deixou feliz." Ele dá de ombros. Decidi que se chama Dar de Ombros do Jamie. Uma bela erguida de um ombro.

Abrindo a embalagem dos cupcakes, tiro dois e coloco um na frente dele. "Um brinde a isso." Bato nossos cupcakes juntos antes de dar uma baita mordida. "Nunca é tarde pra realizar os sonhos de infância."

Ele franze a testa para o cupcake. "Não como doces antes do jantar. Sem julgamento, apenas fatos. Você também não deveria, é ruim pro sistema endócrino."

"Eu gosto de fazer meu sistema endócrino ralar." Sorrindo com a minha mordida, lambo o glacê preso no canto da minha boca. "Caso queira manter seu pâncreas alerta, eles são bem gostosos. Sem pressão pra quebrar um pouco as regras, mas se você fizer isso, não vou contar a ninguém."

Jamie olha para a minha boca antes de seu olhar dançar e encontrar o meu. Vejo a hesitação passando por ele antes da sua decisão.

"Bom", ele diz afinal, puxando o papel com cuidado, "acho que um cupcake antes do jantar não fará mal."

"É esse o espírito."

Ele sorri. Um sorriso torto e suave estilo Jamie que mais uma vez enche meu coração com uma explosão de brilho dourado e brilhante. "Tenho a sensação de que você será uma má influência, Beatrice."

"Ah, James", digo a ele através da doçura da cobertura iluminando minha língua. "Agora você está entendendo."

14

JAMIE

Deus está olhando por mim na sexta-feira, porque nenhum paciente chega muito tarde, nenhum compromisso noturno demora muito e, quando finalmente volto para casa, meu relógio de pulso me garante que não vou me atrasar para o boliche.

Depois de me higienizar com um banho escaldante e uma troca de roupa, pego o que preciso, visto uma jaqueta e desço as escadas correndo. Verifico meu relógio de novo — são oito e meia. Tempo suficiente para ir até a casa de Bea e pegarmos um táxi juntos para o The Alley.

JAMIE: Cheguei na hora. Estou a caminho. Posso pedir um táxi?

BEA: Sim. Estou pronta pra ir.

JAMIE: Está pronta mesmo, de verdade?

BEA: Se você estiver insinuando que, por ser uma garota, não consigo ficar pronta na hora, você está sendo muito machista.

BEA: Pensando bem, por que você não marca o táxi pras 20h50?

Depois de pedir o táxi, coloco o celular no bolso e aproveito a caminhada até o apartamento de Bea, apreciando o lilás fresco e as listras rosadas e pálidas do crepúsculo. Assim que toco a campainha, ela me deixa entrar.

Dois lances de escada depois, atravesso a entrada. A porta dela está escancarada, uma suave melodia de funk saindo do apartamento, junto com uma leve batida cuja origem eu honestamente não consigo imaginar. Fecho a porta e logo tenho a resposta.

"Oi", Bea diz com algo preso nos dentes. Ela pula em um pé só antes de colocar o outro no chão e bater o calcanhar. "Malditas botas."

Eu gostaria de dizer que estou olhando para as botas, mas não estou. Estou olhando para as pernas dela — pele clara, músculos longos. A curva da panturrilha, o músculo flexionado da coxa que desaparece sob um vestido preto esvoaçante coberto de flores minúsculas.

"Não se preocupa", diz Bea, interpretando mal minha falta de palavras. "Estou usando shorts por baixo. Sua namorada falsa não vai se exibir pra ninguém hoje à noite."

"Certo", resmungo.

Bea não percebe. Ela está resmungando com comida na boca, ainda batendo o pé.

"Aqui." Diminuindo o espaço entre nós, eu me ajoelho e dou um tapinha na minha coxa. Como ela não faz nada, olho para ela. "Bea?"

Arrancando de seus dentes o que agora reconheço como metade de um bagel com tudo — a julgar pelas sementes de gergelim e de papoula que chovem sobre mim —, Bea pisca devagar. "Eu, hã... não quero sujar seu jeans. Você tá usando jeans? Sério? Ou são calças de brim parecidas com jeans?"

Meus olhos se estreitam numa careta. "Muito engraçado."

"Estou falando sério! Ei." Ela guincha quando pego seu pé e o coloco na minha coxa. "Eu não conseguia nem imaginar você de jeans até agora. Jamie de jeans é como Bea de poliéster. Não existe."

"Eu uso jeans, Beatrice", murmuro, desfazendo os cadarços. "Isso aqui está uma bagunça. Como você esperava calçar essas botas sem desamarrar os cadarços?"

"Pura determinação", diz ela mastigando o bagel.

"Uhum. Posso ver que estava funcionando bem."

"Ah, aí está ele. Senhor Santinho."

Puxo os cadarços com mais força do que o estritamente necessário, fazendo Bea cambalear e bater com a mão no meu ombro para se firmar. De repente ela está mais perto, as pernas abertas com um pé apoiado na minha perna. Meu rosto está no mesmo nível da junção de suas coxas, e é muito fácil imaginar o resto. Percorrer o vestido abaixo dos seus quadris, envolver uma daquelas pernas longas na altura do meu ombro, para então enterrar meu rosto na...

"Você está bem aí embaixo?", ela pergunta.

Desviando o olhar, rezo para que as minhas bochechas não tenham ficado vermelhas enquanto afrouxo os cadarços. "Só estou chocado por você não ter quebrado nada, apertando o pé desse jeito", digo, e a bota agora desliza facilmente. "Algumas coisas não devem ser forçadas." Coloco um pé no chão, pego o outro, repetindo o processo. "Como, por exemplo, coturnos tão maleáveis quanto as minhas camisas sociais."

"Bem, pelo menos você se conhece", ela diz. "Você correu pra chegar aqui? Sua respiração está pesada."

Minha respiração está pesada, quase digo a ela, *porque estou de joelhos na sua frente e não estou nem um pouco desconfortável com isso.*

"Eu trabalhei até tarde", explico. "Por isso tive que me apressar um pouco. Mas está tudo bem."

"Os consultórios médicos não fecham na hora do jantar?"

Quando hesito, Bea tenta tirar o pé. Interrompendo seu movimento, agarro seu tornozelo e não ignoro o calor da sua pele sob o meu toque.

"Eu faço rodízio com alguns médicos que oferecem atendimento gratuito em abrigos pela cidade durante a semana, à noite. Esta semana foi a minha vez."

Seus olhos se arregalam. "Ah. Uau."

Prendo a respiração, esperando algum elogio sarcástico sobre a minha superioridade moral. Mas nada chega. Quando olho para Bea, ela está olhando para mim com curiosidade. Ela enfia o resto do bagel na boca e tira o farelo das mãos. Eu limpo as sementes de papoula que caem no meu jeans.

"Foi mal", diz ela, molhando o dedo e usando-o para pegar as migalhas em seu peito.

Eu me forço a desviar o olhar.

"Por que você não me contou?", ela pergunta. "Sobre o seu trabalho clandestino? Parece um dos fatos essenciais que você devia ter compartilhado quando comíamos cupcakes."

Enfio rápido os cadarços nos ganchos da sua primeira bota, ajustando-a, depois alterno o outro pé na minha coxa. "Não parecia pertinente ao nosso acordo."

Minha mão se curva ao redor do tornozelo dela, deslizando ao longo do trecho estreito de seu tendão de aquiles enquanto endireito a bota.

Ela respira fundo. "Olha essa mão boba, doutor. Não estou aqui pra ser examinada."

"Provavelmente não seria uma má ideia", digo a ela enquanto amarro os cadarços. "Como eu disse, você pode ter sofrido um trauma podológico quando empurrou os pés repetidamente para dentro de uma bota que não estava aberta o suficiente para eles entrarem." Eu curvo meus dedos ainda mais, circulando seu tornozelo. "O maléolo posterior parece intacto. Fíbula. Maléolo medial também. Maléolo lateral." Meu polegar pressiona a frente macia de seu pé e desliza até sua canela. "Tálus. Tudo dentro dos conformes."

Ela estreita os olhos na minha direção. "Exibido. Aposto que é assim que você conquista todas as mulheres, com essa atuação de dr. McDreamy."

Eu finalizo seus cadarços com nós duplos apertados. E antes que eu possa dizer a ela que nunca toquei em uma mulher dessa maneira, que nunca quis sentir a força e a fragilidade paradoxais dos ossos que a constituem, meu celular vibra. Tiro o aparelho do bolso e verifico a notificação.

"O táxi chegou", eu aviso.

Bea desliza o pé da minha coxa. "Vamos lá, James", ela chama, pisando forte em direção à porta e desligando a caixa de som. Ela pega uma jaqueta preta de motoqueiro e depois uma bolsa amarelo-canário enquanto eu a sigo. "Vamos acabar com esses cupidos."

Felizmente, o The Alley é um daqueles estabelecimentos antigos, e não a variedade de boliche tecnológico que brilha no escuro. Eu não conseguiria ir a um desses. Não tenho capacidade para lidar com espaços assim. Eles são uma armadilha para a minha ansiedade.

"Não esquece", Bea sussurra, ombro a ombro comigo. "Fale a verdade o máximo possível. Dê respostas curtas. Nós dois estamos irritados com eles."

"Isso não requer nenhuma atuação", murmuro.

Ela me lança um sorriso cúmplice. É brilhante e genuíno, e faz *alguma coisa* trovejar nas minhas veias.

Quando olho para cima, vejo Jean-Claude vindo em nossa direção.

"Vou pegar um par de sapatos pra mim", Bea murmura, escapulindo.

Ainda sem estar totalmente pronto para enfrentar meu traidor, eu me viro para minha bolsa, sento e amarro meus tênis de boliche. Percebo que Jean-Claude está me observando, mas como sei que mentir não é meu forte, permaneço quieto, esperando que ele dê o primeiro passo.

"Você trouxe o seu próprio tênis", ele diz.

Olho para cima, com cadarços na mão. "Claro que trouxe. Não me faça falar sobre a higiene duvidosa de sapatos compartilhados."

Ele limpa a garganta. "Como estão as coisas com a Bea?"

Eu me levanto. "Você quer dizer a mulher do encontro que você me enganou para que eu fosse?"

"Ah, fala sério. 'Enganou' é um pouco forte. Foi mais..."

"Manipulou?"

"Eu ia dizer 'preparei'." Ele dá de ombros. "De qualquer forma, você está aqui com ela, não?"

"Sim, Jean-Claude. Estou aqui com ela." Dou uma olhada nas bolas de boliche ao nosso lado, procurando uma boa para a Bea. Ela não é baixa, mas também não é alta. Ela precisa do tamanho certo para sua pegada. Tem uma rosa-choque, uma no preto clássico; então encontro uma que é marmorizada, num tom de creme com redemoinhos verde-água, coral e amarelo-canário, as cores das pequenas flores do vestido que ela está usando esta noite. É essa que eu seleciono.

Assim que eu olho para cima, vejo Bea caminhar de volta com seus sapatos indo em direção a uma fila de bolas conectadas por alfinetes. Seu passo é rápido e direto e me faz sorrir sem motivo aparente. Olhos estreitados, braços balançando, ela está com a cabeça em outro lugar.

"Eu conheço esse olhar", diz Jean-Claude.

"Que olhar?", murmuro, os olhos ainda nela.

"O olhar de um homem que está ficando muito apaixonado", ele diz, como se eu devesse saber disso. "Você não precisa fingir comigo, West. Eu sei como uma garota Wilmot é atraente."

"Mulher", eu o corrijo.

Ele faz um gesto com a mão. "Que diferença faz?"

Estou distraído demais para responder enquanto vejo a Juliet se aproximar de Bea quando ela se senta, tira as botas e calça os sapatos de boliche. Juliet fala com ela, e os ombros da Bea se erguem enquanto sua irmã continua. Quando ela olha na minha direção, sua expressão é tensa. Não tenho ideia se isso significa que ela me quer junto dela ou não, mas estou sendo cauteloso.

"Com licença", digo ao Jean-Claude.

Com poucos passos largos, estou ao lado de Bea, interrompendo a conversa. Um silêncio constrangedor se estende entre nós três.

"Aqui." Ofereço a bola de mármore para Bea. "Juliet." Eu faço um gesto com a cabeça para a irmã dela.

Juliet me olha atentamente. "Oi, West."

"Você trouxe uma bola pra mim?", Bea pergunta.

"Sim. Deve ser do tamanho certo, mas experimenta."

Ela se levanta e olha para a bola na minha mão. "Obrigada, Jamie."

"Se você quiser outra, posso pegar..."

"Não." Ela pega a bola, passando os dedos pela superfície. "Esta é perfeita."

Eu procuro seus olhos, percebendo a tensão irradiando dela em ondas. "Tudo certo? Precisa de alguma coisa?"

Sua expressão vacila por um breve momento antes que seu semblante desanuvie. "Sim. Mas eu queria beber alguma coisa. Vodca com suco de cranberry? Obrigada", ela acrescenta, me cutucando gentilmente com o ombro.

Juliet fica parada em silêncio, olhando para os próprios sapatos enquanto Bea segura a bola com os nós dos dedos brancos.

"Já volto", digo a ela, esperando reassegurá-la.

Estamos juntos nessa, eu disse a ela no táxi.

E agora percebo como estava falando a verdade.

15

BEA

Jamie se afasta, mas não sem antes guardar sua bola de boliche e, em seguida, colocar sua mão quente e pesada nas minhas costas ao passar por mim. É um toque fugaz, mas faz eu me sentir melhor. Me faz lembrar que, quando chegamos ao The Alley, ele virou para mim e bateu os joelhos nos meus, me impedindo de abrir a porta enquanto disse: *Não se esqueça, quando chegarmos lá e formos bombardeados por todos. Estamos juntos nessa.*

Meu coração apertou com a sinceridade dele, e abri a porta do carro antes que eu pudesse fazer algo ridículo, como abraçá-lo quando não havia um público para ver. Porque esse seria um motivo completamente errado para abraçar Jamie Westenberg.

Agora, observando-o desaparecer na esquina do bar, estou feliz em dobro por não ter feito isso. Nossa dinâmica precisa ficar claramente definida na minha cabeça. Isso é fingimento. Algo construído sobre uma farsa. O último relacionamento que tive foi construído com base numa farsa também, e, meu Deus, eu fingi pra caralho. Fingi ser feliz. Fingi que me sentia amada. Fingi que eu estava bem. A farsa era a especialidade do Tod. Ele manipulava as coisas e distorcia a verdade e, para sustentar nosso relacionamento, eu tinha que acreditar naquelas mentiras. Desta vez é diferente. Desta vez, eu sei a verdade. Desta vez, *eu* estou controlando a mentira.

"BeeBee?" A voz de Jules me traz de volta ao presente. "Você tá ouvindo?"

Olho para ela, mexendo a bola em minhas mãos. "Desculpa, não."

"Eu disse que você esteve distante a semana toda. Não nos esbarramos nenhuma vez."

Foi de propósito. Você só precisa saber que é preciso habilidade para evitar sua gêmea e companheira de casa quando você mora em um apartamento de oitenta metros quadrados. "Eu estava ocupada", digo.

"Ok. Bom, eu esperava que pudéssemos conversar agora, já que não conseguimos antes."

Suspirando, coloco minha bola ao lado da do Jamie. Aponto com a cabeça em direção ao banheiro feminino. "Eu tenho que fazer xixi. Vamos andar e conversar."

Seguindo atrás de mim, Jules corre para me alcançar. "Você está com raiva de mim."

"Sim, Jules. Não gosto que mintam pra mim."

Suas bochechas coram. "Desculpa, Bea. Eu sei que foi errado. Mas eu não sabia como fazer você dar uma chance pro West. Tentei falar com você no trabalho, mas você o desaprovava tanto, que isso foi tudo que eu consegui imaginar..."

"Então você e nossos 'amigos' me manipularam?", digo, cortante, me virando e parando abruptamente no corredor que leva ao banheiro. "A enganação em grupo é realmente zoada..."

"Ei!" Jules levanta as mãos. "Não, não. Nossos amigos não tiveram *nada* a ver com isso."

"Aham, sei. Vocês estavam tentando juntar a gente na festa."

"Ok, na festa, sim", ela admite. "Mas quando o Jean-Claude encontrou vocês no armário, todo mundo viu como vocês dois estavam envergonhados, e eles se sentiram péssimos. Desde então, tem sido apenas eu... bom, eu e o Jean-Claude."

"Eu tô confusa pra caramba."

Olhando para o chão, Jules esfrega a testa e suspira. "O que eu disse na Edgy Envelope na semana passada era verdade, que nossos amigos o aprovam. Mas eles não se envolveram em nada desde a festa. Depois que marcamos o encontro na Boulangerie, eu disse a eles que você tinha um encontro, mas não expliquei as circunstâncias. Eu não queria que ninguém te chamasse pra trabalhar ou te convidasse pra fazer outra coisa e te desse um motivo pra desistir no sábado. É isso. Eu juro."

Meu estômago revira. Um suor frio pinica a minha pele. "Então... eles não estavam envolvidos no plano das mensagens e do encontro?"

"Não", Jules diz com firmeza, encontrando meus olhos de novo. "Não estavam. Ninguém sabe, tirando o Jean-Claude e eu. E nunca vão saber, eu juro. Reconheço que fui um pouco longe, mas caramba, Bea, me dá um pouco de crédito?"

"Você me *enganou*. Você não vai receber nenhum crédito."

Ela joga os braços para cima. "Porque você não quis ouvir a verdade!"

"Era a minha escolha!"

"Tudo bem", ela grita. "Você está certa. Ok? Eu devia ter deixado você ficar triste e se lamentando."

"Melhor do que ser passivo-agressiva e manipuladora", eu respondo.

Um silêncio desconfortável se estende entre nós enquanto absorvo isso. Todos os meus amigos pensam que Jamie e eu fomos voluntariamente naquele encontro. Isso não é uma manipulação épica em grupo. Isso foi obra da minha irmã insistente e do seu noivo igualmente insistente, se intrometendo onde não deviam.

Por um momento, penso em mandar esse esquema de vingança para o inferno, mas quer saber? Estou cansada de ser capacho nessa merda. Depois que Tod e eu terminamos, eu jurei que nunca deixaria alguém me derrubar e brincar com as minhas emoções do jeito que ele fez. Eu me recuso a mudar isso. É hora de esses tapados aprenderem a lição.

A Jules não vai se safar porque não envolveu outras pessoas na pior das suas intromissões. E, tudo bem, meus amigos não fizeram parte do planejamento do encontro, mas eles incentivaram, participaram, se intrometeram na festa, e eles passaram o último ano empurrando possíveis candidatos no meu caminho, ignorando todas as vezes que disse que não estou interessada em namorar agora.

Talvez minhas queixas não sejam tão extremas quanto eu imaginei em princípio. Talvez minha vingança não seja tão grandiosa. Mas esse grupo ainda precisa enfiar na cabeça dura deles que eles não podem desconsiderar as minhas vontades, mesmo que seu desejo último seja a minha felicidade. De boas intenções, o inferno está cheio. Nem todos foram tão longe quanto Jules, mas foram longe o suficiente.

"BeeBee?", Jules diz, me trazendo de volta dos meus pensamentos agitados.

Deixo-a para trás e entro no banheiro, pegando a primeira cabine que está aberta e batendo a porta. A porta do banheiro se abre um instante depois, antes de Jules entrar na cabine ao meu lado.

"Você está realmente chateada", ela diz, como se eu a tivesse deixado chocada.

Respiro fundo antes de dizer: "Jules, eu sei que você me ama. Sei que, do seu jeito distorcido, você fez o que achou que era melhor pra mim. Mas eu não preciso disso. Eu preciso de honestidade. Eu preciso que você e todo mundo no nosso círculo social respeitem que eu vivo minha vida do meu jeito, e pode não parecer com o seu, mas ainda assim é válido."

Na cabine vizinha, os pés dela batem nos ladrilhos. Jules faz isso quando está nervosa. "Nós tínhamos boas intenções", ela diz baixinho.

Eu mal engulo uma risada vazia. Claro que tinham. E agora vão aprender o que as "boas intenções" trazem.

Quando saio da cabine, minha irmã já está lavando as mãos, examinando seu reflexo. Nossos olhos se encontram no espelho.

"Eu sinto muito de verdade, BeeBee", ela fala. "Estamos bem?"

"Em algum momento estaremos."

Depois de um segundo, ela assente, olhando para as mãos enquanto as seca. "Posso perguntar uma coisa? Por que você e o West estão aqui se você está com tanta raiva?"

"Porque..." Eu cerro os dentes, odiando dizer isso mesmo quando sei que estou mentindo. "Porque vocês acertaram o palpite. As mensagens de texto funcionaram e nós nos conectamos, ok? Estamos dando uma chance. Isso é tudo que você precisa saber." Abro a porta do banheiro com o ombro e faço um gesto para ela ir na minha frente.

"Epa! Oba! Eu sabia. Eu *sabia*!" Jules volta rodopiando, fazendo uma dança feliz e desagradável enquanto voltamos para o salão principal. "Ok. Estou calma. Estou bem." Seus olhos se arregalam quando se fixam em algo sobre o meu ombro. "Uau."

"Uau o quê?", pergunto.

"West está vindo em sua direção e parece superintenso. Ele... eu acho que ele acabou de empurrar alguém pra fora do caminho e..."

"Bea." O braço de Jamie está em volta do meu, me puxando para ele.

"Jamie!" Eu franzo a testa para ele por cima do ombro. "O que você está fazendo?"

Suas bochechas estão rosadas. Há um brilho intenso em seus olhos cor de avelã enquanto ele coloca minha bebida em uma mesa alta por perto. "Fique parada por um segundo."

Claro que, já que ele acabou de me dizer para ficar quieta, eu me mexo em seus braços. "Jamie. Me solta."

"Bea, por favor. Seu..."

Eu me solto de seus braços e me afasto rápido. "Ai", murmuro.

Pegando minha bola, abro caminho até o final da pista para me acalmar. Eu não lido bem quando tocam em mim inesperadamente. Isso me assusta como um choque de eletricidade estática e me deixa desesperada por espaço pessoal. É uma coisa sensorial, mas Jamie não sabe que estou no espectro. Não expliquei meus problemas sensoriais. E claramente preciso explicar, considerando que esta é a nossa primeira aparição em público e eu já quase perdi a cabeça com ele.

"Bea!", Jules sibila, arrastando os pés na minha direção, com cuidado para não escorregar com os sapatos de boliche. "Espera!"

"Juliet", eu estouro, trazendo a bola para o meu queixo. "Só me dá um pouco de espaço."

Balançando para trás, com a bola na mão, ouço tarde demais a voz de Jamie chamando meu nome. Minha mão com o peso da bola de boliche bate direto em sua virilha, fazendo com que saia dele uma rajada rouca de ar. Eu giro, soltando a bola desajeitadamente enquanto Jamie cai no chão.

"Ai, meu Deus, Jamie! Descul... *Ai!*"

Sua mão envolve meu pulso e me puxa para baixo com ele. Em um movimento suave, seu corpo repousa sobre o meu, me prendendo no chão empoeirado. Perto de nós, pinos fazem barulho quando uma bola bate neles. Olho para Jamie, atordoada.

"Desculpe", ele ofega. Ele deixa a cabeça cair na curva do meu pescoço, respirando com dificuldade. Identifico sua respiração entrecortada como o som universal de alguém cujas bolas estão em agonia. Mesmo sofrendo, ele se segura para que todo o seu peso não me esmague. Mas não é o suficiente. Ainda sinto o calor emanando de suas roupas, aquelas pernas longas e seus músculos rígidos. Toda vez que ele inala, suas costelas roçam as minhas e um arrepio de calor me percorre.

Faço um esforço muito grande para não focar no peso denso na altura de sua virilha que está aninhado na minha pélvis, mas é muito difícil ignorar. Ele é grande e pesado, está ofegando contra a minha pele, e minha imaginação descontrolada insiste em imaginar que é assim que ele ficaria depois de me levar a um orgasmo escandaloso.

Estou atordoada. E muito excitada.

Quando Jamie finalmente fala, sua voz está um pouco mais próxima do normal. "Você está bem?"

"Hã, Jamie, fui eu que acabei de esmagar as suas bolas com uma bola de boliche. Acho que *eu* que devia estar perguntando isso. Mas se você quiser explicar por que se tornou um cara supergrudento e me derrubou no chão, eu adoraria ouvir."

Ele limpa a garganta, levantando a cabeça devagar. Suas bochechas estão rosadas de novo. "Seu vestido, Bea. Estava..." Ele engole. "Enfiado no seu short."

Uma onda de calor inunda meu rosto. Meus shorts são quase uma calcinha de tão curtos. Metade da minha bunda fica visível neles.

Sem jeito, tento estender a mão para trás, mas não consigo com o peso dele em cima de mim. Nossos olhos se encontram e eu sussurro: "Eu não alcanço. Você pode...". Eu fico sem ar quando sua mão desliza entre as minhas costas e o chão, o calor de seu toque se infiltrando através do meu vestido. Ele desliza o tecido preso no elástico da minha calcinha até que ele cubra o meu quadril, me protegendo de qualquer um que esteja olhando. Ao olhar em volta, percebo com vergonha que é o que metade da pista de boliche está fazendo.

"Você está coberta agora", diz ele. "Caí assim em cima de você porque se você ficasse em cima de mim..."

"Todo mundo no boliche ia ver a minha bunda?"

Seu rubor se intensifica. "Bem, sim."

Suspirando, dou um tapinha em sua bochecha. "Obrigada por me ajeitar. Você é um verdadeiro cavalheiro, James. Mas você também é pesado. Agora, dá o fora de cima de mim."

Jamie estava blefando quando disse que é razoável no boliche.

Ele é bom pra caralho.

E eu sou *extremamente* competitiva.

Com Jamie sob meu comando, sou o Gollum guardando o Um Anel, o Imperador Palpatine com Anakin em suas mãos, Thanos usando a Manopla do Infinito.

Eu sou desprezível.

"Ok." Eu permaneço em um dos assentos perto da máquina que cospe nossas bolas de volta, massageando os ombros de Jamie como um treinador incentivando seu lutador premiado. "Você consegue. Você *consegue*."

Ele olha para mim e suspira. "Você é perturbadora."

"*Competitiva*, você quer dizer." Eu aperto mais forte. "Sou *competitiva*. De olho no prêmio, James."

Me dando as costas, ele lança a bola. Aquele cara mal-humorado de óculos que conheci já não está mais aqui. Diante de mim está um homem que é leve e caloroso, dedicado de um jeito devastador a este jogo e deliciosamente amarrotado.

Jamie está tão bem agora que estou tendo pensamentos explícitos de arrastá-lo para algum canto empoeirado do The Alley e beijá-lo até a semana que vem. Seu cabelo está despenteado, uma mecha de bronze errante cai em sua testa. As mangas estão arregaçadas logo acima dos cotovelos, algumas dobras sensuais marcando sua camisa. As gotas de transpiração despontam em sua testa e eu tenho que me impedir de imaginá-lo suando, com a cabeça jogada para trás de prazer enquanto ele me prende do jeito que fez no chão, mas com um colchão embaixo de mim.

"Bea", ele diz.

"O quê?", olho para ele, sem fôlego e com um forte rubor em minhas bochechas. "Nada."

"*Nada*? Eu só falei o seu nome."

"Certo." Limpo a garganta. Jamie não pode saber que sinto tesão por ele. Temos um cronograma a cumprir, e transar sem sentimento iria comprometê-lo totalmente. Talvez com outra pessoa pudesse funcionar, mas não com Jamie. Nossos encontros românticos são *falsos*, e tudo em Jamie indica que ele é o tipo de cara que tem seis encontros *reais* antes de fazer amor lento e fervoroso com sua parceira. Ele olha nos olhos dela e segura o orgasmo por quarenta e cinco minutos. Ele é o ápice do amante altruísta. Acho que o traumatizaria se eu tomasse a iniciativa. Eu seria selvagem. Eu não seria delicada com Jamie. Eu o jogaria em um sofá com nossas roupas pela metade e o montaria como um cavalo de rodeio.

"Você está atrasando o jogo!", Margo chama.

Sula puxa a Margo para o colo e faz um barulho de pum no pescoço dela. "Relaxa e deixa os dois em paz. Você lembra de como é nos primeiros dias."

Toni e seu namorado, Hamza, trocam olhares cúmplices. Jules tem a audácia de cutucar Jean-Claude e lhe lançar um sorriso radiante e conspiratório. Minha raiva é reacendida, explodindo impetuosamente depois que um pedaço fresco do combustível exultante deles é jogado em suas brasas.

"Jamie", eu aperto seus ombros mais uma vez. "Nós *temos* que vencer."

"Talvez tenhamos uma chance", diz ele, "se você não quebrar minhas clavículas com seu aperto mortal."

Eu retraio minhas garras. "Desculpa."

"Perdoada." Um quase sorriso se insinua. "*Não* me siga desta vez. Nós mal conseguimos evitar antes uma repetição do seu fiasco da bola batendo no corpo, só que desta vez eu quase quebrei os seus dentes."

Eu desço da cadeira em que estou de pé com um floreio imitando mãos de jazz, arrastando os pés ao lado dele. Esses pisos são escorregadios. Continuo quase desabando no chão. "Só estou tentando aumentar nosso moral..."

"Aumentar nosso moral", ele murmura. "Pode *recuar*. Não quero machucar você."

"Não consigo evitar. Estou muito animada."

Ele me lança um olhar longo e duro que envia um arrepio de prazer diabólico pela minha espinha. "Beatrice."

Ai, Deus, a voz dele quando ele fica muito sério. Parece lava passando pelos meus ouvidos até a boca do meu estômago, onde cai derretida entre as minhas coxas. Engulo em seco. "James?"

"Você quer ganhar ou não?"

"Você está mesmo me perguntando isso?"

"Não", diz ele, de frente para a pista. "Eu estou falando isso para argumentar. Chama pergunta retórica."

Reviro os olhos. "Tão arrogante..."

Então percebo que ele me distraiu de propósito, por tempo suficiente para jogar o braço para trás e mandar a bola voando pela pista, onde ela cai com um estrondo.

Strike!

Eu grito como se tivéssemos vencido a World Series, como se fôssemos os torcedores do Chicago Cubs depois de 107 anos de derrotas consecutivas. A adrenalina ruge em minhas veias. Meus ouvidos zumbem.

Meu coração está batendo forte enquanto arrasto os pés em direção a Jamie e me lanço sobre ele como um coala que acabou de encontrar seu primeiro eucalipto. "Conseguimos!", eu grito.

Os músculos do braço de Jamie flexionam, me firmando enquanto eu enlaço minhas pernas com força ao redor de sua cintura estreita. Nossos olhos se encontram, e se o sorriso dele transforma meu coração em purpurina dourada, sua risada me faz ver estrelas. É quente como mel e brilhante, rica, profunda e tão inesperada que jogo meus braços em volta de seu pescoço e esmago meu corpo contra o dele.

O aperto de Jamie aumenta, sua mão segura meu rosto, e então ele faz a última coisa que eu esperava do Sr. Certinho e Adequado.

Ele me beija.

E é bom. Não, não é bom. É ótimo. É o melhor. Um beijo capaz de virar o mundo de cabeça para baixo, um beijo para nunca esquecer.

Sua boca roça a minha, fugaz, leve. Nossos olhos se encontram por apenas um instante antes de eu encontrar sua boca de novo com avidez. Seu polegar desliza ao longo do meu maxilar, sua boca saboreia a minha com beijos profundos e lentos, e um leve beliscão no meu lábio inferior que faz minhas coxas apertarem em torno da sua cintura. Fazer isso aproxima nossos corpos. Faz com que Jamie prenda a respiração e deslize a mão pelas minhas costas, me puxando para si. Faz com que meus dedos passem por seu cabelo enquanto suas mãos vagam pelo meu corpo.

Sua língua acaricia a minha, e ele geme, áspero e baixo em sua garganta, enquanto um suspiro sai de meus pulmões. Jamie inclina a boca e cutuca a minha gentilmente — *mais*, seu beijo diz. *Se abra, me dê mais, me dê tudo...*

Um estrondo de pinos nos assusta e nos separa.

Jamie olha para mim, com os olhos arregalados.

"Ah, o amor novo", diz Jean-Claude. Jules suspira, sonhadora.

Eu os ignoro, olhando para Jamie, que está com uma expressão vazia que não consigo ler. "Está tudo bem?", pergunto, tão baixinho que acho que ele faz leitura labial.

"Sim", ele fala. Devagar, me coloca no chão.

Mas enquanto pegamos nossas coisas e nos despedimos, enquanto esperamos por um táxi no ar fresco da noite e depois compartilhamos uma corrida silenciosa cuja primeira parada é em frente ao meu prédio, tenho uma sensação curiosa de que Jamie não está nada bem.

16

JAMIE

Tenho sido um péssimo namorado falso nos últimos três dias. Estou evitando Beatrice.

Porque aquele beijo *não* devia ter acontecido. Bem, sim, mas não daquele jeito. Era para ter sido sem emoção. Ensaiado. Como dois atores simulando uma ação, interpretando seus papéis. *Não* um aperto de corpos encharcado de adrenalina, não um beijo desesperado que fez meu coração trovejar, que fez cada parte de mim que ela tocou ansiar por mais.

Estar em um relacionamento falso não devia ser complicado. Beijar não devia fazer com que eu tivesse pensamentos tolos e ridículos sobre Bea me querer de verdade quando retribuiu meu beijo. Essa situação está assustadoramente além do meu alcance.

"Doutor West!" Luca, um paciente meu de sete anos, acena quando Ned o traz de volta ao consultório e começa a checar seus sinais vitais.

"Ei, Luc." Sorrio para ele e coloco o celular no bolso. O aparelho que eu obviamente não estava segurando enquanto pensava em enviar uma mensagem para Bea pela octogésima vez desde que nos despedimos na sexta-feira. "Prendeu alguns bandidos recentemente?"

"Dez!", ele diz, enfático. "Eu usei minha máquina destruidora de vilões." Ele ergue a camiseta, revelando a bomba de infusão de insulina que começou a usar há apenas algumas semanas.

"Uau!", Ned diz, envolvendo o braço de Luca com a braçadeira do medidor de pressão. "Melhor manter isso seguro. Não pode deixar os caras malvados chegarem perto da sua máquina destruidora."

Dando um tapinha na sua bomba como um cowboy com seu coldre, Luca sorri. "Confie em mim, eu tenho tudo sob controle."

"Ele fez um ótimo trabalho cuidando bem da máquina destruidora de vilões", diz a mãe de Luca. "E *eu* me senti muito melhor agora que Luca está com ela. Agora sei que ele está seguro."

"E você também está segura, mamãe", ele a tranquiliza, as pernas balançando na cadeira enquanto Ned tira a braçadeira. "Não se preocupe."

Um sorriso puxa minha boca. Não há nada como crianças. Sua inocência e afeição. Sua transparência ingênua. Eu acho muito mais fácil me conectar com elas do que com adultos. Porque com crianças não existem planos ocultos, apenas seus pensamentos e sentimentos honestos. Ao contrário de muitos adultos e daqueles que bancam cupidos, que parecem não ter nenhum problema em manipular pessoas e situações como lhes convêm.

A culpa incomoda meu estômago. Estou tratando Bea melhor do que aqueles intrometidos com o meu silêncio? Três dias depois do Beijo no Boliche, ela estaria se perguntando por que estou tão quieto? Por outro lado, ela também está quieta. Talvez ela esteja aliviada por eu não ter mandado mensagem.

Pior, talvez ela não se importe nem um pouco.

"Ok, amigo", diz Ned. "Tudo ótimo. Vamos te levar de volta para o quarto e te acomodar."

Olhando para cima, dou minha atenção a Luca. "Vejo você daqui a pouco, ok, Luc?"

Ele sorri quando passa com sua mãe e Ned. "Ok, dr. West."

Assim que eles viram no corredor que dá nas nossas salas de exame, meu celular vibra no bolso.

BEA: Nós nem estamos namorando *de verdade* e você está me dando um ghosting. Eu diria que estou decepcionada, mas pra ser sincera só estou impressionada.

Um gemido me escapa. Eu não posso ignorar isso. Eu não *devia* ignorar isso.

JAMIE: Eu sou deplorável.

BEA: Não. Você só está apavorado porque o melhor beijo da sua vida foi com a sua namorada falsa.

Ela não faz ideia.

Olhando para o meu celular, eu esmiúço meu cérebro em busca de uma resposta que não a faça sair correndo. Porque, se eu fosse sincero, diria a ela: *Bom, já que você mencionou, Bea, o fato é que aquele foi mesmo o melhor beijo da minha vida. Enquanto te beijava, eu queria fazer coisas que nunca me permiti sequer considerar. Eu estava prestes a arrastar você para algum canto infestado de germes naquela velha pista de boliche empoeirada, levantar o seu vestido e...*

Meu telefone vibra de novo.

BEA: Ok, eu te assustei, não foi? Jamie, estou só beijando.

BEA: BRINCANDO. Droga.

JAMIE: Beatrice, me desculpe. Este é um problema inteiramente meu.

BEA: O que você quer dizer? Qual problema?

Eu devo a ela mais do que essa explicação vaga e incompleta. Devo mais do que um pedido de desculpas. Mas saber o que dizer e como dizer não é um dos meus pontos fortes.

Respiro fundo e agarro meu celular, implorando ao meu cérebro para desfazer todo o emaranhado dentro dele. Minha frequência cardíaca acelera. Eu começo a suar. Cada segundo que passa causa mais dano, mas não consigo...

"Dr. West", Gayle me chama.

Eu me assusto e meu cotovelo esbarra no computador onde estou fazendo anotações sobre os pacientes, colorindo a tela com um fluxo de letras aleatórias. Eu as seleciono, apago e salvo o arquivo.

Uma caminhada curta me leva ao meu lado da abertura da recepção. "No que posso ajudar, Gayle?"

Nossa administradora-chefe olha para mim com um sorriso largo e olhos castanhos calorosos. "Você pode explicar a essa adorável jovem aqui."

Depois de seguir a direção do aceno de cabeça de Gayle, eu congelo. "Bea?"

Lá está ela, batendo as pontas das botas. As botas que ela usou para ir ao The Alley, que amarrei enquanto seu pé descansava na minha coxa, com as pernas bem abertas diante de mim...

Péssimo fluxo de pensamento.

Limpo a garganta, então aperto o dispenser de álcool em gel três vezes e o esfrego nas mãos. Abrindo a porta da sala de espera que dá para o meu lado do consultório, faço um gesto para que ela venha até mim. "Pode entrar, Bea."

Ela avança, exibindo um daqueles sorrisos perigosos para Gayle. "Prazer em conhecê-la", ela diz.

"Você também, querida!" Gayle mexe as sobrancelhas para mim quando Bea está virada na minha direção.

Quando ela para dentro da sala, eu me viro para encará-la. Em suas mãos estão...

"Você me trouxe chá?"

Ela ergue uma pequena sacola. "Chá verde chinês, ou o que quer que você tenha pedido na Boulangerie. E aquele bolinho de produto de limpeza de que você gostou."

"Por quê?"

Bea olha para a recepção. Todos os três administradores viram rápido a cabeça de volta para seus computadores.

"Melhor conversarmos em algum lugar privado", digo. Colocando a mão na base de suas costas, eu a guio na minha frente. "Direto pelo corredor, a primeira porta à esquerda."

Faço um esforço muito grande para não olhar para a curva suave de seu traseiro enquanto Bea caminha à minha frente, com seu passo longo e determinado pontuado pelo baque das botas.

Eu falho miseravelmente.

Quando fecho a porta, ela sobe na mesa de exame, o papel amassando sob as suas pernas. Olhando ao redor, ela admira a faixa decorativa nas paredes, repleta de criaturas silvestres, inclusive ouriços, que eu sei que ela adora, já que tem um como animal de estimação. "Legal."

"Achei que você apreciaria a decoração."

"Eles não chegam aos pés do Cornelius", diz ela, "mas servem."

Então ela estende o chá e a sacolinha de papel pardo. Deixo a sacolinha de lado, mas fico com o chá, abrindo a tampa. É mesmo chá chinês. Terroso e amargo. O cheiro é incrível.

"Obrigado por isso", digo, tomando um gole com cuidado. "O que a trouxe aqui... com chá?"

Ela faz uma careta, apertando um olho fechado. "Eu tenho uma confissão a fazer. E um pedido de desculpas."

"Parece ruim."

Respirando fundo, ela se endireita e diz: "Jules me contou uma coisa no banheiro na sexta-feira. Meus amigos não ajudaram a planejar o encontro".

Quase derrubo meu chá. "O quê?"

"Quer dizer, eles com certeza brincaram com a gente na festa. Mas Jules disse que marcar o encontro era seu único recurso e, segundo ela, só ela e o Jean-Claude organizaram isso. Portanto, não fomos feitos de idiotas por *todo mundo*. Eu devia ter te contado logo que descobri, mas fui egoísta e pensei que perderia minha chance de me vingar deles..." Sua voz falha e ela esfrega o rosto antes de deixar as mãos caírem no colo. "Estou com raiva da minha irmã e, honestamente, ainda estou brava com meus amigos. Eles não foram tão longe quanto ela, mas..."

"Ainda assim foram insistentes na festa."

Bea pisca para mim, surpresa. "Sim, é isso."

"Você não considerou que eu veria o seu lado das coisas?"

Ela dá de ombros. "Acho que pensei que você parecia muito disposto a perdoá-los quando descobrimos. Achei que quando eu te contasse a verdade, você ia pular fora."

"E... você não quer isso."

"Não", ela admite. "Eu faço questão de provar algo pra eles. Quero que eles parem de se meter na minha vida amorosa pra sempre, mas você faz parte desse fiasco e merece saber a verdade e ter um voto a respeito de como vamos seguir adiante."

Leva um momento para que suas palavras sejam absorvidas, para que eu formule as minhas. "Isso não muda as coisas para mim. Mal conheço seus amigos. Quando eu concordei com o plano, estava focado no Jean--Claude e em fazer com que ele me deixe em paz."

"Então, ainda estamos nessa?", ela pergunta com cuidado.

"Ainda estamos nessa."

Um sorriso ilumina seu rosto antes que ela o reprima. "Obrigada", ela fala em voz baixa. E logo em seguida: "Estamos de boa, então? Nós não conversamos muito. O que é ok. Óbvio. Quer dizer, por que conversaríamos? Eu sei que as coisas na pista de boliche passaram um pouco dos limites. Prometo que não vou subir em você como numa árvore na nossa próxima saída."

A culpa me atinge como um soco. Odeio tê-la deixado inquieta.

"Bea." Esfregando o topo do nariz, eu suspiro. "Sinto muito por estar agindo de forma estranha. Estou preso na minha cabeça desde o que aconteceu no The Alley. Eu não sabia muito bem o que dizer. Aí não disse nada. Mas isso é injusto com você."

Bea examina meus olhos. "Então você não estava me dando um gelo por eu ter pulado em você como um coala no cio depois de ter ficado supercompetitiva em uma simples partida amigável de boliche de sexta-feira à noite que pareceu um caso de vida ou morte nos últimos segundos? Você não está aborrecido?"

Eu chego mais perto dela, colocando meu chá no balcão ao lado. "De jeito nenhum."

"Ah." Ela olha para baixo, passando as mãos pelo tecido da saia. De novo preta, desta vez com pequenos arco-íris por toda parte. "Ok."

"Eu acho..." As palavras ficam presas na minha garganta, mas respiro fundo e as forço a sair. "Acho que devemos conversar sobre o que precisamos fazer pra tornar isso mais confortável e fazer funcionar."

"Certo", Bea diz lentamente, franzindo a testa. "Por que parece que você está sugerindo que a gente arranque as unhas dos pés?"

Eu torço o nariz. "Você inventa cada coisa."

"Bom, eu estou olhando pro seu rosto lindo, contorcido de desgosto..." Ela congela. Olhos arregalados. "Espera. Esquece que eu falei isso."

O calor floresce nas minhas bochechas, inunda minhas veias, até que cada canto de mim fique queimando de curiosidade. Eu a encaro em estado de choque. *Ela* me acha atraente?

Deus, esse pensamento é tentador. Também é perigoso, porque aí eu ia querer contar a verdade para ela. *Eu também acho você linda. Tenho me masturbado todas as noites e fico dizendo para mim mesmo que não é porque desejo o seu corpo, que não é porque estou morrendo de vontade de sentir o gosto da sua boca de novo.*

Eu não posso dizer isso a ela. Tem um abismo entre "seu rosto é lindo" e "eu me masturbo pensando em você todas as noites desde que nos conhecemos". Especialmente se ela não quis dizer isso.

Ela quis dizer isso?

"Sério, ignora isso", diz Bea, afobada. "E-eu acho que desmaiei. Tive um aneurisma."

Ai.

"Um aneurisma, você disse?" Me inclino para pegar o otoscópio e percebo um toque de figos, o aroma sensual de sândalo. Esse perfume que ela usa poderia deixar qualquer homem de joelhos.

Suas pupilas dilatam quando ela olha para mim. "O que você está fazendo?"

Tirando o otoscópio do suporte de parede, acendo a luz. "Examinando você em busca de sinais de aneurisma intracraniano. Alguns médicos minimizam em excesso o autodiagnóstico do paciente, mas descobri que as pessoas são perfeitamente capazes de conhecer o próprio corpo. Eu levo essas preocupações a sério."

Seus olhos se estreitam. "James."

Eu caminho rumo ao espaço entre suas pernas até seus joelhos roçarem minhas coxas. "Beatrice."

Nossos olhos se encontram. Ela pisca primeiro. "Ok, eu não tive um aneurisma."

Apagando a luz, passo por ela de novo e devolvo o otoscópio ao suporte de parede.

"Eu..." Gemendo, ela encosta na parede e franze a testa para o teto. "Pode ser que eu ache o seu rosto um pouquinho beijável. De um jeito puramente sexual, juro. Foi só isso que eu quis dizer."

A luxúria bate no meu sistema quando as palavras dela se fragmentam e, como gotas de chuva há muito esperadas, encharcam meus pensamentos ressecados — *rosto, beijável, sexo*... Eu me imagino segurando seus quadris, beijando o caminho até a pele suave e quente das suas coxas, encontrando-a molhada e quente...

Senhor. Esse período de abstinência ainda vai acabar comigo.

Bea expira devagar com as bochechas ainda vermelhas. "Ok. Vamos fingir que os últimos dois minutos nunca aconteceram."

"Ótimo." Minhas bochechas estão tão quentes quanto as dela parecem estar. Nós evitamos completamente os olhos um do outro.

"O que você estava falando?", Bea diz. "Algo sobre como fazer essa situação funcionar de maneira mais leve?"

"Certo." Eu limpo a garganta. "Então, eu fiz as coisas ficarem estranhas ao sair da linha depois de um pouco de diversão inofensiva na sexta-feira."

Ela olha para mim, em silêncio por um instante. "Está tudo bem."

"Não está. Nós vamos ter que nos beijar e agir de forma carinhosa de novo. Não pode ser desconfortável assim toda vez. Vamos ter que nos tocar."

Essa última frase paira no ar, um ato falho de proporções gigantescas.

"É verdade", ela diz afinal.

"Acho que a tarefa vai ser mais fácil se *nós* ficarmos mais à vontade um com o outro." Aperto meus óculos mais para cima do nariz antes de enfiar as mãos nos bolsos da frente. "Acho que devíamos tentar ser amigos."

"Amigos?" Ela franze a testa.

"Sim?" Por que de repente estou duvidando de tudo, desde as palavras que acabaram de sair da minha boca até a gravata que escolhi de manhã, com base em apenas uma palavra dela?

"Amigos", ela repete. Dessa vez ela soa menos incrédula, mais experimental. Como beber um vinho novo e sentir o gosto das suas sutilezas. "Então... você quer dizer, se formos amigos, na hora de fingir que somos algo mais não vamos nos estressar tanto."

"Exato."

"Faz sentido. Estou dentro." Sua expressão se transforma em um sorriso quando ela pula da mesa de exames, e sua saia esvoaça quando ela aterrissa.

"Certo. Bem... ok." Para ser sincero, estou um pouco atordoado por ela não ter discordado, mas vou aceitar.

"Vou indo. Deixar você para os seus pequenos pacientes", ela fala, marchando em direção à porta. "Continue fazendo um bom trabalho. Salvando bebês. Curando doenças. Resolvendo a fome no mundo."

Pego meu chá e o bolinho com uma das mãos e seguro a porta com a outra, mantendo-a aberta para a Bea.

"Lá vou eu", diz ela. "Aah! Espera. Eu quase esqueci."

Vasculhando sua bolsa, Bea desenterra um potinho de vidro com tampa de rosca.

"Talvez isso seja estranho", ela começa, "mas esta é a pomada caseira da minha avó. Eu pensei..." Ela acena com a cabeça em direção às minhas mãos ressecadas. "Talvez isso ajude a aliviar. Pontas dos dedos rachadas costumam doer."

"Você está... dando isso... pra mim."

"Sim", ela fala devagar. "Tudo bem? Se não for, não tem problema. Vou usar em algum momento..."

"Não!" A resposta saiu mais alta do que eu pretendia. "Você pode só... guardar no bolso do meu casaco."

Bea dá um passo na minha direção e enfia o potinho no meu bolso. De repente, estou consciente de cada centímetro de seu corpo. E de cada centímetro do meu. Ela está sob meu braço estendido, perto e quente, com seu perfume suave me envolvendo. Nossos olhos se encontram enquanto eu olho para ela.

"Obrigado", eu finalmente consigo dizer. "Pela pomada para as mãos, pelo chá e pelo bolinho. Ninguém... ninguém nunca fez algo assim para mim. Foi muito atencioso."

Ela franze a testa, como se estivesse perplexa. Mas então a carranca se desfaz e ela sorri de novo enquanto se afasta. "É pra isso que servem os amigos, certo?"

Amigos.

Certo.

17

BEA

Não vou mentir. Esse novo poder que tenho sobre os meus amigos e minha gêmea traidora meio que não tem preço. Mesmo no trabalho, tenho influência como nunca tive antes. A Jules continua fazendo minhas comidas favoritas, tentando arrancar detalhes de mim enquanto eu como. A Sula e a Toni me bajulam com favores no trabalho enquanto tentam conseguir detalhes picantes. Todas elas estão desesperadamente curiosas a respeito de como as coisas estão indo com Jamie, e eu pensei que teria que mentir pra caramba para convencer essas bobas de que ele e eu estamos mesmo namorando, mas no fim bancar a misteriosa funciona ainda mais.

Estou mantendo um suspense total. A vingança é gloriosa.

"Mais uma rosquinha de framboesa?", Toni oferece, passando um prato de biscoitos ainda quentes debaixo do meu nariz.

"Acho que não devo", respondo. Com os olhos no meu esboço, elaboro o conceito, glicínias caindo ao longo de uma treliça de madeira desgastada. Porém minha caneta continua fugindo de flores diáfanas para desenhar a silhueta alta de um homem inclinado dentro do arco. Sem camisa. Gracioso. Mechas arrumadas balançando ao vento. Óculos de tartaruga.

"Bea", Toni insiste. "Estou morrendo de curiosidade. Você não vai me contar *nada*?"

"Talvez." Pego outro biscoito do prato e o coloco na boca. Vou acabar com meu apetite para o jantar, mas não consigo parar. "Só porque esses biscoitos são muito bons."

Toni solta um grito de vitória, com as mãos na cabeça.

"*E* se você separar as entregas hoje."

Seus braços caem. "Você é perversa."

"É melhor se mexer. Tem muitas caixas previstas para..." — olho para o meu celular para checar o horário — "três minutos atrás."

Resmungando, ele segue pisando duro para os fundos, onde o caminhão de entrega está emitindo seus bipes altos e hediondos de marcha à ré.

E agora eu não vou ter que ficar lá, ouvindo isso de perto *ou* ficar toda suada por descarregar caixas antes do meu jantar de *vamos ser amigos* com o Jamie.

Que bela, gloriosa vingança.

O caminhão finalmente para de apitar, em seguida ouço o som da sua porta abrindo. Toni xinga com grosseria em polonês e continua resmungando consigo mesmo. Meu nome com certeza está na mistura de palavras que não consigo traduzir.

"Só porque eu não consigo entender", eu grito, "não significa que eu não saiba que é ruim!"

"Vê se eu me importo!", ele grita de volta.

Saboreando o silêncio que se segue, volto a desenhar. Recebo apenas um indulto de dois minutos antes que a sineta toque e Jules apareça.

"Oi, BeeBee!" Minha irmã sorri, deslizando ao redor da mesa circular com o mostruário que Toni acabou de reconfigurar.

"JuJu." Eu me concentro no meu bloco de desenho, deixando minha caneta ir para onde ela quiser. Mas o que ela quer é um pouco desconcertante.

Jamie. Jamie. Jamie.

Argh! Isso tem que parar.

"O que você tá desenhando?", ela pergunta com doçura, apoiando os cotovelos no tampo de vidro.

Fecho meu caderno de desenho com força e o coloco na bolsa carteiro. "Nada."

Jules me observa enquanto pego minhas canetas e celular e passo um pouco de protetor labial colorido. "Está quase na hora do seu encontro?" Ela move as sobrancelhas sugestivamente.

Eu faço uma careta para ela, presa em um emaranhado complicado de irritação com um fundo de amor. Quero agarrar minha irmã pelos ombros e sacudi-la. Sei que ela só quer me ver a caminho da felicidade, mas eu gostaria de que ela não tivesse feito uma merda dessas para tentar me levar até lá.

É estranho querer vingança de alguém que — apesar de ter me deixado com muita raiva — ainda amo profundamente. Quero punir a Jules por ter ido longe demais. Mas também quero a nossa antiga proximidade, para poder contar tudo a ela. Mas não posso ter os dois. Escolhi dar uma lição a ela, e isso requer distância emocional.

"Bea", diz Jules impaciente, franzindo a testa para mim. "Pra onde você foi?"

Enfio outro biscoito de framboesa do Toni na boca. "Eu estava, hum... sonhando acordada."

"Com o *Jamie*?"

Com a minha vingança.

Seu sorriso é tão satisfeito. Eu mal consigo me impedir de jogar uma rosquinha na cabeça dela. A comida de Toni é preciosa demais para ser desperdiçada. "Vai cuidar da sua vida, Juliet."

"E desde quando eu faço isso? Humm, esses estão com cara boa." Ela avança para o prato de rosquinhas, mas eu lhe dou um tapa na mão.

"Nada de doces para as intrometidas."

"Irmãs mais velhas bem-intencionadas", ela corrige, desviando do meu tapa seguinte e roubando uma rosquinha. "Irmãs que veem a química que você tem com alguém, mesmo quando você é teimosa demais para reconhecer, e dão o empurrãozinho de que você precisa."

"*Empurrãozinho*? É assim que estamos chamando isso?"

"Desculpa..." Ela enfia a rosquinha na boca e tira o farelo das mãos. "Você vai ou não a um encontro com o cara para quem eu dei um *empurrãozinho*?"

Minha careta fica mais fechada.

"Quais são os planos?", ela pergunta. "Vão a algum lugar chique? Você está bem-vestida."

"Não estou não." Estou?

Olho para minha saia plissada verde-jade com cós largo e elástico e meu suéter azul-cobalto favorito com um laço de tricô no ombro. Talvez eu tenha dedicado um pouquinho mais de atenção à minha aparência quando me arrumei para o trabalho, sabendo que sairia direto daqui para o jantar com o Jamie. Mas, como sempre, me vesti de acordo com os tecidos e costuras que me pareciam confortáveis quando acordei esta manhã.

"Eu só vou jantar com o Jamie. Nada demais."

"Só isso?" Ela estreita os olhos. "Não gosto desse seu novo jeito reservado."

"Você que criou o monstro, Frankenstein. Não coloque a culpa em mim."

A campainha da entrada soa mais uma vez, e a porta é preenchida com um metro e oitenta e tanto de Jamie Westenberg, que, apesar de quase sempre usar calça social e camisa de botão, de alguma forma parece ainda mais arrumado esta noite. Sua camisa é branca e engomada, um botão extra desabotoado, revelando a depressão da sua garganta. As calças de brim são casuais, num tom verde-oliva complexo e profundo que me remete a tintas a óleo e longas horas de criação no meu estúdio. Ele segura um suéter cinza-claro na dobra do braço e tem um elegante relógio metálico piscando no pulso, o que me lembra de como seus antebraços são detestavelmente atraentes.

Um uivo quebra o silêncio.

Olho feio para a minha irmã. "Cai fora."

Ela dá de ombros. "O Jean-Claude tem o meu coração, mas *nossa*. Você está demais, West!"

Além de um toque de rosa em suas bochechas — fico fascinada de ver como Jamie cora fácil — e uma boa limpada na garganta, ninguém saberia quanto Jamie fica atordoado ao ser elogiado. Só percebi que ele é tímido depois que deixei escapar outro dia que seu rosto é lindo, e ele me olhou como se eu tivesse dito algo totalmente absurdo.

"Ah." Ele limpa a garganta de novo. "Bom, obrigado."

Jogo minha bolsa no ombro e grito para os fundos da loja: "Estou saindo agora, Ton!".

"Porra, vai se foder!", Toni berra. "Como eu vou descarregar as entregas e cuidar da vitrine?"

"Me parece um problema pessoal."

"E eu nem consegui detalhes picantes sobre o Sexy Westy!"

Jamie fica rosa.

Jules ri. "Eu vou lá ajudar. Saiam daqui vocês dois. Não, espera." Ela me para e fica mexendo na minha blusa por baixo do suéter.

"Jules." Eu tento girar e escapar de seu toque. "Para com isso."

"O laço", ela diz, me puxando de volta. "Você fez errado. E seu cabelo, Bea. Só um pouco de spray e..."

"Eu acho", Jamie interrompe, olhos grudados nos meus, "que a Bea está espetacular desse jeito." Então ele dá um passo à frente e pega minha mão, me puxando para longe da minha irmã. "Vamos."

Jules fica boquiaberta enquanto ele me leva para fora da loja, para o ar da noite. O sol se põe no horizonte e escorre por todas as superfícies em uma dúzia de tons incríveis de aquarela coral, pêssego e tangerina.

"Uau." Paro para ver o pôr do sol porque não posso perder o mais lindo feito da natureza. Jamie também parece contente em admirá-lo. Ele está quieto ao meu lado, estreitando o olhos contra a luz baixa e forte e, quando o vento nos atinge, ele fecha os olhos, como se saboreasse o momento. Quando os abre, me oferece um de seus gestos de cabeça cavalheirescos, então voltamos a caminhar.

Percebo que ele ainda está segurando minha mão, que as pontas dos seus dedos não estão rachadas e as juntas estão menos vermelhas. Ele usou a pomada que eu dei. Tento não pensar por que motivo isso faz aquela pequena chama dentro de mim brilhar mais forte.

"Bom trabalho lá na loja", digo. "Obrigada."

"Ela cuida de você, né?"

Olho ao redor enquanto andamos. Não faço ideia de onde estamos indo, mas Jamie parece saber, então eu o acompanho. "Sim. Ela é a mais velha."

Ele demora um pouco para reagir. "O quê? Vocês são gêmeas."

"Doze minutos de diferença. Poderiam ser doze anos, pelo jeito como ela me trata."

Ele revira os olhos. "Coisa de irmãos."

Eu não sei nada sobre a relação de Jamie com seus irmãos, só sei que tem três, pois ele me contou isso na noite das calças de ornitorrinco e itens essenciais para TPM. Jamie e eu comemos cupcakes e, enquanto ele cozinhava, compartilhamos alguns detalhes para ter certeza de que seríamos convincentes para os intrometidos na pista de boliche. Eu teria ficado e aprendido mais, porém percebi que ele estava fazendo macarrão primavera, que é, como eu posso dizer, uma comida meio problemática para mim, já que quase todos os vegetais são um pesadelo de texturas. Por isso aleguei cólica e fadiga e saí cedo.

Eu sabia o suficiente para passar pela nossa primeira aparição na frente dos outros, e provavelmente ainda é o bastante. Mas mesmo que talvez eu não *precise* saber mais sobre Jamie... eu quero.

"Qual é a sua posição no clã Westenberg?", pergunto.

"Segundo filho", diz ele. A expressão de Jamie parece mais soturna, como se uma sombra tivesse acabado de cruzar seu rosto, e há uma inércia desconhecida em seu tom que chama minha atenção. Sou muito rápida em observar as mudanças faciais ou vocais de uma pessoa, mas entender essas variações é muito difícil. É preciso coragem para pedir ajuda para compreendê-las. Ainda não cheguei a esse nível com ele.

Não sei direito o que é, apenas que algo está errado. Então dou a ele o que costuma fazer com que eu me sinta melhor: um reconfortante aperto firme na mão. Meus dedos roçam suas juntas, que já estão melhorando.

"A pomada está ajudando?", pergunto.

Jamie olha para nossas mãos entrelaçadas, um sulco no centro de sua testa. "Desculpe? Ah. Sim. Muito. Tenho que lavar e desinfetar as mãos tantas vezes no trabalho, elas ficam ressecadas e nunca encontrei algo que funcionasse tão bem. Obrigado mais uma vez."

"Fico feliz. E de nada."

"Desculpe." Ele afrouxa o aperto na minha mão. "Eu não tinha percebido que ainda estava segurando sua..."

"Tudo bem." Eu emaranho nossos dedos apertados de novo. "Além disso, devemos praticar. Por motivos de... plausibilidade."

"Plausibilidade." Quando seus olhos encontram os meus, a sombra que escurecia sua expressão se foi, e um quase sorriso escapa. "Certo."

"Este é o melhor *pho* que já provei." Engulo um bocado de macarrão de arroz, torcendo para ser sutil enquanto evito os vegetais.

Jamie solta um *hum* em concordância enquanto leva o caldo aos lábios. O que eu definitivamente não fico olhando.

Com toda a atenção.

Ele fica tão bem aqui, com a iluminação ideal para que eu fizesse um esboço em chiaroscuro. Minhas mãos coçam pensando nos meus carvões enquanto a inspiração importuna meu cérebro, implorando para ser desenhada. Empurro esse impulso de volta para um armário mental já repleto de muitos itens relacionados a Jamie. Seus beijos. Seu cheiro viciante. Seu aperto quente e sólido quando damos as mãos. A maneira como a luz toca suas feições e faz seus olhos brilharem. Eu não posso abrir uma fresta daquela porta e escolher com segurança uma só dessas coisas que seja. Elas desabariam como uma avalanche em cima de mim e, quando eu me desenterrasse, não ia gostar do que vejo — quantas coisas eu *gosto* de verdade no Jamie Westenberg das Calças Sempre Passadas, mesmo que ele fale como se estivesse naquele programa *Jeopardy!* e me julgue em silêncio por sobrecarregar meu pâncreas com muito açúcar.

Reconhecer quanto eu gosto do Jamie é um risco que não posso correr.

Então empurro o armário mental com o ombro, o tranco e sigo em frente. Após um gole da minha limonada, digo: "Não acredito que nunca ouvi falar deste lugar antes".

"É um segredo muito bem guardado", diz ele. Quando ele abaixa a colher, seus olhos se fixam na minha tigela, e sei que estou ferrada. "Você não está comendo os vegetais. Não estão com gosto bom?"

"Hum." Minhas pernas balançam sob a mesa. "Pode-se dizer que sim."

Jamie franze a testa. "O que você não está me falando?"

Eu gostaria muito mesmo de não me importar em desapontar esse médico preocupado com a saúde, mas por algum motivo irritante eu me importo. É por isso que guardei essa informação para mim o máximo que pude. "Eu... meio que... não como... vegetais?"

Ele pisca para mim. "Você não come... vegetais."

Me encolhendo no assento, agarro meu colar sensorial, um cordão de couro macio com pequenas formas de madeira polida e metal em que eu posso deslizar os dedos quando minhas mãos precisam fazer algo. "Hum-hum."

Eu me preparo para o julgamento. Uma palestra sobre nutrição balanceada e hábitos alimentares saudáveis. Mas ela não vem.

Em vez disso, Jamie diz: "Entendi. Tem a ver com a textura?".

Uau. Não era o que eu esperava. "É. Sim."

"É por isso que você saiu correndo quando eu fiz macarrão primavera na minha casa." Ele suspira e aperta o topo do nariz. "Eu deveria ter perguntado do que você gosta. Me acostumei tanto a cozinhar só pra mim no ano passado que perdi o hábito. Eu sinto muito."

"Está tudo bem, Jamie."

"Não está", diz ele com firmeza. "Foi indescritivelmente rude."

Eu cutuco seu pé com o meu por baixo da mesa. "Por favor, não se martirize."

Ele encontra meus olhos. "Eu me sinto péssimo. Podia ter feito outra coisa de que você goste. Que tal sopas cremosas de legumes?"

"Não tive sorte com elas até agora. Elas têm grumos ou parecem muito grossas. Simplesmente não passam pela minha garganta. Às vezes consigo comer brócolis e cenouras se estiverem crus e bem crocantes, e olhe lá."

"Ah, sim." Sua boca se contrai. "Lembro-me da sua preferência por cenouras baby."

Solto uma gargalhada. "Desculpa. Não foi o meu melhor momento, mas a sua cara quando aquela cenoura bateu na sua testa..."

Ele arqueia uma sobrancelha, tentando um olhar severo, mas sua boca continua se contorcendo como se ele estivesse lutando contra um sorriso. "Meus óculos ficaram com cheiro de molho *ranch* por dias."

"Ai, meu Deus", faço uma careta. "Eu sinto muito mesmo."

Ele cutuca meu pé de volta. "Estou exagerando. Foi só até eu chegar em casa e limpá-los."

"Você me perdoa? Agora que você entende quanto eu odeio vegetais?"

"Perdoada." Jamie sorri antes de tomar uma colherada de *pho*.

"Droga, James. Ótima maneira de me deixar envergonhada. Eu encho seu saco por causa da sua alimentação certinha, e aí está você, sem julgar a minha aversão a vegetais."

"Estou familiarizado com isso, clinicamente", diz ele. "Muitas pessoas de todas as idades têm problemas de processamento sensorial como esse. Não há nada a julgar."

Um sorriso aquece meu rosto. O Jamie que não fica me julgando é meio fofo.

"Você gostou do *pho*?", ele pergunta. "Do caldo e dos noodles, pelo menos?"

"Adorei. Eu não estava exagerando, é o melhor *pho* que já provei. Como você encontrou este lugar?"

Olho em volta para o lugar minúsculo que parece ser o último tipo de restaurante que Jamie Westenberg frequentaria. Eu o imaginava jantando em um lugar sofisticado, com música clássica no piano e som de cristais tilintando. Em vez disso, estamos no Pho Ever, um lugar que só posso descrever como um caos feliz, com mesas descombinadas, tapeçarias vibrantes nas paredes e o aroma delicioso de temperos e de incenso preenchendo o ar.

Ele se recosta na cadeira, cruzando os braços. "É tão impossível assim acreditar que *eu* encontrei um lugar divertido como este sozinho?"

"Sim", respondo honestamente.

Isso me dá um sorriso de ouro de Jamie, pequeno e torto, conquistado com muito esforço. "Bem, você está certa. Eu o descobri pela Anh, do trabalho. O tio dela é dono do lugar, e ela presenteou o escritório com um almoço feito aqui alguns meses atrás. Desde então não considero nenhum outro lugar para comida vietnamita. Costumo pedir comida para viagem, mas esta noite parecia melhor abrir uma exceção."

"Por quê?"

Jamie tira os óculos, pega um pequeno tecido quadrado do bolso da camisa e limpa as lentes meticulosamente. "Eu achei que você fosse gostar."

"Você escolheu o lugar por minha causa?"

Recolocando os óculos, ele encontra meus olhos. "Sim."

Ele diz isso de um jeito tão simples. Mas por que não *parece* simples? Por que isso pinta o mundo de um cor-de-rosa suave enquanto a felicidade preenche o meu corpo?

"Você *gostou* daqui?", ele pergunta.

"Gostei." Sorrio. "É exatamente algo que eu escolheria."

"Que bom", diz ele em voz baixa. Olhando para seu *pho*, ele desliza a colher pelo caldo.

Depois de um momento de silêncio, limpo a garganta e apoio a colher. "Então estamos aqui para nos conhecer melhor. Devemos trocar mais algumas informações básicas? Já que eu fui embora cedo da última vez?"

"Tudo bem", diz ele. "Você primeiro."

"Por que eu?"

Ele olha para mim e pressiona os óculos no nariz. "Porque a ideia foi sua."

Reviro os olhos. "Tá bom. Ok, então você já sabe das minhas irmãs. Você sabe que eu estudei arte."

Ele assente.

"Eu vivi aqui a vida toda", continuo. "Eu gosto de morar aqui, gosto da familiaridade, mas eu viajei um pouco pela Europa por um período com a minha irmã mais nova, a Kate, e foi a coisa mais estressante e divertida que já fiz, então acho que gostaria de viajar mais no futuro. Minha estação favorita é o outono, minha comida favorita é doce..."

Jamie suspira e balança a cabeça.

Dou um sorriso vitorioso. "Adoro ouvir música no volume máximo e desenhar. Ah, e vou revelar um medo. Tenho pavor de morcegos."

"E seus pais?", ele pergunta.

"Meu pai, Bill, é muito tranquilo, um professor de literatura aposentado. Minha mãe, Maureen, é mestre em jardinagem, bibliotecária voluntária e aguenta uísque como ninguém..."

"Espera." Jamie se inclina para a frente. "O nome do seu pai é Bill Wilmot. De..."

"William Wilmot." Eu tomo uma colherada de *pho*. "Sim. Não é cruel?"

"Cruel, sim. Inusitado? Não. Eu mal consigo acreditar em alguns dos nomes que meus pequenos pacientes receberam."

"Aah, me conta."

Ele me lança um olhar de *nem pensar*. "Não posso. Isso é uma violação do código de ética."

"Fala sério. Quero o nome mais ridículo e absurdo..."

"Não vai rolar, Beatrice. Próximo tópico."

Sopro ar para fora das minhas bochechas, fazendo minha franja esvoaçar e depois pousar nos meus olhos. Eu a afasto. "Você *alguma vez* agiu contra seu código moral?"

"Considerando que estou comendo *pho* num estabelecimento que não tem nada a ver comigo, com uma mulher que só está aqui por causa de uma trama de vingança à qual eu fui veementemente contra, sim."

"Ok, bom argumento."

"Obrigado. Agora conte mais sobre você."

Olho para ele com desaprovação. "Acho que agora é a sua vez, James."

"Ok." Ele se recosta, as mãos cruzadas sobre o abdômen plano. Eu realmente preciso parar de despir Jamie com os olhos, mas é difícil. Sou uma retratista de nus por formação. Meu padrão é despir as pessoas com os olhos, ainda mais quando elas são muito atraentes como ele. "Meu pai é um cirurgião que descende de uma longa linhagem de cirurgiões, e isso significa tudo para ele. Ele é inglês — bom, o pai dele era e a mãe é americana —, cresceu na Inglaterra, mas tem dupla cidadania e fez sua formação médica aqui nos Estados Unidos. Minha mãe é francesa, família rica por gerações, sem interesses profissionais, faz muito trabalho de caridade."

Isso explica seu jeito de falar. Há algo adoravelmente formal nele, um pouco mais nítido, mais elegante do que o típico jeito americano.

"Estudei num colégio interno", ele conta. "Depois fiz o preparatório, faculdade de medicina, e aqui estou."

"Ceeerto. Mas... e quanto aos seus passatempos?"

Ele olha para o teto, com a testa franzida enquanto pensa. "Malhar. Cozinhar. Ler. Trabalhar."

"Trabalho não é um passatempo."

"Pra mim, é", diz ele. "Eu amo meu trabalho."

Seguro um sorriso. "Por que crianças?"

"Porque são o lado esperançoso do exercício da medicina. Sim, fiz meu comentário sobre especialistas pediátricos não darem a devida atenção a sintomas preocupantes, mas, em geral, consigo manter pequenas pessoas saudáveis e vê-las crescer." Ele dá de ombros. "É significativo pra mim e bem menos deprimente do que muitas outras especialidades médicas."

"Isso é..." Eu inclino a cabeça. "Muito bonito."

Jamie fica vermelho e se concentra em ajustar o relógio.

"De que tipo de livro você gosta?", pergunto.

"Gosto de tudo. Ficção, não ficção, poesia. Ler é meu tipo de aventura — me embrenhar pelo desconhecido do conforto do meu sofá."

Sorrio. "Essa é uma boa perspectiva. E um medo?"

Ele franze a testa, pensativo, e diz: "Tenho medo de ficar preso no meio de um *flash mob*".

Eu estremeço e levanto o copo de limonada em um brinde em simpatia. "Idem." Brindamos nossos copos.

"Pior beijo?", pergunto.

Ele pisca. "O quê?"

"Seu pior beijo."

"E por que você precisa saber disso?"

Porque eu quero ver uma pequena rachadura nessa sua armadura. Um pedacinho de vulnerabilidade.

"Parece que você está procurando material pra me provocar", ele cutuca.

Faço uma auréola com as mãos sobre a minha cabeça. "Quem, eu? Fala sério, estamos nos conhecendo. E uma namorada saberia disso."

Ele inclina a cabeça, me examinando. "Sarah Llewlyn. No baile de primavera do segundo ano do ensino médio. Foi horrível. *Eu* era horrível. E o seu?"

"Heidi Klepper. Heidi foi ótima. Eu não. Fiquei entusiasmada demais com a língua. Foi um desastre."

Jamie ri, depois volta a atenção para seu *pho*.

Percebo que sem querer acabei de me assumir para ele. E ele está... inabalável. "Hã. Então, obviamente, considerando o que acabei de dizer, ficou evidente que não sou hétero..." Minha voz morre quando o pé de Jamie cutuca o meu.

Ele mantém o olhar no meu. "Eu posso até ser meio presunçoso, mas me dê um pouco de crédito", ele diz gentilmente. "Não fiz suposições a respeito da sua sexualidade."

Meu coração está martelando contra a caixa torácica. Meu círculo social é quase todo queer, minha irmã gêmea é bi, eu sou pan. Meu mundinho é especialmente acolhedor e apoia quem eu sou, e valorizo isso. E, claro, a cidade é um lugar bem avançado, mas nunca se sabe quando alguém vai te decepcionar reagindo a isso. "Eu achei que talvez você se surpreendesse."

"Isso", ele diz, tomando seu chá verde, "seria horrivelmente hetero-normativo da minha parte, né?"

Sorrio. Ele sorri. E a sala parece um pouco mais quente. "Sim."

Ele apoia o chá na mesa. "Se você quiser falar mais sobre isso, sou todo ouvidos. Me conta o que você gostaria que eu soubesse sendo seu namorado. Bem, namorado falso. Quer dizer... você entendeu o que eu quis dizer."

Sorrio quando ele cora e pressiona os óculos no nariz, então falo: "Sinto atração pelas pessoas por quem elas são, não pelo que está embaixo da roupa". Eu aponto para o *banh bao*. "E eu adoro guioza."

O sorriso de Jamie se intensifica enquanto ele empurra o prato na minha direção. "Todo seu."

Deslizo minha tigela de *pho* para o lado e pego o último guioza com meus pauzinhos. "E você? Se quiser falar sobre isso. Tudo bem se não quiser."

Ele inclina a cabeça, os olhos no chá verde. "Até hoje só me senti atraído por mulheres, mas costumo ser lento." Ele hesita, então diz: "Leva tempo até que eu me sinta... confortável em relacionamentos".

"Você..." Eu engulo, meio nervosa, batendo meu joelho no seu com suavidade por baixo da mesa. "Você se sente confortável comigo?"

Ele olha para cima, e quando nossos olhares se conectam, o calor se espalha por mim. "Sim. Apesar do sofrimento que você me faz passar por ser um capricorniano rabugento."

Solto uma risada, jogando a cabeça para trás. "É minha prerrogativa como canceriana ranzinza!"

"Sim, eu sei. Fiz uma pesquisa astrológica e li sobre cancerianos." Ele balança a cabeça. "Parece exaustivo. Espero que você durma bem à noite."

Eu rio com mais força, e Jamie também dá uma risada baixa e estrondosa. Nossa risada morre, então um silêncio novo e tranquilo cai entre nós. Os olhos de Jamie encaram os meus. É como olhar para uma onda que se afasta e perder completamente a orientação.

"Então..." Eu me aprumo para deixar as costas retas, para me afastar do que quer que seja que me pegou como uma violenta ressaca do mar, me arrastando cada vez mais para perto dele. "Como você acha que nos saímos na pista de boliche? Além de termos sido os campeões."

Enquanto coloco meus pauzinhos no prato vazio de guioza, Jamie faz um sinal para o garçom. "Eu diria que foi um sucesso. Acho que fomos convincentes."

Aquele beijo com certeza foi convincente. Ele volta à minha mente, me inundando de calor. Suas mãos segurando minha cintura. Sua boca se inclinando sobre a minha, cada toque de nossos lábios ficando mais profundo, mais faminto que o anterior. Aperto minhas coxas juntas. "Sim." A palavra sai meio como um chiado. "Eu também acho."

O garçom coloca a bandeja com a conta na mesa e, antes que eu possa pegar minha bolsa, a carteira do Jamie já está na mão dele, com notas novinhas — é claro que ele tem dinheiro vivo — sob o clipe. E então ele está de pé, puxando minha cadeira para trás.

"Jamie, eu queria dividir a conta."

"Por favor, Bea. Eu tenho que gastar dinheiro em algum lugar. Do contrário, compro um monte de coisas para o Sir Galahad e a Morgan le

Fay. Não posso gastar todo o meu suado dinheiro em torres para gatos, peixes falsos movidos a bateria e ratos tricotados à mão."

Com um suspiro resignado, pego uma nota amassada de dez dólares e a coloco junto com as de vinte dele, perfeitamente alinhadas, como uma gorjeta adicional. Em resumo, isso é muito Jamie e Bea.

"Então me conta", pergunto, enquanto passamos pelas mesas e saímos na noite. Aperto mais o meu suéter ao meu redor. "Você passa suas notas de cinquenta dólares antes ou *depois* das cuecas?"

Uma risada baixa e profunda irrompe dele quando começamos a descer a rua. "Por favor, Beatrice. Eu pago alguém para passar o meu dinheiro. *E* as minhas cuecas."

Eu fico muito surpresa. "Você...?" Me viro para encará-lo. "Você acabou de fazer uma piada?"

Ele também se vira para mim. "Acredito que sim."

O vento da noite se agita ao nosso redor, e as primeiras folhas caídas sapateiam na calçada. O raro humor de Jamie aquece o ar entre nós. Isso me dá a coragem que eu precisava para ser valente, como ele acabou de ser, e contar a ele o que eu estava nervosa demais para dizer durante o jantar. "Jamie?"

"Sim, Bea."

Eu me forço a encará-lo e respiro fundo. "Eu sou autista. Não te contei logo porque nunca conto a ninguém assim de cara. Acabei aprendendo que é melhor não me dar o trabalho de explicar até saber que a pessoa realmente faz parte da minha vida. Agora que embarcamos nesse... relacionamento falso e estamos tentando ser amigos, isso é real e eu quero ser honesta sobre quem eu sou."

Jamie imediatamente se aproxima e pega minha mão devagar, apertando-a uma vez. O silêncio se mantém entre nós. O tipo de silêncio de que — estou começando a perceber — ele gosta tanto quanto eu, o silêncio que abre espaço para devaneios, para ter tempo e paciência a fim de encontrar as palavras certas.

"Obrigado por me contar", ele fala em voz baixa. "Por confiar em mim."

Sorrio, o alívio se expandindo até que eu estou flutuando na calçada. "De nada."

"Se houver qualquer coisa que eu possa fazer pra tornar as coisas mais fáceis entre nós, você vai me falar?"

Meu coração dispara. Droga. Por que meu namorado falso é tão perfeito?

"Falo, Jamie. Prometo." Dou o primeiro passo na calçada, sua mão ainda na minha. Mas no meu próximo passo, meu braço se estende e não vai mais longe, fazendo com que eu tropece para trás. Jamie está enraizado na calçada.

"Beatrice?", ele diz.

"Sim, James."

Com gentileza, ele me puxa para mais perto, até que estejamos quase peito com peito, seus olhos ainda nos meus. "Significa muito pra mim você ter me contado isso."

"Significa muito pra mim você não ter agido como se me visse de um jeito diferente agora."

Ele coloca uma mecha de cabelo atrás da minha orelha quando o vento bate no meu rosto. "Eu não te vejo de um jeito diferente. Eu te vejo melhor."

Meu coração pula e bate contra minhas costelas. "Essa é uma maneira muito legal de ver a situação."

Engolindo em seco, ele aperta minha mão. "Eu..." Ele limpa a garganta. "Também vou compartilhar uma coisa com você: tenho ansiedade, compulsões. Eu tomo remédio e faço terapia."

Aperto sua mão de novo, meu polegar fazendo círculos calmantes. "Obrigada por também confiar em mim. Como você falou: me diga se eu puder fazer alguma coisa para tornar as coisas mais fáceis entre a gente."

Jamie me olha sério, seu olhar percorrendo meu rosto. "Direi."

Sorrio. "Que bom."

Está quieto enquanto ficamos de frente um para o outro, nos observando com novos olhos. É parecido com a primeira vez na frente de um amante, logo depois de tirar as minhas roupas. Desnuda. Nervosa. Entusiasmada. Estou tão fascinada quanto constrangida. Acho que Jamie também.

Mas quando retomamos nosso passeio, percebo que estou relaxando. E que também estou olhando para ele mais do que deveria, admirando-o sob essa nova luz.

Quando o conheci, não tinha ideia do que fazer com Jamie, porque ele era muito frio, lacônico e difícil de ler. Ele me deu tão pouco com que trabalhar. Mas agora eu sei quão engraçado ele pode ser por mensagem e, no momento certo, pessoalmente. Sei que ele cozinha bem e é gentil com animais. Que menstruação não o deixa desconfortável e que ele está disposto a quebrar as regras e comer um cupcake antes do jantar. Que mesmo sabendo a minha orientação sexual e que estou no espectro, ele não me vê de uma maneira diferente, apenas me vê melhor. Que ele tem ansiedade e compulsões, que tem dificuldades que muitas pessoas têm vergonha de admitir, mas ele se sente corajoso e seguro o suficiente para confiar em mim.

Não gosto do fato de que o que estou descobrindo faz com que eu goste dele ainda mais do que comecei a gostar a contragosto. Eu não gosto de que seja reconfortante quando sua mão segura a minha e a aperta com suavidade. Mas também não posso negar.

Aquele armário mental geme ameaçadoramente enquanto empurro meu peso contra ele. Eu não posso abri-lo. Nem mesmo dar uma espiadinha rápida. Viria tudo abaixo. *E aí o quê?*

"Chegamos", diz ele.

Eu olho para cima, atordoada quando percebo que é o meu prédio. "Estamos em casa?"

"*Você* está em casa." Ele joga o polegar por cima do ombro. "Estou a cinco minutos da minha."

"Eu moro perto assim do melhor *pho* da cidade?"

Ele arqueia uma sobrancelha e se inclina. "Sim. Se por 'perto' você quiser dizer uma caminhada de vinte minutos."

"Caminhamos por vinte minutos?" Estou começando a parecer um papagaio desorientado. Minhas bochechas esquentam. "Ah, Jaime. Desculpa ter saído de órbita. Não é nada pessoal, juro. Às vezes me perco na minha cabeça e..."

"Bea." Um daqueles sorrisos sutis e tortos aquece seu rosto. "Está tudo bem. Foi quieto, mas foi mútuo. Gostei bastante."

Ele se afasta, levando seu calor e aquele aroma amadeirado consigo. Passando por mim, Jamie abre a porta externa do meu prédio, me guiando gentilmente para dentro. Então faz um daqueles acenos de cabeça. Um aceno à la Jamie. Profundo e um pouco cortês.

"Boa noite, Bea."

"Espera."

Ele para, segurando a porta antes que ela se feche entre nós. "Sim?"

"Quer subir um pouco?" Eu engulo, nervosa. "Pra... conhecer o Cornelius?"

O silêncio se estende entre nós. "Bom", ele diz afinal, entrando no saguão, "eu não posso recusar uma oportunidade de conhecer um ouriço, posso?"

18

JAMIE

Bea para abruptamente quando entramos no apartamento. Juliet e Jean-Claude estão sentados lado a lado no sofá. Jean-Claude com seu notebook e uma pilha de papéis ao seu lado, Juliet lendo aninhada em um de seus braços.

"Opa", murmura Bea, enquanto fecho a porta. "Me esqueci deles."

Juliet olha para cima, sua expressão se transforma aos poucos de concentração em alegria. "BeeBee! West!" Ela fecha o livro e corre ao nosso encontro. "Vem cá, Jean-Claude, deixa o trabalho de lado."

Ele franze a testa, lançando um breve olhar sobre o encosto do sofá, então faz um aceno educado. "Não posso. O Christopher me deixou atolado de serviço." Há um tom de ressentimento em sua voz.

"Isso é o que você ganha por ser excelente e conseguir uma promoção", diz Juliet, dando um beijo em sua bochecha e, em seguida, virando-se para nós. "Querem uma bebida? Um lanche..."

"Está tudo bem", Bea diz, puxando afetuosamente uma das mechas soltas do cabelo de Juliet caindo de seu coque. "Só vou apresentá-lo ao Cornelius. Mas obrigada."

Sua expressão desaba. "Ah. Tem certeza?"

"Juliet", Jean-Claude diz, seco. "Deixa eles em paz e vem sentar comigo."

Bea franze a testa para ele, mas sua irmã apenas revira os olhos afetuosamente e sorri. "Vamos melhorar a apreciação do Jean-Claude por encontros duplos."

Ele suspira e bebe seu uísque, emanando aborrecimento. Jean-Claude nunca foi de socializar quando está namorando. Quanto mais dura o relacionamento, menos eu o vejo.

"Agradeço a oferta", digo a ela, "mas tenho que trabalhar amanhã. Não posso sair muito tarde. Obrigado mesmo assim."

"Tudo bem", ela diz, olhando para nós, seu sorriso se alargando.

"Para com isso", Bea diz a ela. "Seu orgulho é intolerável." Pegando minha mão, ela me puxa pelo corredor. "Você já segurou um ouriço?", ela pergunta por cima do ombro.

"Não."

Ela abre uma porta no final do corredor. "Não é nada de mais. Vou te mostrar."

Eu paro na entrada. O quarto dela é lindo. Paredes azul-escuro, edredom branco na cama com um cobertor turquesa por cima que parece do tipo ponderado. Uma mesa coberta de materiais artísticos de todas as cores do arco-íris e uma cadeira laranja em formato de ovo pendurada no teto, abarrotada de roupas coloridas.

"Não liga pra bagunça", ela diz, pegando a pilha de roupas e atirando-a rápido dentro do armário. Um par de calcinhas roxas cai no chão quente de madeira. Bea não percebe.

Eu percebo. Elas são simples. Sem renda. Nada chique. E, no entanto, a mera visão delas deixa o meu peito apertado demais para respirar, mandando meu sangue para o hemisfério sul.

Eu me viro, fecho os olhos e respiro fundo. Isso não ajuda porque o cheiro de Bea está concentrado aqui, suave e provocante. Figo maduro e sândalo me envolvem como uma carícia, me torturando com ideias de pressioná-la na cama, aspirando seu cheiro enquanto beijo todo o seu corpo, depois prová-la onde ela é doce e quente.

"Jamie?"

Meus olhos se abrem. Bea está parada na minha frente, parecendo preocupada. "Você está bem?", ela pergunta.

"Desculpa. A vista está me incomodando."

"Quer colírio? Eu tenho alguns por aí. Meus olhos ficam doloridos quando passo muito tempo desenhando. Não que eu isso tenha acontecido muito ultimamente."

"Obrigado, não precisa."

"Tá bom, então." Ela marcha em direção a uma estrutura de vários níveis feita de madeira natural e telas.

"Você disse que não tem desenhado muito. Você tem estado muito ocupada?", pergunto enquanto a sigo.

Ela não responde logo, aproximando-se do que parecem ser os aposentos de Cornelius. "Não tenho tido muito sucesso com os desenhos ultimamente", ela diz baixinho, olhando para baixo através do andar superior, que também é uma tela. "Eu estou com um bloqueio criativo."

"Eu sinto muito. Deve ser frustrante."

"É. Mas vai ficar tudo bem. Já aconteceu antes. E eu superei."

"Como?"

"Com paciência. Esperando a inspiração me encontrar. E com muitos biscoitos do Toni."

Bea abre a tela superior da estrutura, revelando um pequeno tronco oco com uma abertura redonda. Há uma pilha de pedras por perto, uma pequena tenda com padrão de casca de bétula e um bolsinho de tecido no outro canto que parece...

"Isso é um *donut*?"

Bea sorri para mim. "É da Kate, minha irmã mais nova. Ela tem um relacionamento muito sério com donuts e gosta de costurar." Bea se volta para a estrutura, ainda falando comigo, mas com os olhos no tronco, para o qual ela se inclina, abaixando a voz: "Ela é fotojornalista e quase nunca está em casa, então nos envia coisas que fazem a gente sentir como se ela estivesse por perto. Funciona. Toda vez que olho para aquele saco de dormir de donuts que ela fez pro Cornelius eu penso nela".

Eu observo Bea, a concentração em seu rosto enquanto ela faz um barulho baixinho e espia dentro do tronco. "Vocês são próximas", digo. "Vocês três."

"Sim."

"Deve ser legal."

"É sim. Mas com a proximidade vem os conflitos. Você viu como a Jules e eu somos. Temos altos e baixos. Aah, aí está ele!", ela diz, sua voz ficando doce e melódica. "Oi, amiguinho!"

Um pequeno ouriço sai do tronco, farejando ao redor antes de pular nas mãos de Bea.

"Cornelius", ela diz a ele, séria. "Tenho uma notícia e você pode não gostar, mas merece saber. Você não é mais o único homem na minha vida. Há outra pessoa."

147

A cabeça de Cornelius aparece, hesitante, pequenos olhos escuros fixos em mim.

"Muito obrigado. Dizer a ele que roubei você debaixo do focinho dele. Agora é que ele vai me *amar*."

"Nada. Ele vai superar. Depois de algumas larvas de besouro, serão águas passadas." Ela desliza a mão pelos espinhos dele. "Ou, devo dizer, areias passadas."

"E o que isso é? Uma espécie de caixa de areia?"

"Uhum", diz ela com suavidade, com os olhos em Cornelius. "Ele adora ficar lá."

Observo Bea, segurando com ternura essa criatura espinhosa, tocando-a sem medo. Ela adora coisas espinhosas e um pouco assustadoras de se aproximar de primeira. Isso desfaz o nó de ansiedade sempre presente em meu peito, uma bola de alívio se desenrolando em meus membros. Se ela pode amar aquela criaturinha, espinhos e tudo, talvez ela possa...

Não, não amar. Claro que não. Mas talvez... me entender. Como isso seria incomum.

Ela me pega observando-a e sorri. "Desculpa, eu me desconecto quando estou segurando ele. Algumas pessoas têm cães terapeutas. Eu tenho um ouriço terapeuta."

"Você fica muito confortável com ele. Sempre foi fácil assim manusear uma bola de agulhas?"

Ela ri baixinho. "Eles não são *tão* afiados. Não como um porco-espinho ou algo assim." Ela beija a ponta do nariz dele. "Mas não, nem sempre foi fácil. Ele precisou de tempo e paciência. E ele se enrolou no meu dedo uma vez, não foi legal."

"Quanto tempo demorou pra ficarem à vontade um com o outro?"

Ela inclina a cabeça, examinando Cornelius enquanto ele começa a andar em suas mãos, como se estivesse procurando algo. "Pra ser sincera, não consigo me lembrar. Sei que demorou um pouco. Ele já esteve com outra pessoa antes, alguém que gostou da ideia de ter um ouriço, mas não estava preparado pro trabalho."

"Isso acontece às vezes com animais de estimação."

"Com muita frequência. As pessoas não querem assumir a responsabilidade de amar algo, só esperam que seja conveniente pra elas. Você tem que atender às necessidades da criatura viva e amá-la por quem ela é, não por quem você quer que ela seja."

Um leve sorriso surge em minha boca. "Eu não acho que a maioria das pessoas trata outros *humanos* dessa maneira, Bea, muito menos animais."

"Bom, elas deviam", diz ela, virando-se para mim. "Quer segurá-lo?"

Dou outra olhada em seus espinhos. "Acho que talvez devêssemos começar apenas como conhecidos."

"Jamie Westenberg. Você não está com *medo*, está?"

"Bea Wilmot, você não está usando táticas de intimidação do jardim de infância, está?"

Ela abre um sorriso largo, um daqueles grandes sorrisos dela que me deixam desnorteado. E que deixa os olhos dela da cor do oceano em um dia ensolarado. "Talvez."

"Bem, parabéns. Está funcionando." Desaboto os botões dos meus punhos e enrolo as mangas com cuidado até os cotovelos. "Certo. Me diz o que eu devo fazer."

Ela se aproxima. "Agora, relaxe e fique bem quieto, estendendo as mãos assim." Com delicadeza, ela coloca a mão ao lado da minha. Nossos dedos se tocam, as costas de nossas mãos também. "Espera", ela diz baixinho.

Cornelius vem farejando desde a mão da Bea até a minha, se assustando ao cheirar meu dedo indicador.

"Desculpa", falo para ele. "Eu higienizo muito as mãos. Devo estar com cheiro de sabonete antibacteriano e álcool isopropílico."

Cornelius bufa como se concordasse. Mas então ele coloca uma patinha minúscula na minha mão, cheirando mais, esticando-se até que a outra pata dianteira se junta à primeira. Depois de deliberar por um momento, ele cruza as palmas das minhas mãos em concha. Ele é surpreendentemente leve, e a sensação de suas patas quase faz cócegas.

Bea se afasta, agachando-se ao lado da estrutura do ouriço e abrindo uma minigeladeira. Ela a fecha com o calcanhar e abre um recipiente. "Vamos recompensá-lo?"

"Sem dúvida."

Ela coloca alguns pedaços de comida na palma da minha mão — maçã em cubos, a julgar pelo cheiro agridoce. Ele os mordisca rapidamente e se acomoda mais fundo em minhas mãos.

"O que você achou?", ela diz.

Eu encontro seus olhos e percebo que estou sorrindo. "Ele não é um gato geriátrico, mas serve."

Saindo das minhas mãos para o último andar de sua casa, Cornelius examina ao redor antes de seguir para as suas rochas.

"Bom", digo a Bea, "acho que foi uma boa sessão de interação."

"Totalmente. Mas você precisa entender que agora tem uma responsabilidade. Ele conhece você. Ele vai criar expectativas. Nada de entrar e sair da vida dele."

"Já chegamos na conversa sobre comprometimento?"

Ela sorri. "Meu ouriço merece o melhor."

Olho para baixo observando Cornelius desaparecer em sua pequena tenda. "Acho que ele já tem." Desenrolando minhas mangas, olho para o relógio. "Tenho que ir. Trabalho bem cedo amanhã."

"Claro." Passando por mim em direção à porta do quarto, Bea estende a mão para a maçaneta e congela.

Tempo suficiente para que eu pergunte: "O que foi?".

Ela se vira para mim e se encosta na porta. "Só lembrando", ela sussurra, "que vamos precisar de uma despedida romântica lá fora."

O desconforto me invade. Não tenho certeza do que "uma despedida romântica" significa, mas estou quase certo de que envolve minha boca na de Bea.

Meu coração começa a disparar, lembrando do desastre que foi o Beijo no Boliche, do ponto de vista da atuação. Porque não foi uma atuação. Foi prazeroso, e não era para ter sido. Era para ser apenas um passo premeditado no plano de vingança.

Mas agora é diferente. No The Alley, eu não estava preparado. Foi espontâneo. Desta vez será planejado. Isso deve tornar tudo melhor, mais fácil. Menos... afetuoso. Certo?

"Certo", digo tanto para a Bea quanto para mim mesmo. "Tudo bem."

Eu a sigo para fora do quarto, pelo corredor, até que estamos mais uma vez na sala, com Juliet e Jean-Claude exatamente do mesmo jeito como estavam quando chegamos.

Juliet espia por cima do livro. "Oi!" Ela tenta se sentar, mas o aperto de Jean-Claude em sua nuca aumenta, segurando-a lá. Ele se inclina e dá um beijo em sua têmpora. "Relaxa. A Bea pode acompanhar ele. Fica comigo."

Bea faz uma carranca para Jean-Claude enquanto abre a porta do apartamento. "O próximo passo é colocar uma coleira nela."

"Bea!", Juliet a repreende. Os olhos de Jean-Claude se estreitam em fendas quando Juliet se afasta dele e direciona a Beatrice um olhar que diz *O que diabos você está fazendo?*

"Vamos indo." Eu empurro Bea para fora.

Ela fecha a porta e se vira para mim. "*Como* você é amigo dele?"

"É complicado", murmuro. "Ele está mais para um pseudoparente forçado do que um amigo."

"É, bom, eu o deserdaria."

Minha boca se curva, quase sorrindo. "Eles não estão olhando, então posso me despedir aqui", digo, apreciando a ideia. Assim não preciso beijá-la quando tento — e não consigo — não gostar. "Você não precisa me acompanhar de fato."

"Ah, preciso, sim", ela diz, passando por mim e indo em direção às escadas para o primeiro andar. "Aposto vinte dólares que a Jules está no quarto dela, espiando pelas cortinas como uma bisbilhoteira agora mesmo. Bem, supondo que o Jean-Claude a tenha deixado se levantar do sofá. Ele é intenso demais com ela. Não estou exagerando, estou?"

Eu dou de ombros. "Ele sempre foi assim. Quando está apaixonado, fica obcecado."

"É estranho", diz Bea. "Vocês dois, mesmo como pseudofamília ou o que quer que seja, é estranho."

"Nós sempre estivemos juntos. Nossas mães são como irmãs, então estávamos juntos nas férias em família, feriados, e acabamos na mesma universidade. Ele meio que... ficou."

Bea faz um barulho evasivo.

"Então." Eu limpo a garganta. "Supondo que a Juliet tenha escapado das garras dele para espiar da varanda, qual é... a despedida romântica que vamos encenar?"

"Com certeza um emaranhado de língua pra entrar pra história."

Eu perco um passo e agarro o corrimão bem a tempo.

"Ok?", ela pergunta.

"Sim. Tudo bem."

Não estou bem. Nem um pouco. Minha mente está presa em "emaranhado de língua".

"Eu juro que essas escadas são uma armadilha mortal", diz Bea. "Eu tropeço nelas pelo menos uma vez por dia. Tenho hematomas permanentes. Por outro lado, eu sou um acidente ambulante."

"Você não deveria dizer isso sobre si mesma."

Ela arqueia uma sobrancelha, olhando por cima do ombro enquanto abre a porta da entrada principal e irrompe na noite. "Mas é verdade."

Pegando-me pela mão, ela olha casualmente para as janelas de seu apartamento e nos leva até a beira do meio-fio. "Bem aqui", diz.

"Ela está assistindo?"

Bea assente com a cabeça, examinando meu rosto. "Os dois estão. Você parece meio mal. É tão terrível assim me beijar?"

"Não, Bea. Nem um pouco..." Me aproximando, procuro as palavras para dizer a ela, mas elas ficam presas na minha garganta, um engarrafamento que se transforma em um engavetamento brutal.

O que é "terrível", quase digo a ela, é quanto eu quero beijar você. As maneiras como eu quero beijar você. As coisas nada cavalheirescas que quero fazer com seu corpo enquanto você fica aí, corando ao olhar para o chão, balançando a saia.

O polegar de Bea desliza suavemente pela palma da minha mão.

"Escuta", ela diz, alheia a minha espiral de pensamentos, "nós não temos que nos beijar. Não se você não quiser. Você nunca tem que fazer algo comigo que te deixe desconfortável. Só achei que, considerando o beijo no boliche, você não se importaria..."

"*Não*. Eu não me importo, quero dizer." Eu encaro sua boca, a linha da sua clavícula, a curva de seu ombro e a borda da sua tatuagem, uma sinuosa linha pontilhada cuja composição não consigo entender. Passando os dedos por sua bochecha, eu os deslizo para o seu cabelo. "É só... diferente desta vez. A última vez, no The Alley, foi... impulsivo."

Ela acaricia minha outra palma com a ponta dos dedos, seus olhos procurando os meus. "Sabe, foi um beijo muito bom", ela diz baixinho. "Caso você esteja duvidando disso, ou algo assim. Pelo menos, sabe, do meu ponto de vista."

O prazer vibra através do meu corpo. "Eu também achei."

"Sem dúvida convincente", ela diz, com os olhos na minha boca. "Eles estavam comendo na nossa mão."

"Com certeza."

"Então." Ela pigarreia, piscando. "Você me beijou da última vez. Que tal eu te beijar agora? É justo."

"Você vai me beijar?"

Ela assente, séria, seus olhos encontrando os meus de novo.

"E é melhor você me beijar de volta."

Sinto o raro impulso de sorrir quando uma estranha pontada de afeto lateja em meu peito. "Eu prometo te beijar de volta. Por uma questão de plausibilidade, é claro."

"Plausibilidade." Bea sorri. "É claro."

O ar está mais quente, o espaço entre nós está pesado com o silêncio. Eu o quebro, dando o passo final que nos deixa bem próximos enquanto o vento bate e sua saia ondula contra as minhas pernas. "Pronta?", sussurro.

Ela fica na ponta dos pés, lentamente, os olhos fixos na minha boca. "Espero que sim."

Eu me curvo, acabando com a distância entre nós.

Quando nossas bocas se encontram, plausibilidade é a última coisa em minha mente.

19

BEA

Jamie se inclina para mais perto, quente e alto, com seus olhos cor de avelã brilhando quando olha para mim. Meus joelhos fraquejam um pouco, e eu não pretendia agarrar sua camisa e amassar o tecido com meus punhos, mas eu faço isso. Preciso de algo em que me segurar, algo para me ancorar enquanto o mundo desaparece ao nosso redor.

Suas mãos descansam suavemente na base da minha garganta, os dois polegares acariciando minha clavícula. Uma chuva de faíscas sob a minha pele segue seu rastro enquanto meu coração bate contra minhas costelas.

Sou lembrada à força de que me dei mal. É muito mais fácil beijar alguém no calor do momento, como Jamie fez no boliche. Mas agora? Agora sou eu que tenho que beijá-lo enquanto o luar banha seu lindo rosto com um brilho sobrenatural e o vento joga minha saia em sua direção, como se a própria natureza estivesse me empurrando para ele. Minha determinação se dissolve. Isso não parece seguro nem falso.

Parece perigosamente real.

"Beatrice", ele sussurra, me trazendo de volta da minha espiral de pensamentos.

Meus olhos encontram os dele. "Hum?"

Nossos olhares se prendem, então nos aproximam. Eu inspiro seu cheiro, o aroma de sálvia, cedro e neblina. Quando expiro, é mais profundo, um pouco mais fácil.

"Sou eu", ele diz, como se de alguma forma Jamie soubesse que eu preciso ser lembrada de que não estou revivendo o passado. Que, com ele, estou revertendo o que me fizeram há quase dois anos.

Na época, pensei que tinha encontrado amor, e acabou sendo uma mentira. Agora estou vivendo uma mentira que não tem chance de acabar virando amor. Isso é o que eu quero e o que tenho com Jamie: limites e confiança, talvez até um pouco de amizade. Com ele, estou segura.

Enquanto me mantenho na ponta dos pés, agarrando-o para criar coragem, me pergunto se o que nós compartilhamos, essa inversão do que me derrubou no passado, pode ser exatamente o que vai ajudar a me reerguer.

Meus lábios roçam os dele, fracos e suaves. Ele inspira uma vez, de forma rápida e áspera, recuando tão pouco que quase não percebo. Mas eu reparo. E eu espero. Paciente. Quieta. O olhar de Jamie vagueia pelo meu rosto, suas mãos deslizam pela minha garganta e o ar sai de mim, seguindo o caminho de seu toque.

Quando seus dedos roçam minhas bochechas, eu fecho os olhos, me perdendo à medida que sua boca encontra a minha de novo, dessa vez mais intensa e reverente. Ele suspira quando solto sua camisa e envolvo meus braços em volta da sua cintura, mantendo-o perto, peito com peito, coração com coração. Sinto o gosto do chá verde que ele bebeu no jantar, o toque de hortelã, quente e estonteante e tão perfeitamente *ele*.

Minhas pernas ficam líquidas quando sua língua passa pela minha. Tudo que eu sabia sobre Jamie era a sua cautela e controle, mas aqui está ele, provando meu gosto, gemendo asperamente, perdendo-se em mim, mesmo que apenas por um momento fugaz. Isso faz meus olhos se encherem de lágrimas.

Eu estava certa. E errada. Ao beijar Jamie, sinto que ao mesmo tempo estou segura... e em perigo. Não, ele não vai me machucar como fui machucada antes, mas ele pode fazer com que eu acredite de novo. Em algo que perdi. Algo que eu não sabia ao certo se sentiria de novo. Algo que tenho muito medo de desejar, medo de correr o risco que essas esperanças sejam frustradas.

Suas mãos deslizam do meu rosto até meus quadris, puxando-me para perto da sua ereção, dura e pesada, empurrando o tecido da calça. Minha cabeça cai para trás enquanto seus lábios traçam minha garganta, enquanto seu toque sobe pelas minhas costelas e seus polegares acariciam a curva macia dos meus seios, provocadores, cada vez mais perto dos meus mamilos. Eu me inclino para o seu toque, pressionando cada parte de mim em cada parte dele.

"Por favor", sussurro.

Jamie sorri suavemente contra o meu pescoço, suas mãos deslizando pelo meu corpo, curvando-se sobre a minha bunda, movendo-me contra ele. "Por favor o quê, Beatrice? Do que você precisa?"

Aquela voz. Baixa e irregular, como se ele estivesse por um fio, quando tudo o que quero é fazê-lo explodir.

"Eu preciso..." Mas estou impotente demais para falar, enquanto Jamie apalpa minha bunda e encaixa o comprimento duro e grosso dele em mim, apertando-o contra meu corpo onde estou desesperada por alívio, em busca de algo ansioso, doce e torturante...

BAM BAM BAM.

Meus olhos se abrem, absorvendo o mundo ao meu redor. Quarto. Luz solar. Lençóis quentes. O ar sai de mim quando me sento, sentindo o pulsar agudo da liberação insatisfeita entre as minhas coxas. Minha porta chacoalha de novo com três pancadas fortes.

Então percebo que o alarme do meu telefone está tocando um trecho de trinta segundos de música de violão. A julgar pela hora e o horário para o qual eu ajustei o alarme, deve estar repetindo há uma hora. E eu que pensei que meus sonhos eram capazes de ter trilhas sonoras épicas.

"Eu não aguento mais!", Jules grita.

"Desculpa!", grito de volta. Pego o celular, desligo o alarme e então me jogo de volta na cama e enterro meu rosto sob os travesseiros.

Aquele sonho. Uau.

Só que não foi tudo um sonho. Até o momento em que as mãos do Jamie começaram a vagar pelo meu corpo, sua boca marcando minha pele, foi exatamente o que aconteceu ontem à noite — um beijo que me deixou querendo tudo que meu inconsciente juntou e jogou nos meus sonhos.

Claro, Jamie se conteve, cavalheiro como sempre, me olhando do lado de dentro, parado do outro lado da porta enquanto eu me trancava, e um saguão de distância entre nós não era suficiente.

Coração batendo forte. Lábios marcados pelo beijo. Por um breve momento, eu o absorvi, emoldurado pela porta e pela luz das estrelas, desejando seu cabelo sedoso, sua pele quente e seu corpo longo e duro movendo-se sobre o meu.

Então me virei e subi os degraus, sem olhar para trás nem uma vez.

Eu tenho um problema sério.

Eu desejo o Jamie. Não sei até onde vai esse desejo, mas o desejo em si — seja ele qual for — é demais.

Afastando os lençóis, estremeço quando meus pés batem no chão frio de madeira. Visto um roupão, prendo o cabelo em um rápido coque alto com um elástico e me jogo na minha escrivaninha, abrindo um bloco de desenho enquanto localizo minha lata de carvão.

Encaro o papel, a criatividade zumbindo na ponta dos meus dedos, a determinação inundando minhas veias. Vou desenhar para tirar Jamie Westenberg do meu sistema. Vou jorrar esse *desejo* até que ele seja derramado no papel e eu tenha algo novo, mesmo que eu queime tudo, mesmo que nada disso veja a luz do dia.

Meu coração me controlou na última vez.

Isso não vai acontecer de novo.

Estou no mesmo lugar desde que acordei, sem perceber o tempo passar. Meus fones de ouvido emitem música de cordas, o deslizamento bruto de um violino, a dor talhada do violoncelo. O espasmo nas costas, o fato de que perdi a sensibilidade na bunda, a dor constante de fome reduzida a cólicas incômodas, tudo indica que estou aqui há muito tempo.

Mais batidas na porta indicam que estou aqui há séculos. Pelo menos de acordo com a mamãe Juliet.

BAM BAM BAM.

As batidas estão mais baixas do que de manhã, abafadas pelos meus fones com cancelamento de ruído e pela música de cordas. Eu pauso a música e deslizo os fones para fora das minhas orelhas. "Pode entrar."

A porta se abre. "Que legal fazer isso duas vezes no mesmo dia", diz ela, ácida.

"O que eu faria sem você, Juliet? Terminaria um desenho? Teria um pouco de paz? Viveria feliz sem a consciência da capacidade de sarcasmo mordaz das pessoas?"

Sem eu ter pedido nada, ela ataca meus lençóis, e arruma minha cama rapidamente. "Você ficaria entediada. E sozinha. Agora levanta. Vamos assistir a um filme."

Eu pisco para ela, atordoada. As noites de filme têm sido raras desde que ela e o Jean-Claude começaram seu romance turbulento, mas não tão raras a ponto de eu ter me esquecido a que horas elas começam. "Já são oito da noite?"

Terminada a cama, Jules passa por mim e abre as cortinas para que eu veja... a escuridão.

"Nossa." Eu giro na cadeira e observo o céu de vidro fumê, brilhando com as luzes da cidade.

"Toma um banho, por favor", ela diz, amenizando a observação com um puxão suave no meu coque bagunçado. "Você está podre."

"Sim, mamãe." Coloco o carvão na lata e fecho o caderno de desenho. Mas, assim que a Jules sai do meu quarto, eu o abro de novo por um momento, virando as páginas e folheando-as. É um desenrolar de filme lento, do jeito que se costumava fazer os desenhos animados. Cada quadro é um estudo diferente de Jamie, uma parte dele ou o todo. Aqueles dedos longos, de juntas ásperas, porém elegantes. Seu perfil de traços fortes. Ele bebendo chá sobre um tabuleiro de xadrez, com uma desobediente mecha de cabelo caída na testa. Ele segurando meu rosto em suas mãos, a boca a um centímetro da minha.

Olho para o último desenho. O beijo da noite passada. Meu estômago dá um nó de dor, esfomeado.

Desenhar não ajudou. Desenhar piorou a situação. Não, desenhar não pode fazer isso. Minha arte sempre foi entrelaçada em emoções complexas, especialmente depois do Tod, mas nunca acreditei que ela pudesse piorar qualquer coisa. A arte só revela, nos torna mais verdadeiros. É que às vezes ser verdadeiro *parece* piorar as coisas. Porque quando você encara os fatos, tem que viver com eles. E, depois de um tempo, tem que *fazer* algo a respeito.

Eu não tenho ideia do que fazer.

Para lidar com isso, vou me distrair até que alguma epifania desabe sobre mim como um piano vindo do céu. Por enquanto, vou beber uma taça enorme de vinho e afogar minhas preocupações em uvas fermentadas.

Depois de um banho distraído e uma troca de roupa, tenho um nome para o meu problema, o que já é um passo. Estou chamando-o de Paradoxo de Jamie. Preciso do Jamie para realizar a minha vingança — e eu *terei* a minha vingança — e preciso manter distância dele para não escorregar na ladeira da paixão e cair direto em um território perigoso cujo nome eu nem quero mencionar.

"Amor!", Margo grita da cozinha, com uma espátula apontada na minha direção. Eu estremeço como se ela tivesse me amaldiçoado. "Eu já consigo ver nos seus olhos."

"Você não tá levando de boa como combinamos", Sula diz por cima do ombro em um canto do sofá. "Oi, Bea." Ela levanta a taça de vinho como saudação.

"Ei, olá", digo a ela. "Seu cabelo tá roxo. Gostei."

Ela sorri para mim. "Precisava de uma mudança. Bom, eu ia tentar ser sutil, mas a Margo estragou tudo, então vou perguntar: como estão as *coisas* com o alto e estiloso West?"

"As *coisas* estão indo bem com o Jamie, muito obrigada."

Sula ergue uma sobrancelha roxa. "Pareciam mais do que bem quando vocês se beijaram na pista de boliche."

"Você devia ter visto os dois depois do jantar ontem à noite", Jules grita de dentro da geladeira, puxando uma garrafa de vinho branco. "Muito adoráveis. Todos nós dissemos isso na festa do Jean-Claude, e estávamos certos: como eles seriam adoráveis juntos."

Meus dentes rangem. Que ótimo. Estou surtando por causa da minha paixão pelo Jamie *e* ainda tenho que aguentar o grupo se vangloriando.

"Eu sei que as coisas começaram meio estranhas", Sula diz, "mas ainda acho que é romântico."

"Hum." Cruzo os braços sobre o peito, a chateação subindo pela minha pele. "Eu preciso de vinho pra isso."

"Você não vai contar nada pra gente?" Margo me oferece um mix de salgadinhos e me observa com expectativa.

"Mais sal. E não."

Ela franze a testa e acrescenta algumas pitadas de sal marinho. "Essa nova versão de poucas palavras da Bea não está funcionando pra mim. Eu rejeito essa atualização."

"É por isso que vamos ter uma noite de filmes românticos", Jules fala para ela. "Vamos deixar a BeeBee bêbada e com olhos apaixonados com um pouco de vinho e comédias românticas, e aí ela vai contar tudo."

"Comédias românticas?" Eu torço o nariz. "Me dão agonia. Eu prefiro sofrimento. Quero *Shakespeare apaixonado*. *Desejo e reparação*. *Blue Valentine*..."

"Pelo amor de Deus, para", diz Toni, saindo do banheiro. "Daqui a pouco você vai pedir *Titanic*. Não são romances. A gente quer ver finais felizes, ok?"

Aceito seu abraço com relutância porque ainda estou irritada com todos esses intrometidos, não importa que eles tenham graus diferentes de culpa.

"Me abraça de volta, sua boba", diz ele.

Minha contribuição é apenas um tapinha com o braço mole. "Você tá muito carente hoje."

Assim que Toni termina de me espremer, Jules me entrega uma taça cheia de vinho branco. "Você vai ter que esperar e assistir a Keira Knightley chorar no seu próprio tempo", diz. "Só finais felizes. Eu não aguento corações partidos."

"Sabe o que eu *odeio*?", Sula diz enquanto Margo se joga ao seu lado no sofá, com o mix de salgadinhos em mãos. "Eu odeio aqueles filmes que fazem você pensar que está assistindo a um romance. Eles te deixam feliz, te dão cenas de sexo muito boas, um ótimo desenvolvimento de personagem, todas as emoções, e aí, bum — eles não ficam juntos."

"Ou um deles *morre*", diz Toni sombriamente. "Esses *não* são romances."

"Não são?", pergunto.

A sala inteira responde: "*Não*!".

"Ok", murmuro, com o rabo entre as pernas, enquanto me acomodo em uma poltrona. "Só estava perguntando."

"Você lê romances", diz Margo. "Como é que você não sabe disso?"

"Acho que nunca percebi que eles sempre ficam juntos."

Jules suspira. "Eu empresto pra ela os meus amados romances históricos, e é assim que ela me retribui. Ela nem entende a melhor parte do gênero: o felizes pra sempre."

Bebendo meu vinho, eu dou de ombros. "Leio esses por causa do sexo e dos diálogos chiques."

"Justo, mas vamos deixar claro", diz Toni. "'Romance' significa final feliz. 'História de amor' significa que eles pegaram um romance, cortaram dez por cento do final e substituíram por tragédia."

"Assino embaixo." Sula bate em sua taça de vinho em comemoração. "Eu sou do time romance. Do contrário, prefiro assistir a algo que seja sombrio desde o primeiro minuto. É horrível começar feliz e terminar triste."

"Eu também." Jules pega o controle remoto e coloca o filme, depois toma um gole de vinho. "Não tem nada pior do que pensar que você está assistindo a um romance, investida na felicidade do casal, e depois tem que ver forças externas destruírem o amor dos dois, ou pior, as duas pessoas apaixonadas destruírem a si mesmas."

Conforme absorvo suas palavras, congelo com o vinho a meio caminho da boca. Essa é a minha solução para... tudo. Não só para conseguir a melhor vingança, mas também para resolver o Paradoxo de Jamie.

A raiz do problema do Paradoxo é que não há nada dissimulado entre a gente, nenhum ato, nenhum roteiro. Já que concordamos provisoriamente em não presumir o pior um do outro, agora estamos improvisando aos poucos, cuidando um do outro enquanto descobrimos como ser amigos. Não tenho certeza de até que ponto nosso comportamento, tirando aqueles beijos, vai convencer o grupo de que estamos nos apaixonando. Sem dúvida também não vai me ajudar a manter meus sentimentos sob controle.

Preciso de um manual, de diretrizes que mostrem como deixar claro para mim que estou fazendo uma performance quando estou com o Jamie. Desse modo, minhas emoções não vão sair do controle e ainda será crível o suficiente para que os intrometidos continuem nas nossas mãos. Que material melhor para usar do que esses filmes clichês que meus amigos adoram?

A ideia me atinge, como sempre acontece com a inspiração, repentina e avassaladora, consumindo meus pensamentos. Procuro meu celular, abro o bloco de notas e digito:

— Sessão de estudo de comédias românticas.
— Encontros no estilo comédias românticas. Registrar nas redes sociais.
— Imitar clichês de comédias românticas na frente dos "amigos".

"Pra quem você está enviando mensagem?", Jules pergunta, me dando um olhar cúmplice. "Jaaaaamie?"

Não olho para cima enquanto abro minhas mensagens e encontro minha conversa com o homem em questão. "Sim."

"Ooooh", todos eles cantarolam.

Reviro os olhos. "Comecem o filme, seus malucos."

Quando os créditos de abertura começam e a música pop animada enche a sala, coloco meu plano em ação.

BEA: James. Quantas comédias românticas você já assistiu?

Meu telefone vibra trinta segundos depois.

JAMIE: Três.

Claro que ele já assistiu. E é claro que ele sabe *exatamente* quantas.

JAMIE: Eu gostei de duas delas. A terceira foi um clichê de noventa minutos. Por quê?

BEA: Esses filmes são a nossa passagem de primeira classe para a Cidade da Vingança.

JAMIE: Estou confuso.

BEA: Reserve a próxima quarta-feira para o nosso próximo "encontro". Minha vez de planejar. Você vai entender.

JAMIE: Tenho uma forte sensação de que não vou gostar disso.

Eu envio a ele meu GIF favorito de sorriso maligno.

BEA: Não faço ideia do que você está falando.

20

JAMIE

"A melhor de todas?" Olho por cima do ombro e digo a Bea: "*10 coisas que odeio em você*".

Ela agarra um pedaço da minha jaqueta e se arrasta atrás de mim. Já fomos separados por multidões naquela estufa duas vezes e não aguentamos mais. "Sim, é a elite das comédias românticas. Mas o que podemos aproveitar dela? Nada de paintball." Ela puxa minha jaqueta. "Muita bagunça pro sr. Arrumadinho."

"Muito *perigoso*", digo.

"Por que, Jamie, ao que você tá se referindo? Eu com uma arma de paintball, não poderia ser uma combinação melhor."

Eu lanço a ela um olhar cético. "Eu estava pensando mais em pintura numerada. Não é uma coisa que a garotada faz hoje em dia? Atividades reminiscentes da nossa juventude? Parece *instagramável*. Muito menos estressante do que flores carnívoras."

"Você é tão mal-humorado. Aquela planta carnívora mal te mordeu."

"Ela quase comeu minha mão!"

"Xiu", ela diz. "Você tá assustando as crianças. Um pediatra como você deveria tomar cuidado."

"Beatrice."

"James." Ela me para na frente de uma enorme treliça de glicínias. "Fica aqui."

"Ainda não entendo a necessidade de ir tão longe com o nosso planejamento de encontros. Achei que estávamos indo bem."

Ela bufa impaciente. "Você não teve que ouvir aqueles malas choramingando sobre como eles amam finais felizes. Você não ouviu eles se gabando de como são excelentes cupidos."

"Eu ainda acho que é um pouco extremo."

"É tão difícil assim pegar um pouco de inspiração das comédias românticas? Vamos, nada de amarelar. O que mais *10 coisas que eu odeio em você* nos ensina?"

"Que o cara mau sempre fica com a garota", respondo. "Patrick Verona é duplamente babaca com Kat Stratford por muito tempo. E depois a gente se pergunta por que a masculinidade tóxica prospera. Nós romantizamos isso!"

Ela suspira. "Você tá terrível hoje. Absolutamente terrível."

"Certo. Você quer ideias? Eu tenho uma excelente atividade adjacente ao paintball. Jean-Claude estava reclamando no mês passado que a Juliet o arrastou para uma daquelas aulas de pintura específicas para casais. São encontros prontos."

Bea abre o celular e configura o modo de câmera. "Acho que *isso* é um pouco exagerado."

"Ah, não acha, não. Se eu tenho que sofrer com uma quase encenação de *A pequena loja dos horrores*, então, por Deus, você vai sim para uma aula de pintura amadora pra casais."

O queixo dela cai. "Isso *não* é tão ruim."

"Nem a aula de pintura. Você teve uma ideia. Essa é a minha."

Bea olha para mim. "Me dá um minuto. Estou pensando em uma resposta impressionante."

"Vou esperar."

"Tudo bem", ela geme. Pisando na minha direção, Bea se inclina e tira uma selfie. Minha cabeça fica cortada para fora do quadro. "Droga, James, seja útil, que tal?"

"Como é?" Eu franzo a testa para ela. "Eu tenho dois dias úteis de folga por *mês* e estou gastando um deles sendo cozinhado vivo enquanto espirro até a morte, graças a você. E aí você tem a audácia de me dar um sermão sobre utilidade. *Como* isso será útil?"

Bea enfia o celular na minha mão, pouco antes de gritar: "Estamos sendo instagramáveis!".

Um homem nos lança um olhar preocupado e leva um grupo de crianças embora.

"Uma estufa." Bea gesticula ao seu redor. "Flores. Romance. Xadrez e chá."

"Xadrez e chá?", pergunto. "Quando você mencionou isso?"

Ela faz cara feia para mim. "Essa *seria* a sua recompensa, se você fosse legal. Você não tá sendo legal, Jamie."

Expirando pesadamente, eu ajeito minhas mangas até que os botões estejam bem no meio dos meus pulsos e giro o relógio até que esteja em seu devido lugar. "Peço desculpas."

"Desculpas aceitas. Agora, tire uma maldita selfie nossa pra que eu possa postar."

Virando o celular, tiro uma foto nossa: Bea, com os braços em volta da minha cintura, os olhos apertados em um sorriso feliz forçado, mas convincente. Estou olhando para ela, um leve sorriso aparecendo em minha boca. Na verdade, é uma careta.

De alguma forma, fica parecendo bastante romântico. Isso faz eu me perguntar quantas fotos de casais nas redes sociais são uma grande mentira.

"Droga, James", ela diz, examinando a foto no seu celular. "Nós dois estamos putos pra caralho, e mesmo assim você tirou uma foto boa."

"É a altura. Ótimo ângulo."

Colocando o telefone no bolso, ela olha para mim. "Qual *é* a sua altura?"

"Um e noventa e quatro", digo, e seguro seu cotovelo e a puxo para longe do perigo, assim que um bando de crianças indisciplinadas do ensino fundamental passa por nós.

"Uau." Ela olha por cima do ombro. "Quem ia adivinhar que era dia de excursão?"

"De algum modo eu imaginei, considerando a quantidade de ônibus amarelos do lado de fora."

Bea arranca o cotovelo da minha mão. "Eu também não quero fazer isso, mas é o preço da vingança. Por que você está tão rabugento hoje?"

Olhando ao redor, vejo uma pequena alcova com um banco perto da janela. Longe de crianças gritando e do ar quente e enjoativo com perfume de flores, parece um lugar calmo e tranquilo. "Vem comigo, por favor."

Resmungando, Bea me segue com os braços cruzados sobre o peito. Quando estamos na alcova, me sento no banco. Bea não se junta a mim. "Estou sendo péssimo", admito.

"Sim."

"Eu estou estressado. E quando estou estressado, fico ansioso e irritadiço, e não quero ficar em espaços barulhentos, lotados e quentes como este."

Os braços dela caem ao lado do corpo. "Eu não sabia, Jamie. Você podia ter me contado."

"Eu devia. Não pensei que fosse me incomodar tanto." Suspirando, fecho os olhos e encosto a cabeça na parede. "É por causa da festa de sessenta e cinco anos do meu pai, daqui a dois fins de semana. Minha mãe fica me ligando e perguntando se eu vou."

"E..."

Devagar, abro os olhos e fixo o teto. "Eu cedi e disse que sim."

"Isso é ruim?", ela pergunta.

"A dinâmica da minha família é... desagradável."

"Entendi. Hum..." Ela coça atrás da orelha, irrequieta. "Ajudaria se eu fosse?"

Encontro seu olhar, piscando com descrença. "O quê?"

Ela dá de ombros. "É a festa de aniversário do seu pai. Eu sou sua namorada — quer dizer, supostamente. Seria estranho se eu *não* fosse, certo? Além disso, muito instagramável."

Eu a encaro, revirando a ideia na minha cabeça. Bea, toda colorida e honesta, nos corredores frios e abafados da casa em que passei a infância. Ela se sentiria infeliz. "Isso é legal da sua parte, mas não é necessário."

"Ah, fala sério, Jamie. Quão ruins eles podem ser?"

"Bem ruins, Beatrice. Muito ruins. Arthur e Aline. Meus irmãos, tirando o Sam. Você os odiaria. Eles são as piores partes de mim."

"Uau." Ela se abaixa ao meu lado no banco, dando tapinhas na minha mão. "Você é um pouco duro com você mesmo, né?"

"É a verdade."

"Deixa eu ir. Não é nada de mais. Tenho certeza de que posso me virar com eles." Ela bate o ombro no meu. "Olha só. Você nem me incomoda tanto."

Um sorriso irônico surge na minha boca. "Você também não me incomoda tanto."

"Ótimo. Combinado. Eu vou."

"Não, Bea. Não quero que você os conheça."

"Vamos resolver isso como adultos." De pé, ela agarra minha mão e me puxa para cima.

"Aonde nós vamos?"

"Xadrez e bebidas quentes, dã."

"Achei que eu tinha perdido esses privilégios."

Ela sorri por cima do ombro. "Você ganhou o xadrez e o chá com a condição de que o vencedor decida se vou à festa de aniversário."

Olho feio para ela enquanto ela me puxa pela multidão. Bea é uma boa jogadora de xadrez. Há uma chance considerável de eu perder e então ter que sofrer sujeitando-a à minha família.

E aí ela terá me visto no meu pior.

Talvez isso não seja tão ruim. Porque, se isso acontecer, a remota e tola chance que cogitei em momentos de fraqueza, a possibilidade de que ela goste de mim de verdade, de que um dia possa mesmo querer que essa estranha amizade se torne algo mais, seria totalmente eliminada.

"Ok", digo.

Girando e andando de costas, ela balança nossas mãos para cima e para baixo. "É esse o espírito."

O celular de Bea faz o barulho de uma foto sendo tirada. Eu abaixo meu chá. "Isso é mesmo necessário?"

Ela ri abafado enquanto olha para o telefone. "Você parecia o Cornelius em êxtase no banho."

Eu cutuco seu pé por baixo da mesa. "Para de rir de mim."

"Desculpa! É fofo. Juro que não estou rindo *de* você."

"Isso é exatamente o que você está fazendo." Tomo um gole do meu chá e exagero a expressão que eu já estava fazendo. Eu nem sei qual é, só sei que a diverte.

"Para com isso!" Ela ri mais ainda, segurando a lateral do corpo.

Agora também estou rindo. A Boulangerie está mais vazia do que quando estivemos aqui da outra vez, talvez porque seja um dia de semana à tarde, então nossas risadas ecoam facilmente pelo espaço. Ganhamos alguns olhares divertidos antes de nos acalmarmos.

"Ai, cara." Bea enxuga os olhos. "Muito bom."

Olho para o tabuleiro de xadrez e balanço a cabeça. "Você acabou comigo."

Ela sorri. "Sim. E agora você tem uma parceira de crime pra ir àquela festa horrível." Ela arruma os peões, colocando-os nas gavetas. "Quer conversar sobre a sua família?", ela pergunta, com os olhos focados no que está fazendo.

Eu engulo meu chá e pouso minha xícara. "Na verdade, não."

Mas talvez eu devesse. Talvez colocar para fora seja melhor do que ficar guardando tudo até parecer que tenho uma panela de pressão logo abaixo do esterno.

Bea não diz nada, sem tirar os olhos do que está fazendo. É quase como se ela soubesse que ajuda quando todo o peso de seu foco não está com expectativa em mim enquanto procuro as palavras para explicar.

"Meu pai é um cirurgião cardiotorácico de renome mundial. Meu irmão mais velho é cirurgião, os mais novos são cirurgiões em treinamento. É isso que você faz quando é um Westenberg. Como único pediatra da família, sou uma decepção."

Bea fecha a gaveta com os peões e olha para mim. "Uma *decepção*? Você salva bebês, Jamie."

"No geral, eu só garanto que eles cresçam saudáveis."

"Não subestime seu trabalho", diz ela com veemência. "Não se diminua só porque outra pessoa fez isso."

Uma mecha de cabelo cai em seu rosto e balança perigosamente perto de seu café. Eu a coloco atrás da orelha dela. "Do ponto de vista objetivo, o que faço requer menos habilidades avançadas, menos tempo de residência. Cirurgia é uma carreira de maior prestígio aos olhos da minha família, exceto para o meu irmão Sam. Eu já fiz as pazes com isso. Só que o meu pai não. Arthur não me deixa esquecer."

Bea franze a testa. "Acho que não gosto do Arthur."

"Somos dois, mas aprendi que é mais fácil aturar a desaprovação do que discutir com ele."

"Posso só dizer uma coisa?"

Eu concordo com a cabeça. "Claro."

Bea se aproxima. "Espero que você saiba sem que eu precise dizer isso, mas você é a coisa mais distante de uma decepção que eu já conheci, Jamie

Westenberg. As pessoas que importam sabem disso. Como minha mãe diz, quem não consegue te amar pelo que você é não merece o seu coração."

Eu absorvo suas palavras e elas me aquecem mais do que a melhor xícara de chá. "Isso foi gentil, Bea. Obrigado."

Ela sorri enquanto se recosta, partindo seu croissant de chocolate. "Então. Noite de jogos chegando. Você tá preparado?"

"São jogos de tabuleiro. Imagino que sim. Por quê?"

"Não para os jogos. Para a fofura. Tem que ser uma atuação excepcional na frente deles. Estamos juntos — você sabe, juntos *de mentira* — há algumas semanas. Temos que ser melosos como se estivéssemos mesmo começando a nos envolver."

"Acho que conseguimos lidar com isso. Você está preocupada?"

Seu olhar mergulha na minha boca, então se afasta. "Bem, não. Quer dizer, acho que já resolvemos a questão dos beijos. Certo?"

Eu tento não encarar sua boca, mas é difícil. É muito difícil não pensar em como é fácil — como é prazeroso — beijar Bea. "Certo."

Com o olhar baixo, ela enfia outro pedaço de croissant na boca, depois pega a caneta e desenha no guardanapo à sua esquerda.

"Beijos convincentes são um ponto a nosso favor", diz ela. "Mas é diferente de passar horas com outras pessoas fingindo que está a fim de mim. A verdadeira questão, James, é a seguinte: você consegue ser meloso?"

"Ah, Beatrice, eu sei ser meloso."

E vou gostar mais do que deveria.

"E você?", pergunto. "Você está pronta para fazer a sua parte da ação melosa?"

Ela olha para cima e estreita os olhos. "Pode apostar que sim."

A porta da Boulangerie se abre e meu coração pula para a garganta. Minha ex-namorada, Lauren, entra, cabelo para trás, usando sua roupa sanitária de médica, provavelmente depois de uma manhã de cirurgias.

Por sorte, Bea não percebe, está perdida em seus desenhos.

Quando Lauren vai até o balcão e olha em volta, eu me inclino para ficar o mais longe possível de seu ângulo de visão, e aponto para o guardanapo de Bea e para as linhas escuras que ela está desenhando. "Ainda com bloqueio criativo?"

Ela olha para cima, com a caneta na mão, então de volta para o guardanapo. "Está melhorando um pouco. Felizmente a Sula é tranquila e não me pressiona. Eu criei ilustrações em número suficiente para termos uma boa variedade em estoque."

"Você está feliz, trabalhando na Edgy Envelope?"

"Adoro trabalhar lá", ela responde, ainda desenhando. "Quer dizer, a Sula e o Toni me deixam louca, mas eu gosto de desenhar, de usar a criatividade. É um bom lugar por enquanto, mesmo que não seja meu lugar para sempre."

"E você sempre quis ser" — um rubor aquece minhas bochechas — "uma artista erótica?"

"Estudei arte na faculdade e meus trabalhos favoritos eram com nus. Fiquei fascinada ao perceber como os humanos são lindos. Sabe?"

Meu coração bate contra minhas costelas, algo profundo e estranho se desenrola no meu peito. "Sim. O corpo humano é lindo. Terrivelmente complexo abaixo da superfície, mas lindo."

"Exato!", ela diz, se animando, seus pés se encaixando entre os meus sob a mesa. "Eu fui fisgada. Como cada pessoa é original e singular. As partes do nosso corpo que a cultura da dieta e do Photoshop nos dizem que devemos tentar apagar e esconder — as 'imperfeições' humanas — são o que, como eu pensava e ainda penso, nos tornam obras de arte. Estrias. Rugas. Sardas e linhas finas e dobrinhas e curvas. Percebi que queria fazer arte que celebrasse isso, que defendesse essa crença."

Olhando para mim, Bea franze a testa e depois volta a olhar para o guardanapo, a caneta voando sobre o papel delicado. "Percebi que é ainda mais poderoso", ela continua, "quando posso mostrar a *sensualidade* dessas chamadas imperfeições. Como podemos apreciar a nós mesmos e desejar uns aos outros não quando somos perfeitos, mas quando somos *nós mesmos*. Então comecei a desenhar, depois a pintar, amantes juntos e pessoas sozinhas amando a si mesmas. Essa era a minha carreira artística antes da Edgy Envelope: encomendas e vendas de pinturas por meio de exposições."

"O que te fez parar?"

Ela faz uma pausa no desenho e hesita por um momento. "Eu... tive um relacionamento muito tóxico. Meu parceiro fodeu com a minha cabeça, tanto pessoal quanto profissionalmente. Ele é um artista muito talentoso e eu valorizava a sua opinião. Então, quando ele começou a criticar o meu trabalho, eu internalizei muitas dúvidas. Não sabia que ele tinha ciúmes de mim, que em vez de ver nossos sucessos como compatíveis, ele se sentia ameaçado."

Quase derrubo meu chá. "Que filho da..."

"Está tudo bem, Jamie." Ela cutuca meu pé com o dela por baixo da mesa.

"Não está."

"Você tem razão, não está. Mas está no passado, foi o que eu quis dizer."

"E o motivo de você não ter pintado desde então tem a ver com ele?"

Ela morde o lábio. "É complexo. No início foi difícil reconhecer como o Tod me tratava, como era ruim. Passei algum tempo trabalhando isso na terapia depois que ele terminou comigo. Ele recebeu uma oferta vantajosa de carreira e se mudou pra outra cidade, graças a Deus, e agora sei que ele só falava merda. Ainda tenho dificuldade pra pintar, mas não pra tirar a voz dele da minha cabeça, e sim pra encontrar a minha de novo, faz sentido? Pintar é muito pessoal. É muito emocional pra mim. Eu não estive bem pra fazer isso."

Sua caneta vacila. E meu coração despenca.

Não sou a pessoa mais avançada no quesito emocional, mas até eu posso ver como a "solteirice" de Bea, como Juliet a chama para provocar, é como a sua pintura — se relacionar é algo que ela teve que deixar de lado enquanto se curava, até se sentir segura e pronta para seguir em frente. "Suas irmãs sabem disso? A forma como ele te tratou? O que aconteceu?"

Ela olha para o guardanapo. "Ele e eu saíamos quase sempre sozinhos, ou no meio artístico. Kate quase não vem pra casa há anos, e o pouco tempo que ele passou com a Jules, ele se comportou bem. Então as minhas irmãs não conheceram o verdadeiro Tod, e eu... Eu nunca contei pra elas o que aconteceu porque eu não queria admitir pra elas quem ele era de verdade, e que eu tinha me fodido tanto por escolher um cara como ele. Eu queria seguir em frente. É vergonhoso."

"Bea. Não há de que se envergonhar. Ele foi cruel com você. A culpa não é sua. É dele."

Ela morde o lábio. "É, eu sei. Quero contar pra elas. Vou contar em breve, eu espero. Só preciso criar coragem." Limpando a garganta, ela sacode os ombros, como se estivesse se livrando de um calafrio. "Enfim, desde o término, tenho me mantido em um padrão de espera. Não vai durar pra sempre. Eu sei que quero tentar de novo. Com arte. Talvez com um relacionamento também, em algum momento. Mas vou começar pela pintura. Até agora não consegui fazer nada além de pegar um pincel. Eu só fico lá, olhando para a tela em branco. Estou farta disso."

"Você vai pintar de novo", digo.

Bea me lança um olhar irritado. "Sim, graças a você e a esse encontro horrível de pintura que você inventou."

"Talvez seja o destino. Pode ser o seu novo começo."

"Talvez", ela fala baixinho, dando uma mordida no croissant de chocolate. "Eu estou estagnada nisso há tanto tempo."

Eu tiro uma migalha de sua bochecha, onde fios finos e escuros de cabelo caíram e dou um beijo no local. "Todos nós ficamos estagnados às vezes, Bea. Sei que eu já estive."

Um vaporizador de leite guincha e puxa meus olhos para a frente, assim que Lauren pega seu café e se vira. Nossos olhos se encontram.

Faço um aceno educado com a cabeça para ela e, sem esperar que faça o mesmo, volto a focar em Bea. Um momento depois, a porta se fecha e Bea lança um rápido olhar por cima do ombro para a silhueta de Lauren se afastando. "Quem era aquela?"

Eu bebo um gole do meu chá. "Minha ex."

Ela solta um longo assobio. "Eu só vi as costas dela, mas uau. Você baixou de nível."

"Para com isso. Você é linda."

Um rubor aquece suas bochechas. "Eu não estava pedindo um elogio."

"Eu sei. E eu não estava mentindo. Você é."

Virando a cabeça para o lado, Bea resmunga. "Merda. Eu dei algum mau jeito quando virei o pescoço. Você pode pressionar aqui..." Ela aponta para um ponto em questão.

Deslizo meu polegar cuidadosamente pelos músculos tensos na base de seu crânio, depois desço até seu ombro. Minha mente viaja rápido demais por uma estrada perigosa. Quão pouco seria preciso para segurar seu pescoço, inclinar sua boca e juntá-la à minha sem nenhum motivo além de puro prazer.

Bea suspira enquanto eu esfrego os músculos tensionados do seu pescoço. Começo a lembrar de seus nomes anatômicos, desesperado para controlar os anseios do meu corpo e o rumo terrível dos meus pensamentos.

Splenius capitis. Semispinals capitis. Longissimus capitis.

"Jamie", ela fala baixinho. "Isso é muito bom."

Seus olhos se fecham, permitindo que eu olhe para ela sem revelar tudo. "Que bom."

Ela sorri, encantadora. "Toma cuidado. Continue assim e sua namorada falsa vai exigir massagens de verdade no pescoço toda vez que nos encontrarmos. Você pode ter mais trabalho do que esperava nessa farsa."

Observo Bea enquanto ela derrete sob o meu toque. Enquanto sua cabeça fica pesada. Enquanto eu afasto o pensamento desconcertante de que "mais do que eu esperava" pode ser exatamente o que eu quero.

"Você e sua ex terminaram de boa?", ela pergunta.

"Na verdade, não. Ela se conectou com meu pai e o trabalho dele por meu intermédio, e quando ele lhe ofereceu uma vaga em sua equipe, disse a ela que não trabalhava com ninguém da família. Ela escolheu o trabalho em vez de mim."

"Jesus", diz Bea. "Que merda."

"É e não é. Eu me senti usado, mas, pra ser honesto, ela é incrivelmente capaz e teria conseguido a vaga com meu pai se o tivesse conhecido por meu intermédio ou não. Só é lamentável que tenha acontecido desse jeito."

Não conto que, quando a Lauren fez isso, reforçou a sensação contra a qual passei toda a minha infância lutando, a de que, mais uma vez, não importava quanto eu me esforçasse e me destacasse, eu não era o suficiente. É muito doloroso, muito revelador. Mesmo que uma parte de mim deseje contar a ela.

Em vez disso, digo: "No fim das contas, foi melhor assim. Éramos semelhantes, mas não combinamos muito. Entendo isso agora e tento não culpá-la por isso".

"Mesmo que você já tenha aceitado, ainda é doloroso." Os olhos de Bea se abrem e encontram os meus. "Sinto muito que isso tenha acontecido."

Meu polegar acaricia seu queixo, a pele macia sob sua boca. "Obrigado. Mas fico contente que tenha acabado."

Porque se não tivesse... bem, onde eu estaria? Vivendo aquela vida ordenada e arrumada que tenho há tanto tempo. Uma vida com a qual, percebi recentemente, eu não estava tão satisfeito quanto dizia a mim mesmo que estava.

"Você ficou contente?", Bea pergunta.

Eu procuro seus olhos, saboreando com meu toque seu calor, sua maciez. "Sim."

Nossos olhares se encontram, e Bea se inclina. Eu me inclino para mais perto. E então ela segura meu queixo e me dá um beijo longo e intenso que deixa meu sangue quente, e faz com que eu precise agarrar a borda da mesa para não cair enquanto inspiro seu cheiro e intensifico nosso beijo. O gosto dela é tão perfeito, como se sua boca fosse feita para a minha, como se fôssemos projetados para fazer isso. Ela solta um leve suspiro quando minha língua acaricia a dela, quando deslizo minha mão em seu cabelo e seguro aquelas mechas suaves e escuras. Quando ela se afasta, tem um sorriso satisfeito no rosto.

Eu a encaro, atordoado. "Pra que isso?"

Pegando a caneta, Bea volta a desenhar no guardanapo de papel. Percebo que ela está me desenhando. Ela faz um gesto sutil para o lado de fora, onde Lauren está esperando por um táxi, bem na nossa linha de visão. "Pra isso que são todos os nossos beijos, James. Vingança."

21

BEA

"A noite de jogos começou. Onde você está?" A voz de Jamie está no viva-voz enquanto eu levanto minha calcinha e aliso meu vestido.

"Ainda trabalhando. Quase na hora de fechar, pelo menos. Você já chegou?"

"Jean-Claude disse que ficou preso no trabalho, então vim cedo pra ajudar a arrumar."

Meu coração dá uma pequena cambalhota. "Isso é legal da sua parte."

"Não foi nada. Christopher também estava aqui ajudando, então tudo que acabei fazendo foi separar alguns condimentos e arrumar a trilha colorida de meias, elásticos de cabelo e marcadores de ponta fina de uma certa pessoa."

"São tipo as migalhas de pão de João e Maria. Levam direto pro meu quarto."

"Que é onde eu estou. Cornelius e eu estamos ficando mais próximos."

Vejo meu reflexo no espelho enquanto lavo as mãos. Estou sorrindo. "Ele é um bom motivador. Vai te ajudar a se empolgar para a nossa performance de hoje à noite."

"Ah, nós estamos ocupados. Acabei de explicar seu plano de comédia romântica e fiz uma breve sinopse de *10 coisas que eu odeio em você* pra ele."

"E como é?"

"Encaradas tristes, cantoria na arquibancada, poemas recitados, beijos cheios de tinta. Mas não se preocupa", Jamie diz. "Minha inspiração não vai além do encontro de pintura. Poesia não é o meu forte. E fazer uma serenata pra você seria constrangedor. Eu não conseguiria cantar nem se minha vida dependesse disso."

"Chega de encaradas tristes também. Conhecer você foi uma longa lição sobre a dor de um olhar melancólico. *Não* foi romântico."

"Do que ela está falando, Cornelius? Aquele foi o nosso primeiro encontro especial."

Solto uma risada, abrindo a porta do banheiro e olhando para os dois lados para me certificar de que não há bisbilhoteiros por perto. "Diga a Cornelius que foi um primeiro encontro desastroso."

"Me recuso. Ele está do meu lado agora. Eu lhe dei maçãs."

"Uau, você está comprando o amor dele, hein?"

"Estou fortalecendo nosso vínculo." Consigo imaginar sua sobrancelha arqueando, sua expressão se mantendo séria até eu cair na risada. "Cornelius me disse que, daqui a dez anos, nosso encontro-desastroso será considerado especial, o trauma terá diminuído com o tempo e a nostalgia. Vamos contar aos nossos filhos como eu mal conseguia formar uma frase e você derramou álcool em mim, não uma, mas duas vezes em uma só noite. Você vai contar com mais detalhes, então eu vou ouvir enquanto você fala, coberta de respingos de tinta da sua última obra-prima, com seu amor por mim ainda brilhando nos olhos."

Eu paro abruptamente na loja, atordoada com a imagem que ele desenhou em uma das raras vezes em que se arrisca a brincar. O pânico aperta meu peito. Como pode ser tão fácil imaginar tudo isso? Por que isso entra nos meus pensamentos e se acomoda com um suspiro pesado de *E se...?*

"Que..." Eu mordo o lábio. Com força. Por tempo suficiente para que eu não deixe escapar algo absurdo como *Isso me parece absolutamente perfeito.* "Que bonitinho. Você deveria dizer isso mais tarde, perto dos outros. Quando você estiver olhando pra mim com atenção e alguém decidir que é socialmente aceitável perguntar quando vamos ter filhos."

"Já estão falando sobre filhos!", Sula grita do escritório.

"Tenho que ir", digo a Jamie. "Eles têm ouvidos em todos os lugares."

"Cornelius gostaria de te lembrar de ficar com os seus amigos e tomar cuidado com as calçadas irregulares na sua caminhada para casa."

Sorrio. "Diga ao Cornelius que vou me cuidar."

"Está bem", diz ele. "Vejo você em breve."

Quando coloco meu telefone na mesa do mostruário, Toni o pega e olha para a tela inicial, com a foto de Jamie e eu na estufa. "Eu não aguento vocês."

Sula aparece na porta do escritório com sua cadeira de rodinha. "É uma foto nova?"

"Não!", digo a ela. "Vocês precisam cuidar da vida de vocês."

Toni vai até a Sula com meu celular, para que eles possam ficar babando nas minhas fotos de novo.

As fotos fofas estão funcionando como mágica. Os enxeridos estão mais investidos em nós do que nunca. Jules continua querendo detalhes picantes. Margo me disse que estou radiante. Christopher me mandou uma mensagem estilo irmão mais velho dizendo *É bom que ele cuide bem de você ou vai se ver comigo*. E a Sula e o Toni continuam entrando no Instagram no trabalho e fazendo barulho de beijo.

Suspirando, sonhadora, Sula diz: "Ele beija bem, né?".

"Sim." Fingindo ou não, aquele homem sabe beijar.

Uma sensação engraçada borbulha sob a minha pele quando me lembro daquele beijo na mesa de xadrez da Boulangerie. A maneira como ele respirou e gemeu de prazer. Como se ele quisesse de verdade. Como se tudo isso fosse *real*.

O que, é claro, não é. Aquele beijo não foi só por beijar. Foi por vingança e, sim, talvez também porque beijar Jamie nunca é uma tarefa difícil. Eu adorei beijá-lo sabendo que sua ex de merda podia estar assistindo, sentindo uma pontada de ciúme cavando seu coração enrugado.

Ainda assim, não o beijei *só* para punir sua ex. Beijei Jamie porque eu *gosto* de beijá-lo, porque muitas vezes não falamos a mesma língua, mas nada fica mal-entendido quando nos beijamos. Porque posso mostrar para ele com minha boca e meu toque o que nem sempre sei dizer ou o que tenho medo de estragar ao tentar colocar em palavras.

Mas esses sentimentos não podem invadir o território de nosso relacionamento falso, então enfio-os de volta no armário mental ameaçadoramente cheio de Jamie, por baixo da porta.

Para me distrair, abro meu caderno de desenho no céu noturno que estava desenhando e passo o dedo sobre os traços. Saboreio os segredos e a alegria de finalmente ter encontrado alguma inspiração.

"*Sim?*", Sula diz. "Eu pergunto sobre os beijos e isso é tudo que eu recebo?"

Toni coloca meu celular de volta na mesa e cutuca a minha cintura.

"Pode contar tudo. Eu te dei um relatório de cinco páginas sobre o meu primeiro beijo com o Hamza."

"Ursula, sua intrometida assanhada. Me deixa em paz. Antoni, o relatório do beijo foi ideia *sua*. Fiquei feliz em ouvir, mas você teria contado sobre seu primeiro beijo com o Hamza para a vizinhança inteira. Não vou fazer um resumo da minha vida amorosa com o Jamie pra nenhum de vocês. Nem falar sobre os beijos."

Toni deixa os cotovelos caírem sobre a mesa e se inclina em tom conspiratório. "Então vocês *estão* transando?"

Eu o empurro sem muito entusiasmo. "Sai daqui."

Sula gargalha, rolando de volta para o escritório. "Eu adoro ver ela ficar vermelha."

"Especialmente quando está desenhando o muso dela", diz Toni.

Eu faço uma careta e cubro, protetora, meu desenho do céu noturno tecido de estrelas e meteoros. É uma renda de constelações que esconde e — se você olhar bem — revela dois amantes entrelaçados em um abraço. As pernas do homem são longas, seu cabelo são ondas selvagens, e o corpo da mulher está pintado de estrelas. Tento não pensar muito nos abundantes paralelos entre Jamie e eu que minha mão decidiu criar.

"Ai, meu Deus", Sula grita. "Apertei um botão qualquer. A tela está mudando de cor. Socorro! Serviço de TI, Toni!"

Ele suspira e se vira para o escritório. "Não ganho o suficiente pra isso."

Estou prestes a desligar os iPads que usamos para fazer as vendas quando a campainha da porta toca e uma mulher que é a definição de elegância entra. Alta, com pernas compridas, cabelos castanho-avermelhados e olhos cor de mel. Ela usa maquiagem leve e um luxuoso casaco de caxemira.

Tem algo vagamente familiar nela.

"Vocês estão..." Seus olhos se arregalam quando ela olha para mim. Então ela desvia o olhar, limpando a garganta. Eu olho para mim mesma. Não há nada estranho nas minhas roupas. Discretamente, toco meu rosto. Será que tem tinta nele? Acabei de me olhar no espelho no banheiro e não vi nada. Examino minhas mãos. Nada de tinta fresca na minha pele. Não faça ideia do motivo para ela ter agido assim quando me viu, mas por outro lado algumas pessoas ficam um pouco alarmadas com todas as tatuagens. Jamie com certeza ficou quando nos conhecemos.

Parecendo ter se recuperado, ela pergunta: "Vocês ainda estão abertos?". Ela evita meus olhos. "Sinto muito por entrar logo antes de fechar."

"Sem problema." Fecho meu caderno de desenho e deslizo-o discretamente para o lado. "Me avise se eu puder ajudar a encontrar alguma coisa."

Ela enfia uma mecha brilhante de cabelo ruivo atrás da orelha. "Obrigada."

De volta ao desenho, pelo canto dos olhos fico ciente de sua presença enquanto ela caminha pela loja. Ela pega nossos produtos mais caros, cartões grossos de luxo com uma borda opalescente e duas canetas-tinteiro da melhor qualidade. Depois vagueia lentamente em direção à parede de cartões individuais. Ela morde o lábio e franze a testa enquanto ajusta os produtos nas mãos.

"Quer que eu separe esses itens pra você?", pergunto.

"Ah." Ela olha para baixo e dá um sorriso contido. "Seria ótimo."

Saindo de trás do balcão, aliso minha saia e dou uma checada rápida na parte de trás. Fiquei paranoica com bainhas presas na calcinha desde o boliche.

Pego uma cesta ao lado da mesa de mostruário e seguro seus itens, colocando-os com cuidado na cesta. Ela parece distraída, seus olhos vasculhando a parede de cartões. "Procurando alguma outra coisa?", pergunto.

"Não tenho certeza..." Ela morde o lábio. "Talvez algo romântico, porém sutil?"

"Pode deixar." Meu próprio trabalho é a escolha óbvia. Aponto para algumas das ilustrações populares. "Essas são boas opções para o que você deseja."

Seu olhar segue a minha indicação e ela franze a testa, se aproximando. "Como assim? Essas ilustrações parecem abstratas."

"Elas são." Eu puxo uma das prateleiras finas. "E também são algo mais." Eu traço o desenho oculto. "Este, por exemplo, são amantes. Olhe, um está deitado, com os braços para trás, enquanto o outro..."

"Ah", ela diz rápido.

Eu olho para cima e percebo que seus lábios estão franzidos, sua expressão um pouco chocada. "Desculpa, se for exagerado, posso mostrar outra coisa."

"Não", ela fala rápido de novo, se aproximando e pegando o cartão.

"Não, essa é a ideia. Mas talvez..." Ela dá uma olhada na parede de prateleiras, localizando uma das minhas ilustrações favoritas. "Isso é um coração?"

"É, sim."

Ela sorri. Seus dentes parecem de comercial de pasta de dentes. Tão brancos que me fazem apertar os olhos. "É perfeito."

"Um coração é, claro, um símbolo clássico do amor e..."

"Não", ela me interrompe. Alcançando o cartão com facilidade, ela o pega da prateleira e o observa. "Não é isso. É que sou cirurgiã cardíaca. Mas onde está o desenho dos amantes? Não consigo ver."

"Isso não é incomum. Às vezes é uma questão de perspectiva. Segurar a imagem em um ângulo diferente pode ajudar a revelar." Espero um momento, observando-a ficar irritada enquanto franze a testa para o cartão. "Você quer que eu mostre?"

Ela funga, endireitando-se. "Obrigada, quero."

Aponto para a forma como desenhei o coração — seus ventrículos e átrios, o fluxo de sangue oxigenado e desoxigenado, tudo isso no formato de flores ricamente detalhadas. "O tom e o formato das flores", digo a ela, "se você segui-los com o olhar, verá duas pessoas entrelaçadas, em posição de prazer mútuo."

Seus olhos se arregalam. "Ah. Eu vejo agora. Bom. Isso certamente é significativo."

"É a Coleção Papel *Impróprio*."

Ela olha para o cartão. "É, não é? É perfeito. Vou levar."

"Por aqui. Eu passo no caixa pra você." Olho por cima do ombro enquanto ela me segue e a pego me examinando com olhar crítico de novo. "Posso ajudar a encontrar mais alguma coisa?"

"Não, obrigada."

Não demoro para passar tudo no caixa e depois colocar o cartão e o envelope em uma sacolinha com um laço que nunca vai ficar tão bom quanto os do Toni.

"Obrigada de novo", ela diz, lançando mais um olhar curioso na minha direção antes de enfiar a mão no bolso do casaco para pegar o telefone que está tocando.

"De nada. Tenha uma boa noite."

Ela se afasta do balcão e se vira, com os olhos no celular. É aí que percebo. É sua visão de costas que eu reconheço.

Aquela era a ex-namorada do Jamie.

No meio do caminho para o apartamento, corro na frente de meus amigos com a desculpa de que preciso ir ao banheiro. Quase caio de cara no chão duas vezes, mas tenho que chegar em casa o mais rápido possível. Estou noiada. Preciso de respostas.

"Você chegou!", Jules grita da cozinha. "Temos tacos. Vou servir um pouco de sangria pra você."

Nosso apartamento exala cheiro de comida mexicana e música suave, grupos de pessoas estão conversando e sorrindo. Jules conhece meu limite sensorial e é ótima em não o ultrapassar. Não tem pessoas demais ou sons demais. Apenas o suficiente para ser agradável, mas não opressivo.

Não consigo nem aproveitar, no entanto. Não paro de pensar na ex do Jamie na loja. Aquele cartão que ela comprou não pode ser para ele, pode? Será que ver a gente na Boulangerie foi o suficiente para deixá-la com ciúme? Para fazê-la querer alguém que ela não pode ter mais?

Uma pequena parte — a parte racional — da minha mente fica repetindo que estou sendo ridícula por me preocupar se meu namorado *falso* está sendo fiel a mim ou não ou, pior, se está me usando nesse relacionamento falso para conquistar a ex de volta. Meu lado racional está me dizendo que você não faz as pazes com alguém que te trata do jeito que ele disse que ela o tratou.

E, para dar crédito ao meu cérebro racional, eu tenho certeza de que ele está certo. O que está me deixando mal é quanto eu sinto, quanto eu me *importo*. Percebi que se os meus medos sobre a ex dele fossem verdade, seria doloroso. Muito. E não devia. Eu não devia me importar com o que meu namorado falso faz. O homem que é o epítome do que é errado para mim — quieto, engomadinho demais para o meu gosto, um devaneio caótico, que usa palavras de cinco sílabas e salva bebês e come quatro carboidratos por ano, enquanto eu tenho uma carreira meia-boca, mudo minha rota profissional e subsisto de açúcar refinado e ravióli enlatado.

É por *isso* que minhas mãos estão tremendo e meu coração está disparado dentro das costelas. Apesar dos meus esforços para controlar essa merda, para manter nossos encontros intencionais e cada toque apenas dentro do objetivo de vingança desse relacionamento falso, ainda assim estou envolvida, vulnerável, quase sem conseguir segurar as lágrimas.

"BeeBee." Jules me oferece um grande copo de sangria. "O que houve?"

Tomo um gole gigante, esperando que o álcool entorpeça a dor. "O que você sabe sobre a ex do Jamie?"

Ela franze o nariz. "Hum. Não muito. Por quê?"

"Me conta o que você sabe." Eu olho ao redor da sala e não vejo o Jamie. Ele ainda deve estar escondido no meu quarto com o Cornelius.

"Ok", Jules fala devagar. "Lembro de Jean-Claude dizer que ela também é médica. Mas cirurgiã. Cardiotorácica, talvez?"

A ex do Jamie é uma cirurgiã cardíaca. E o meu trabalho é rabiscar órgãos genitais escondidos em cartões.

Aquela fantasia vaga e tola de que Jamie Westenberg um dia me veria como mais do que a garota desajeitada que odeia vegetais e anda por aí com o vestido preso na calcinha se desfaz, deixando uma dor oca sob o meu esterno.

"Qualquer que seja a área em que toda a família dele se especializa", diz Jules. "Sei que o pai dele é famoso por algum tipo de procedimento. E sim, acho que é cirurgia do coração. Por quê?"

Era ela. A mulher na Edgy Envelope só podia ser a ex dele. Quantas mulheres se parecem com a ex do Jamie de costas e são cirurgiãs cardiotorácicas? Isso explica por que ela me olhou de um jeito estranho. Deve ter me reconhecido da Boulangerie.

"Bea, o que está acontecendo?", Jules pergunta.

Pisco, abandonando meus pensamentos enquanto forço um sorriso. "Não é nada. Obrigada. Só fiquei curiosa."

Ela se aproxima. "Tem certeza de que..."

"Jules!", alguém chama. "O forno está desligando."

Minha irmã suspira.

"Está tudo bem, JuJu. Eu estou bem. Vá ser a anfitriã."

"Não vá muito longe", ela diz, pegando meu copo quase vazio. "Voltarei com mais sangria."

Assim que ela se afasta, vejo Jamie no final do corredor, fechando a porta do meu quarto silenciosamente. Meu coração cai como em uma queda livre de bungee jump, implorando para que a corda de confiança dê um estalo e me salve. Mas agora apenas é só o medo gravitacional me arrastando para baixo, o pavor sibilante abafando todos os outros sons.

Ele olha para cima e, quando me vê, abre um verdadeiro sorriso à la Jamie, os olhos fixos nos meus enquanto ele encurta a distância entre nós. Observo sua boca formar a palavra *Olá*. Eu o encaro, sem palavras, enquanto ele tira minha bolsa do meu ombro e a coloca no dele.

"Bea", diz ele, gentilmente envolvendo minhas costas com a mão e me guiando para dentro, longe da porta. "O que houve?"

Margo xinga o carrinho de bebê enquanto entra no apartamento depois de mim. "Você já viu ela ficar parada na porta boquiaberta, olhando pra alguém assim?"

"Não", Sula diz, entregando a filha delas, Rowan, para Jules, antes de assumir o controle e começar a dobrar o carrinho com cuidado. "Mas lembra muito como você ficou quando me conheceu."

"Eu não fiquei boquiaberta", Margo fala, ácida.

Sula solta uma risada abafada enquanto guarda o carrinho atrás da parede de casacos. "Claro, ok. Vamos deixar os pombinhos em paz."

Depois de escaparem para beber e comer, Toni e Hamza as seguem, pendurando os casacos e passando também.

Jamie olha para mim, a mão ainda nas minhas costas. "Você está bem?"

Minha respiração fica presa na garganta, um engasgo aguado que indica que as lágrimas estão chegando. "Não tenho certeza."

"Qual é o problema?" A preocupação gravada em sua expressão torna a dor ainda pior.

"Eu..." Meus olhos ficam borrados com as lágrimas.

"Bea." Jamie me puxa contra si, num abraço forte que eu não sabia quanto eu precisava. Seus braços firmes me envolvem, uma mão vem aninhar minha cabeça. Com delicadeza, seus dedos deslizam pelo meu cabelo e o toque reconfortante faz as primeiras lágrimas caírem.

"Do que você precisa?", ele pergunta, sua voz baixa e quente perto do meu ouvido. "Quer ir pra algum lugar tranquilo?"

Eu balanço a cabeça, fechando os braços em volta de sua cintura. Ele é tão esguio e sólido. Ele tem cheiro de uma caminhada matinal na floresta. E quando fecho os olhos, imagino isso muito facilmente — nossas mãos emaranhadas, nada além do som da vida selvagem escondida nas árvores, gravetos se quebrando sob os nossos pés, o rugido fraco do mar ao fundo.

Suspirando, sussurro contra o seu peito, "Isso basta".

22

JAMIE

Alguma coisa está acontecendo comigo. Alguma coisa assustadora.

Quando vi Bea, parecendo perdida e prestes a chorar, uma força que eu nunca havia sentido em minha vida rugiu pelo meu corpo. Foi brusca, básica e *violenta*. Algo a tinha machucado. Algo logo abaixo da superfície daquele exterior durão, das tatuagens distintas, dos olhos ferozes e do impressionante cabelo com as pontas loiras. E eu queria esmagar o que fez isso.

Para quem está de fora, imagino que eu aparentasse estar calmo e imperturbável como sempre. Por dentro, entretanto, quando a puxei contra mim — agora, enquanto ela me agarra como se eu fosse um bote salva-vidas —, nunca me senti tão essencialmente protetor.

"Obrigada", ela sussurra.

Deslizo os polegares sob seus olhos para enxugar as lágrimas, aninhando seu rosto em minhas mãos. Depois abaixo a cabeça e encontro seu olhar.

Durante o jogo de xadrez da quarta-feira, fizemos nosso plano para a noite de jogos: nos beijaríamos demoradamente ao nos encontrarmos, ficaríamos nos pegando durante toda a noite. Daríamos algo a eles para falarem a respeito. Mas Bea aparecer em meio às lágrimas e se agarrar a mim assim está muito longe do roteiro. Não vou correr o risco de que ela não esteja mais de acordo com o que planejamos, então pergunto: "Você ainda quer que eu te beije?".

"Sim." Ela assente com a cabeça, seu toque descansando na minha cintura, os dedos traçando minhas costelas. Seus olhos se fecham quando ela se aproxima. "Em nome da plausibilidade."

Eu olho para ela. Cílios escuros, uma sarda logo abaixo do olho esquerdo. A delicada curvatura do nariz e aqueles lábios rosados.

A verdade se encaixa.

Não quero beijar Beatrice Wilmot sob falsos pretextos. Eu quero beijá--la apenas por beijar. Sem outro objetivo para isso, sem intenção vingativa.

E não sei se a Bea algum dia vai querer o que eu quero. O real, não o falso. Só nós.

A ansiedade me aperta, atada em volta do meu peito, comprimindo os meus pulmões. E se, mais uma vez, eu não for suficiente? E se, quando eu contar a Bea o que sinto, ela olhar para mim com o mesmo desconforto frustrado que endureceu a expressão de Lauren quando percebi quão pouco eu significava de fato para ela?

Não posso correr esse risco, não posso encarar a possibilidade de que Bea me diga que isso não significa nada além do que combinamos.

Então, como um covarde, fico quieto e aproveito para abraçá-la com força. Odeio que Bea esteja chateada, mas adoro que ela precise de *mim*. Que de algum modo eu tenha me tornado um porto seguro, a pessoa em quem ela se apoia. Sentindo seu cheiro, eu fecho os olhos, descansando minha bochecha no topo de sua cabeça. Por um momento, o mundo é só ela, perto, quente e suave, com cheiro de figo e sândalo. Seus dedos agarram minha camisa enquanto eu me inclino e roço meus lábios nos dela.

Ela respira fundo, ficando na ponta dos pés para se aproximar. Um gemido sobe pela minha garganta enquanto ela envolve meu pescoço nos braços, seus dedos deslizando pelo meu cabelo, raspando ao longo do meu couro cabeludo. Minha boca se abre quando a puxo contra mim, minhas mãos se acomodam na curva de seus quadris, mostrando a ela o que ela faz comigo, como *tudo* se torna urgente quando Bea e eu nos beijamos.

O tempo se comprime, se curva e se dissolve, até que tudo o que existe se reduz às mãos dela, a sua boca, e a cada doçura e curva do seu corpo macio contra os planos rígidos do meu. Até que tudo seja só ela.

Bea.

É a palavra pela qual meus pensamentos imploram, o som da necessidade cantando nas minhas veias. É tudo o que existe até que um assovio quebre o momento, nos separando.

Bea olha para mim. Um sorriso suave e cuidadoso aparece em sua boca.

"Cornelius cuidou bem de você?", ela pergunta.

Faço que sim com a cabeça, alisando uma mecha de cabelo que soltei de seu coque enquanto a beijava. Ela me observa enquanto a arrumo e meu polegar percorre seu maxilar. "Sim."

"Que bom." O sorriso aumenta quando eu puxo a bolsa dela mais alto no ombro.

"Vou colocar isso no seu quarto pra ficar a salvo."

Ela assente com a cabeça. "Eu vou com você. Dizer oi pro ouricinho."

Andamos pelo corredor até o quarto dela, onde fiquei confortável sentado em sua cama até ela chegar, absorvendo os inúmeros detalhes coloridos, tentando descobrir por que eu gosto tanto do caos de Bea.

"Oi, amigo", ela fala para Cornelius, acariciando suas costas. Ele atravessa sua pequena casa bamboleando e sobe nas mãos dela. "Desculpe por ter chegado desse jeito."

"Você não precisa se desculpar, Bea. Mas eu gostaria que você me contasse o que está te incomodando."

Ela engole devagar, os olhos permanecem em Cornelius. "Você andou encontrando a sua ex?"

"O quê? Não. Nossa, não." A preocupação cimenta meu estômago. "Por que você está me perguntando isso?"

"Acho que a conheci esta noite. E depois que nós a vimos na Boulangerie, só... fiquei nervosa."

Eu me aproximo, querendo tranquilizá-la com mais do que palavras, porém sem saber se devo. "Eu juro, Bea. Foi pura coincidência. Não tenho interesse em ficar com ela."

"Eu imaginei." Ela coloca Cornelius na sua casinha com cuidado e fecha a tela de cima. "Acho que eu precisava ouvir isso de você de novo."

Com outro passo mais perto, eu paro bem atrás dela. Pequenas mechas de cabelo castanho chocolate beijam sua pele. Eu traço uma, passando meu dedo por seu pescoço. Sua cabeça se inclina para trás, deixando sua garganta exposta para mim.

"Isso importa para você?", pergunto. "Se eu a quisesse? Se eu quisesse... alguém?"

Suas mãos agarram seu vestido. "Não me faça responder isso."

"Aquele beijo na Boulangerie." Eu baixo minha boca até seu ombro, sabendo que estou sendo imprudente. Sabendo que estou nos levando a um lugar do qual será muito difícil recuar se eu estiver errado. Eu dou um longo beijo em sua tatuagem. "Aquilo era mesmo vingança?"

Bea se inclina para mim, sua cabeça batendo no meu ombro. "Não me faça responder isso também."

Eu passo um braço em volta da cintura dela, então a viro lentamente para que fique de frente para mim. Seus olhos brilham e ela morde o lábio. O medo marca sua expressão, e eu quero tanto tirá-lo dali. Fazer Bea se sentir segura. Mostrar que ela não está sozinha. Que eu estou ali com ela.

Nossas mãos se roçam, como um primeiro beijo amedrontado, antes de se encontrarem e se entrelaçarem. Eu coloco a mão dela contra o meu peito, procurando seus olhos. "Bea..."

"Opa!" Alguém que não conheço para na soleira, o rosto vermelho de vergonha. "Desculpa! Achei que fosse o banheiro."

Afastando a mão, Bea alisa o vestido. "Segunda porta à esquerda", ela diz, guiando a pessoa para fora, saindo atrás dela. Eu a sigo, inseguro, com receio de ter interpretado tudo errado. Mas assim que nosso intruso desaparece no banheiro, ela gira e agarra minha mão, encontrando meus olhos. Então ela dá um beijo suave e demorado no canto da minha boca.

"Não foi *só* vingança", ela sussurra.

Sem dizer mais nada, Bea me arrasta para a cozinha movimentada que reflete meus pensamentos frenéticos.

"West!", Christopher chama e sorri. "Vem jogar Risk. E traz a Bea. É o favorito dela."

Soltando minha mão, Bea aceita um copo cheio de sangria da irmã. "Sossega o facho", ela diz a Christopher. "Preciso de álcool antes de começar a sofrer no Risk."

"Cerveja?", Juliet me pergunta.

"Obrigado, sim." Meu Deus, eu preciso disso. "Algo leve."

Bea vasculha o balde de gelo. "Eu pego. Ele gosta dessas cervejas de trigo cítricas, né, James? Com gostinho de Pinho Sol."

Juliet franze o nariz, ajustando a filha de cabelos cacheados da Sula e da Margo, Rowan, em seu quadril. "Como é?"

"Piada interna", diz Bea. "Sabe. Coisa de casal."

Rowan estende os braços para mim, soltando um grito exigente.

"Concordo com você, Ro", Bea diz por cima do ombro, ainda vasculhando entre as cervejas. "Hoje foi um longo dia."

"Ei." Juliet a puxa para perto e dá um beijo em sua bochecha com covinhas. "*Eu* sou a sua favorita. Não esse grandalhão que está em cima da tia BeeBee."

Rowan grita, estendendo a mão para mim de novo.

"Não é nada pessoal", digo a Juliet, aceitando Rowan e segurando-a contra meu peito. Ela vai direto para os meus óculos, como todos os bebês fazem, e eu deixo. "Eles farejam o pediatra em mim."

"Já vou avisando", grita Sula, "que minha criança vai fazer de tudo pra quebrar os seus óculos!"

Sorrio para Rowan enquanto ela os dobra. "São armações flexíveis. Praticamente inquebráveis."

Quando olho na direção de Bea, ela está me observando. "Você fica bem segurando bebês, James."

Sinto uma onda de prazer com a maneira como ela está olhando para mim. Minhas bochechas esquentam. "Vantagens do trabalho."

Seu olhar se demora mais um minuto antes de ela se virar e abrir a tampa da garrafa de cerveja contra o balcão. Fico hipnotizado, observando as pinceladas de cor e tinta preta delicadamente enroladas em seu braço, dançando à medida que ela se move. Imagino minha língua traçando seu caminho até a clavícula, descendo pela protuberância do seu...

"Guu!", Rowan grita, enfiando meus óculos tortos no meu rosto e ajudando a me tirar dos meus pensamentos lascivos.

"Muito obrigado", digo a ela.

Ela me dá um sorriso largo. Então seu rosto fica vermelho, e em seguida percebo um estrondo sinistro em sua fralda.

"Ah." Dou um tapinha nas costas dela. "Só precisava de um novo par de braços pra fazer cocô, não é?"

Margo se aproxima, colocando sua sangria no balcão. "Eu cuido disso."

"Eu posso fazer isso. Estou acostumado com fraldas sujas."

Ela pisca para mim, como se eu a tivesse deixado aturdida, depois se vira para a Bea. "Se você não se casar com ele, vou conversar com a Sula pra sermos um trisal."

Bea olha feio para Margo. "Se afaste do meu homem. E troque a fralda no quarto da Jules."

"Sacanagem!", Juliet grita.

"Tá bom, tá bom." Margo suspira. "Lá vou eu. A caminho da glamorosa troca de fraldas." Ela desaparece carregando Rowan pelo corredor.

"Vamos, James", Bea pega minha mão. "Hora de tirar um cochilo, quer dizer, de jogar Risk."

"Um cochilo? Como assim?"

Ela faz uma cara muito infeliz. "Risk é muito entediante. É chaaaato."

"É estratégico." Só sobrou um assento, do outro lado da mesa, na frente de Christopher, Toni e Hamza. "Precisa ter paciência. Por favor", digo a ela. "Senta."

"Não." Ela balança a cabeça. "Eu não vou jogar. Senta você."

Nós nos encaramos até eu finalmente me sentar com um suspiro e puxar Bea para o meu colo. O tempo para por um momento enquanto ela se ajeita nas minhas coxas e olha para mim. Minha mão a segura firme pela cintura.

"Prontos para levar uma surra?", Toni diz do outro lado da mesa.

Bea se vira e mostra a língua para ele, cruzando as pernas e se inclinando para mim. Eu tenho um ângulo injustamente bom para ver embaixo do vestido dela. Preciso fazer um esforço hercúleo para preparar meus soldados no jogo.

"Estou bastante confiante de que James está prestes a atingir a dominação mundial em meu nome, Antoni." Ela bebe sua sangria. "E então vamos te aniquilar no Pictionary."

"Ui", Hamza ri. "Que agressiva."

"Ela não tá brincando", diz Christopher, antes de tomar um gole de sua cerveja. "A única vez que vi a Bea perder no Pictionary, ela surtou. Jogou o marcador direto na Jules, que errou de propósito." Ele imita a ação. "Como um dardo."

"Eu ainda tenho a cicatriz!", Juliet grita da cozinha.

"Você falou errado de propósito!", Bea grita de volta antes de baixar a voz e dizer para mim: "Seria de imaginar que ela tivesse aprendido a não me irritar".

Sorrio e a puxo para mais perto em meus braços. "Tenho pena da pessoa que te subestimar."

Bea desvia o olhar primeiro, com um rubor nas bochechas enquanto toma um gole de sua sangria. Percebo o olhar de Christopher pouco antes de ele desviar os olhos de nós e identifico algo como curiosidade. Percebo que ele é o único do grupo que nunca vi acompanhado. Ninguém está tentando encontrar alguém para ele, como fizeram com a Bea e comigo. O que me parece estranho, considerando quanto todos são intrometidos. Nem todo mundo quer namorar ou ser romântico, é claro, então pode ser apenas isso, mas o jeito como o peguei olhando para nós parecia quase... melancólico?

"É uma longa história", Bea diz baixinho no meu ouvido. "Mas a versão curta é que ele tem motivos pra evitar relacionamentos, e são sérios o suficiente pra que nem a Jules tenha coragem de tentar interferir."

Eu bebo minha cerveja. "Você acabou de ler os meus pensamentos?"

"Achei que você podia estar curioso pra saber por que ele pode ficar solteiro. E pareceu que você o viu nos observando. Como você se importasse." Ela dá um tapinha gentil na minha coxa. "É engraçado, eu sei que você chegou até nós pelo Jean-Claude e ele veio através da firma do Christopher, mas parece que devia ser o contrário. Você parece muito mais o tipo de cara que andaria com o Christopher. Vocês seriam bons amigos."

Eu me mexo embaixo dela e olho para minha garrafa de cerveja, sabendo aonde isso vai dar.

"Quem *são* os seus amigos, Jamie?", Bea pergunta com suavidade.

"Eu...." Limpando a garganta, tomo um gole da minha cerveja. "Eu não fiz muitos amigos depois dos primeiros anos da faculdade. Fiquei absorto nos estudos, depois me ocupei com a residência, agora trabalho." Coloco a garrafa de cerveja na mesa e ajusto meu relógio até que esteja em seu devido lugar. "Eu me dou bem com meus colegas, mas é só isso."

"Tirando o Jean-Claude?"

"Eu contei pra você. Ele colou. Como um inseto em papel mata-moscas."

Bea ri pelo nariz. "Essa deve ser a coisa mais próxima de um insulto que eu já ouvi você dizer."

Dou um sorriso para ela, aliviado ao ver que não há julgamento em seus olhos por eu praticamente não ter vida social. "Eu gostaria de ter amigos", admito, porque ela fez eu me sentir seguro para dizer isso. "Só nunca soube por onde começar."

Seu sorriso é suave e caloroso. "Acho que você começa aqui."

Um estrondo faz Bea se assustar no meu colo e quase derramar a sangria em cima de nós.

"Foi quase", diz ela com voz trêmula, apoiando o copo.

Olho por cima do ombro na direção da fonte do barulho, onde vejo Rowan cambalear pela sala e derrubar o cavalete de Pictionary de novo.

"Bea", murmuro, puxando-a para mais perto no meu colo.

Ela se vira e me encara, nossas bocas a poucos centímetros de distância. Seu olhar move-se rápido pela minha boca, depois de volta para os meus olhos. "O que foi?"

"Pictionary? A gente precisa mesmo jogar?"

"Jamie. Você se lembra de como eu estava no boliche."

Minha mão desliza para a curva de seu quadril, para a linha de sua calcinha sob o vestido. "Como eu poderia esquecer?"

Ela cutuca meu lado. "Eu não estou falando do fiasco da calcinha. Quero dizer no *jogo*. Minha competitividade doentia. Eu gosto de ganhar, era isso que eu estava tentando conseguir. E eu vou ganhar no Pictionary."

"Mas, Bea, como isso vai ser possível se *eu* não consigo desenhar nem um boneco de palito? Eu sou péssimo até em colorir."

"Como você pode ser péssimo em colorir?"

"Eu só sou."

Ela alisa a gola da minha camisa, seus olhos vagando por mim. Meu corpo está tão quente que eu poderia jurar que estou com febre. Bea sentada no meu colo, aconchegada, me tocando com carinho, está testando meus limites. "A gente vai dar um jeito. Você arrasa no Risk. Eu cubro você no Pictionary. Trabalho em equipe."

Sentindo olhares em nós, faminto demais para me conter, diminuo a distância entre nós e a beijo até que ela fique ofegante e com os olhos arregalados. "Parece bom pra mim."

23

BEA

Jamie não estava exagerando. Ele desenha *muito mal*. Nunca o vi tão exausto, mesmo depois de decidirmos que uma dose de tequila era uma ótima ideia. Pra dar coragem etc.

Ele aponta para o papel mais uma vez, cutucando-o com o marcador.

"Jamie, apontar não ajuda!" Eu puxo meu cabelo. "Eu chutei todas as coisas possíveis em que consegui pensar."

"Pra nossa surpresa", diz Toni, "todas eram órgãos genitais."

Eu jogo uma almofada em sua cabeça.

"Estamos indo", Margo diz enquanto Sula passa por ela com o carrinho. "Nossa cria não aguenta mais vocês, seus tolos."

Os gritos de Rowan confirmam isso. Mando um beijo para o trio, depois me viro para encarar Jamie enquanto ele fica de pé com a cabeça jogada para trás, balançando os punhos para os deuses do Pictionary, que não o ouvem.

Inclinando a cabeça, aperto os olhos.

"O tempo está quase acabando!", diz Hamza.

Eu começo a ver *algo*. Algo que minha cabeça inclinada e meus olhos semicerrados revelam aos poucos.

"Carrinho de mão!", grito.

Jamie atira o marcador no chão, recebendo minha resposta como se fosse a bola para um touchdown. Então ele cruza o espaço entre nós e esmaga sua boca na minha.

Eu perco o ar contra seus lábios quando ele me levanta e coloca minhas coxas em volta de sua cintura.

"Ei!", Christopher grita. "Vão pro quarto!"

"Com prazer", diz Jamie, meio rindo, meio rosnando enquanto me beija mais forte. Risos e zombarias enchem a sala, mas eu mal os ouço quando as mãos dele deslizam pelas minhas coxas e afundam na minha pele. Ele nos leva para as sombras do corredor e me prende na parede.

"Aquele foi o pior carrinho de mão que já vi em toda a minha vida."

Suas mãos sobem mais alto até seu toque deslizar por baixo do meu vestido e alcançar a curva da minha bunda. "Desculpe", ele geme. "Eu não devia ir tão longe..."

"Não estou reclamando." Eu corro minhas mãos por seus braços sólidos, sentindo cada músculo flexionar enquanto ele me segura. "Definitivamente não estou reclamando."

"Pensei que fosse a tequila", ele diz depois de um beijo longo e intenso, "mas estou bêbado de vitória. Adrenalina. Endorfina. Muitas coisas."

"Eu também", sussurro, me inclinando para trás, lhe oferecendo meu pescoço.

Alguém que se acha engraçadinho coloca Barry Manilow para tocar, enquanto uma nova onda de risadas nos interrompe. Eu olho para o Jamie, a respiração entrando e saindo de nossos pulmões. "Jamie?"

Seus olhos estão na minha boca, o calor em suas bochechas. "Sim, Bea."

"Vamos dar o fora daqui."

A realidade paira à margem dos meus pensamentos, mas eu a afasto. Nós só devíamos fazer isso na frente de uma plateia. Fingir, exagerar, atrair os intrometidos para a nossa armadilha. Mas não quero pensar neles agora. Não quero que eles vejam o que desejo fazer em seguida.

Jamie me beija mais uma vez, então me coloca no chão. "Vamos."

Talvez seja a tequila ou a nossa vitória no Pictionary, mas estou com os membros trêmulos e o riso nervoso. Jamie desliza meu casaco pelos meus braços, coloca sua bolsa carteiro atravessada no corpo, então se inclina, me joga por cima do ombro e abre a porta.

"Aonde vocês vão?", Jules grita.

"Para aquele quarto que vocês falaram!", ele grita de volta antes de fechar a porta.

"Uau." Tenho uma ótima visão da bunda dele enquanto Jamie me carrega escada abaixo. "Você tá em forma, né? Com que frequência você faz exercícios?"

"Quase todos os dias."

"Caramba, James!"

Jamie aperta mais as minhas pernas. "Exercício ajuda."

"Ajuda no quê? Opa. Eu preciso ficar de pé. A sangria e a tequila precisam da gravidade a seu favor para se comportarem."

No final da escada, Jamie se agacha e me leva até o chão. Isso inclui um deslizamento dolorosamente delicioso ao longo de seu corpo que me deixa muito mais sem fôlego do que deveria, visto que só o que fiz foi ser carregada escada abaixo como um saco de batatas.

"Ajuda em muitas coisas", diz ele, retomando a conversa. "A dormir. A lidar com a ansiedade. Fico inquieto se não me exercito."

"Que tipo de exercício você faz?", pergunto.

Ele olha para mim, então começa a andar de costas, abrindo a porta da frente do prédio. "Corrida e musculação. O que a Beatrice faz para gastar energia?"

"A Beatrice caminha. Faz ioga. E nada às vezes."

Um quase sorriso aparece em sua boca.

Cutuco sua barriga. "Por que você tá rindo?"

"Nada", responde ele.

"O que tem de tão engraçado nos meus exercícios? Sinto muito se não sou uma ultramaratonista como você, James."

Ele tosse uma risada. "Eu não falei nada!"

Eu me atiro para o lado dele, tentando encontrar um ponto de cócegas. Um grito inacreditavelmente alto sai dele. "Ai, merda." Meus olhos se arregalam com uma alegria maligna. "Você sente cócegas."

"Beatrice, não." Jamie levanta as mãos, aumentando o ritmo de seus passos para trás. "Sem cócegas."

"Se você ri dos meus exercícios pra iniciantes, tem que pagar." Eu me atiro e faço mais cócegas nele, fazendo-o gritar de novo. Estou gargalhando. O grito de cócegas do Jamie é o melhor som de todos.

"Beatrice! Para!"

Eu me atiro para o outro lado, e ele mal consegue se esquivar. "Me obrigue."

Jamie estreita os olhos e sai correndo pela calçada.

"James!", eu grito, ofegando. "Eu não corro! Não estou em forma como você! Vou quebrar a cara!"

Jamie para e gira, mas não sou rápida o suficiente para pisar no freio, então caio em cima dele. "Ai."

"Não posso correr o risco de você quebrar a cara", ele diz. "Nem mesmo pra escapar do monstro das cócegas."

Eu dou uma risadinha. Ele ri. Estamos um pouco tontos. E algo está diferente agora. Algo não dito.

"Vamos", ele diz, envolvendo minha mão com a sua. Reparo que isso praticamente impossibilita que eu faça cócegas nele, a menos que eu me contorça e tente com a outra mão, o que, com meu alcance limitado, não vai acontecer.

"Acho que quero pizza", Jamie murmura.

"Pizza!" Eu me espanto. "Quem é você e o que você fez com o verdadeiro James Benedick Westenberg?"

"Ha!" Ele me olha com uma careta brincalhona. "Parece que o chato do Jamie não é tão chato assim, hein? Humm? Ele pode pedir uma pizza numa sexta-feira à noite quando tem tequila demais em seu sistema."

"Foi um shot, James."

"Sou fraco pra álcool", ele admite.

"E é pizza artesanal assada no forno a lenha que você quer, não é?"

Ele sorri e me coloca embaixo do braço. "Talvez."

Corremos pelo ar frio da noite e é como se estivéssemos em uma viagem no tempo — a velocidade com que avançamos pela calçada, rindo como idiotas por nada, antes de estarmos seguros na casa dele.

Dentro do apartamento, tiro as botas, dou seis passos até o sofá e me jogo de lado.

"Caralho, agora sim", eu gemo. "Sofá só pra mim. Silêncio. Muito melhor do que a minha casa. Por que a gente faz essas coisas? Socializar. Bleh."

"Vingança, Beatrice!", Jamie diz. "Humm." Ele espia pelo apartamento como se estivesse procurando alguma coisa.

"Tudo bem aí, grandão?"

Ele franze a testa. "Preciso do meu celular."

"Pra pedir pizza?"

"Ainda não. Uma boa pizza demora. *Decidir* se vamos ou não pedir uma boa pizza demora ainda mais."

"Você é maravilhosamente estranho."

"Idem", diz ele. Jamie tira os óculos, coloca-os no balcão da cozinha e começa a esvaziar os bolsos. "Ahá!" Ele ergue o celular, que brilha com uma mensagem não lida. "Eu precisava que meu celular parasse de vibrar. Com uma mensagem do meu colega de quarto." Ele estreita os olhos. "Dizendo que não vai participar da noite de jogos, afinal. Me conta uma novidade, Jean-Claude."

Eu faço um barulho de pum. "A gente nem sentiu falta dele mesmo. Embora seja meio estranho que ele não tenha ido esta noite. Ele *sempre* está lá."

Deixando cair o telefone no balcão com um descuido muito incomum, Jamie diz: "Ele estava emburrado por causa de alguma coisa. Ele fica assim quando não consegue o que quer".

"O que pode ter deixado ele irritado? Como ele não conseguiu o que queria?"

"Vai saber." Jamie entra na cozinha. "Sua irmã parecia ter chorado quando eu cheguei. Suponho que eles tiveram um desentendimento, o que costuma significar que o Jean-Claude não conseguiu exatamente o que queria e explodiu."

Um desconforto pinica a minha espinha. Por que a Jules não me contou?

"Quer algo pra beber?", Jamie pergunta.

Estou prestes a tentar descobrir mais sobre o Jean-Claude, mas a bunda de Jamie sequestra meu cérebro quando ele se agacha e acaricia os gatos zumbis dormindo em suas pequenas camas ao lado da janela.

"Bea?", ele pergunta, me tirando do devaneio.

"O quê? Uma bebida? Sim. Claro."

"O que temos aqui? Algum destilado?" Jamie abre a porta do freezer e a fecha com força. "Não. Não tem destilado aqui."

Olho por cima do ombro dele, processando o que acabei de ver no congelador lotado. "James, o que diabos tem aí? Você está se preparando para o fim dos tempos? Você é desses que acreditam em apocalipse?"

Ele não olha para mim. "Não era pra você ter visto isso."

"Bom, agora você *precisa* me contar."

"Vamos tomar chá", diz Jamie. "Eu tinha pensado em tequila, mas, considerando o estado de meu estômago, não é uma boa ideia."

Deslizo para fora do sofá e me esgueiro atrás dele, indo em direção ao freezer. Quando estou prestes a abri-lo, sua mão pousa na porta, mantendo-a fechada. Olho para Jamie, presa entre ele e a geladeira. "O que tem no congelador?", pergunto.

"É..." Desviando os olhos, ele encara o chão. "É sopa."

"Ok? Não tem motivo pra ficar com vergonha de fazer um monte de sopa."

Com os olhos ainda no chão, ele diz, mais baixo: "Pra você".

"Pra mim?" Meu coração gira no peito. Ele fez sopa pra mim?

As bochechas de Jamie ficam rosadas enquanto ele pigarreia. "Eu fiz quatro tipos diferentes de sopas cremosas de legumes com o meu liquidificador chique e congelei. Eu ia dar pra você, mas não sabia se era exagero, ou se você ia gostar. Então elas estão... aí. Fazendo eu me sentir um esquisito presunçoso toda vez que pego gelo. Pro meu smoothie de café da manhã." O que acontece todas as manhãs.

"Jamie." Parece que alguma coisa acabou de acordar no meu coração e está se esticando, pedindo mais espaço.

Jamie não diz nada, mas o rubor aumenta em suas bochechas.

Uma mecha grossa caiu em sua testa, cobrindo metade de seu olho direito. Eu a levo para trás, em seguida deslizo minhas mãos por seu cabelo, apreciando sua maciez sedosa. "Você fez quatro tipos de sopa de legumes. Pra *mim*."

"Você precisa de vegetais", ele diz baixinho, as pontas dos dedos correndo ao longo do meu pescoço, traçando minha tatuagem de abelha. "E meu liquidificador de última geração talvez consiga torná-los palatáveis pra você."

"Meu namorado falso não deveria ser tão perfeito", sussurro.

Os olhos de Jamie se fecham quando ele encosta a testa na minha. "Às vezes, Beatrice, eu só quero ser perfeito pra você."

Meu coração salta para fora do corpo, dançando sob o céu estrelado. "Você quer?"

Ele assente. "E eu sei que não deveria."

Olho para ele, apavorada com o que ele está dizendo. Ainda mais assustada por ser exatamente o que eu queria ouvir.

"Eu não devia querer estar aqui, só nós dois", ele diz, passando um braço lentamente em volta de mim, depois apertando minha mão. "Eu não deveria querer segurar você assim pra dançar na cozinha enquanto a chaleira esquenta a água do chá. Mas não consigo me conter."

Na primeira volta que ele tenta fazer, tropeço em seu pé e dou uma joelhada na sua coxa, arruinando o momento romântico. "Bem, você pode tentar, James", digo irritada, cheia de vergonha, "porque esta mulher não dança."

Jamie olha para mim sem se abalar. "Você estava indo bem. Só me deixa te guiar." Retomando o movimento, ele coloca o queixo na minha cabeça e suspira. "É bom praticar pra festa de aniversário do meu pai."

"O que você quer dizer?"

"Vai ser chique. O de sempre. Black tie. Orquestra ao vivo. Uma valsa."

Eu congelo. "Jamie, não estou brincando. Eu não consigo dançar."

"De jeito nenhum?"

"De jeito *nenhum*. Não tenho coordenação."

Ele faz uma pausa e olha para mim. "Uma valsa não requer tanta coordenação, é mais memorização. Você quer aprender?"

"Sim?" A palavra sai da minha boca antes que eu consiga engoli-la, como faço com todos os outros absurdos que quero despejar.

Eu quero rir assim todas as noites e transar no balcão da cozinha e dormir de conchinha e jogar xadrez e dividir cupcakes e não parar mais.

Analisando a situação como um todo, talvez um *sim* trapaceiro não seja a pior coisa que já aconteceu.

Jamie segura a minha mão e me leva até a sala. Ele pega o controle remoto da tv, sincroniza seu celular, e põe uma playlist de música clássica.

"Eita", eu gemo. "Vamos mesmo fazer isso. Vai ser um desastre, estou avisando."

"Eu não ligo." A música de cordas enche o apartamento. Ele me puxa para perto. "Não deve demorar muito."

Não que eu não acreditasse na competência do Jamie como pediatra, mas agora realmente não tenho dúvida de que ele é bom com crianças.

Porque eu estou agindo como uma.

Bato o pé e solto um gemido agudo que dificulta a vida dos instrumentos de corda.

"Bea, está tudo bem. Dançar requer tempo e prática..."

"Estamos praticando há trinta minutos e estou pior do que quando comecei."

Jamie não mente muito bem. É por isso que ele aperta a boca e não diz nada por longos e desconfortáveis segundos. "Você não está *pior*. Você é..."

"Terrível. Desajeitada. Péssima. Eu esmaguei seus pés inúmeras vezes. Devo ter quebrado um dedo..."

"Beatrice."

A voz séria de Jamie me paralisa, mas também deixa certas partes de mim muito, *muito* quentes. "S-sim?"

Sua mão repousa pesada na parte de baixo das minhas costas. "Respira. Mais de uma vez, de preferência."

Eu faço isso. Inspiro longa e lentamente e depois expiro. E repito.

"Bom." Ele limpa a garganta. "Certo. Então, vou fazer isso ficar mais fácil e mais difícil."

"O quê? Não faz sentido."

"Vai fazer." Ele me aperta contra si, de modo que nossos corpos se tocam. Peitos. Quadris. Coxas.

E agora estou ciente de *cada* centímetro dele.

"Ah. Ok. Estou acompanhando."

Jamie respira fundo pelo nariz, seus olhos se mantêm nos meus. "Encare isso como fazer amor."

"O quê?", eu guincho.

Um rubor profundo mancha suas bochechas. "É como eu disse. Mais fácil e mais difícil. Tenha paciência. Quando duas pessoas estão juntas..."

"Sim", sussurro.

"É assim", ele diz baixinho, com sua mão espalmada nas minhas costas, me puxando para mais perto. Meus dedos afundam na camisa dele. Sou um metro e setenta centímetros de puro desejo. "Seus corpos encontram um ritmo, uma troca que é certa pra eles. Entende?"

Faço que sim com a cabeça, rápido. "Eu acho que sim. Quer dizer, sim."

"Então me deixa conduzir primeiro. Siga meu ritmo, depois você vai encontrar o seu, eu vou me ajustar a ele, e então estaremos... dançando."

Meu aperto aumenta em seu ombro. "Promete?"

Seus olhos se mantêm nos meus enquanto ele passa o polegar por uma trilha suave na base da minha coluna. "Prometo."

Jamie parece estar esperando o momento certo da música, por isso ficamos parados. Olhando um para o outro. Corpos fundidos.

"Não se costuma ficar assim tão perto", ele diz, como se estivesse lendo minha mente. "Mas vai te ajudar a aprender."

Sua coxa esquerda pressiona minha perna direita e eu dou um passo para trás, tentando me lembrar do padrão. *Para trás, para o lado, junto. Para a frente, para o lado, junto.*

"Bea."

Meus olhos se erguem para encontrar os dele.

"Não fique pensando", ele fala com firmeza. "Apenas siga o meu corpo."

"Certo." Eu o agarro com força, antecipando com nervosismo o momento em que vou pisar em seu pé de novo. Mas enquanto Jamie me segura junto de si, me fazendo entrar no ritmo, fica cada vez mais difícil pensar e mais fácil sentir...

A mão de Jamie se espalha pela curva das minhas costas.

Suas pernas longas e fortes guiam as minhas.

Seus braços sólidos me levam para a frente, para o lado, para trás.

Olhando para sua boca, sinto que estou perdendo o controle. Quero que a dança se torne *algo mais*. Quero que Jamie me deseje do jeito que eu o desejo. Mas não posso arriscar sabotar tudo — não apenas nossa vingança, mas essa frágil amizade que construímos.

Então tento me distrair. Além de olhar para Jamie, só consigo olhar para baixo, e vejo nossos corpos se movendo em um ritmo constante e envolvente. Isso não ajuda.

Jamie também não ajuda. Ele está em silêncio. E quando encontro seu olhar, é intenso, fixo em mim, e tão quente que quase piso em seu pé. Ele percebe e me guia para o próximo passo, os olhos sem abandonar os meus.

"Algum, hum..." Eu limpo a garganta. "Alguma outra regra de dança que eu deva saber?"

Ele inclina a cabeça de leve, procurando meu rosto. "Bom, quando é uma dança íntima como a valsa, o casal pode manter os olhos um no outro. Mas eu sei que nem sempre é confortável pra você. Então pode olhar pra qualquer lugar."

"Qualquer lugar?", eu provoco, balançando as sobrancelhas.

Jamie não sorri enquanto seu olhar percorre meu rosto. "Sim. Contanto que seja pra mim."

O mundo brilha como tons de rosa iridescentes enquanto eu absorvo essas palavras e Jamie nos move pela graciosidade constante da valsa.

"Eu acho que consigo fazer isso." Meu olhar se fixa em sua boca.

"Às vezes", ele diz tão baixinho que mal posso ouvi-lo. "Às vezes, quando dança, você também beija."

Molho os lábios, minha mão indo do seu ombro duro até a base do seu pescoço. Meus dedos deslizam pelas mechas sedosas de seu cabelo. "Acho que você também devia me mostrar isso."

Seus lábios roçam os meus, tão de leve no começo que eu quase duvido que estejam lá. Mas então sua boca encontra a minha de novo, mais intensa, faminta. Quando separo meus lábios, seu gemido enche minha boca e sua mão desce pelas minhas costas, me puxando contra ele, até que não haja dúvidas de como a dança nos afetou. Meus seios pressionam a largura dura de seu peito, os mamilos apertados e sensíveis se esfregando contra ele. Um anseio suave e quente me preenche. Desesperada, inquieta, eu me inclino para ele, querendo muito mais.

Eu nos faço parar bruscamente, jogando meus braços em volta do pescoço de Jamie, e, como se fosse parte da coreografia, suas mãos envolvem minha cintura, me puxando com força contra ele. Nossas bocas se abrem, e nossas línguas dançam como nossos corpos — um deslizar sensual e rítmico que me faz derreter em seus braços.

"Bea", ele murmura no meio do beijo.

Eu o beijo com mais força, enredando meus dedos nas belas ondas de seu cabelo. "Jamie."

"O que você quer?", ele pergunta com a voz rouca.

A pergunta me deixa confusa. Não porque eu não saiba o que quero, mas porque a resposta está na ponta da língua, assustadora e inegável. Por ser uma única palavra, é de imaginar que seja simples. Mas eu preciso de coragem, um valente puxão de ar para encher meus pulmões antes de pintar o espaço entre nós com uma palavra luminosa. "Você."

A palavra mal deixou meus lábios e Jamie me levanta e começa a ir em direção ao sofá, onde me acomoda entre as almofadas. Minhas pernas se abrem descaradamente enquanto ele deixa seu peso cair sobre mim e me beija devagar.

Ai, Deus. Isso. Era *disso* que eu precisava. Beijar Jamie. Sentir seu corpo longo e pesado me prendendo. Suspiro em meio ao beijo, me movendo à medida que ele se move, até que estamos entrelaçados, as mãos vagando entre beijos profundos e molhados.

Esses são os novos beijos do Jamie, desinibidos e famintos. Ele inclina a boca sobre a minha, sua língua tomando a minha boca do jeito que eu quero que cada centímetro dele se mova dentro de mim — com impulsos firmes e profundos que fazem meus dedos dos pés se curvarem dentro das meias.

"Está tudo bem?", ele sussurra.

"Bem demais." Eu arrasto minhas mãos por suas mechas grossas, ao longo de suas costas, percorro todo o caminho até sua bunda dura e firme. Seu gemido ecoa na minha boca enquanto eu o puxo mais apertado contra mim. "Não para", digo. "Por favor, não para."

"Nossa, Bea." Ele passa uma mão pela minha coxa, transformando meu vestido em uma poça cor de vinho na altura dos meus quadris. "Eu te quero tanto."

"Eu também te quero."

Colocando minhas pernas em volta de sua cintura, ele me dá a sensação deliciosa de sua ereção dura e grossa, pressionando a calça. Eu rolo meus quadris, ansiando pelo atrito, pelo toque, para que cada centímetro de mim encontre cada centímetro dele. Alcançando sua camisa, eu a arranco para fora de suas calças e enfio as mãos sob o algodão engomado, suspirando quando o sinto — pele quente e firme, as curvas duras em seu abdômen.

Eu o afasto um pouco e desabotoo sua camisa freneticamente, tirando-a pelos ombros, arrancando também a camiseta. Antes que eu possa apreciar completamente seu corpo, ele tira meu vestido e me deita de volta no sofá, fechando a boca sobre meu mamilo por cima do algodão macio do meu sutiã. Seus dentes raspam minha pele de um jeito perfeitamente suave e enlouquecedor e deixam meus mamilos duros e sensíveis.

O desejo me domina. Nas pontas dos dedos das mãos, nos dedos dos pés, bem no fundo e extraordinariamente perto da superfície. Concentrado no meio das minhas coxas, um pulsar constante e vibrante que faz meu quadril buscar o dele. Nossas bocas se encontram de novo, e quando nossas línguas se tocam, minhas costas se arqueiam, meus seios roçam em seu peito.

E, a partir daí, a liberação é uma questão de *quando*, não *se*.

Eu me inclino para Jamie enquanto ele se move com firmeza contra mim, a cabeça grossa de seu pênis esfregando meu clitóris através das nossas roupas. Eu estico o braço e também o acaricio através da calça, saboreando quão duro e grande ele é, ali embaixo, onde é apertado e pesado. Estou ocupada demais aproveitando para implorar por mais do que isso, mas faço uma promessa a mim mesma. Da próxima vez, não vai ter nada entre nós.

É uma coisa delirante, exatamente como imaginei na noite em que ficamos um pouco sem controle na pista de boliche. Respirações ofegantes e esfregadas frenéticas, deixando a luxúria que ficamos guardando por tanto tempo correr solta. Risadas e desejo transbordam quando nos beijamos, enquanto eu sinto o gosto do seu queixo, da sua bochecha, dos seus lábios.

"Você está quase lá", ele diz, sua boca mordiscando meu pescoço.

"S-sim."

"Eu quero fazer você gozar." Ai, Deus. Palavras tão simples que fazem meu clitóris inchar, deixam meus seios descaradamente carentes pelo seu toque. "Me fala do que você precisa."

Eu ruborizo quando respondo, não porque estou envergonhada, mas porque me parece sexy dar ordens a ele. Sabendo que ele vai obedecer. "Mais. Mais forte."

Ele geme como se minhas palavras estivessem desvendando-o tanto quanto minhas mãos, que vagueiam pelo seu corpo, arrancando respirações entrecortadas quando o pego de surpresa e o faço se chocar contra mim com mais força.

Jamie suspira em nosso beijo antes de puxar meu lábio inferior entre os dentes. Um ruído inumano de prazer me deixa quando ele o solta, então ele morde minha tatuagem ao longo do pescoço. Ele raspa meu mamilo com o polegar e depois o aperta com força. É como um acender de luzes, a rapidez com que estou escalando o precipício, ofegando em busca de ar.

"Jamie", digo sem ar.

Saboreio seu sorriso quando ele sussurra: "Bea".

O desespero se transforma em um alívio devastador quando eu gozo, e Jamie me observa, olhos escuros, boca aberta. Deslizo minha mão entre nós, segurando-o com força através da calça para que ele possa se esfregar no meu toque, até que ele também goza, com jatos quentes e úmidos que penetram nas suas roupas e encharcam meu abdômen.

Ofegantes, nos encaramos. Então Jamie deixa a cabeça cair na curva do meu pescoço e pressiona um beijo longo e lento bem em cima de uma marca de mordida que lateja docemente.

"Pra sua informação", digo sem fôlego, "se você tivesse falado que é assim que a valsa termina, eu não teria reclamado tanto."

Sua risada dança sobre a minha pele. Eu o envolvo com meus braços, um sorriso iluminando meu rosto. Não posso ver quão luminoso é, mas sei pela maneira como Jamie me olha.

Estou radiante.

24

JAMIE

Podemos ser dois adultos maduros que consensualmente levaram um ao outro ao orgasmo na última sexta-feira, mas não sei dizer se fomos maduros ao lidar com a situação. Acordei num sofá vazio, sem a Bea. Mandei uma mensagem para ela perguntando se estava em casa, em segurança. Ela respondeu que sim. Depois mais nada.

E então duvidei de tudo o que aconteceu, se eu a havia interpretado mal, se ela estava arrependida.

Desde então, nosso contato tem sido breve e mínimo. Combinamos de ir direto do trabalho, separados, para a aula de pintura. Pela primeira vez desde que isso começou, Bea e eu estamos pisando em ovos.

Estou triste com isso.

Mas não tão triste quanto a Bea parece estar quando chega ao nosso destino. "Por que estamos fazendo isso mesmo?", ela pergunta.

"Porque uma hora de vinho barato e pintura amadora registrada no Instagram levará nossa busca por vingança a outro nível." Aperto os óculos no nariz e me viro, de frente para a vitrine.

Bea fica quieta por tanto tempo que olho para ela de novo. E quando o faço, percebo que está olhando para mim. Ela pisca e desvia o olhar. "Ok", ela diz. "A gente entra, pinta, fotografa e sai. É instagramável."

"Exato."

Mesmo que essa não seja a única razão pela qual quero levar esse passeio adiante. Bea está com bloqueio criativo. Ela não pinta desde que se separou daquele ex-namorado estúpido. Desde que ela me contou o que ele fez, como a machucou, quase me ofereci para cancelar esse passeio uma dúzia de vezes.

Mas então, pensei, se ela puder só pegar um pincel comigo durante esse exercício despretensioso, talvez eu possa ajudá-la a se sentir segura para tentar de novo e se alegrar com algo de que sente muita falta.

Será que fui muito insistente? Talvez isso seja demais para ela. Assim como *eu* posso ter me excedido na última sexta-feira. Será que ela se arrepende?

De mim?

De tudo?

"Bea." Eu a encaro, por fim falando o que tenho guardado há dias. "Se você não quiser, não precisamos fazer isso. Se eu estiver forçando..."

"Ai, meu Deus, Jamie, *por favor*, não se desculpe desse jeito sentimental. Eu não aguento." Ela suspira, olhando para a placa escrita à mão em letra cursiva ostentando um pincel no lugar da letra *t* e um floreio vermelho em forma de coração no final: PINTE O QUE SEU CORAÇÃO MANDAR. "Eu poderia ter dito não", ela diz desanimada. "E eu não disse. Então, aqui estamos."

Meu olhar percorre Bea enquanto ela pega seu protetor labial e passa na boca, ainda observando a placa.

"O que foi?", ela pergunta, encontrando meus olhos. "Tem alguma coisa no meu dente?"

Sua jaqueta é amarelo-canário, o vestido é de um verde-azulado intenso que faz seus olhos brilharem como pedras preciosas. Ela está usando meia-calça roxa com estampa de minúsculos abacaxis dourados. É tudo tão... *ela*, que faz o meu peito doer.

"Não, Beatrice. Você está encantadora."

Ela levanta uma sobrancelha. "Você não vai me bajular me contando o que já sei. Azul-petróleo é a minha cor." Passando por mim, ela empurra a porta. "É melhor eles servirem mais de uma taça de vinho durante essa merda."

Assim que entramos, ela para abruptamente, fazendo com que eu caia sobre ela. "Sério, Beatrice. Algum dia vamos conseguir sair em público sem nenhum incidente corporal."

Ela tem uma expressão horrorizada no rosto quando somos recebidos pelo que eu hesito em chamar de música, de tão ensurdecedor que é. "O que *é* isso?", ela diz.

Eu escuto, tentando entender os sons estranhos que ecoam das caixas de som ao nosso redor. Mas antes que eu possa captar mais do que alguns segundos, uma mulher aparece vindo da parte de trás da loja, com um sorriso enorme. "Oláá!", ela diz alto.

"Meu Deus, não", murmura Bea.

Com cuidado, eu a empurro um pouco para a frente. "Tenho certeza de que ela só está animada ao ver os primeiros clientes da noite."

"James, não consigo lidar com pessoas assim..."

"Bem-vindos!", a mulher diz alegre, acenando para que a gente siga em frente. "Entrem. Entrem. Meu nome é Grace, sou a proprietária da Pinte o Que Seu Coração Mandar. Ah, vocês dois. Que casal lindo, que energia erótica radiante. Já consigo sentir."

Grace caminha à nossa frente usando vermelho e rosa da cabeça aos pés. Seu cabelo prateado está preso em um coque com presilhas em formato de coração. Quando ela sorri para nós por cima do ombro, seus óculos vermelhos de gatinho brilham com corações cor-de-rosa nas dobradiças.

"Aqui", diz ela, acenando. "Esta é a bancada de vocês. Vamos esperar mais alguns minutos pelo resto dos nossos convidados. Espero que não se importem."

Bea pisca olhando ao redor da oficina de pintura e antiga padaria, a julgar pelo cheiro persistente de fermento de pão e glacê açucarado que ainda supera o leve odor de tinta acrílica. Observando as produções artísticas em abundância que cobrem as paredes, os cavaletes vazios e os sons estranhos que ecoam ao nosso redor, Bea parece estar sem palavras.

Então eu assumo. "Obrigado", digo a Grace. "E não, de jeito nenhum."

"Você é muito gentil", ela diz, piscando para mim e agitando os cílios. "E tão alto. Minha nossa." Suspirando, Grace dá um passo para trás. "Bem, com licença. Voltarei em instantes para anotar o pedido de vinho. Por enquanto, por favor, fiquem à vontade."

Depois que Grace se foi, dou um tapinha no banquinho de Bea. "Sente-se. Você parece atordoada."

Ela se senta devagar. "Jamie, que barulho *é esse*?"

Eu vejo uma caixa de som bem acima de nós. "Seja o que for, é terrível."

"Não consigo suportar." As mãos de Bea cobrem as orelhas. Ela fecha os olhos e balança para a frente.

"Aguenta firme. Já volto."

Atravessando as bancadas de pintura vazias, encontro Grace na frente, montando um cavalete que parece que será usado por ela para a demonstração. "Grace."

Ela olha para cima e deixa o pincel cair. "Ah! Meu Deus. Sim."

"Eu estava aqui pensando. A... música."

"Os sons de acasalamento das baleias?", ela diz.

"Ah. Então é *isso*."

"Sim", ela diz, dando um suspiro profundo. "Elas não são magníficas?"

"Magníficas. Sim. Com certeza. No entanto, elas são um pouco... Como devo dizer isso? Cansativas para os ouvidos depois de um tempo?"

Ela franze a testa. "Você está aqui há três minutos."

"Verdade. Mas a questão é que minha... namorada." Eu tento, e não consigo, ignorar a onda de prazer que inunda meu peito quando digo isso. *Fingimento*, diz a voz da razão. *É tudo fingimento.*

"A música", continuo, "incomoda os ouvidos dela. Não é nada pessoal com as baleias ou com você, mas sons muito agudos e muito graves são dolorosos pra ela, então, a menos que você possa mudar a música, vamos ter que ir embora."

Grace pisca para mim. Os olhos se enchem de lágrimas. "Ela não gosta da minha música?"

"Não é uma questão de gostar", explico com delicadeza. "É que certos sons machucam, fisicamente. E os sons da..."

"Da jubarte do Pacífico Norte chamando seu companheiro? Enchendo o mar com os ecos de sua paixão?" Grace sugere. "É *doloroso* pra ela?"

"Sim. Mais uma vez, isso não é uma questão de preferência. É uma questão de o espaço ser inacessível com essa música no ambiente. Eu sei que você não quer causar nenhum dano, e a escolha é sua, se você decidir modificar ou não" — olho por cima do ombro para os cavaletes vazios — "a experiência do cliente. No entanto, vamos ter que ir embora, a menos que você encontre algo igualmente 'romântico', porém mais suave para os ouvidos."

Grace suspira com pesar. "Bom, suponho que posso arranjar algo um pouco menos inspirador, mas ainda assim apropriado pra uma noite de pintura romântica."

"Maravilha. Obrigado." Eu me viro, então paro. "Por acaso você já está com aquele vinho? Acho que poderia ajudar."

"Bem-vindos", diz Grace, "a uma noite em que vamos entrar em contato com a ternura de nossos corações e permitir que a arte nos ajude a criar laços ainda mais profundos com os nossos parceiros."

Bea toma um grande gole de vinho.

"Esta noite é especial", diz Grace para nós e para o outro casal que chegou pouco antes de começarmos. Eles se sentam na frente, uma dupla mais velha que mal consegue tirar os olhos um do outro. "A proposta de pintar o que seu coração manda é que seja uma experiência artística guiada e única. Você não está aqui para apenas imitar minhas obras-primas..."

Bea se engasga com o vinho.

Eu arqueio a sobrancelha.

"Fala sério", ela sussurra com a voz rouca. "*Obras-primas?*"

Felizmente, estamos no fundo, e Grace não nos ouve graças à melodramática música de cordas que tive que pedir para ela abaixar. Duas vezes.

"Vocês estão aqui", diz Grace, "para pintar com o coração, para expressar a visão que ele tem da pessoa que ama, com a minha ajuda. Vou auxiliá-los com a técnica enquanto demonstro o processo com meu próprio *inamorato*."

Dessa vez quase não consigo me segurar, e controlo meu rosto bem a tempo de escondê-lo atrás de um punho, depois limpo a garganta. O par de Grace aparece. Se ele for mais velho que eu, vou comer os meus óculos. Ele também parece um modelo de cueca.

"Caramba", diz Bea.

"Ei." Arrasto seu banquinho para mais perto. "Você está comigo."

Ela volta a olhar na minha direção. "O quê?"

"Eu disse", abaixo o tom da voz e me inclino para perto dela, respirando seu perfume suave e mal resistindo ao impulso de dar um beijo em seu pescoço, "que você está comigo."

"Ah." Ela sorri. "Não se preocupe. Ele não é meu tipo."

Estreito meus olhos. "Qual *é* o seu tipo?"

"Alto, cabelo loiro escuro e pomposo." Ela me olha de cima a baixo. "Óbvio."

Meu coração vacila antes que a minha mente se prenda na última palavra. "Eu *não* sou pomposo."

"É sim", diz ela, tomando um gole de vinho. "E reservado. E muito formal. É precioso."

"Precioso", murmuro, puxando seu banquinho ainda mais perto do meu.

"E agora", diz Grace, "vamos começar."

Nós claramente perdemos seus comentários introdutórios, porque Grace abriu suas tintas e está explicando sobre como misturar cores. Enquanto ela fala, o modelo olha ao redor e sorri, e seus olhos se demoram em Bea.

Limpo a garganta. Ruidosamente. Ele me encara, percebe meu olhar ameaçador, então desvia os olhos.

Bea me cutuca delicadamente.

"O quê?", respondo.

Ela segura o celular e tira uma foto, depois se vira e me mostra a tela. "Olha isso e me diz que você não é pomposo."

"Isso é rabugice", digo. "É diferente."

"Ah, sério? Você não está com ciúmes, está, James? Devo lembrá-lo de que você está em um encontro *falso* com sua namorada *falsa*?"

"Você se refere àquela cujas roupas eu arranquei na última sexta-feira e depois levei a um orgasmo impressionante?"

O queixo dela cai.

O meu também.

"Como é?", ela sussurra. "Se você tem algo a dizer, *James*, então diga."

"Certo, *Beatrice*, acho que tenho. Por que nós mal conversamos nos últimos cinco dias? Por que, depois de gozarmos, limparmos um ao outro, vestir nossas roupas e você se enrolar nos meus braços, *por que* eu acordei sozinho?"

Bea pisca para mim. "Eu... eu achei que você não queria que eu ficasse."

"Não queria que você ficasse?" Sibilo enquanto Grace continua divagando. "Você acha que eu faria aquilo com alguém em uma noite de sexta-feira, depois a chutaria para a rua a sabe-se lá que horas da manhã?"

"Eu não *sei*", ela retruca. "Você não deixou muito claro."

"O que não ficou claro quando aninhei você nos meus braços e a beijei até pegar no sono?"

Suas bochechas ficam rosadas. "Eu não sabia o que isso significava, ok, Jamie? Nós dois fomos um pouco casuais. Uma coisa levou à outra. Foi impulsivo, e você é um monte de coisas, meu caro senhor, mas impulsivo não é uma delas. Eu não fazia ideia de como você se sentiria pela manhã, e eu *não* ia acordar nos seus braços e correr o risco de ver qualquer coisa perto de arrependimento."

"Bea." Engulo em seco. "Eu nunca me arrependeria daquilo."

Ela parece atordoada com o que digo. "Não?"

"Eu não me arrependeria e não me arrependo." Me inclino para mais perto e abaixo a voz. "Você se arrependeu?"

Seus olhos se voltam para a minha boca. Ela morde o lábio. "Não. Eu não me arrependi."

"E você não está chateada?"

"Jamie, não. Eu... eu pensei que *você* estivesse."

"Bom, eu não estou", digo a ela, sem conseguir esconder como acho ofensiva essa suposição.

"Hum..." Ela engole, nervosa. "Ok. Que bom."

Concordo. "Que bom."

O ar entre nós fica espesso com o silêncio.

"Estamos acompanhando?" Grace chama a nossa atenção.

Bea e eu nos endireitamos, giramos em nossos bancos ao mesmo tempo e olhamos para a frente. Ajusto minha tela. Bea mexe nos pincéis e fica absorta nisso enquanto Grace mostra como montar nossas paletas misturando cores.

"Beatrice, você não vai seguir as instruções?", pergunto.

Ela deixa o pincel cair e me dá um olhar perplexo. "Acho que minha humilde formação em artes visuais me ajudará no básico da teoria das cores."

"Aah, quem está sendo pomposa agora?"

Ela se engasga. "Não estou!"

"Esnobe, então. É a mesma coisa, na verdade."

"Não sou esnobe." Bea abre um dos pequenos tubos de tinta da nossa bancada de trabalho e o espreme na paleta. "Eu sei o que devo fazer sem precisar de uma mulher que parece um bolo de Dia dos Namorados e não entende nada de arte — considerando o que está nas paredes — me dando ordens."

Espremo minha própria tinta na paleta, seguindo o exemplo de Grace de como misturar cores para fazer o tom da pele e a cor dos olhos para os retratos um do outro. "Para mim, isso é esnobismo."

Bea rosna, colocando mais tinta em sua paleta, com dificuldade para abrir a tinta azul. "Droga", ela murmura, batendo o tubo na lateral de nossa mesa compartilhada, onde está seu copo de vinho.

"Bea, cuidado."

"Jamie", ela estala. "Eu consigo — ai!" Um tanto de tinta azul voa para fora do tubo e cai no lado esquerdo do meu peito. "Merda. Desculpa."

Olho para a mancha. "Um golpe letal. Direto no coração."

"Espera. Vou pegar umas toalhas de papel." Bea pula de seu banquinho, dá um passo à frente e tropeça na perna da mesa. Eu tento segurá-la, mas o impulso a joga sobre o meu colo, bem em cima da minha paleta, que vira em seu rosto.

Olhos fechados. Lábios cerrados. Coberta de tinta.

Instintivamente, eu a pego nos braços e a carrego, passando por entre os cavaletes, pelo outro casal, por Grace e seu modelo. Abro a porta do banheiro com o ombro, tranco a fechadura e abro a torneira.

Bea está em silêncio quando eu a coloco no chão.

"Aguenta firme", digo.

Assim que a água fica morna, me posto atrás dela, colocando seu cabelo para trás. "Dois passos para a frente e você está na pia. Você pode começar a lavar."

Bea se arrasta para a frente e se curva, o que tem o efeito inconveniente e agradável de posicionar seu traseiro bem na minha virilha. Com uma mão, pego um punhado de toalhas de papel e limpo a tinta que caiu na minha camisa. Depois de descartá-las, tento me afastar, porém quase solto o cabelo dela. "Droga, Beatrice. Você devia ter o cabelo da Rapunzel."

Ela cospe enquanto enxágua, evitando que a tinta escorra para dentro da boca. "Por que eu teria o cabelo da Rapunzel?"

"Porque assim eu não estaria atrás de você em uma posição altamente sugestiva, tentando não reagir."

"Jamie." Ela semicerra um olho para mim no espelho. "Tem tinta acrílica azul no meu rosto inteiro. Eu pareço um Smurf. Não é possível que você..." O olho aberto se arregala. "Ok, talvez seja possível. Uau."

Limpo a garganta, sentindo minhas bochechas esquentarem. Eu não tenho explicação. Pelo menos, não uma que eu esteja seguro de que ela quer ouvir.

Inclinando-se sobre a pia, Bea joga água no rosto, pega sabão do recipiente e esfrega sua pele. "Achei um pouco preocupante que você fique de pau duro quando eu pareço um Smurf."

Pego alguns cabelos escuros e sedosos que escaparam da minha mão. "Um Smurf muito bonito."

"Continue falando assim comigo, e eu vou começar a ter ideias."

Eu adoraria. "Que tipo de ideias?"

"Ideias como as de sexta-feira. Sem todo aquele constrangimento depois, porque tudo já teria sido discutido e acordado."

"O que você quer dizer?", pergunto.

"Quero dizer que estamos em um relacionamento falso, mas não há nenhuma regra contra sexo *de verdade*. A gente podia ir pra cama."

Meu coração para como um motor prestes a pifar. "Ir pra cama."

E não *ficar* juntos. E não deixar o fingimento de lado e ser mesmo um casal. Um casal de verdade que não segue uma lista de tarefas instagramáveis ou se limita a uma pegação ocasional no sofá. Um casal de verdade que vai além de circunstâncias improváveis e amizade inesperada para algo mais profundo, uma conexão que sinto que tem se fortalecido entre nós, implorando para ter um nome.

O silêncio toma conta do banheiro enquanto Bea fecha a torneira e pega um punhado de toalhas de papel. "Esquece que eu disse isso", ela murmura entre as toalhas.

"Bea..."

Ela passa por mim como um borrão, mas percebo o rubor em suas bochechas, a expressão abatida quando ela destranca a porta e a abre.

"Bea, espera." Eu a paro no corredor ao pegar seu pulso.

"Jamie", ela sussurra, girando a mão para segurar a minha também. "Por favor. Eu não devia ter dito aquilo. Às vezes falo antes de pensar."

"Bea, às vezes..." As palavras ficam presas na garganta, engrossando minha língua, enquanto eu a encaro. Demora mais do que eu gostaria, mas ela é paciente. Ela espera. "Às vezes", consigo dizer, afinal, "eu não falo *depois* de pensar, mas eu gostaria. Nem sempre sou bom em diálogos espontâneos, mas quero conversar. Depois que acabarmos aqui. Por favor?"

"Ok", ela fala baixinho. "Depois daqui. Agora, vamos lá. Vamos ser instagramáveis."

25

BEA

Eu tinha que fazer isso. Tinha que falar de uma vez o que tenho pensado desde sexta à noite da pior maneira possível. Eu não queria dizer *só* sexo, mas também não tinha certeza do que mais queria dizer. Porque tenho medo de admitir que ando sonhando em estar com Jamie, em um relacionamento de verdade. Não apenas no Instagram ou na casa dos meus amigos, não apenas durante encontros de pintura e em estufas e na pista de boliche. Sonho com algo que seja real todos os dias da semana, vinte e quatro horas por dia.

Que ótimo que eu me atrapalhei com as palavras. Que ótimo que ele reagiu da maneira como reagiu. Porque quando a gente conversar sobre isso, ele vai explicar que não gosta de nada casual. E ele com certeza não vai pedir mais de mim, e isso vai ser uma droga. Mas pelo menos terei sido poupada de fazer papel de trouxa por causa de um homem que é totalmente errado para mim. Mais uma vez.

Honestamente, era de esperar que eu já tivesse aprendido a enxergar esse acordo pelo que é, e não pelo que poderia ser. A culpa desse terrível lapso de julgamento é da Grace e de sua aura romântica, que preenche mais o ambiente do que o incenso inebriante de jasmim e âmbar.

"Olhe fundo nos olhos do seu parceiro", Grace diz, como se estivéssemos no Carnegie Hall em vez de numa loja estreita.

Jamie olha para mim, pressionando os óculos no nariz.

Eu o encaro de volta.

"Excelente", diz Grace. "Esse é um passo vital da nossa noite. Agora nós nos abrimos amplamente e criamos os laços que aprofundam a nossa energia erótica."

Os olhos de Jamie se arregalam e depois se fecham enquanto ele respira devagar pelo nariz. Mordo o lábio e me lembro da vez em que minha irmã mais nova, Kate, colocou molho de pimenta no ketchup no meu prato, e minha língua ficou em chamas por horas. A lembrança mal me ajuda a conter a risada.

"Nós nos abrimos", diz Grace, "para o amor do nosso parceiro, respirando totalmente a partir do nosso chakra cardíaco." Ela coloca a mão sobre o coração e sustenta o olhar do parceiro. Ele pode ter olhado na minha direção antes, mas só tem olhos para ela agora.

"O chakra cardíaco", diz Grace, "ou *anahata*, pode ser traduzido como 'intacto'. Este é o lugar dentro de nós que libera nossa capacidade para o amor, o perdão e a compaixão — para nós mesmos e os outros."

Os olhos de Jamie encontram os meus, e de repente aquilo vai deixando de ser engraçado.

"Examinando nosso amor", diz Grace, "refletindo sobre como nosso coração guiará nosso pincel, nós nos abrimos para uma apreciação mais íntegra daquele que está diante de nós, através da energia curativa que eles trazem para a nossa vida. Velhas feridas não têm lugar em nosso coração agora. Não há lugar para mágoa no espaço *intacto*."

"Sem dúvida, nenhum de nós está alheio à dor", diz ela. "Mas esta noite, criamos e nos conectamos a partir da novidade de um coração aberto que não bate pelo medo, mas se encontra estendido como uma tela em branco, pronta para ser modificada pela beleza de quem amamos. Comecemos."

Interrompendo nosso olhar, Jamie e eu nos viramos para encarar nossas telas.

Uma tela em branco é sempre uma coisa intimidante. Mas agora esse retângulo branco parece mais do que isso. Parece um rasgo no universo, prestes a me sugar para Deus sabe onde. A novidade que Grace falou, esse recomeço, está olhando para mim. E estou morrendo de medo.

Meu coração bate mais rápido, e depois mais rápido ainda. Um suor frio umedece minha pele.

"Bea?", Jamie pergunta. "Você está bem?"

Faço que sim com a cabeça, olhando para a tela. "Estou... imaginando a minha... abordagem."

Mentira. Uma grande mentira. Estou paralisada.

Fico ali sentada por longos minutos, mexendo nas cores das tintas, misturando incontáveis tons de âmbar, pêssego e verde. Qualquer coisa menos colocar tinta na tela. Tento algumas vezes, girando o pincel, molhando-o de tinta e erguendo-o no ar. Mas aí meu braço congela e meu coração começa a bater forte de novo. Então volto a misturar cores, até ter mais cores do que espaço na paleta.

A essa altura, estou prendendo a respiração, esperando Jamie perguntar o que está acontecendo e se ofender por eu não estar participando ou insistir para que eu dê uma explicação. Mas ele só me olha algumas vezes antes de seus olhos voltarem rápido para a tela.

"E como estamos?", Grace pergunta. "Como está progredindo a manifestação do nosso coração na tela?"

Essa mulher. Ela é um caso sério.

Jamie tem razão. Sou um pouco esnobe em relação à arte, mas não sou cruel. Grace claramente ama seu negócio e tem paixão por unir as pessoas por meio da pintura. Não a critico por isso. Que droga, eu admiro isso. Só que me tornei uma cínica que não toca em um pincel há quase dois anos e agora está com *muito* medo de fazer isso, porque o que vem depois?

E se pintar fizer eu me sentir como antes? Como se meu coração estivesse nas minhas mãos, se expondo a cada pincelada? Como se os significados mais profundos da vida e as afirmações mais verdadeiras pudessem ser capturados na luz e na sombra e no trabalho desafiador de uma boa perspectiva? E se esse sentimento deixar meu coração tão afetuoso e terno quanto antes? E se acontecer mais uma vez de alguém esmagá-lo em suas mãos?

"Está tudo bem, obrigado", Jamie diz a ela depois do meu silêncio constrangedor, porque o cara é constitucionalmente incapaz de ser rude.

"Seus esforços são...", Grace pigarreia e inclina a cabeça, olhando para a tela de Jamie, que está escondida de mim. "Muito louváveis."

Jamie ajusta os óculos e franze a testa para a pintura. "Pode-se dizer que sim. A arte visual não é o meu dom."

"Não", Grace concorda. "Mas seu coração está aí, em cada pincelada. Esse é o verdadeiro dom. E você?", ela diz para mim, se posicionando atrás da minha tela.

Minha tela em branco.

"Ah." Seus olhos se arregalam. Ela me espia por cima da armação vermelha de gatinho, com os minúsculos corações rosa-chiclete nas dobradiças piscando com as luzes do teto. "O que é isso, minha querida?"

"É que..." Um nó se forma na minha garganta. "Já faz um tempo que não faço isso", sussurro.

Seu olhar procura o meu. Não sou muito fã de contato visual prolongado. Me dá a sensação de que minha alma está sendo escavada e minha pele foi picada por um enxame de abelhas. Então a deixo olhar por apenas um momento antes de eu encarar as minhas botas.

"Tem alguma dor relacionada ao ato de pintar?", ela pergunta.

"É só... muitos sentimentos envolvidos."

"Ah, sim", ela fala, gentil. "Pintamos com o coração. E quando nosso coração foi ferido, nossa arte também pode ficar ferida."

"Sim", consigo falar, como se um caroço crescente engrossasse a minha voz.

A música melodramática de cordas preenche o ambiente até que Grace diz: "Você está pronta para tentar de novo?". Ela pega o pincel com o qual ainda não fiz nada mais do que girar em três dúzias de tons de cores primárias e o examina.

Olho para ela, meus olhos ficando borrados com lágrimas. "Acho que sim. É só que, começar, dar o primeiro passo... É realmente assustador."

"Eu sei." Ela assente com a cabeça e sorri com delicadeza. "Eu sei muito bem. Mas se o seu coração quiser, você consegue. Prometo." Ela coloca o pincel na minha mão. "Tela em branco. Tinta fresca. Coração corajoso. Você está pronta."

Grace dá um tapinha gentil no meu ombro. "Agora, voltarei para a *minha* nova tela", ela diz com um sorriso tímido.

"Obrigada", digo a ela.

"Não me agradeça. Agradeça à pessoa que sabia exatamente do que você precisava."

Quando ela se afasta, minha visão é preenchida pelo homem atrás dela, o homem que estava por trás de tudo, de cada camada desta noite: "James Benedick Westenberg."

Ele evita meus olhos, olhando fielmente para a sua tela. "Ao seu dispor."

"Você ouviu tudo isso, né?"

Ele limpa a garganta. Um rubor atinge suas bochechas. "Seria difícil evitar. Grace tem os pulmões de uma cantora lírica."

Minha risada falha antes de quase se tornar um soluço. "Jamie. Olha pra mim."

Ele olha. E quando seus olhos encontram os meus, meu coração se abre com um clique silencioso de sacudir o planeta.

"Está..." Ele hesita, examinando meus olhos. "Está tudo bem? Você quer parar? Podemos, se for muito..."

"Não", falo com a voz trêmula. "E sim."

Sua testa franze. "Não entendi."

Como dizer a Jamie que nada está bem, quando olho para ele e sinto isso?

Como admitir que não quero parar nunca, mesmo que eu tenha medo do que vem a seguir?

Como explicar que isso é demais? Olhando para ele, sabendo que mais uma vez tenho uma tela em branco, que meu coração está muito aberto, implorando por amor para preenchê-lo com cor.

Quero dizer a Jamie que conheço tão pouco sobre a minha vida agora, mas o que sei é que esta noite, aqui, com ele, é exatamente onde quero estar. Quero que Jamie saiba que preciso pintá-lo, quero que ele fique sentado por horas no ateliê do apartamento, que não uso há muito tempo. Quero aumentar a temperatura, despi-lo totalmente e capturar sua aparência, do jeito que ele vê direto dentro do meu coração. Exatamente como está agora.

Mas vamos por partes.

Levanto o meu pincel. Eu o encharco de cor. E, com a mão trêmula, pinto meu novo começo.

"Bea", diz Jamie. A postura perfeita. As mãos entrelaçadas entre suas longas pernas. Um retrato intitulado *Paciência*.

"Humm?"

"Grace está querendo fechar. A oficina acabou."

"Só mais dois minutos", digo, trocando o peso do corpo de um pé para o outro. Estou de pé desde que comecei a tela. Nunca pinto sentada. Eu me mexo muito enquanto trabalho.

"Vamos levar a sua tela pra casa", diz ele gentilmente. "Mas precisamos ir embora."

"Não se preocupe!", Grace diz da frente da loja. "Sem pressa!"

"Estou mesmo quase terminando", digo a ele, sem tirar os olhos da tela. "Quer dizer, por enquanto."

Soltando uma respiração lenta, ele olha na minha direção. "Estou ficando nervoso."

"Por quê?"

"Por causa da grande revelação. Você me mostra o seu, eu mostro o meu."

Sorrio, olhando entre ele e meu cavalete. "Jamie. Você tem um vocabulário digno do *Jeopardy*! Você joga boliche como um profissional. Você é um encantador de bebês e adota gatos idosos. Você é tipo uma estrela do rock. Me deixa ser melhor do que você em pelo menos uma coisa."

Ele pisca para mim. "Uma coisa? Bea, você é melhor do que eu em *muitas* coisas — não que isso seja uma competição."

Solto uma risada. "Ok."

"Sério!", ele fala. "Você não é só uma artista talentosa. Você é muito boa no xadrez. Você ama as criaturas espinhosas do mundo. Você é autêntica e criativa. Você deixa que as pessoas sejam elas mesmas, em vez do que o mundo diz que elas deveriam ser. Talvez eles não sejam do tipo que você vê em um currículo ou no resultado de uma prova como é o caso dos meus pontos fortes, mas você tem talentos, Bea, e talentos como os seus são importantes."

Meu pincel vacila enquanto absorvo seu elogio e ele colore cada canto de mim, me deixando igual a um orgulhoso pavão. "Você acha isso mesmo?"

"Eu já disse algo pra você em que eu não acreditasse mesmo?"

"Ah. Bom, não posso ler a sua mente, mas acho que me enganar violaria um dos seus muitos códigos morais de capricorniano, então vou apostar que não."

"Exato. Agora." Ele bate no cavalete com seu pincel limpo e seco, porque é claro que ele arrumou as coisas que usou. "Estou pronto. Mas se você não estiver, tudo bem. Eu posso esperar. Ou se você nunca quiser que eu veja o seu, tudo bem também. Eu não queria te pressionar, Bea. Só achei que seria algo que você acharia divertido, não que eu seja especialista nisso, mas..."

"Jamie." Deixo meu pincel de lado e atravesso o pequeno espaço entre nossos cavaletes.

Deslizando um dedo sob seu queixo, inclino seu rosto até que seus olhos encontrem os meus. Com ele sentado em um banquinho, fico mais alta que ele pela primeira vez e saboreio a nova perspectiva que isso me dá. A luz bate nas suas maçãs do rosto e na longa linha fina de seu nariz. A boca que tantas vezes fica tão cerrada e séria ao se abrir enquanto ele olha para mim.

"Obrigada", digo a ele, passando os dedos pelas superfícies de seu rosto.

Ele engole em seco, os olhos examinando os meus. "Pelo quê?"

Estou prestes a fazer algo que não deveria. Confundindo nossos limites, sem saber o que Jamie pensa ou quer de mim. Mas se agora for a minha última chance de aproveitá-lo assim, antes que ele me decepcione gentilmente e a gente volte a se comportar, vou arriscar, caramba.

"Por isso", sussurro, enquanto dou um beijo em sua têmpora. "Por tudo." Um beijo na saliência aguda de seu pomo de adão.

Ele expira devagar enquanto suas mãos se acomodam nos meus quadris. "Ah."

"Estou pronta agora." Me afastando, eu me forço a soltá-lo.

"Tem certeza?"

"Sim." Recuando, pego minha tela e respiro fundo. "Quando contarmos até três?"

Ele assente, tirando a tela do cavalete.

Em uníssono, contamos: "Um. Dois. Três".

Viramos nossas telas e, enquanto olho para a de Jamie, sinto um arrepio percorrer minha espinha. A dele é quase toda preta, salpicada de minúsculos pontos brancos — estrelas? — e sua melhor tentativa de ilustrar meu rosto de perfil, olhando para o céu.

"Bea", diz Jamie.

Desvio os olhos de sua pintura e o encaro. "Sim?"

"Isso é..." Ele vai da minha pintura para mim. "Incrível."

Passo os olhos pela minha tela, analisando a pintura de Jamie de como eu o vi pela primeira vez, mas sem a máscara de leão — olhando por cima do ombro, olhos lindos, porém sérios, a promessa de um sorriso escondido em sua expressão severa. "Ah. Estou enferrujada. Não está nem perto de terminar. Mas... é uma imagem decente de você. Isso me deixa feliz."

Jamie franze a testa para a tela. "Você realmente me vê assim?"

"Assim como?"

Ele fica quieto por um longo momento. "Parece que é uma versão melhor de mim do que eu vejo."

"James", suspiro.

"Beatrice."

"Você sabe que está tudo bem, né? Quando alguém vê o melhor em você. E gosta das coisas pelas quais você é muito duro consigo mesmo."

Ele pisca como se estivesse confuso, como se eu o tivesse surpreendido. Como se eu o tivesse deixado sem palavras. Odeio que Jamie não veja a si mesmo como eu o vejo. Sei que ele não é perfeito, e sim, ele tem algumas manias que me deixam doida, mas isso só faz dele humano.

Quando foi que isso aconteceu? Foi a educação que recebeu? Foi a ex? Eu quero pegar quem o fez duvidar do próprio valor e lhe dar um safanão.

Mas, por enquanto, talvez baste *mostrar* ao Jamie aquilo em que ele não acredita com palavras. Basta estarmos aqui, juntos, fazendo... o que quer que seja que faz com que esta noite pareça diferente, especial e assustadora ao mesmo tempo.

"Eu amei a sua pintura", digo a ele.

Ele olha para a tela. "É horrível. Tecnicamente, quero dizer. Mas fiquei feliz enquanto fazia. Não costumo gostar de fazer coisas para as quais não tenho habilidade, mas pintar você de memória, imaginar você olhando para o céu noturno tornou o exercício agradável."

Com cuidado, pego sua pintura, e Jamie pega a minha. Nós inclinamos a cabeça ao mesmo tempo, explorando os retratos um do outro. "Você se permitiu", digo.

"Você também", diz ele, olhando para a minha tela. "Só por ter vindo aqui. Parecia o mínimo que eu podia fazer."

"Por que o céu noturno?"

"O que você acha?"

Encontro seus olhos. "Porque eu gosto de astrologia?"

Ele puxa o colarinho, um novo rubor chega às suas bochechas. "É um pouco vergonhoso."

"Você tá mesmo preocupado com constrangimento na minha frente? Esqueceu do nosso histórico?"

"Bem lembrado. Enquanto pintava, pensei na vez em voltamos pra casa, depois de jantarmos no Pho Ever, e você desapareceu no seu próprio mundo. A maneira como você olhava para as estrelas, com admiração nos olhos... Foi uma das coisas mais adoráveis que já vi."

Lágrimas borram minha visão enquanto observo a tela de novo. "Não sei se é adorável ter a cabeça nas nuvens, já que isso significa que eu tropeço enquanto ando."

"É por isso que estou aqui", diz ele. "Para segurar você. Receber uma bebida na minha camisa. Ou nas calças."

"Para de trazer isso à tona!" Eu alcanço seu corpo para fazer cócegas nele. "Foi humilhante."

"Espera!" Ele se vira e desvia da minha investida de cócegas, segurando meu retrato como um escudo entre nós. Um escudo que ele abaixa devagar e coloca com cuidado no cavalete. "Eu não disse isso para provocar você. Eu disse porque olha até onde isso nos trouxe." Buscando meus olhos, Jamie diz: "Bea...".

A voz encantada da Grace o interrompe. "E não é que vocês dois são mesmo o retrato da felicidade?"

Jamie desvia o olhar, esfregando os olhos por baixo dos óculos. Quero empurrar a Grace, da forma mais amorosa possível, de volta para o outro lado da loja e exigir que Jamie continue falando. Mas, em vez disso, vejo quem nos interrompeu e lembrou o motivo de estamos aqui.

"Aproveitando", digo a Grace, tirando o celular do bolso e abrindo a câmera. "Se você não se importar de tirar uma foto, seremos exatamente isso."

Jamie, obediente, passa o braço em volta da minha cintura para a foto, mas, assim que a foto é tirada, sua mão sai. Em silêncio, ajudamos a arrumar e guardar os materiais de trabalho — apesar dos protestos de Grace — e depois saímos com nossas telas úmidas, protegidas do vento.

Ainda quieto, Jamie pega o celular e pede um táxi.

Meus nervos ficam em trapos. Olho para o céu e procuro constelações, tentando desesperadamente me distrair.

Será que ele vai terminar o que começou a dizer quando a Grace nos interrompeu? Talvez ele esteja arrependido de ter aberto a boca. Talvez toda a conversa da Grace sobre chakras cardíacos e aprofundar a energia erótica tenha bagunçado seus pensamentos e agora ele perceba...

"Bea." Jamie envolve minha mão com a sua.

Olho para ele. "Sim?"

Por favor, que seja isso. Por favor, que ele acabe com esse sofrimento e me diga o que estava prestes a dizer, para que eu possa parar de criar expectativa como uma tola por algo que não pode acontecer.

"Antes", diz ele. "Quando a Grace nos interrompeu, o que eu ia dizer era... Quer dizer, não quero deixar as coisas estranhas, ou mais do que já são..."

"Jamie. Lembra, sou só eu."

"Só você?" Um instante de silêncio paira entre nós. Jamie se aproxima e tira com cuidado sua mão da minha, para segurar minha bochecha. "Não existe isso. E eu podia jurar que já fui extremamente óbvio a respeito de como me sinto."

"Como você se sente?"

As pontas de seus dedos traçam meu queixo, deslizam pelas mechas de cabelo que se emaranham em direção ao meu rosto com o vento. "Pronto para levar um drinque no peito e meia dúzia de taças de champanhe na calça, cem mil vezes se for isso que precisa acontecer para estarmos aqui. Eu não trocaria nosso encontro-desastre por nada, porque foi ele que nos trouxe até aqui."

Procurando meus olhos, ele continua: "Porque, se só tivéssemos conversado um pouco, sem nenhum acidente, e nos separado em silêncio, continuaríamos nos nossos caminhos solitários. Talvez nossos amigos não tivessem interferido. E se eles não tivessem interferido, eu não teria acabado quase beijando você em um armário, nem olhado para você por cima de um tabuleiro de xadrez e uma xícara de café, nem concordado com o melhor e mais louco mês da minha vida".

Encaro Jamie enquanto meu coração se transforma em um espetáculo de fogos de artifício, com uma cascata brilhante de estrondos trovejantes. "O que você está dizendo?"

"Estou dizendo que você é o melhor tipo de caos que já conheci. E, embora o caos costumasse me aterrorizar, você me faz desejá-lo. Estou dizendo que, mesmo que a gente tenha se colocado nessa situação absurda... Eu faria tudo de novo num piscar de olhos, porque ela me deu você."

O mundo fica rosa-pêssego e dourado brilhante, enquanto a pirotecnia dentro do meu peito atinge um pico febril. "Você faria?"

"Sim, Beatrice. Porque, embora eu tenha encontrado uma amiga improvável em você, também encontrei muito mais do que isso."

Agarro seu casaco, com tanto medo de que ele desapareça diante dos meus olhos e eu acorde com o coração partido e descubra que foi tudo um sonho tortuosamente vívido. "Jamie. Isso é real?"

Ele segura meu queixo suavemente. Seus olhos percorrem meu rosto. "O mais real possível. É assim que fingir com você parece... com algo real. Sexta-feira não foi um ponto fora da curva, Bea. Foi a revelação de tudo que eu quero com você. Passo cada minuto que não estou com você arrumando desculpas para te ver de novo. Tentando encontrar mais alguma coisa que possamos fazer juntos, e não porque quero dar uma lição em algumas pessoas equivocadas, apesar de bem-intencionadas, mas porque quero estar com você."

"*Estar* comigo?"

"Sim. Mas eu percebo..." Ele engole asperamente. "Eu percebo que você pode não querer isso. Podemos seguir exatamente como planejamos. Se for isso que você quiser, eu vou respeitar. Não, não vai ser fácil, mas vou aceitar se você não se sentir como eu..."

"Jamie." Eu o puxo para mais perto, segurando-o no lugar enquanto desembaraço meus pensamentos. "Jamie, eu não sabia."

Ele dá um pequeno sorriso. "Eu entendo isso agora. Eu pensei que meio que havia me denunciado na sexta-feira."

"Eu achei que eu também tinha. Mas eu estava com medo de não ser o que você queria."

"Como eu poderia não querer você?" Ele se inclina e me dá um beijo suave, então sussurra contra os meus lábios: "Você é tudo que eu nunca soube que queria".

Saboreio o beijo e o beijo de volta. Quero me afogar nesse beijo, me banhar nele e nunca subir à tona para respirar. E, no entanto, a realidade me puxa para a superfície e murmura preocupações que não consigo afastar.

"Mas não era real", digo, me afastando, tomando uma lufada do ar frio da noite. "E se nós *nos* enganamos no meio disso? E se só estivermos carentes? E se o nosso bom comportamento nos fez pensar que duas pessoas tão diferentes como nós podem funcionar juntas?"

Inclinando a cabeça, Jamie traça minha boca com o polegar, o calo áspero de seu dedo roçando minha pele sensível. "Eu já pensei sobre isso. Acho que é o medo falando. Temos nos comportado da melhor maneira possível perto dos enxeridos, mas e todas as horas que passamos juntos, só você e eu, sendo nós mesmos? Nunca tentamos impressionar ou conquistar um ao outro. Na verdade, acho que fui a versão mais insuportável de mim mesmo com você porque me senti seguro pra isso."

Seguro.

"Seguro", sussurro. "Você tem razão. Mas ainda é... é uma loucura."

"Isso é." Sua mão desliza pela minha cintura, me puxando para perto dele. "Não temos que entrar de cabeça nisso. Não há pressa, Bea."

Meus olhos se fecham por um momento enquanto sinto o prazer de estar aninhada contra seu corpo, o calor, a altura e a dureza dele. "Estou com um pouco de pressa. Não vejo razão pra ir devagar."

Sua boca se curva em um daqueles quase sorrisos que fazem meu coração brilhar como o ápice de um dia de verão. "Isso significa que... você quer isso?", ele pergunta. "De verdade?"

"Sim." A verdade salta do meu coração, deixando uma ternura intensa em seu rastro que me lembra de como isso faz com que eu me sinta vulnerável. "Mas estou com medo. Medo de que você vá acordar amanhã e perceber que, sim, demos uns amassos e beijos incríveis e nos divertimos muito provocando um ao outro, mas no fundo você não quer alguém caótico como eu do seu lado por muito tempo."

"Você não está sozinha. Eu também estou com medo. Medo de que você se canse de mim", ele admite. "Que você se canse da minha rigidez neurótica."

Dando-lhe um sorriso atrevido, percorro seu peito com a mão. "Gosto da sua rigidez."

"Beatrice."

"James."

Ele suspira. "Estou falando sério."

"Você está falando sério, Jamie. E eu estou bem ciente disso."

Agora é a vez de Jamie parecer inseguro, de me abraçar forte como se estivesse com receio de que eu vá desaparecer entre as suas mãos e que este momento se transforme em uma miragem. "O que você quer dizer?"

Fico na ponta dos pés e lhe dou um longo e lento beijo antes de sussurrar: "Eu estou *perguntando*. Se você também quer que isso seja real. Você e eu, juntos".

Seus olhos procuram os meus, sua expressão é séria, tensa. "E quanto ao plano de terminar e se vingar? A *nossa* vingança? Você só vai... deixar pra lá?"

"Mmm..." Inclino minha cabeça, pensando. "Acho que a nossa felicidade já é vingança suficiente."

"Como assim?"

Um sorriso eleva a minha boca. "Os intrometidos ficaram empurrando a gente, a Juliet e o Jean-Claude nos enganaram pra que trocássemos mensagens, mas... Jamie, *nós* escolhemos o que fazer com isso. Escolhemos passar um tempo juntos, nos tornarmos amigos, nos tornarmos... mais. Nós fizemos isso ser real por nossa conta, não por causa deles, mas apesar deles." Seguro sua bochecha, meu polegar traça seu queixo. "Isso é vingança suficiente pra mim."

Ele se inclina para o meu toque, seus olhos segurando os meus intensamente. "Bom."

"Então..." Meu sorriso aumenta. "Quer parar oficialmente de fingir comigo?"

O sorriso de Jamie é mais brilhante do que as estrelas acima de nós. "Mais do que qualquer coisa."

26

JAMIE

Esta corrida de táxi é a melhor da minha vida. Bea fica esticando o cinto de segurança para se inclinar e me beijar. Eu a beijo de volta. Porque ela quer o que eu quero.

Sinto que consigo respirar de novo.

Quando o táxi nos deixa, Bea quase pula em direção ao seu prédio e abre a porta de entrada. "Quer subir e brincar com meu ouriço?", ela pergunta.

É difícil segurar a risada, mas consigo, oferecendo a ela minha melhor cara de paisagem. "Esse é um eufemismo perturbador."

"Ei!" Ela deixa a porta do prédio fechar atrás dela. "Não era pra você perceber minhas segundas intenções."

Puxo sua jaqueta para mais perto do seu queixo enquanto ela treme de frio. "Foi um chute."

"Eu estava falando sério. Bom, brincar com Cornelius seria uma isca, depois eu pretendia te seduzir de um jeito ardiloso."

"E de que jeito seria?"

"Hum. Bem, eu ainda estava planejando. Pensei em fazer cócegas em você até cairmos na cama e aí evoluir pra outra coisa."

"Fazer cócegas não leva à sedução."

"O que *leva* então?", ela pergunta.

Um sorriso se abre enquanto olho para ela. "Se eu te contar, perco meu mistério."

Bea me lança um olhar de cachorro pidão. "Você não vai subir, né?"

"Eu quero, mas não." Meus dedos passam por seu cabelo, acariciando seu couro cabeludo. Observo seus olhos se fecharem. "Quando ficarmos juntos, não quero outras pessoas por perto, Beatrice. Quero horas e horas de muita privacidade para você fazer o barulho que quiser."

Seus olhos se arregalam. Sua boca se abre enquanto ela me enccara. "Eu tenho tempo. Vou ficar quieta. Vamos."

"Não, você não tem. E você não vai." Beijo sua bochecha, então, passo por ela em direção à porta e a abro de novo. "E eu vou adorar."

"Jamie", ela lamenta, agarrando minha jaqueta. "Sexta-feira não foi suficiente."

"Com certeza não foi."

"Então vamos consertar isso."

Beijo seu nariz dessa vez, depois a testa. "Vá para dentro e se aqueça."

"Ah, pode deixar", ela diz, mordendo o lábio. "Estarei pensando em você durante a noite, me aquecendo *bastante* na cama."

Um gemido sai de mim. "Para de me provocar e entra. Fiz planos que serão nossa recompensa depois da festa. Podemos continuar de onde paramos." Meu estômago se contrai de ansiedade. "Quer dizer, se você ainda estiver disposta a..."

"Se você me perguntar mais uma vez se eu vou mesmo nessa festa, vou ficar ofendida. Eu vou, James... Vou pelos canapés chiques, pelo espumante e pela chance de pisar nos seus pés na frente de duzentos estranhos. Até comprei um vestido novo." Ela acrescenta com timidez: "Ele vai até pouco abaixo da minha bunda".

"Não tem graça."

"É um pouco engraçado. Então..." Ela se aproxima e abaixa a voz. "Você tem *planos*, é?"

"Sim, sua safada." Eu a empurro para a entrada, batendo de leve em sua bunda. "Planos. Agora vai, suba."

Bea gira, então me beija forte na boca. "Eu sabia que você gostava de dar umas palmadas."

"Beatrice!" Minhas bochechas ficam vermelhas. "Isso não foi uma palmada. Isso foi um... um tapinha de amor."

Ela gargalha enquanto sobe as escadas correndo, tropeçando no meio do primeiro lance. "Foi uma palmada!", ela grita. "E eu gostei!"

Minha cabeça cai para trás enquanto olho para o céu. "Deus me ajude."

* * *

Estou atrasado. Claro que sim. Porque hoje é a festa de aniversário do meu pai e a Bea está esperando que eu vá buscá-la às seis em ponto, e já que tenho um compromisso, o universo despejou a fila mais longa de pessoas precisando de cuidados no abrigo em meses. A época de gripes e resfriados está piorando, então o aumento no número de pacientes não é de todo inesperado, mas ainda assim foi um dia sem precedentes. E agora estou atrasado.

"West." Jean-Claude me repreende dando uma olhada para o relógio. "Você está atrasado."

Eu passo por ele em direção ao meu quarto, tirando meu suéter, desabotoando a camisa. "Obrigado por essa observação sagaz."

Sua risada é abafada quando ligo o chuveiro, tiro o resto das minhas roupas, entro no banho e me esfrego sob a água quase escaldante. Depois de fazer a barba com rapidez, mas minuciosamente, e de aplicar a pomada de sempre para domar o cabelo, estou de smoking, calçando os sapatos enquanto volto para a sala de estar. Jean-Claude está guardando as chaves no bolso.

"Aonde você vai?", pergunto.

"Ué?" Ele franze a testa para mim. "Para a mesma festa que você. Aonde você acha que eu vou?"

Faço um gesto em direção às chaves, calçando o outro sapato e o amarrando. "Mas nós vamos juntos, com a Juliet e a Beatrice."

"Você ofereceu. Eu disse que talvez. E mudei de ideia."

Eu me endireito depois de terminar com o sapato. "Por quê?"

"Porque eu terei que compartilhar minha linda noiva a noite toda, e eu a quero só pra mim até lá."

"Jean-Claude, você vive praticamente grudado nela. Uma corrida de limusine conosco seria tão ruim assim?"

"Quase não vi a Juliet nos últimos dias." Diante do espelho, ele ajeita a gravata e mexe no cabelo. "Graças ao Christopher. Ele tem me enchido de trabalho. Imbecil."

Levanto as sobrancelhas. "Péssima forma de chamar seu amigo."

"Antes de mais nada, ele é meu chefe, e se certificou de que eu soubesse disso, com tudo que me deu pra fazer."

"Em geral uma promoção vem com mais responsabilidade, não?"

Ele suspira para o seu reflexo no espelho. "Como sempre, você é ingênuo a respeito dessas coisas, West. Ele está fazendo isso de propósito porque assim me mantém longe da Juliet. Ele é incrivelmente possessivo com ela."

"Do que você tá falando?"

Virando-se, Jean-Claude me encara. "Ele tem uma porra de uma foto dela na mesa de trabalho."

"E aposto que ela não está sozinha nessa foto."

Sua mandíbula estala. Ele desvia o olhar e se serve de dois dedos de uísque em um copo baixo. "Isso não vem ao caso."

"Pelo contrário, Jean-Claude. Tenho certeza de que ele tem fotos de todos os Wilmot porque são a família dele. Juliet e Bea são como irmãs pra ele, Bea me disse..."

"Claro que ela disse algo. Porque ela também não quer a Juliet comigo. Ela quer que os dois fiquem juntos."

"Você está se *ouvindo*?" Eu o encaro, quase sem saber o que dizer. "O que deu em você?"

"Ela é minha", ele diz baixinho. "E de jeito nenhum Christopher vai seduzi-la pelas minhas costas, enquanto me enche de trabalho como se eu fosse um subalterno patético."

"Jean-Claude. Acho que você está cansado. Ou estressado. Você está paranoico."

Ele dá uma risada vazia e gira seu uísque. "Não é paranoia quando se está certo."

"Como você sabe que está certo? Você falou sobre essas preocupações com a Juliet? Perguntou como ela vê o Christopher?"

"Não é com *ela* que estou preocupado", ele murmura, com os olhos na bebida. "É com todos os outros. Quando ela está comigo, está tudo bem. É..." Ele leva o copo aos lábios. "É tudo perfeito com ela. Ela é perfeita." Ele vira o copo e o esvazia.

"Você já está começando e vai beber mais na festa", eu o lembro. "Você não pode dirigir depois disso."

Ele revira os olhos.

"Jean-Claude, estou falando sério."

"E eu também." Ele bate o copo no balcão e pega o celular.

"Seja sensato. Vá conosco. Pode não ser o que você queria, mas a Beatrice e a Juliet *gostam* de passar tempo juntas. Pelo menos a Juliet ficará feliz..."

"Não", ele diz, baixo, perigosamente quieto, "não me diga o que faz a minha noiva feliz. Você acha que eu não percebi que aquelas duas são como unha e carne? Essa é a porra do motivo pelo qual eu queria que você saísse com a Bea, pra tirar ela do nosso caminho."

Pisco, atordoado. "E aquela história de 'você está sozinho e infeliz, e é hora de encontrar alguém que te faça feliz'? Foi só uma mentira pra que eu concordasse com o seu plano?"

Ele vai em direção à porta e se aproxima de mim, mas não muito. Jean-Claude nunca gostou de que, quando estamos perto, ele tem que erguer a cabeça para olhar para mim. Ele dá de ombros. "Seu potencial gosto por ela foi uma vantagem, mas não a minha principal motivação. Meu objetivo era tirar a Bea de cena, porque você sabe que tipo de merda a Juliet estava me dizendo quando a conheci, quando eu já sabia quanto a queria? *Vamos manter tudo casual. Eu preciso ir devagar. Minha irmã está passando por um momento difícil e não tenho certeza de como ela vai lidar se eu tiver um relacionamento sério agora.*" Ele faz cara de nojo. "Eu não ia deixar que uma irmã excêntrica que não consegue superar um pé na bunda ficasse entre mim e o que é meu..."

"Já chega", eu estouro.

Nossos olhos se encontram e Jean-Claude arqueia as sobrancelhas friamente. "Ah, é?"

De repente, minha tolerância para morar com alguém porque nossas famílias estão entrelaçadas, porque ele divide o aluguel e não exige muito de mim, porque o diabo que você conhece é melhor do que o diabo que você não conhece, e porque tenho experiência em viver com homens mal-humorados e de língua afiada — meu pai garantiu isso — evapora.

"Você não vai insultar a Bea assim de novo", digo friamente. "Entendeu?"

"Mas é claro." Com um suave giro do calcanhar, ele abre a porta do apartamento e bate.

"Merda." Esfrego o rosto, resmungando. Parte de mim quer sair correndo e obrigá-lo a entrar na limusine que está esperando lá fora. A outra parte — a parte que vence — desistiu dele.

Tiro o celular do bolso para mandar uma mensagem para Bea. *Estou a caminho. Mal posso esperar para ver você.*

Sua resposta ilumina a tela alguns segundos depois. *Ótimo! Coloquei minha calça de moletom mais chique e estou pronta pra ir.*

Reviro os olhos, sorrindo enquanto saio pela porta.

Eu assisti a três comédias românticas, o que são três a mais do que a maioria das almas cínicas e não românticas como eu podem dizer. Conheço o momento dramático da revelação, quando o interesse amoroso se arruma e faz uma entrada grandiosa e elegante para a admiração silenciosa de todo mundo ao seu redor; quando o outro interesse amoroso percebe, naquele momento de tirar o fôlego, que *aquela* é a pessoa para si. Então eu devia estar preparado.

Mas não estava.

Nada poderia me preparar para a Bea abrindo a porta do apartamento, ofegante e sorridente, envolta em seda preta que se agarra a cada curva dela como tinta derramada sobre seu corpo.

O ar sai de mim. Eu me apoio no batente da porta.

Bea faz uma careta. "Estou tão ruim assim, é?"

"Ruim demais. E pior." Empurrando o batente, eu me aproximo. "Meu Deus. Olha pra você."

Ela morde o lábio. "O quê?"

Aperto sua mão, entrelaçando nossos dedos. E então trago a mão dela até meus lábios e beijo cada junta e coloco a palma contra a minha bochecha. "Você é tão bonita. Tão incrivelmente linda."

Um tom rosado marca suas bochechas. "Obrigada, Jamie." Um passo mais perto, e nossas frentes se esbarram. A contragosto, solto a mão dela, para poder usar as duas para ajustar minha gravata-borboleta. "Você está deslumbrante. Só você pra ficar irresistível num smoking. Juro que nunca conheci alguém num desses trajes que não parecesse um pinguim enorme."

Uma gargalhada irrompe de mim. Bea inclina a cabeça, desliza os polegares com cuidado sob os meus olhos. "Você está chorando?"

Pisco para afastar a umidade traiçoeira. "Alergia de outono."

"É claro." Ela assente com a cabeça. "A quantidade de pólen neste apartamento é absurda."

"É mesmo. Vou falar com o seu senhorio." Puxando-a para perto, dou um beijo suave e lento em seus lábios e respiro seu cheiro.

Você é a melhor coisa da minha vida, quero dizer a ela. *Você é segura, real e perfeitamente imperfeita. Começamos como uma mentira, e agora nós somos a coisa mais verdadeira que eu já conheci.*

Mas eu não digo isso, não falo essas palavras frágeis no espaço delicado entre nós. Tenho tempo para dizer isso a ela, em breve. Depois de sobreviver a esta noite. Quando estiver quieto e escuro e só nós dois, e Bea envolta em meus braços.

Por ora, eu me contento em dizer a ela de todas as outras maneiras que posso — com minhas mãos vagando por sua cintura, a fome em nosso beijo. Eu a faço andar para trás, fechando a porta com o pé, até pressioná-la contra a parede, sentindo seus dedos brincando suavemente com o cabelo cortado rente ao meu pescoço.

"Jamie", ela suspira, curvando-se para o meu toque enquanto beijo seu pescoço, desço e encontro o suave volume de seu seio e a ponta endurecida de seu mamilo. Sua mão desliza pelas minhas costas, então vagueia entre nós, me acariciando onde estou ficando mais duro a cada segundo. "Não acredito que sou eu que estou dizendo isso", ela diz com a voz fraca, "mas vamos nos atrasar se não..."

"Certo. Sim." Eu me afasto, respirando com dificuldade. Endireito a alça do vestido dela e deixo meu olhar percorrê-la da cabeça aos pés.

"Mas sério." Bea se vira um pouco, como se estivesse nervosa, mãos balançando ao lado do corpo. "O vestido está bom? Tenho um xale que posso usar se você achar que as tatuagens serão um problema..."

"Beatrice."

Ela se acalma. "*Sim?*"

Passo os dedos pelo decote alto de seu vestido, onde ele se afunila em tiras delicadas; sobre suas clavículas, seu pescoço, as suaves mechas de seu cabelo preso. Bea se inclina para o meu toque e eu me inclino também, e minha boca roça sua orelha.

"As tatuagens são a antítese de um problema."

Sua garganta se mexe quando ela engole em seco. Dou um beijo ali e ganho um suspiro. "Elas confundem as pessoas", diz ela, trêmula. "Nem todo mundo sabe o que fazer ao vê-las. *Você* não sabia, quando eu te conheci."

"Ahhh, sabia sim." Dou seguidos beijos ao longo da delicada linha pontilhada que tece seu pescoço. "Eu sabia que minha língua e minha boca queriam provar cada lugar que você marcou com esses desenhos enigmáticos, queria descobrir e saborear cada canto doce e suave do seu corpo, até que você estivesse ofegante e se contorcendo e me implorando por mais."

Ela agarra a jaqueta do smoking e balança um pouco. "Com certeza não percebi isso naquela noite."

"Porque eu estava numa confusão ansiosa e sem palavras, olhando para a mulher mais linda e sensual que eu já tinha visto. Claro que eu fui o maior babaca."

Uma risada salta dela, tão efervescente e brilhante quanto o melhor champanhe. Do tipo que vou vê-la beber hoje à noite enquanto penso em tirar o vestido preto de seu corpo até ele cair aos seus pés em uma poça de seda escura.

"Esquece o xale", sussurro contra seu pescoço. "Eu amo os desenhos que você colocou no seu corpo. São lindos e você tem orgulho deles."

Ela sorri. "Tenho mesmo."

"Eu também."

Bea se vira apenas o suficiente para me dar um beijo carinhoso na bochecha antes de colocar as duas mãos em meu peito e me guiar gentilmente para trás, colocando alguma distância entre nós. "Talvez eu devesse dar a você uma última chance para se decidir sobre o xale", ela diz, começando a se virar. "Além do mais, você não viu o vestido inteiro."

Franzindo a testa, coloco as mãos nos bolsos. "Eu não posso imaginar — *porra*."

"Modos, sr. Westenberg!"

Meu olhar está fixo nas costas de seu vestido, ou, mais precisamente, na falta delas. Não é nada além de uma curva de seda que se estende das alças até a base do cóccix. "Sinto muito."

Ela sorri por cima do ombro. "Não sente, não."

"Não, não sinto. Vem aqui." Aperto a mão dela, pegando sua bolsa preta e abrindo a porta. "Traga o xale, afinal, mas só porque está frio lá fora."

"Ué!" Ela pega o tecido bem a tempo enquanto eu a puxo para fora de casa. "Que pressa repentina é essa?"

Tranco a porta com as chaves dela, então a levanto em meus braços, fazendo-a dar um gritinho e jogar os braços em volta do meu pescoço com uma risada feliz enquanto desço os degraus correndo. "Porque se eu passar mais um minuto com você, esse vestido e seu quarto no final do corredor, vai ser impossível conseguirmos sair."

O percurso na limusine é um exercício de contenção, uma batalha contínua para não imaginar todas as maneiras como eu poderia posicionar a Bea: curvada para a frente, de costas, com as pernas abertas, as mãos no meu cabelo, as mãos no vidro, fazê-la se contorcer, ofegar e gozar de novo e de novo.

Afasto a tentação lembrando que já tivemos uma experiência sexual apressada e frenética. Da próxima vez, quero todo o tempo do mundo.

Há também o fato de que eu destruiria o vestido dela e depois diria ao motorista para dar meia-volta, e a essa altura teríamos perdido a festa. Não que eu esteja morrendo de vontade de ir. Estou apenas resignado. É o que faço — acalmar minha mãe, apaziguar meu pai, sorrir, seguir as regras de polidez e etiqueta, depois sumir até a próxima vez em que eu for convocado a mostrar meu rosto e fingir que meu pai não é um bruto sem coração e que minha mãe está contente de estar ao lado dele.

Esta noite, porém, há um pequeno pingo de alegria dentro de mim. Isso será terrível de várias maneiras, cercado pela minha família e pelas partes da minha criação que eu abomino, mas, ainda assim, a Bea está aqui, ao meu lado na limusine, exalando seu perfume sensual, com as pernas esticadas no meu colo. Quando entrarmos, ela estará de braços dados comigo. Sorrindo, curiosa, de seu jeito desinibido. Faz com que a situação seja tolerável.

O motorista abre minha porta e eu saio, aliso minha roupa e estendo a mão para Beatrice; quando ela se levanta do carro e seus olhos se arregalam e ficam do tamanho de um pires ao ver a casa da minha família, me sinto mais feliz, mais esperançoso do que estive por muito tempo.

"Ok." Ela passa o braço pelo meu e aperta. "A casa da sua família faz a casa dos meus pais parecer uma casinha de biscoito de gengibre."

Rio baixinho. "Gosto da 'casinha de biscoito de gengibre' dos seus pais. Parece acolhedora."

"Ela é", ela admite. "Eu também gosto da casa deles. Ai, meu Deus. Aquela é a sua mãe, não é?"

Olho para onde minha mãe está, serena e imponente, na entrada, cumprimentando os convidados com grandes beijos nas bochechas. "Sim."

"Ela é... intimidante", Bea diz. "E alta."

"Todos nós somos altos. Mas não se preocupe, eu cuido para que você consiga pegar os aperitivos."

Ela me dá uma cotovelada, mas está sorrindo. "Muito engraçado."

"James", diz minha mãe, com seu forte sotaque francês, envolvendo-me nos braços. "Você está atrasado. Pelo menos você está bonito, *mon biquet*. Ela se vira, olhando para Bea. "E quem é esta criatura mágica?"

"*Maman*, esta é a Bea Wilmot, minha namorada." Bea aperta meu braço. "Bea, esta é a minha mãe, Aline Westenberg."

Bea sorri nervosa. "Prazer em conhecê-la."

"*Enchantée*." Minha mãe a puxa para um abraço muito perfumado e a beija uma vez em cada bochecha. Voltando-se para mim, ela diz em francês: "Por favor, certifique-se de encontrar seu pai primeiro. Do contrário, ele se sentirá menosprezado. Fale com as pessoas apropriadas e faça as apresentações. Depois disso, você está livre. Tome um pouco de champanhe. O jantar é daqui a uma hora".

"Sim, *maman*. Eu sei o que é esperado", digo em francês, porque é meu padrão com ela. "Você não precisa se preocupar."

Ela encolhe os ombros, os olhos já nos convidados atrás de nós. "Só estou tentando manter você longe de problemas."

Como se isso tivesse funcionado alguma vez. Eu a beijo em cada bochecha. "Aproveite a noite."

Assim que passamos por ela, Bea puxa a minha mão, chamando minha atenção. "O que foi *isso*, Jamie?", ela sibila.

"O quê?", pergunto, completamente confuso. "Tem alguma coisa errada? Eu..."

"Você fala *francês*?"

Minha boca se abre, mas não tenho certeza do que dizer. "Hãã. Sim?"

"E você nunca pensou em me contar?"

"Me... desculpa?"

"Não vou perdoar." Ela me arrasta até a ponta do vestíbulo para um beijo que derrete todas as preocupações que nossa conversa confusa causou. "Francês na sua boca me faz querer fazer coisas muito, muito obscenas com ela."

Jesus Cristo. O calor me *inunda*. Minha boca. Beatrice. Estou ansiando por isso. "Eu... sim, vamos. Com certeza. Vamos."

Bea ri, me empurrando gentilmente e entrelaçando nossos dedos. "Primeiro champanhe e uma dança desastrosa. Depois, francês."

Eu a beijo de novo, intenso, desesperado. "Como quiser, *mon coeur*."

27

BEA

"*Mon cœur*?" Eu franzo a testa para Jamie quando ele leva minha mão aos lábios e beija meus dedos. "O que significa?"

Ele sorri. "Eu digo mais tarde."

"Safado."

Seu sorriso se intensifica quando ele desliza um braço em volta da minha cintura. "Só quem é safado reconhece outro."

Uma mulher com um vestido prateado passa rápido por mim, de repente me lembrando da Jules, de como estou ansiosa para encontrá-la e me certificar de que ela está bem. Antes de o Jamie bater à porta do meu apartamento e quase me nocautear com sua beleza, eu estava preocupada com a minha irmã. Tínhamos combinado o que poderia ser um quase encontro duplo — embora eu não estivesse muito a fim de passar uma viagem de quarenta e cinco minutos para fora da cidade com o Jean-Claude — e de repente ela me disse que os dois iriam sozinhos, com uma desculpa esfarrapada de que o Jean-Claude queria que ficassem livres para ir embora quando quisessem.

Ela evitou meus olhos quando voltei do trabalho e a encontrei no banheiro, envolta em um robe de seda vermelha, com o cabelo enrolado na toalha. Parecia que ela havia chorado. Mas antes que eu conseguisse uma resposta direta sobre qualquer coisa, ela me distraiu com maquiagem e amostras de batom vermelho de longa duração e que não mancham, depois desapareceu em seu vestido prateado para o carro do idiota do Jean-Claude, e aqui estamos.

"Tudo bem?", Jamie pergunta.

Sorrindo para ele, sinto meu coração disparar. Uma mecha ondulada solitária acaricia sua têmpora, e eu a coloco para trás, sabendo que ele quer estar bem-arrumado. Seus olhos cor de avelã se enrugam lindamente quando ele olha para mim e beijo de leve as maçãs marcadas de seu rosto, seu nariz comprido, a linha forte de seu maxilar. Ele é insuportavelmente gostoso. "Estou bem", digo a ele. "É que... Eu queria achar a Jules."

Ele assente. "Nós vamos. Sinto muito que o Jean-Claude tenha sido um idiota quanto a vir em carros separados."

"Bem. Jules parecia animada para andar no Porsche."

Jamie aperta minha cintura com mais força, me puxando com cuidado para o lado dele e para fora do caminho de um garçom que se move rápido trazendo canapés. "Nada no mundo me faria entrar num carro com aquele homem dirigindo. Ele é horrível no volante."

Eu paro. "Por que você não me disse? Eu deixei minha irmã entrar no carro dele!"

Ele suspira, olhando para mim enquanto andamos. "Ele não é exatamente imprudente, no geral, e duvido que ele seria tão descuidado com a Juliet no carro. Ele só costumava agir de maneira inconsequente para mexer comigo porque sabia que eu odiava."

"Cada vez que descubro algo novo sobre esse cara", murmuro, "gosto menos dele."

"Se ele for cauteloso e sensato com alguém, essa pessoa é a Juliet. Além disso... sua irmã já andou de carro com ele antes. Ela sabe com quem está e como ele age."

"Sabe mesmo?" Olho para o espaço enorme, vasculhando a multidão em busca da minha irmã. É um salão de baile de verdade. Jamie tem um *salão de baile* em casa. Mansão. O que seja. "Não tenho certeza de que ela sabe. Algumas pessoas... mostram o lado bom delas primeiro. É assim que elas te atraem e depois, aos poucos, mudam — bom, na verdade elas não mudam, elas mostram quem são de verdade, quem sempre foram. Mas daí você não sabe o que pensar. Em que você confia? Você está imaginando coisas? Será que a pessoa só está tendo uma semana difícil? Amar alguém não significa tolerar o lado ruim da pessoa?"

Sinto um nó na garganta quando essas memórias de merda voltam. Lembranças do Tod que eu me esforcei muito para superar e seguir em frente.

"Bea." A mão do Jamie segura minha bochecha gentilmente, me

virando até que nossos olhares se encontram. Seus olhos examinam os meus. "Foi isso que ele fez com você? Seu ex."

Faço que sim com a cabeça. "Eu sei do que estou falando. Acho que o Jean-Claude é assim. *Nunca* me senti bem perto dele, mesmo quando ele era todo sorrisos e buquês de rosas, levando Jules para encontros, surpreendendo minha irmã com presentes. Ele era rápido demais. Ele nunca me quis por perto. É assim que eles funcionam, os manipuladores, possessivos. Eles te isolam, pouco a pouco, das pessoas que amam você, que sabem quem você é de verdade e fazem você se sentir bem. E então eles vão acabando com você até que tudo que você queira seja a aprovação deles, a presença deles — até que eles sejam o centro do seu mundo e você esteja sozinha."

A mandíbula de Jamie estala. "Eu não sou um homem violento, Bea. Fiz um juramento pra curar, não ferir. Mas minha vontade é de *socá-lo*."

Me inclinando em direção ao seu toque, sorrio para Jamie e envolvo a mão dele na minha enquanto ele acaricia minha bochecha. "Eu sei. E isso é mais do que suficiente pra mim. Talvez eu possa te deixar como reserva na briga com o Jean-Claude?"

Ele olha para cima, passando os olhos pela multidão. "Por mais tentador que seja, é mais provável que eu tenha que recorrer a palavras duras. Mas não importa o que aconteça, estou do seu lado, ok? E do lado da Juliet também, se for preciso." Seus olhos encontram os meus mais uma vez antes de se inclinar e dar um beijo longo e lento na minha testa. "Eu prometo."

"BeeBee!"

A voz da minha irmã me assusta, e eu pulo, quase dando uma cabeçada no Jamie. Depois de um mês dos meus incidentes, ele parece ter desenvolvido um excelente instinto de autopreservação e se afasta bem a tempo de evitar o que teria resultado em um nariz dolorido e sangrento. "Olha só," digo a ele, dando um tapinha em seu peito para me tranquilizar. "Que reflexo, hein."

Ele sorri, colocando a mão nas minhas costas enquanto Jules joga um braço em volta do meu pescoço. "Aí está você!", ela diz alegre, beijando minha bochecha. "Você está incrível. Não é, West?"

O polegar de Jamie traça minha coluna em uma trilha sensual até a borda do meu vestido antes de ele tirar a mão. "Ela está. Totalmente de tirar o fôlego. Você também está linda, Juliet."

Jules sorri e brilha como uma constelação, usando sombra esfumada e o vestido prateado. "Obrigada."

"Já chega." Jean-Claude desliza o braço em volta da cintura da minha irmã e a aperta contra si. Queimo a mão dele com meus olhos. "Estou tendo que lidar com muitos olhares em cima dela."

"Fala sério", diz Jules com uma risada. "Só porque *você* gosta tanto de mim não significa que todo mundo goste."

"Você diz isso", ele fala, apertando mais a cintura dela. "Mas queria ver se estivesse no meu lugar, lidando com o dobro da concorrência."

Não pode ser. Ele não disse isso. Minhas mãos se fecham em punhos. Jamie esfrega o rosto e geme.

"Jean-Claude." Jules arqueia uma sobrancelha. "Já falei que isso é ridículo."

"Pra não dizer ofensivo", murmuro.

"Matematicamente falando, não é", ele diz, ignorando nós duas.

"Jean-Claude", Jamie adverte.

Ele também ignora Jamie, sua atenção está fixa na Jules. "Você gosta de homens *e* de mulheres. Eu só gosto de mulheres. O que significa que você tem duas vezes mais chances de..."

"Para com isso", eu estouro. "Não vou ficar ouvindo isso por..."

"Nos deem licença." Jules me agarra pelo cotovelo e me puxa com ela pela multidão até o banheiro, onde uma pessoa vestida como os garçons está sentada em um banquinho, segurando uma bandeja com toalhas e pequenos produtos de higiene pessoal. Ao encontrar um canto com um assento de dois lugares, Jules me arrasta para me sentar ao lado dela. "Olha", ela sibila. "Você não tá ajudando."

"JuJu, ele acabou de dizer..."

"Eu sei o que ele disse, Bea. E, embora não esteja tudo bem, não é o seu lugar pular na garganta dele e dar um sermão. Deixa eu cuidar de mim mesma."

A mágoa engole minha preocupação. "Ah, como você *me* deixou cuidar de mim mesma? Quer dizer que você pode se intrometer na minha vida, mas eu não posso repreender seu namorado por ser um imbecil bifóbico?"

Minha voz elevada ecoa no banheiro, e todas as outras conversas do local morrem. Jules fecha os olhos e solta o ar devagar. "Valeu, Bea."

"Desculpa, eu só..."

"Podemos, *por favor*, não fazer isso?", ela sussurra, abrindo os olhos e piscando para segurar as lágrimas. "Nenhuma pessoa ou relacionamento é perfeito, ok? E não, ele não se comportou como a pessoa mais socialmente evoluída agora há pouco, e sim, estamos em uma fase meio difícil, mas o Jean-Claude está estressado com o trabalho, e algumas pessoas não são a sua melhor versão sob esse tipo de pressão. Então, por favor, não torne isso mais difícil pra mim. Por favor?"

Eu quero conversar sobre isso com ela. E quero contar a ela tudo sobre o Tod. Porque me pergunto se ela soubesse como tudo começou e terminou com ele, se ela, como eu, identificaria o que está vivendo com o Jean-Claude na situação pela qual eu passei. "Jules..."

"Bea." Ela aperta minhas mãos, me lançando um olhar choroso e suplicante. "Por favor. Para."

Em silêncio, engulo o nó na garganta enquanto faço que sim com a cabeça.

"Obrigada", diz ela, respirando fundo, se acalmando e dando um sorriso sereno, seu disfarce de *estou bem* firme de volta no lugar. "Agora, vai lá. Se divirta com o West. E boa sorte ao conhecer o pai dele."

Nós nos levantamos, e a Jules enlaça seu braço no meu. "O pai dele é tão ruim assim?"

Ela levanta o queixo quando saímos do banheiro, ombros para trás, aquela bela confiança tomando conta dela de novo. "Quase tão ruim quanto o do Jean-Claude."

Lá fora, no meio da multidão, está lotado, o espaço cacofônico ecoa com tantos barulhos complexos que é como se uma dúzia de pessoas estivesse parada na minha frente, gritando. Sinto a irritação incipiente que precede uma sobrecarga sensorial. Minha pele começa a zumbir e formigar, como se uma colmeia de abelhas dançasse sob a minha pele, e meu peito fica pesado. Respiro fundo devagar e olho para o bar. Preciso de uma bebida forte, alguns minutos sozinha em silêncio no ar fresco do lado de fora, e então espero aguentar tempo suficiente pelo Jamie até irmos embora desse caos.

"BeeBee?", Jules pergunta. "Tudo bem?"

Aperto o braço dela com o meu. "Nada que um licor e um momento ao ar livre não resolvam."

Ela assente com a cabeça, nos guiando através da multidão em direção ao bar. Do jeito dela, Jules sorri e consegue uma dose antes mesmo de eu ter tempo de beber o copo de água gelada que ela pegou primeiro para mim.

"Melhor?", ela pergunta.

"Um pouco." Coloco o copo na mesa e solto o ar devagar. "Vou dar um pulo lá fora por um minuto. Quer vir?"

Eu sei a resposta antes que ela fale. Seus olhos se fixam *nele* por cima do meu ombro e Jules enrubesce. "Não." Piscando, ela encontra meu olhar. "Quer dizer, contanto que você esteja bem, claro, vou voltar..."

"Estou bem." Não quero nem ouvir o nome daquele idiota. Não consigo engolir quanto ela ainda está apaixonada por ele. Tento lembrar que eu estive assim, que demorou até que Tod se tornasse a pior pessoa e eu realmente visse quem ele era, para perceber quanto eu precisava sair daquele relacionamento. Mais uma vez, a culpa se abate sobre mim. Eu queria ter contado tudo para ela. Eu queria tê-la avisado. Talvez ela não estivesse nesse relacionamento conturbado. Talvez eu pudesse protegê-la...

"Então tá", ela diz baixinho, beijando minha bochecha. "Me manda mensagem se precisar de mim, ok? Estou por perto."

Confirmo com a cabeça e a observo caminhar em direção a ele. "Depois disso", prometo a mim mesma, abrindo caminho em direção a um par de portas francesas que garantem uma fuga para a noite fria de outubro. "Depois de hoje, vou contar a ela."

Quando volto para o salão de baile, vejo Jamie de imediato, em uma roda de homens de meia-idade. Ele é mais alto que a maioria, está com a cabeça baixa como se estivesse olhando para seu drinque e desejando poder se afogar nele.

Estou indo!, quero gritar, desejando que eu não tivesse um limite tão abismal para situações como esta, tanto que tive que fugir e recarregar a bateria depois que o deixei para ir ao banheiro.

Até que uma coisa estranha acontece. Como se tivesse ouvido meus pensamentos, Jamie olha para cima e fixa os olhos em mim. Então ele me lança um sorriso, lento, suave e um pouco torto. Isso faz meu coração bater violentamente contra minhas costelas e cada passo que dou na direção dele bate no ritmo do meu batimento cardíaco.

E quando estou ao seu lado, tudo parece bem. "Oi", digo a ele.

Ele engole asperamente, em seguida desliza o braço em volta da minha cintura e dá um beijo longo e suave no meu cabelo. "Senti sua falta", sussurra. "Tudo bem?"

Passo meu braço em torno dele também. "Sim. Estou bem agora."

Ele assente com a cabeça.

"Diga a ele, Hawthorne", um homem fala, e no mesmo instante sei que é o pai dele. Não apenas por causa do elegante sotaque britânico, mas porque, meu Deus, Jamie é a cara dele — alto, esguio, cabelo arrumado; o mesmo nariz comprido e empinado. Mas também é diferente. Quando o olhar de Arthur Westenberg pousa em mim, eu estremeço. Há uma frieza nele que faz eu me encolher contra Jamie. Enquanto os olhos de Jamie são cheios de calor e bondade, o olhar desse homem é gelado e calculista. Sua voz morre. Ele inclina a cabeça. "Quem é essa, James?"

Jamie solta minha cintura com suavidade e coloca a mão nas minhas costas para me tranquilizar: "Esta é Bea Wilmot, minha namorada. Bea, este é meu pai, Arthur Westenberg."

"Prazer em conhecê-lo", eu minto.

Arthur funga e não diz nada, apenas inclina a cabeça na outra direção, me examinando. O aperto de Jamie nas minhas costas aumenta quando ele me apresenta ao resto do grupo. "Bea, este é um velho amigo do meu pai e seu colega de profissão, dr. Lawrence Hawthorne..." O homem mais velho assente com a cabeça educadamente. "E meus irmãos, Henry, Edward e Sam."

Os dois primeiros, que parecem muito uma mistura dos pais de Jamie, me medem abertamente com olhar crítico, mas é Sam, que se parece mais com Jamie, com seus olhos calorosos e cabelo cortado bem mais curto, que oferece a mão e sorri. "Que bom finalmente poder conhecê-la. Ouvi *muitas* coisas boas."

"Comporte-se", adverte Jamie, mas ele está sorrindo gentilmente.

"Prazer em conhecê-los", digo a eles. *Tirando você, você e você*, penso comigo mesma, direcionando o pensamento ao pai frio e espinhoso e aos outros irmãos esnobes. "Me desculpem por interromper."

"Está tudo bem", diz o dr. Hawthorne.

Girando seu coquetel e depois o bebendo de um só gole, o pai de Jamie me dá mais um olhar crítico antes de colocar o copo em uma bandeja que passa. "Eu só estava pedindo ao Hawthorne aqui para colocar um pouco de bom senso na cabeça do James."

Sam suspira e bebe seu coquetel. Jamie está rígido ao meu lado.

Arthur se inclina um pouco. "Bom, você não vai perguntar do que estou falando?"

"Eu acho que você vai me contar mesmo que eu não pergunte."

O aperto de Jamie na minha cintura aumenta. Ele esconde um sorriso com uma tosse.

Os olhos de seu pai se estreitam para mim. "Eu estou falando sobre James ir para a área de cirurgia pediátrica. Se ele *precisa* trabalhar com crianças, o mínimo que pode fazer é se especializar no legado da família."

Jamie fica tenso ao meu lado.

"Hawthorne é um líder na área", continua Arthur. "Seria uma oportunidade única na vida trabalhar com ele."

O dr. Hawthorne fala para Jamie: "Com a sua experiência, tenho certeza de que você seria uma adição brilhante à nossa equipe. É claro que nem todo mundo tem a inclinação para a cirurgia..."

"Bobagem", Arthur diz. Ele pega uma taça de champanhe oferecida por um garçom que passava, com os olhos fixos em Jamie. "É o que os Westenberg fazem, não é mesmo, rapazes?"

Um dos irmãos que me deu uma olhada fria quando entrei no círculo — Henry, o mais velho — levanta seu drinque. "Um brinde a isso."

O mais novo, Edward, brinda seu copo com o de Henry e sorri, mas parece um sorriso de escárnio. "Com certeza."

Sam claramente não se junta a eles. Seu olhar desliza preocupado em nossa direção.

Mas a expressão de Jamie não muda, está calma e imperturbada como sempre, como se o que acabou de acontecer fosse tão comum quanto as nuvens no céu e o chão sob seus pés. Faz meu coração doer.

Limpando a garganta, ele se dirige ao dr. Hawthorne. "Agradeço muitíssimo a oferta e fico lisonjeado por achar que sou qualificado para trabalhar com o senhor. Tenho uma grande admiração pelo que faz. Mas não tenho vocação para a cirurgia."

O maxilar de Arthur estala. Sua expressão é estrondosa.

"Querido." A mãe de Jamie aparece, enganchando o braço no dele. Alta e esbelta, ela é como uma estrela de cinema congelada no tempo. Está deslumbrante em um vestido marfim estiloso que me faria parecer um merengue deformado, sem um poro à vista, a pele iluminada. Seu cabelo castanho brilhante é alguns tons mais claro que o meu, perfeitamente penteado, sem um único fio cinza à vista.

Olho em volta para o resto do grupo conversando, reparando na minha diferença de altura no meio de todos esses gigantes, com as madeixas cheias de frizz que a Jules domou em um penteado artisticamente bagunçado e, sem dúvidas, com a testa e o queixo brilhando. Eu nunca tentaria ou esperaria parecer impecável e, em geral, gosto bastante da minha aparência, mas agora sinto que talvez a diferença entre mim e eles seja gritante. E eu me preocupo se estou envergonhando Jamie, se estou prejudicando sua imagem com minhas tatuagens e minha essência obviamente nada elegante.

Quando olho para ele, ele está me observando com o mais leve sorriso na boca. Ele se inclina e sussurra: "Você está magnífica".

"Você lê mentes."

Ele sorri. "Dá para ler tudo no seu rosto. Observei toda a sua linha de pensamento e... Ai!"

Dou uma cotovelada nele e não me arrependo. "Me lembrar que faço caretas estranhas quando estou perdida em pensamentos é muito pouco cavalheiresco da sua parte."

"Elas não são estranhas, sua cabeça-dura. Elas são", ele encolhe os ombros, "você. É encantador."

"Humpf."

"Agora", a mãe de Jamie anuncia, "hora do jantar..."

O pai dele a interrompe. "Primeiro uma dança."

Ela franze a testa. "Arthur, uma dança? Por quê..."

"Uma valsa, Aline." Ele se vira para ela. "Quero uma valsa com minha linda esposa."

Ela se envaidece com o elogio. "Bem", diz ela com suavidade. "Acho que uma valsa não seria o fim do mundo."

28

JAMIE

Como sempre, *maman* acompanha as manipulações do meu pai, desculpando-se com os convidados por mudarem um pouco a ordem das cerimônias, pois agora ela vai fazer o brinde e vamos dançar um pouco antes do jantar.

Não tenho certeza do que meu pai planejou, mas sei que é uma punição. De algum modo, ele vai me humilhar. Porque, aos olhos dele, eu o humilhei. Não importa que eu lhe tenha dito centenas de vezes que não serei cirurgião. Que não quero cortar as pessoas, mas sim mantê-las inteiras. Para ele, sou uma vergonha, indigno do nome da família, e quando ele me deu mais uma chance de corrigir isso, recusei obstinadamente.

E agora eu vou pagar por isso.

"Ao Arthur!", minha mãe diz, levantando sua taça de champanhe.

Bea e eu levantamos nossas taças sem entusiasmo. Nenhum de nós bebe. Ela se vira e me encara. "Ei. Você quer..."

"James."

A voz do meu pai corta nossa conversa como uma faca. A música de cordas começa. Eu o encaro enquanto ele sorri friamente. "Por que você não vai primeiro, filho?"

O medo se instala como cimento em meu estômago e se infiltra em meus pulmões. Puxo minha gravata-borboleta, sentindo meu peito apertar. Odeio ser o centro das atenções e ele sabe disso. Minha punição foi aplicada. Bea olha de mim para ele, seus olhos se estreitando para o meu pai.

Eu concordo. "Sim, senhor."

Bea está praticamente sibilando quando ele se vira. "Que *porra* foi essa..."

"Ele quer me envergonhar", digo, puxando minha gravata-borboleta de novo, ajustando meus punhos até que os botões estejam no meio dos meus pulsos, respirando fundo enquanto me preparo mentalmente. "Ele sabe que eu odeio ficar sob os holofotes."

"Então foda-se ele", ela sussurra. "Vamos embora."

Sorrio para ela, apertando sua mão. "Ah, mas aí ele ganha."

"Deixa ele ganhar, então. Se for te deixar mal, eu não quero fazer isso."

Busco seus olhos. "No passado pode ter deixado, mas esta noite não será tão ruim."

Ela inclina a cabeça, se aproximando e apertando a minha mão. "Por quê?"

"Porque eu estarei dançando com você." Aperto a mão dela de volta. "Isto é, se você não se importar."

"Não me importo", diz ela em voz baixa, sorrindo para mim. "Mas não posso prometer que não será um desastre. E com certeza vou pisar no seu pé."

Começo a andar de costas na direção da pista de dança, com a mão dela na minha. "Pise em quantos dedos quiser." Ela perde o ar quando eu a puxo para perto e dou um beijo no ponto sensível atrás de sua orelha. "Você é tudo de que eu preciso."

A dança começa, uma que eu conheço bem, que dancei mais vezes do que posso contar. Mas desta vez é diferente. Porque Bea está nos meus braços.

Olho para ela. Ela é tão linda que meu coração dói.

Ela olha para mim, mordendo o lábio, seu cabelo arrumado em mechas delicadamente presas no alto. Brincos dourados com uma pedra semelhante a ônix cintilam com um brilho quase tão forte quanto o dos seus olhos. Ela quase não usa maquiagem, exceto nos lábios, que estão pintados num tom de vermelho rosado. Eles fazem sua pele reluzir; seus olhos azul-esverdeados contrastam com sua pele brilhante. Eu poderia olhar para ela por anos. Por toda a vida.

"O que foi?", ela pergunta baixinho.

Deslizo minha mão por suas costas, saboreando a maciez acetinada de sua pele, seu calor delicado sob minha mão fria. "Estou feliz que você veio. Mesmo que eu tenha sido teimoso e tentado impedir."

"Bom, felizmente eu sou tão teimosa quanto você." Seus olhos procuram os meus e ela desliza a mão para cima, brincando à toa com o cabelo na minha nuca. "Também estou feliz por ter vindo."

Estamos sozinhos na pista de dança, meu pai olhando irritado na lateral, saboreando sua vingança, mas eu mal percebo. O mundo se dissolve apenas nisso — nós dois, Bea, quente e delicada em meus braços, seus olhos voltados apenas para mim.

Eu a amo. Meu Deus, eu a amo. Com cada batida do meu coração, o aumento do volume do quarteto de cordas conforme a música avança, essa é a única coisa que ouço e sinto — que eu a amo. Quando foi que não a amei?

"Sabe o que é engraçado?", ela diz, alheia aos meus pensamentos, sorrindo enquanto eu a puxo para mais perto, já temendo que, de alguma forma, agora que sei que a amo, eu vá perdê-la.

"O quê?", pergunto, suspirando de prazer à medida que as pontas de seus dedos deslizam mais alto em meu cabelo, um toque afetuoso e reconfortante.

"Que esta seria a melhor ocasião pra enganar a Jules e o Jean-Claude, pra encher o Instagram de fotos glamorosas e deixar os outros intrometidos perdidamente apaixonados pela ideia de nós dois juntos."

Meu estômago aperta, sinto o pavor preenchendo-o. Ela mudou de ideia sobre nós? Sobre abandonar o nosso esquema?

Bea afasta meus medos quando coloca a mão em volta do meu pescoço, me guiando para um beijo. Ela abre um sorriso brilhante quando nossas bocas se separam. "Tudo que eu queria era vingança", ela diz com suavidade, com a mão pousada sobre o meu coração. "E agora tudo que eu quero é você."

Eu a beijo. Eu a beijo de novo e de novo, e isso atrapalha nosso ritmo e tropeçamos um pouco, e é perfeito. É perfeito assim porque é ela, aqui comigo. Nós dois. Juntos.

Quando por fim me afasto e entramos no ritmo da valsa de novo, percebo com o olhar periférico que meu pai decidiu que já sofri o suficiente. Ele está na pista com *maman*. Meus irmãos se juntam, com suas respectivas companheiras. Depois os pais de Jean-Claude, e Jean-Claude e Juliet. Mais e mais casais enchem o salão, mas não os vejo. Vejo apenas Bea.

"Você está me encarando", ela diz.

"Sim."

Ela sorri, corando lindamente. "Eu pareço um palhaço de boca vermelha?"

Dou risada. "Não. Por que pareceria?"

"Então a Jules tinha razão", ela diz enigmaticamente. "Ela passou esse batom e jurou que eu não seria capaz de tirar nem se quisesse."

Bea lambe seus lábios vermelhos, e isso faz meu corpo queimar e despertar. O pensamento de sua boca exuberante se abrindo de prazer enquanto eu a provo e provoco, depois essa mesma boca percorrendo *meu* corpo, se enrolando em volta do meu...

"Jamie?"

Eu me assusto. "Hum?"

Bea inclina a cabeça. "Acabei de pisar no seu pé. Duas vezes. E você não disse nada."

Sorrio e roubo outro beijo. "Nem senti."

Ela me olha com desconfiança quando eu a giro em uma curva apertada e rápida quando a valsa chega ao seu final dramático. "No que você tá pensando?"

"Estou pensando que, assim que acabarmos essa valsa absurda, vamos dar o fora daqui."

Seus olhos brilham. "Sério?"

Eu a beijo de novo, então a abaixo em um mergulho dramático que a faz rir. "Sério."

Estamos tontos, delirando de tanto rir, enquanto fugimos e descemos correndo os degraus da frente da casa dos meus pais para a limusine. Abro a porta, e Bea perde o ar quando a puxo para o meu colo. Apertando o botão para subir a divisória entre nós e o motorista, eu a beijo com empolgação, minhas mãos emaranhadas em seu cabelo, nossas línguas se encontrando em uma dança frenética que deixaria a nossa valsa no chinelo.

"Espera", ela diz, arrancando sua boca da minha. "Buzina, por favor", ela pede ao motorista, depois baixa a janela e grita: "Até mais, seus idiotas!".

Rindo, eu jogo um braço para fora, com o dedo do meio no ar.

Bea grita de alegria com isso e me beija de novo, montada no meu colo.

Então, de repente ela fica quieta enquanto desliza os dedos dentro da minha gravata-borboleta e desfaz o nó. Quando ela abre os dois primeiros botões da minha camisa, respiro fundo com calma, e uma onda de ternura me invade. Ela percebeu que eu estava sufocando lentamente lá dentro, que era difícil respirar.

"Melhor?", ela pergunta, as pontas dos dedos traçando minha clavícula, minha garganta, a linha do meu maxilar.

Meu aperto em sua cintura aumenta. Eu a puxo para mais perto e faço que sim com a cabeça. "Muito melhor."

Seu toque continua a jornada pelas minhas maçãs do rosto, meu nariz, minha testa, descendo pela minha têmpora. Quando ela traça a concha da minha orelha, solto um gemido de prazer. "O que você está fazendo?"

"Desenhando você." Seus olhos seguem o caminho de seus dedos. "Eu desenhei você tantas vezes. Na minha cabeça, no meu caderno de desenho. Mas isso é melhor do que todos eles."

Minha mão desliza por suas costas, passando pelo tecido que se juntou logo acima do seu traseiro. "Como eu pareço nesses desenhos?"

"Lindo", ela sussurra. "Muitas vezes nu."

Engulo em seco. "Espero que a realidade corresponda ao que você imaginou."

Seus olhos encontram os meus, suaves e calorosos na luz fraca que ilumina o caminho. "Não vai corresponder. Você vai superar."

"Como você sabe?"

Ela pressiona o beijo mais gentil nos meus lábios. "Porque você é *você*. Você é maravilhoso, Jamie, uma pessoa verdadeiramente boa, linda e maravilhosa de quem nunca me canso." Seus olhos examinam os meus, percebendo meu desconforto. "Eu odeio que o babaca do seu pai tenha feito você crescer duvidando de quão incrível você é. Eu odeio que a sua família, tirando o Sam, entre na dele. Fodam-se eles, ok? Você é suficiente — mais do que suficiente — exatamente como você é."

Engulo em seco. "Obrigado, Bea."

Quando sua boca encontra a minha de novo, terna e reverente, meu coração troveja no ritmo das palavras que não consigo parar de dizer para mim mesmo.

Eu te amo. Eu te amo. Eu te amo.

O carro sacoleja quando sai da estada privada para a principal, me arrancando desses pensamentos. "Beatrice. O cinto de segurança."

"Jamie..."

"Segurança primeiro", falo, já a tirando do meu colo.

"Tudo bem", ela faz beicinho.

Gentilmente, eu a coloco ao meu lado e afivelo seu cinto de segurança. Então deslizo minha mão até suas costelas, meu polegar acariciando a parte inferior de seu seio através da seda quente e preta. Eu provoco seu mamilo com meu polegar e o sinto endurecer até se tornar uma ponta afiada e deliciosa. "Isso não significa que não podemos nos divertir no caminho."

"Jamie Westenberg", diz ela com um sorriso tímido e acalorado. "Você é uma caixinha de surpresas."

Sorrio de volta e dou um beijo longo e lento na cavidade de seu pescoço. "Espera pra ver o que mais eu planejei."

29

BEA

"Karaokê?" Olho incrédula para o boteco com neon piscando contra o céu noturno.

A limusine se afasta enquanto desenrolo meu xale fino e o coloco sobre os ombros. Jamie abre outro botão da camisa e olha para o prédio. "O karaokê é uma daquelas coisas universalmente divertidas, certo? Não sei quem não gosta de karaokê."

Mordo o lábio. "Sou uma péssima cantora."

Ele ri. "Eu também."

"Isso vai ser icônico."

Ele se aproxima, segurando meu rosto e roubando um beijo suave. "Não precisamos ficar aqui. Eu só..." Seu polegar acaricia meu lábio inferior. "Queria te divertir um pouco depois daquela situação deprimente com a minha família deprimente na casa deprimente deles, com toda aquelas pessoas pomposas e deprimentes."

"Não foi *tão* ruim assim."

Ele arqueia uma sobrancelha. "Foi. E eu sabia que seria. Então eu planejei isso."

Meu coração se parte e derrama felicidade como um raio de sol, pintando o momento de dourado e brilhante. "Você planejou?"

Ele assente com a cabeça, colocando uma mecha solta de cabelo de volta no meu coque. "Eu podia ter perguntado o que você achava mais divertido, mas eu queria te surpreender e, como não sou bem um especialista em diversão, segui minha intuição e aqui estamos. Mas podemos ir pra qualquer lugar. Casa. Cinema. Lanchonete. Pelo menos até a nossa hora no estúdio de tatuagem. Mas suponho que eu possa reagendar isso."

Meus olhos se arregalam. "Espera, *o quê?*"

Jamie franze a testa. "*O quê?*"

"Você. Em um estúdio de tatuagem. O que *você* vai fazer num estúdio de tatuagem?"

Ele se arrepia e passa a mão pelo cabelo, deixando as ondas um pouco menos perfeitas e um pouco despenteadas. "Não aprecio sua incredulidade, Beatrice. O que você acha que vai acontecer quando eu entrar em um estúdio de tatuagem? Vou me transformar em uma nuvem de fumaça puritana?"

Eu rio, depois estremeço. Está ficando frio aqui fora, e meu xale é um pedaço fino de tecido preto leve. "Talvez, depois de fazer uma vistoria de higiene."

"Ha-ha." Jamie tira o casaco e me envolve nele. É quente e pesado, e tem o cheiro da sua colônia, um toque de sálvia e cedro e manhãs enevoadas. "Aí está", diz ele. "Melhorou?"

Eu assinto. "Obrigada."

"Sirvo para alguma coisa, pelo menos." Ele funga, ajustando o casaco para que fique mais apertado em mim. "Porém aparentemente não para estúdios de tatuagem."

"Ei!" Tiro a mão de baixo do casaco e o puxo para perto pela camisa. "Eu só estava brincando com você. Mas é sério... por que você quer ir a um estúdio de tatuagem?"

Ele levanta o queixo, fingindo irritação, mas posso ver um sorriso puxando sua boca quando ele abre a porta do bar do karaokê. O cheiro de fritura e cerveja barata chega até nós, seguido de uma voz rouca e comovente cantando Janis Joplin.

"Ora, Beatrice", diz ele, me guiando à sua frente. "Para fazer uma tatuagem, é claro."

"Eles nos vaiaram!", Jamie grita. Ele passa o braço em volta de mim enquanto saímos do bar de karaokê e nos deparamos com uma chuva com neblina típica de outubro, nosso táxi felizmente esperando no meio-fio. "Eles nos vaiaram mesmo!" Jamie é a indignação em pessoa.

Sorrio para ele, as bochechas doendo, lágrimas e água da chuva escorrendo pelo meu rosto. Eu nunca ri tanto. "Mas foi compreensível, não? Não consigo distinguir um cachorro uivando de um cantor de renome, e até *eu* sei que o que acabamos de fazer foi uma ofensa para o ouvido humano."

Jamie abre a porta do carro e gentilmente me guia para dentro. "Eles podiam pelo menos ter sido mais amigáveis diante do nosso esforço."

Coloco meu braço em volta da sua cintura enquanto ele se acomoda ao meu lado e coloca o cinto, e absorvo o seu calor. Ele é uma fornalha. "Bom, olhando pelo lado deles, *nós* escolhemos uma música de seis minutos."

"'Bohemian Rhapsody' nem é a música mais longa desse disco", ele diz, defensivo, colocando o cinto em mim também, e passando um braço à minha volta, me puxando para perto. "A meu ver, pegamos leve com eles."

Uma nova explosão de risadas ecoa no carro enquanto o motorista arranca e acelera em um sinal amarelo. O aperto de Jamie em mim aumenta. Ele verifica de novo meu cinto de segurança, com uma expressão adorável em seu rosto. Seu cabelo está bagunçado por ter balançado a cabeça comigo no final da música, o que deixou seu rosto esculpido corado pelo esforço. Ele está com cheiro de suor, chuva e Jamie, e é nesse exato momento que eu sei, com tanta certeza quanto tenho do meu nome: eu o amo.

E estou completamente apavorada. Estou com medo de ser totalmente errada para ele, de que um dia ele perceba que minha diversão acaba, mas minha estranheza continua, e que não é o tipo de estranheza dele; tenho medo de que amá-lo acabará, de alguma forma, doendo tanto quanto doeu amar o Tod. E aí eu fico com *mais* medo. Porque eu nunca amei o Tod assim. Nunca deixei que ele fosse tão longe, nunca confiei nele como confiei no Jamie. Amar o Jamie é o meu ápice, mas Deus, pelo menos com o Tod a queda não foi fatal.

Se alguma coisa acontecer com a gente, se isso acabar... vai me despedaçar.

Aperto o Jamie com força, enterrando meu rosto no seu pescoço, escondendo essas novas lágrimas. Lágrimas de alívio. Lágrimas de felicidade. Lágrimas de medo. É um dilúvio de sentimentos que rivaliza com o aguaceiro que banha as janelas do nosso táxi.

"Bea", Jamie diz baixinho, sua mão correndo para cima e para baixo no meu braço. "O que houve?"

Olho para cima e nossos narizes se tocam. Depois as bocas. Eu olho para ele, a camisa branca colada ao corpo por causa da chuva, água brilhando em sua pele. Seus olhos se fixam nos meus e então escurecem, sua mão desliza pelo meu braço, pela curva da minha cintura e gentilmente ao redor da minha bunda enquanto ele me puxa para mais perto. Eu me agarro a sua camisa, deslizo minha perna sobre a dele. E então despejo em meu beijo tudo o que tenho muito medo de dizer. Digo a ele com meu toque, minha boca e cada suspiro ofegante o que ele me faz sentir, como estou com medo, emocionada e perdidamente apaixonada por ele, a última pessoa que pensei que um dia me amaria ou que eu amaria.

Quando nossas bocas se separam, ele olha para mim, apertando os olhos através das gotas de chuva que ainda marcam seus óculos. Delicadamente, deslizo a armação do seu rosto e, com a ponta do xale, que permanece seco sob o paletó do smoking, limpo seus óculos antes de devolvê-los com cuidado ao rosto. Então passo os dedos por suas mechas, saboreando seu raro estado indomado, imaginando todas as outras coisas que quero fazer para deixá-lo ainda mais selvagem, mais desgrenhado, perdido em si mesmo.

"Beatrice", diz ele.

Beijo a base da sua garganta. "Humm?"

"Você não pode continuar me olhando assim."

Sorrio contra a sua pele. "Por que não?"

"Porque." Ele pigarreia e se recompõe sem muita sutileza quando minha mão sobe por sua coxa. "Eu tenho planos. A noite é uma criança."

"Danem-se os planos, Jamie." Meus dedos dançam em seu abdômen, provocadores, perto da fivela de seu cinto.

Sua mão pousa na minha, parando o meu toque, mas ele atenua o gesto entrelaçando nossos dedos. E então ele acena com a cabeça por cima do ombro quando o táxi para, em direção à visão conhecida do estúdio da minha tatuadora, e um sorriso cúmplice ilumina seu rosto. "Tem certeza?"

Encontro seus olhos. "Uau. Você estava falando sério."

Arqueando uma sobrancelha, Jamie abre a porta do carro. "E quando é que não estou?"

Eu tropeço para fora, e me agarro ao seu braço enquanto ele fecha a porta e me protege o melhor que pode do aguaceiro enquanto corremos. Seguros dentro do estúdio, nos sacudimos como cachorros molhados, enxugando os pés no tapete de boas-vindas.

"Bea!" Pat abre os braços e me abraça, depois se vira e estende a mão ao Jamie. "E você é o Jamie."

"Eu mesmo." Ele aperta a mão dela. "Obrigado por nos receber."

Sorrio para Jamie, atônita. "Você vai mesmo fazer isso?"

Ele empurra os óculos para cima do nariz, então faz uma carranca com os olhos apertados. "Não, estamos aqui pra tomar chá com bolinhos. Sim, vou mesmo fazer isso. Eu já te disse isso, e agora estou começando a ficar chateado."

A risada de Pat é rouca e inesperada. Nunca tinha ouvido sua risada. "Eu já gostei dele. Ok, vamos lá pra trás."

Eu me inclino e sussurro: "É um pouco inesperado, só isso".

Ele franze a testa para mim. "E eu não posso fazer coisas inesperadas?"

"Ah, tudo bem." Enlaço meu braço no dele. "Vou parar de perguntar."

"Obrigado."

Seguimos Pat pelo corredor, admirando a arte nas paredes, os desenhos bonitos de tatuagens — alguns marcados nos corpos de pessoas, outros apenas esboçadas no papel. Quando entramos na sala da Pat, me sento em um banquinho ao lado do Jamie, girando de um lado para o outro enquanto ele se deita na cadeira totalmente reclinada e começa a desabotoar a camisa. De costas para mim, Pat cantarola para si mesma, montando um aparato que nunca vi.

"O que é isso?", pergunto.

Ela para de cantarolar e olha para cima. "Hã? Ah, isso é uma cortina hospitalar."

"Uma o quê?"

Jamie aperta minha mão. "Já assistiu a uma cesariana?"

"Hã, não. Graças a Deus. Por que eu assistiria?"

"Bom, não sei", diz ele. "Algumas pessoas assistem a esses programas sobre parto."

"Eu não. Não mesmo." Estou ficando suada só de pensar nisso. "Parto é incrível e tudo o mais, sabe, admiro meus companheiros humanos que dão continuidade à espécie, mas prefiro a bênção da ignorância."

Jamie franze a testa para mim. "Mas você disse que gosta de crianças. Que você quer filhos."

"Eu quero!"

"E você estava planejando que eles chegassem de cegonha?"

"Eu vou pensar nisso quando *acontecer*. Só não quero saber de nada antes." Eu me abano, ficando nervosa. "Eu vou... encarar esse... momento do... parto... quando... for a hora?"

Jamie suspira e balança a cabeça desesperançoso. Pat morde o lábio, tentando não rir de nós.

"Enfim", Jamie diz, lançando um olhar de desculpas para Pat enquanto ela coloca a cortina sobre o esterno dele, ocultando o resto do corpo do Jamie. "Perguntei para a Pat se ela poderia trabalhar com uma dessas se eu pudesse providenciá-la. Dados os contatos dos meus fornecedores de equipamentos médicos, não foi difícil mexer alguns pauzinhos, e aqui estamos nós."

Sorrio. "Seu traficante te ajudou."

"Sim. Foi uma barganha difícil, mas no final ele me entregou o que eu queria."

"Por que você quer isso? Você tem medo de agulhas?"

Ele empurra os óculos para o alto do nariz com o braço que está livre da cortina e mais próximo de mim. "Não exatamente."

Apoiando os cotovelos na beirada da cadeira, brinco de leve com a mecha de cabelo que está sempre caindo na sua testa. "Por que a cortina, então?"

Pat fecha o armário e deixa cair um par de luvas estéreis embaladas, prontas para o uso. "Preciso repor as luvas", diz ela antes de sair da sala. "Volto em cinco minutos."

Quando os ombros de Jamie caem de alívio, percebo por que ela saiu. Para nos deixar a sós por um momento.

"Porque..." Ele pigarreia e um novo rubor aquece suas bochechas. "Eu queria fazer a tatuagem na sua companhia, mas queria mostrar depois, quando não estiver irritada e vermelha. Tenho a pele muito sensível, é isso." Ele suspira. "O que eu quero dizer... É que..." Seus olhos procuram os meus. "Eu quero revelar a tatuagem em um momento mais... íntimo."

Meus olhos se enchem de lágrimas repentinas. Eu apoio minha testa em seu ombro, balançando a cabeça de um lado para o outro. "Jamie", eu sussurro.

Devagar, sua mão chega ao meu cabelo, se emaranhando suavemente nas mechas. "Tem algo errado?"

"Não", digo a ele com a voz densa, erguendo a cabeça e em seguida encontrando sua boca para um beijo longo e intenso que o deixa com um sorriso satisfeito e orgulhoso. "Não poderia estar mais certo."

"Sou invencível." Jamie fica parado como o Super-Homem do lado de fora do estúdio, com as mãos nos quadris. "Eu sou foda."

Eu rio e deslizo um braço ao redor da sua cintura. "Você é. Você também tá cheio de endorfinas e adrenalina agora, e a menos que você tenha comido muitos canapés enquanto eu estava no banheiro com a Jules na festa, acho que você não tem comida suficiente no seu corpo. Você vai ficar trêmulo."

Jamie puxa o colarinho, seus olhos vão do meio-fio, onde nosso táxi deve chegar a qualquer minuto, para mim. "Hum." Como eu previ, ele parece um pouco suado e pálido agora. "Acho que você tem razão." Ele balança um pouco. "Preciso comer alguma coisa."

"Com certeza." Seguro sua cintura com força, e agora é a minha vez de abrir a porta do carro quando o táxi para. "Comida vai te animar. O que você quer?"

"Um hambúrguer do tamanho da minha cabeça", ele diz, e a parte de trás do seu crânio bate no encosto com um baque.

Meu coração começa a bater forte. Não só sou uma péssima cozinheira, como também sou muito covarde para lidar com carne crua. Mesmo que tentasse fazer um hambúrguer caseiro, eu teria um surto sensorial e provavelmente acabaria incendiando o apartamento. E, depois de uma noite inteira fora — a festa barulhenta e reverberante; o caos absoluto do karaokê; o burburinho monótono da máquina de tatuagem enquanto a Pat trabalhava no Jamie —, não tenho mais nenhuma energia para isso.

O que deixa apenas uma opção. Uma que nem acredito que estou considerando.

"Vocês vão pra uma hamburgueria agora?", o motorista pergunta. "Qual?"

"Na verdade..." Eu me viro para Jamie e entrelaço meus dedos com os dele. "Ei, Jame."

"Hum?" Seus olhos se abrem como fendas antes de se fecharem de novo.

"Então, é o seguinte. Eu conheço um lugar que faz o melhor hambúrguer da cidade."

Seus olhos estão fechados quando ele assente. "Mas tem um porém?"

Limpo a garganta meio nervosa, ignorando a bufada de irritação do motorista por ter que esperar. "Com certeza tem."

Quando ouve a preocupação na minha voz, Jamie abre os olhos completamente, a boca franzida em uma careta de preocupação. "Qual?"

Apertando a mão dele, pergunto: "O que você acha de conhecer os meus pais?".

30

JAMIE

"Tem certeza de que está tudo bem?" Eu acaricio a palma da mão de Bea com o polegar, nossas mãos entrelaçadas enquanto estamos na entrada da casa dos seus pais.

"Sim", diz ela, alegre. Alegre até *demais*. Como se estivesse nervosa. Ela está nervosa por eu conhecer seus pais?

Mas antes que eu possa sugerir qualquer outra coisa — beber um Gatorade, enfiar alguns biscoitos goela abaixo e dar a noite por encerrada — ela desliza a chave pela fechadura e está abrindo a porta da casa dos seus pais.

Uma enxurrada de lembranças toma conta de mim. A última vez que estive aqui foi quando tudo começou. Consigo ver perfeitamente — a multidão de pessoas quando entrei e cobri o rosto com aquela maldita máscara de leão que coçava, eu me misturando ao caos com um formigamento de ansiedade deslizando pela espinha. Ouço o barulho da sala mais uma vez — risos, conversa fiada, copos tilintando, pratos de aperitivos batendo — e então me lembro do momento em que ouvi sua voz suave e captei o mais leve toque do perfume terroso e sedutor, quando vi...

"Bea!" Sem dúvida é a mãe dela, não apenas porque é a sua casa, mas porque ela e a filha têm os mesmos olhos brilhantes de tempestade marítima e o mesmo sorriso largo. Ela atravessa o hall e abre os braços. "Entrem! Entrem! Aah, que bom finalmente conhecê-lo, Jamie."

Sou envolvido por um abraço com perfume de lavanda antes de Bea dizer qualquer palavra de apresentação. Nossos olhares se conectam por cima do ombro da sua mãe e Bea sorri, murmurando *Desculpa*.

Balanço a cabeça. Não há nada pelo que se desculpar. Muito menos o nó na garganta que torna difícil engolir quando a sra. Wilmot me solta de seu abraço maternal e sorri para nós. "Bom?", ela pergunta a Bea. "Você não vai nos apresentar?"

"Esperem aí! Esperem por mim", o pai dela grita, puxando um suéter pela cabeça ao chegar ao final da escada. Ele é alto e tem as costas retas, e deu a Bea o cabelo escuro. O dele agora está prateado nas têmporas, e seu sorriso é gentil quando abraça Bea, dando-lhe um beijo no cabelo, antes de me oferecer um aperto de mão firme. "Bem-vindo."

"Muito obrigado."

"Minha nossa." A sra. Wilmot coloca a mão na bochecha. "Você é adoravelmente educado."

Bea fica ao meu lado e passa o braço pelo meu. "Mãe, pai, este é o Jamie Westenberg, meu namorado." Ela cora lindamente e aperta meu braço, encontrando meus olhos enquanto me lança um olhar que diz *não ouse rir*. "Jame, estes são os meus pais, Maureen e Bill."

Meu coração aperta. *Jame*. Ela também me chamou assim no carro, e eu pensei que estava sonhando enquanto minha cabeça girava e por um momento minha consciência foi e voltou.

"Prazer", digo a eles. "Peço desculpas por chegarmos sem ter avis..."

"Meu Deus", diz Maureen. "Não tem problema algum! Bill e eu estávamos nos sentando para jantar, e por sorte o cardápio de hoje é hambúrguer."

Olho para o relógio, checando a hora duas vezes. "São... onze e meia da noite."

Bill dá um passo atrás de Maureen, cujo avental se soltou, e o amarra de novo. "Viaje tanto quanto nós e você perde a noção do horário das refeições."

Maureen sorri e dá de ombros. "Nós comemos quando estamos com fome. E estou muito feliz por vocês se juntarem a nós, porque vocês sabem, eu me empolgo na cozinha!"

Seguindo-os pela entrada, sinto um aperto esquisito no estômago, pior do que quando toda a dor da tatuagem veio furiosa para a superfície da minha pele. Isso é... tão estranho para mim. Uma mãe afetuosa, um pai que sorri com carinho e bajula a esposa. Pais que *querem* a presença da filha adulta e de seu parceiro, não para desfilar ou cumprir alguma tarefa social, mas apenas para ficarem juntos porque a amam.

Olho para a Bea, me perguntando como ela conseguiu aguentar a festa do meu pai esta noite. A postura orgulhosa, o exibicionismo arrogante, a conversa fria, impessoal e fútil. E um medo terrível toma conta do meu coração. Ela reparou no quanto eu me pareço com ele? Ela se lembra de como eu agi quando nos conhecemos? Será que ela tem receio de que eu mude com o tempo, que um dia eu me assemelhe ao meu pai — cheio de espinhos afiados e bordas geladas e cortantes? Será que suas memórias da noite em que nos conhecemos, como as minhas, já se tornaram afetuosas com a passagem do tempo, ou estar aqui comigo a faz lembrar de como nosso começo foi horrível e de como dei uma terrível primeira impressão?

Como se tivesse lido meus pensamentos em espiral, Bea desliza a mão pelo meu antebraço até nossos dedos se fecharem. "Estou feliz por termos vindo", ela sussurra.

Aperto a mão dela e dou um beijo rápido para voltar a me acalmar. "Eu também."

Não que eu duvidasse de Bea, mas *é* mesmo o melhor hambúrguer da minha vida. Após a refeição tardia, Bill nos convence a ficar para jogar cartas, o que se transforma em vários jogos de cartas, graças à veia competitiva e brutal de Bea e ao meu prazer absoluto com tudo isso.

Agora, de algum modo, são quatro da manhã e estamos do lado de fora do apartamento de Bea, felizes e exaustos.

"Psiu", ela sussurra, colocando a chave na fechadura e girando. "Ou talvez eu deva dizer cubra os ouvidos. Esses dois não são silenciosos."

Dou uma estremecida involuntária. Isso deixa Bea histérica.

"Agora psiu pra *você*", sussurro.

Ela fecha a porta e sorri atrevida. "Vem me calar."

É tentador demais silenciar sua boca com um beijo enquanto ela anda de costas pelo corredor, minhas mãos no seu rosto, no seu cabelo, na sua cintura. Mas, quando chegamos à porta do quarto, eu a solto. Bea franze a testa. Sua expressão muda aos poucos à medida que ela vai entendendo. "De novo não."

"Receio que sim."

Ela choraminga e se apoia na porta aberta. "Jamie, *por quêêêê*? Não preciso de luz de velas, pétalas de rosa ou chocolate no corpo..."

"Chocolate no corpo?"

Ela dá de ombros. "É uma coisa sexy. Da qual eu não preciso." Empurrando a porta, ela afunda as mãos na minha camisa e me puxa para perto. "Eu preciso de *você*." Seu toque percorre minha cintura, então desce mais, mais baixo...

"Uou, espera." Seguro as mãos dela, então as coloco entre nós, beijando seus dedos com delicadeza.

Bea choraminga. "Jamie. Vou morrer de privação sexual."

"Não vai, não. Você vai ter uma dúzia de pequenas mortes amanhã à noite, quando eu tiver todo o tempo de que preciso e que você merece."

Sua boca se abre. "Peraí. Como assim morte..."

Eu rio baixinho, beijando-a, um leve movimento de língua que a faz suspirar antes de eu beijar um caminho ao longo do seu maxilar até a concha da orelha. "Você disse que queria me ouvir falar francês?"

Ela faz que sim com a cabeça, expondo o pescoço para mais beijos.

Beijo seu pescoço, atrás da orelha, e sussurro: "*En français, quand tu jouis, ça s'appelle la petite mort*".

"Tr-tradução, por favor", ela murmura, enquanto corro meus dedos levemente ao longo de suas costelas, fazendo sua barriga pular e sua respiração ficar presa.

"Eu disse: 'Em francês, quando você goza, é chamado de pequena morte'."

Ela se afasta. Seus olhos se arregalam. "Uma *dúzia*, você disse?"

Sorrio quando ela joga os braços em volta do meu pescoço, com os olhos arregalados, fascinada. "Se tudo der certo."

"Vamos garantir que dê", diz ela contra meus lábios, roubando um beijo. "Qual é o plano, aliás?"

Uma risada ressoa na minha garganta. "Hoje você vai dormir até tarde."

Ela faz beicinho. "Sem você."

"Também vou dormir até tarde."

Seu beicinho aumenta. "Sem *mim*."

Eu a consolo com um beijo. "E então, você estará pronta às cinco em ponto para que eu a encontre aqui."

Ela sorri. "Continua."

"Você vai fazer uma mala para passar a noite."

"Aaah, agora sim."

"Com tudo que você precisa pra dormir bem na minha cama."

Ela mexe as sobrancelhas. "E se eu disser que não pretendo dormir muito?"

Eu a beijo mais uma vez e me demoro. "Eu diria que fico muito feliz de ouvir isso."

31

BEA

Nossos dois estagiários de fim de semana ficaram gripados, então é por amor ao Toni que arrasto minha bunda para fora da cama às dez da manhã e os substituo na Edgy Envelope. Tomei um café e um espresso para compensar a falta de sono, mas não tenho certeza de que preciso mesmo da cafeína. Sou pura adrenalina, igual a uma criança animada na véspera do Natal.

Faltando dois minutos para fechar, estou no balcão, desligando os iPads e batendo os pés no ritmo da playlist Electric Funk do Toni. Assim que as telas do iPad escurecem, a campainha toca na porta da loja. Olho para cima e meu coração faz uma pirueta no peito.

"Jamie."

Toni sai do escritório dos fundos e olha ávido para nós. É o olhar menos sutil que já vi.

Meu plano de vingança pode ter ido pelo ralo, mas ainda terei meus breves momentos vingativos. Lanço um olhar para o Toni por cima do ombro. "Você já o viu. Estou indo. Acabou o show. Sai daqui."

Toni balança a cabeça, solene. "Eu até assei biscoitos pra você."

Coloco um na boca só para provocar. "Aumentei meu preço. Agora eu exijo cupcakes."

"Desumano!", ele grita, antes de desaparecer no escritório.

Eu me viro para Jamie, que está me observando de perto com um pequeno sorriso discreto aquecendo o seu rosto. "O que você tá fazendo aqui?", pergunto.

Ele dá de ombros. O dar de ombros típico do Jamie. "Você disse que tinha que trabalhar no fim das contas, então parei na sua casa, peguei sua mala, alimentei o Cornelius e dei a ele um pouco de amor e carinho. Agora estou aqui pra acompanhá-la."

"Ah." Meu coração amolece. "Ok."

Quando termino de arrumar o balcão, minha empolgação para a noite diminui um pouco, substituída por nervosismo. Jamie é tão preciso e excelente em tudo que faz — e se ele não gostar de como eu transo? E se estivermos dando certo desse jeito como nunca deu certo com ninguém, mas nossa transa for totalmente errada? E se eu tiver um dos meus dias superdesastrosos e der uma cotovelada acidental no nariz dele ou uma joelhada no saco ou...

"Girando suas engrenagens, pelo visto." Jamie está me observando de perto, com o quadril apoiado no balcão. Ele está ficando quase tão bom quanto a Juliet em intuir meus pensamentos, e não tenho certeza de que gosto disso.

"Desculpa. Estou bem. Ótima. Totalmente bem."

Ele sorri, mas talvez também tenha um pouco de nervosismo naquele sorriso. Jamie estende a mão e empurra o balcão. "Vamos."

Dou a volta no tampo de vidro, visto minha jaqueta e me despeço do Toni, pegando a mão do Jamie enquanto deixamos a Edgy Envelope.

Ele insiste em carregar minha bolsa carteiro e, depois de colocá-la no ombro, aperta minha mão mais uma vez. Caminhamos em silêncio, folhas dançando na calçada, o vento frio de outubro açoitando minhas roupas. Eu me aconchego perto do Jamie e saboreio nossa tranquilidade silenciosa. Eu amo quanto ele ama o silêncio, como existe um silêncio que é nosso, de alguma forma, apenas porque nós o compartilhamos.

"Como estão as coisas entre você e a Juliet?", ele pergunta.

Eu franzo a testa para ele. "O quê?"

Ele me cutuca de leve. "Não preciso ser um grande sábio pra intuir que as coisas estavam tensas entre vocês ontem à noite na festa, depois que o Jean-Claude mostrou para todo mundo a sua carteirinha de idiota."

"Ela já tinha saído quando eu acordei. Aparentemente o Jean-Claude a 'raptou' pra passar o dia com ele."

O vento aumenta, e Jamie aperta a gola da jaqueta em volta do pescoço. "Sinto muito que o clima esteja tenso entre vocês agora."

"Não tem nada que eu possa fazer. Ela me disse pra ficar na minha e deixá-la lidar com o Jean-Claude sozinha."

Jamie suspira. "Eu nem reconheço mais o Jean-Claude. Não sei se é a pressão do trabalho ou outra coisa, mas ele parece pior desde que..."

"Começou a namorar a minha irmã?"

Jamie fica quieto por um momento antes de dizer: "Infelizmente, sim".

"É, eu não acho que ele seja bom pra ela, mas ela não quer ouvir. Então acho que, por enquanto, preciso parar de me meter na vida dela."

Jamie me envolve com um braço. "Isso é difícil, já que vocês são muito próximas... e estão meio acostumadas a se meterem muito na vida uma da outra."

"É, estamos. É o nosso jeito de gêmeas." O silêncio se instala entre nós de novo, e eu respiro o cheiro do Jamie. Seu perfume amadeirado, o calor do seu corpo. "Não quero mais falar sobre eles, tudo bem? Quero que esta noite seja apenas de nós dois."

Jamie sorri para mim, então dá um beijo na minha testa. "Tudo bem. Só nós dois."

O ar quente nos recebe quando entramos no apartamento do Jamie. Ele fecha a porta, pendura minha bolsa e pega meu casaco. Então me dá um abraço longo e forte no qual me afundo como uma boneca de pano. Preciso desse abraço como preciso de ar.

Quando ele esfrega suavemente meus ombros, um ruído inumano escapa de mim. "Ah, isso", eu gemo. "Bem aí." Jamie pressiona os músculos tensos na base do meu pescoço. "Foi um dia de reabastecimento. Passei muito tempo me abaixando e desempacotando. E suando. Eu me sinto nojenta."

"Quer tomar um banho?", ele pergunta. "Ficar mais à vontade? Eu tenho algumas coisas pra fazer enquanto espero."

Olho ao redor de sua casa, observando as paredes brancas, os móveis de couro conhaque e as plantas de folhas verdes e muito brilhantes, que eu jamais conseguiria manter vivas. É calmo e adorável como sempre, mas nenhuma luz está acesa, nada que indique que vamos passar algum tempo aqui. Minha curiosidade é aguçada. "Ok?"

"Depois do banho", diz ele, "se vista no banheiro. Se precisar de alguma coisa do meu guarda-roupa, digamos, outro moletom da faculdade como o que você roubou..."

"Peguei emprestado", corrijo.

"Humm." Ele arqueia uma sobrancelha severa, mas seu sorriso o denuncia. "Se você precisar de alguma coisa, me diga, e eu vou pegar pra você. Você não tem permissão para entrar no meu quarto, ok?"

"Por quê?"

Jamie se vira e começa a vasculhar a geladeira. "Sem mais perguntas. É só uma coisinha. Você vai descobrir em breve."

Curiosa, porém me sentindo nojenta, vou para o banheiro e tomo um longo banho quente. Uso seu sabonete líquido e me deleito com grandes bolhas com cheiro de Jamie enquanto depilo minhas pernas com a lâmina que coloquei na mala, depois esfrego meu couro cabeludo até formigar. Saindo do chuveiro, escovo os dentes como nunca e coloco uma calça de moletom, meias felpudas e o moletom do Jamie que roubei — quer dizer, peguei emprestado — só para irritá-lo.

"Estou viva!", grito enquanto ando pelo corredor em direção à cozinha de conceito aberto e à sala de estar.

Jamie ri. "Assim que eu gosto de você. Ainda aqui."

Quando chego, fico quase incapacitada pela visão gloriosa que é a bunda do Jamie Westenberg em calças de moletom, durinha e redonda, esticando o tecido enquanto ele se agacha e vasculha um armário baixo. Embasbacada, eu tropeço nos meus próprios pés e vou direto para o balcão.

"Uou!" Jamie gira, avança e de algum jeito me pega antes que eu caia e quebre meu rosto.

Minhas palmas deslizam até seu peito. Parece o momento do armário de vassouras, a noite em que nos conhecemos, tudo de novo — nossos corpos pressionados um contra o outro, o calor se acumulando na minha barriga —, tirando que desta vez não há fingimento, nem questionamentos, nada de *e se*, apenas *quando*.

Suas mãos se acomodam nas minhas costas, acariciando-as suavemente. "O que aconteceu?"

Pisco para ele. "Você. Você aconteceu. Você está com *roupas de ficar em casa.*

Jamie olha para si mesmo. "São só calças de corrida e um moletom."

Só calças de corrida e um moletom. Que absurdo essa frase. Eu vi o que essas calças azul-marinho fazem com sua bunda musculosa, e agora vejo como elas abraçam suas longas pernas e os músculos das coxas. O moletom é cinza de gola redonda com EU ♡ MEUS GATOS escrito em negrito no peito, perfeitamente puxado para cima para revelar seus antebraços. Para piorar, ele não se dá conta. Ele não tem a menor ideia de como tudo isso é obsceno.

"Você está gostoso pra caramba agora."

Ele fica vermelho como uma beterraba. "Beatrice. Honestamente."

Dou um passo para trás e o encaro. Ele está despenteado e aconchegante e macio e é tão *meu* que não consigo nem respirar. "Eu poderia começar a te agarrar bem aqui no balcão da cozinha."

"Sossega agora. Não acabe com a minha festa." Ele me pega no colo, me fazendo dar um gritinho de surpresa enquanto coloca minhas pernas em volta da sua cintura e vamos até o seu quarto.

"Aonde estamos indo?", pergunto, roubando um beijo rápido.

Ele me beija de volta. "Em princípio, eu planejei levar você a algum lugar especial, mas nós conversamos no táxi pra casa ontem à noite — bom, esta manhã — sobre como o dia tinha sido longo e como seria bom apenas..."

"Ficar em casa", sussurro, deslizando as mãos por seu lindo cabelo, beijando seu queixo. "E usar calça de moletom que deixa sua bunda espetacular."

De alguma forma, Jamie fica ainda mais vermelho depois desse elogio, mas esse é o único reconhecimento que recebo. "Então pensei, em vez de ir a um lugar especial, por que não trazer 'um lugar especial' até nós?"

Espio por cima do ombro enquanto ele abre a porta, e meu coração bate tão forte que machuca minhas costelas. Olhando incrédula, deslizo pelo seu corpo, então me viro e observo o quarto. Um piquenique enorme com guiozas e *pho* está no meio do chão, com cobertores macios e almofadas arrumadas por perto para servirem de assentos confortáveis. A elegante lareira moderna dança com chamas silenciosas e brilhantes, e algumas lanternas brilham ao redor do quarto com suas pequenas velas. A luz é fraca, mas, quando olho para cima, entendo por quê. Projetadas no teto, estão todas as constelações que se pode ver agora no hemisfério Norte. Quando escurecer mais, elas vão ficar tão brilhantes quanto as estrelas lá fora.

"É tão romântico", sussurro.

De pé atrás de mim, Jamie envolve os braços em volta da minha cintura e apoia o queixo na minha cabeça. "Fico feliz por você achar isso. Eu queria que ficasse especial, mas não exagerado. Luz de velas e lareira, mas — não que você quisesse — nada de pétalas de rosa. Eu ia espirrar. E nada de chocolate para o corpo..."

"Muito grudento."

Sinto seu sorriso enquanto ele me abraça mais forte. "Exato. Espero não ter te decepcionado."

Dou risada através do nó na minha garganta. "Nada disso poderia me decepcionar, Jamie. É perfeito." Piscando para segurar as lágrimas, eu me viro para ele. "*Você* é perfeito."

32

JAMIE

Eu a observo comer, cantarolando alegremente e lambendo os dedos. Quando terminamos, jogo sem cerimônia os recipientes vazios na pia da cozinha, depois volto e coloco Bea entre as minhas pernas enquanto me encosto no pé da cama, com as costas dela na minha frente.

"Graças a Deus pelas calças de moletom", ela suspira, esfregando a barriga cheia enquanto olha para as constelações projetadas no teto. "Eu comi *todos* os guiozas."

Ela tirou o blusão de moletom porque está quente aqui dentro, e revelou uma camiseta verde-esmeralda cobrindo seu corpo. Deslizo a manga para cima, traçando a elaborada tatuagem de flor no seu ombro. Pela primeira vez, vejo que as folhas das flores são, na verdade, páginas de livros. "O que ela significa?", pergunto.

Bea deixa de admirar as estrelas dentro de casa para observar o redemoinho que estou fazendo com a ponta do dedo sobre sua pele. "Meus pais. As flores que a minha mãe adora cultivar, o amor do meu pai pelos livros. Você tinha que ver a biblioteca dele. Estava trancada na noite da festa, e eu não consegui te mostrar ontem à noite."

"Você e sua mãe sanguinária estavam muito ocupadas nos aniquilando no jogo de cartas."

Ela solta uma risada e olha para mim. "Mamãe sempre foi assim com jogos. Desculpa se a gente se empolgou um pouco."

Balanço a cabeça. "Foi maravilhoso. Eu não teria trocado por nada no mundo."

"Mas eu devia ter te mostrado a biblioteca. Você ia adorar."

Coloco uma mecha solta de cabelo atrás da sua orelha, procurando seus olhos. "Vamos ter outras oportunidades, outras noites lá... Eu espero."

Um sorriso ilumina seu rosto. Ela beija minha palma enquanto cubro sua bochecha com ela. "Acho bom."

Nossos olhos se encontram enquanto meu dedo traça a linha pontilhada de seu pescoço até o outro ombro, onde mais desenhos se entrelaçam. Entre videiras e flores, vejo uma pilha de livros, uma câmera, uma paleta com um pincel e três delicados pássaros azuis aninhados sobre um galho.

Desta vez, não preciso perguntar para Bea saber que estou curioso.

"Os livros são para a Jules. Ela é rata de biblioteca como o papai. Adora romances. Um dia ela vai escrever um." Ela arqueia uma sobrancelha. "Não esperava por essa, né? A casamenteira intrometida que adora romances."

Eu rio baixinho, meu dedo traçando o caminho da tatuagem.

"A câmera", diz ela, "é para a Kate. Ela é fotojornalista, ganhou sua primeira câmera aos cinco anos e vive com aquela coisa pendurada no pescoço. A paleta e o pincel são para mim, é claro."

"E os pássaros?", pergunto.

Bea sorri. "Minhas irmãs e eu, nós três. Nossos pais nos chamam de 'passarinhas'. Eu não sei por quê. Eles sempre chamaram."

Meu toque vagueia pela tatuagem e de volta para seus ombros. Esfrego os músculos tensos, fazendo a cabeça de Bea cair em meu peito com um suspiro de satisfação.

"Quando vou poder ver a *sua* tatuagem?", ela pergunta baixinho. Suas mãos deslizam para cima e para baixo das minhas coxas, formando oitos cada vez maiores.

"Hoje à noite."

Bea olha para mim e sorri, com o rosto sem maquiagem por causa do banho e muito adorável. "Mesmo?"

"Mesmo." Eu a abraço com força, uma onda de vulnerabilidade e amor apertando meu coração.

Ela inclina a cabeça, me examinando enquanto eu a examino. "O que foi?"

"Só estou... observando você", digo.

Seu sorriso aumenta. "Por quê?"

"Porque você é bonita. E porque eu quero."

Virando-se em meus braços, ela se acomoda no meu colo, então coloca as pernas em volta da minha cintura antes de apoiar a mão no meu coração. "Bom."

"Quero fazer mais do que observar você", digo, enquanto ela passa os dedos pelo meu cabelo.

"Eu também quero que você faça mais do que me observar." Inclinando-se para perto, ela me beija intensamente. "Se bem que observar pode ser divertido em certos momentos."

Um gemido sai de mim. A ideia de ver Bea se tocar me deixa duro tão rápido que não tenho tempo de reprimir minha reação antes que ela perceba.

Ela se mexe no meu colo, esfregando-se sobre o moletom enquanto eu a absorvo. Seu olhar percorre meu rosto, depois meu corpo. Sua expressão fica séria, seu toque passeia embaixo da minha camiseta. "Estou nervosa."

Segurando seu rosto, beijo sua bochecha, a ponta do nariz, a sarda abaixo do olho. "Me diz por que você está nervosa."

Seus dedos afundam na minha camiseta enquanto ela coloca a testa contra a minha. "Quero que seja bom pra você, pra nós, e estou preocupada em estragar tudo."

"Você não vai, Bea. Você nunca faria isso." Depois de um segundo, continuo: "Se isso fizer você se sentir melhor, também estou nervoso".

Ela franze a testa em confusão. "Por quê?"

"Estou nervoso porque quando você me tocar, posso explodir como um foguete."

O riso irrompe dela enquanto passa os braços em volta do meu pescoço e me beija, intensa e lentamente. "Mesmo se isso acontecer, sempre tem uma próxima vez. E a próxima e outra próxima, até o sol nascer e eu tiver me saciado várias vezes. Afinal, você me prometeu uma dúzia de pequenas mortes."

"Prometi mesmo." Eu a beijo com intensidade e a puxo para perto, colocando seus quadris contra os meus.

"E se acontecer de eu te dar uma cotovelada", ela diz, "ou fazer um som muito intenso quando tiver um orgasmo..."

"Vai ser perfeito", digo entre beijos. "Porque somos nós. Nada poderia estar mais certo."

Um zumbido feliz sai de sua garganta. "Viu? Sua teoria foi totalmente refutada", ela sussurra.

"Que teoria era?"

"A que você disse no dia em que concordamos com o nosso plano de vingança. Dois erros não fazem um acerto." Ela sorri. "Eu diria que nós provamos que fazem."

Eu rio enquanto nossos dedos se entrelaçam, ao beijar seu sorriso triunfante. "Nunca fiquei tão feliz por estar errado."

Arrumo meu quarto, diminuo o fogo e escovo os dentes na pia da cozinha enquanto Bea usa o banheiro. Estou sentado na beira da cama quando ela volta e a observo atravessar o quarto.

"Oi", diz ela.

Meu olhar a percorre, ainda em sua camiseta e calça de moletom, minhas mãos ansiando por arrancá-las para vê-la. Para finalmente vê-la *por completo*.

"Acabei de perceber", diz ela, "que nunca passei uma noite longe do Cornelius desde que o adotei."

"Bom." Eu a puxo para mais perto entre as minhas pernas. "É melhor ele se acostumar."

"Ou ele poderia vir", ela sugere. "Poderíamos fazer uma festa do pijama!"

Eu arqueio uma sobrancelha. "Não."

"O quê? Você não quer fazer safadezas na frente do ouriço?"

Lanço a ela um olhar severo que não dura muito antes de eu cair na risada. "Não vou fazer amor com você na frente do Cornelius, não. Não agora. Nem nunca."

"Então ele não é um exibicionista", ela diz para si mesma.

Faço cócegas nela, o que a faz gritar. Ela se afasta de mim, caindo na minha cama. "Sem cócegas!", ela grita.

"Ah, gosta de fazer, mas não aguenta quando é com ela!" Eu rastejo sobre ela no colchão e dou um longo beijo em seu pescoço. Meus beijos viajam do pescoço até a boca. Eu me acomodo em seus quadris, me esfregando nela, porque já estou duro e ansiando por ela há tanto tempo que agora sinto como se fossem anos, e Bea se encaixa perfeitamente embaixo de mim.

"Jamie", diz ela, tímida.

Congelo, aliviando meu peso, encontrando seus olhos. "O que foi?"

Ela limpa a garganta. "Hum. Então, antes de nós..." Ela faz um gesto com a mão que eu acho que quer dizer sexo. "Agora é a hora em que eu esclareço que o fato de eu ser uma artista erótica *não* significa que eu goste de dar a bunda ou que eu seja capaz de me dobrar como um pretzel."

Suspiro pesadamente. "Droga. Essa era a única razão pra eu estar a fim disso."

Seu queixo cai enquanto ela empalidece.

"Bea." Seguro seu rosto em minhas mãos. "Brincadeira. Ai, meu Deus, Bea, eu estava totalmente, completamente, cem por cento brincando. Ou tentando. Muito mal. Nunca mais farei isso."

Ela exala e deixa a cabeça cair no colchão. "Jesus. De todos os momentos você escolhe este pra ser engraçadinho."

"Desculpa." Beijo sua testa. "Eu estava tentando te deixar à vontade. Obviamente falhei. É por isso que eu não faço piadas."

Ela ri de leve. "Você é adorável. Mesmo quando você me faz ter um ataque cardíaco e quase parte meu coração ao mesmo tempo."

"Eu nunca partiria seu coração, Bea. Tudo o que eu quero é protegê-lo."

Bea examina meu rosto, suas mãos indo para cima e me abraçando com força. "O que mais você quer?", ela pergunta.

"Quero te beijar. Por toda parte. Quero saber como você fica quando acorda. Quero fazer sopa cremosa de legumes e cupcakes para o jantar." Eu roubo um beijo e gentilmente puxo seu lábio inferior entre os meus dentes, ganhando o suspiro silencioso dela.

"Quero ver você pintar", digo, "e se iluminar de dentro pra fora. Quero noites caseiras, quero ficar abraçado com você no sofá sem ter mais nada a fazer. Quero tudo o que você me permitir e mais um pouco, porque sou ganancioso. Porque toda vez que você me mostra uma nova parte sua, eu quero mais."

Eu mantenho os olhos nos seus, vendo minha própria vulnerabilidade refletida para mim. "Eu quero *você*."

"Bom", diz ela, vacilante, deslizando os dedos pelo meu cabelo. "Eu estava me referindo ao sexo, mas isso foi muito mais romântico."

Nós dois rimos até que as risadas se transformam em gemidos no profundo prazer dos nossos corpos se encontrando, mesmo através de camadas de roupa. Estou entregue à curva de seus quadris, ao calor entre suas coxas onde me pressiono.

Me sentindo, Bea geme. "Nossa, *uau*, James."

"Uau? O quê? O que foi?"

"Só. Lubrificante. Eu sempre preciso, mas com esse seu pau eu *realmente* vou precisar."

Um rubor furioso atinge minhas bochechas. "Beatrice."

"O quê?", ela diz. "Você sabe o que tem aí embaixo."

Eu não respondo. "Tenho lubrificante, do mesmo tipo que vi você comprar no mercado naquela noite. Achei que você precisaria."

"Você *achou*?" Ela sorri. "Tem certeza de que não está aqui só pra fazer coisas com a minha bunda?"

"Vou te beijar se não parar de falar essas coisas."

"Isso não é um desincentivo, James."

Eu a beijo com força. Bea me envolve com os braços e me beija com mais força. Eu me afasto, sem ar.

"Viu?", ela diz. "Não é um desincentivo." Radiante, ela pega minha mão e a aperta contra o peito. "Você é maravilhoso. Você comprou minha marca preferida de lubrificante só pra esta noite."

"Bem." Estendo a mão para ajustar meu relógio, mas franzo a testa, percebendo que ele não está no meu pulso. "Eu espero que não apenas para esta noite. Para muitas noites. E para ambas as casas. Você tem um na sua casa. Este fica na minha."

Com delicadeza, Bea empurra meu peito e eu a deixo me virar de costas na cama. Ela fica de joelhos, montando no meu colo, e desliza as mãos por baixo do meu moletom. "Eu já falei como você é fofo? Como você é perfeitamente atencioso, gentil e obscenamente fofo?"

"Fofo?" Eu franzo o nariz. "Eu estava esperando um adjetivo mais robusto do que esse."

Ela ri. "Eu não tenho o seu vocabulário de pontuação máxima no Scrabble, Jamie. Mas você tem razão. Tenho certeza de que posso melhorar." Um beijo na minha garganta faz as minhas mãos apertarem a sua cintura.

"Gentil", ela sussurra. "Forte. Carinhoso", ela diz contra o meu queixo. Suas mãos encontram as minhas e se entrelaçam nelas, e ela as colocando acima da minha cabeça enquanto descansa o corpo sobre o meu. "Lindo. Engraçado. Inteligente. Atencioso."

Ela belisca meu pescoço, arrasta os dentes de leve, então o acaricia com a língua, fazendo meus quadris terem um espasmo para fora da cama. "Sexy. Pra. Caralho", ela sussurra. "Que tal?"

Soltando minhas mãos, seu toque desliza sob meu moletom. Ela acaricia meus mamilos com a ponta dos dedos, provocando um novo espasmo dos meus quadris embaixo dela. "Quero ver aquela tatuagem, Jamie."

Sorrio diante do seu beijo, depois ergo o corpo, levantando nós dois. Bea dá um gritinho de surpresa, segurando meus ombros até eu esticar o braço atrás da cabeça e tirar meu moletom, porém deixando a camiseta por baixo.

Bea franze a testa. "Que golpe baixo."

Sorrio. "Sua cara. Você tinha certeza de que ia ver o que queria — ai!" Empurro a mão dela para fora da minha axila, onde ela acabou de fazer cócegas. "Acabou."

"Então para de me torturar", ela murmura, se contorcendo no meu colo.

Eu prendo seus quadris para que ela não se mova de novo. "Faça isso mais vezes, e o foguete será mesmo lançado."

Sua risada enche o quarto.

Mas, assim que tiro a camiseta, Bea não está mais rindo.

33

BEA

Eu fico olhando para ela, cada gota de tinta escura marcando a pele dele, bem acima do coração. Meus dedos pairam sobre a flor delicada, a abelha que pousa nas pétalas, as palavras que não consigo traduzir. "*La vie...*" Olho para o Jamie, que me observa com atenção.

"*La vie est une fleur dont l'amour est le miel*", ele diz baixinho. As palavras enchem sua garganta e rolam de sua língua, ricas e suaves. O francês dele é lindo. "A vida é uma flor da qual o amor é o mel." Suas mãos deslizam ao longo da minha cintura, descem pelas minhas costas, trazendo-nos para mais perto. "Percebi o que faltava naquele poema, entre a flor e o mel... o que faltava na minha vida."

Pegando o meu dedo, ele o leva até a abelha tatuada sobre o seu coração. "Você." Sem palavras, perdida em emoções, traço com delicadeza o contorno da tatuagem, tomando cuidado com sua pele ainda sensível. "Você me perguntou o que '*mon cœur*' significa. Por que chamei você assim ontem à noite." Nossos olhares se encontram, a mão se acomoda sobre a minha enquanto ele a pressiona contra o peito. "Significa 'meu coração'."

"Jamie..." Dou um beijo em seu peito, sentindo meu coração se encher. "Isso é obscenamente romântico."

Ele faz um som baixo de satisfação, enterrando o nariz no meu cabelo e sentindo o cheiro, e então me guia gentilmente de volta para onde ele pode me ver e me tocar. Levanto os braços, e ele sabe o que eu quero. Devagar, me observando, ele segura a bainha da minha camiseta e a tira pela minha cabeça. E então sua mão também pousa sobre o meu coração acelerado, uma abelha minúscula acima do meu seio esquerdo.

"Eu sabia." Ele sorri.

"Foi uma aposta e tanto", digo. "E se fosse uma cigarra?"

"Digamos que você traz à tona o meu lado imprudente." Se inclinando, ele dá beijos delicados ao longo da minúscula linha pontilhada do caminho da abelha que vai da base do meu crânio, passa ao redor do pescoço, desce pelo ombro, passa pelas costelas e vai pousar onde meu coração bate. "E eu posso ter dado uma espiada naquela noite no sofá. Me conta o que ela significa."

Suspiro com o calor do seu corpo muito perto do meu, a parte dele que eu quero mais perto sendo frustrantemente mantida longe. "O caminho da abelha vai da cabeça ao coração. Pra me lembrar do que eu aprendi na terapia — às vezes os pensamentos mentem, mas nosso coração não. Ela me lembra que meu coração sabe das coisas."

Ele sorri contra a minha pele, depois beija a abelha. "Eu amei isso", ele sussurra. Seus lábios se movem mais para baixo, sobre a curva do meu seio, antes de sua boca parar, quente e úmida, no meu mamilo, e chupá-lo. Eu arqueio de prazer. É tão bom finalmente ter o Jamie aqui, me conhecendo assim. Minha respiração fica entrecortada à medida que o prazer inunda meu corpo.

"E o que o seu coração diz?", ele sussurra, uma mão áspera deslizando até minha coxa. Ele alcança minha bunda e a acaricia.

"Que ele quer você", respondo. "Mais do que já quis algo ou alguém."

Ele nos gira na cama até que eu esteja de costas, Jamie apoiado sobre mim. "Bea?"

"Sim, Jamie."

Seus olhos encontram os meus. "Eu preciso te fazer gozar. Eu preciso disso..." Sua garganta vacila enquanto ele desliza o polegar pelo meu lábio inferior. "Desde a última vez. Quando eu vi você embaixo de mim no sofá, ofegando meu nome."

Mordo meu lábio, passando minhas mãos pelas suas costas. "Eu também preciso. Eu preciso de *você*."

Nossas bocas se encontram enquanto ele segura meus seios e acaricia meus mamilos. Eu me arqueio com seu toque, esfregando-me contra ele — meus quadris e os dele, meus seios nus e os pelos finos que cobrem seu peito duro. O ar sai de mim em suspiros curtos e desesperados.

Jamie desliza um braço por baixo das minhas costas e me puxa sem esforço mais para cima do colchão. Eu seguro seu rosto, em seguida passo meus dedos por seu cabelo. Nossas bocas se abrem enquanto ele pressiona seu corpo contra mim, duro e pesado. Eu envolvo sua cintura com as minhas pernas.

"Só consigo pensar nesse momento com você", ele sussurra contra a minha boca. "Eu mal consigo raciocinar. Tenho estado tão distraído que dei de cara com uma parede."

Uma risada ofegante salta de mim. "O quê?"

"Fui ao escritório hoje só por algumas horas, mas não conseguia parar de pensar em você. Eu estava tão distraído que bati na parede. Eu ficava pensando em você, naquela noite, em como você se movia embaixo de mim, em cada suspiro e beijo faminto. Ficava lembrando de como você era quente, como seu cheiro era bom." Ele beija meu pescoço, o espaço macio atrás da minha orelha, sua voz profunda e calma. "Como eu queria sentir o seu gosto, deixá-la louca com as minhas mãos e boca e sentir você gozar no meu pau."

"Jamie." Aquela voz severa, aquelas palavras ásperas. Vão acabar comigo. Deslizo minhas mãos até seu peito, saboreando os planos angulosos de seu torso, a curva de seu peitoral. Estou inquieta, excitada, desesperada.

"O que é, querida?", ele diz baixinho, as pontas dos dedos deslizando sob o cós da minha calcinha.

"Você sabe o quê", sussurro, trêmula.

"Eu quero que você me diga", ele diz, me provocando, cada vez mais baixo, tão perto de onde estou molhada e ansiando para ser tocada. "Me diga do que você precisa."

"Eu preciso tanto de você", balbucio, me esfregando na mão dele. "Preciso ficar nua e preciso que você me toque. Por favor, por favor..."

Com um grunhido baixinho, Jamie tira minha calça de moletom e minhas meias felpudas, depois as joga por cima do ombro. Eu não tenho tempo para fazer uma piada sobre a bagunça incomum porque sua expressão me silencia.

"O que foi?", pergunto, após um longo período de silêncio.

Seus olhos percorrem o meu corpo. "Jesus", ele sussurra. "Você é tão bonita que dói." Ele coloca uma mão sobre o coração e dá um tapinha solene. "Bem aqui."

Eu mantenho os olhos nos seus, o carinho florescendo no meu peito. "Me deixa te ver por completo também."

Depois de mais um beijo intenso, ele se afasta do colchão e fica em pé ao lado da cama. Tirando os óculos, ele os coloca na cômoda. Ele parece diferente, e ainda assim impossível e maravilhosamente o mesmo.

"Você consegue me ver bem?", pergunto.

"Fica um pouco embaçado daqui", ele admite. "Porém mais perto, consigo ver bem."

Meu coração bate forte enquanto olho para ele, iluminado pelas chamas do fogo e pelo brilho suave das pequenas velas. Assim como na primeira noite em que o vi, só consigo pensar em como quero desenhá-lo, esculpi-lo e pintá-lo, capturando cada mergulho de sombra, cada plano de luz.

Jamie tira as calças com cuidado, fazendo os músculos fortes dos seus braços e torso flexionarem enquanto se move.

Olho para ele e sinto minhas pernas nuas se esfregarem. "Você é uma obra de arte, James."

Um rubor atinge suas bochechas. "Eu..." Ele limpa a garganta. "Obrigado."

Meu Deus, eu amo que ele é um homem que sussurra palavras obscenas no meu ouvido, mas fica vermelho quando o vejo se despir, amo que existe um lado dele que eu vejo e que ninguém mais vê — o lado selvagem de alguém que o mundo só conhece como sério e formal.

Ele olha para mim, os olhos percorrendo meu corpo nu avidamente. Sua ereção é enorme, esticando o tecido da cueca boxer.

Salto para fora da cama porque não posso ficar mais um segundo sem tocá-lo, e coloco minhas mãos nele, viajo pelos cumes e vales de seu corpo, por toda essa pele nua e brilhante. Beijo a tatuagem acima do coração. Então, devagar, deslizo as mãos para suas costas e depois para baixo, sob o cós de sua cueca, sobre a curva dura de seu traseiro. Ele respira, trêmulo, enquanto minhas mãos o seguram com firmeza, descendo, onde aqueles músculos firmes e redondos encontram as suas coxas.

"Bea", ele diz, me beijando de repente. Com urgência. Língua, dentes. Quente e febril. "Não me provoca. Não agora."

"Provocar? Eu?" Eu sorrio contra o seu beijo, então recuo o suficiente para enganchar meus dedos com firmeza em torno do elástico.

Gentilmente, eu o levanto acima do seu pau, observando-o saltar livre enquanto eu me ajoelho e arrasto o tecido até os seus tornozelos. Jamie sai da cueca rapidamente, seu comprimento duro balançando enquanto ele se movimenta. É grosso, longo e úmido na ponta. Dou um beijo nele e suspiro quando sinto o seu gosto, salgado e quente.

"Merda", ele geme.

Estalo a língua. "Modos, James."

Ele olha para mim, a tensão pintando em seu rosto enquanto eu dobro com cuidado a cueca e a calça de moletom, que ficaram amontoadas no chão. "Beatrice", diz ele com firmeza.

"Sim, querido."

"Que diabos você está fazendo?"

Arregalo os olhos inocentemente. "Mantendo as coisas arrumadas. Falando a sua linguagem de amor."

"Não me importo com o estado das minhas roupas agora, Bea, e minha linguagem do amor é o toque físico."

Deixando de lado as roupas, deslizo as mãos por suas pernas e aprecio os pelos macios e dourados sob as palmas enquanto beijo suas coxas. Por fim, coloco a mão em torno de sua bela ereção e deslizo, apreciando-a em minha mão. Ele sibila por entre os dentes enquanto sua cabeça cai para trás.

"Tudo bem?", pergunto.

"Sim. Não. Estou vergonhosamente perto de chegar lá."

"Isso é tão ruim assim?"

Ele responde me levantando e me jogando na cama. Grito de alegria.

Sua mão sobe pela minha panturrilha, depois pela minha coxa enquanto ele me beija e observa meu corpo arquear sob seu toque, implorando por mais. "Eu poderia olhar para você para sempre", ele diz, com voz áspera. "Aprender o que todas essas pequenas marcas significam. Provar o caminho delas na sua pele."

Um zumbido de prazer me escapa. "Por favor."

Por fim, Jamie deixa seu peso cair sobre o meu. Quando nossos corpos se encontram, nós dois suspiramos com o prazer da pele quente e dos toques febris, os lugares onde ansiamos, quentes e úmidos, finalmente se encontrando quando Jamie se move sobre mim. Sua língua dança com a minha em um ritmo sensual que se parece com o jeito como valsamos

— vertiginoso e rápido e desajeitado o suficiente para parecer humano, seguro e real.

"Jamie", sussurro.

"Hum?" Ele beija o canto da minha boca, depois meu queixo, antes de começar a beijar lentamente o meu corpo, a língua girando contra a minha pele enquanto ele avança. Suas mãos envolvem minha cintura com força enquanto sua boca me percorre com avidez. Ele arrasta seu toque até os meus seios, em seguida rola os polegares nos mamilos, provocando-os até transformá-los em picos rígidos. Ele é tão alto que, quando chega ao pé da cama e leva meus quadris até a beirada, fica ajoelhado, mas ainda inclinado sobre mim. Sua boca desce pelos ossos do meu quadril, pela minha pélvis, pela parte de dentro das minhas coxas.

"Estou tomando pílula e sem nenhuma ist", digo. "Os resultados dos testes estão no meu celular, se você quiser..."

"Bea", ele diz contra a minha pele, antes de olhar para cima e encontrar meus olhos. "Eu acredito em você."

"O-ok."

Ele sorri, ainda brincando com meus mamilos. "Eu também."

"Podemos não... Quer dizer, eu gostaria... de não usar camisinha. Mas se você não se sentir confortável com isso..."

"Eu quero o mesmo", ele diz, beijando mais embaixo. "Mas primeiro, eu quero isso. Se estiver tudo bem."

Alcanço e aperto seu rosto, meus dedos acariciando suas maçãs do rosto. "Tudo bem, mas eu demoro um pouco pra chegar lá."

Seus olhos escurecem. "Passar um bom tempo entre as suas coxas é a minha ideia de paraíso."

Tento afastar as lembranças do passado, mas é difícil esquecer o constrangimento que senti quando todos os parceiros que tive ficaram frustrados com a demora.

Jamie parece perceber para onde os meus pensamentos estão indo. Sua mão viaja pelo meu abdômen para descansar sobre o meu coração, seus dedos traçando a abelha enquanto seus olhos se fixam nos meus. "Vou poupar você das estatísticas do tempo médio que uma mulher leva para chegar ao orgasmo. Tanto porque meu modo médico acabaria com o clima, quanto porque você não precisa de um homem te explicando sobre o seu próprio corpo."

Um sorriso surge na minha boca. "Obrigada."

"Mas eu quero que você me escute." Aí está, aquela voz severa que faz meus olhos saltarem para os dele e meu coração bater mais forte. "Com a gente não tem longo ou curto. Será o tempo que o seu corpo precisar, e o meu também. Ninguém pode dizer o contrário."

Lágrimas se juntam nos cantos dos meus olhos. Eu assinto rápido.

O maxilar de Jamie estala. "Quem quer que tenha feito você se sentir assim não está aqui. Sou *eu*. E você. Tudo bem? Só nós dois."

"Só nós dois." Lágrimas escorrem pelas minhas bochechas.

Ele as enxuga e rasteja de volta para cima do meu corpo, me apertando contra ele. Jamie mantém os olhos nos meus, sua mão viaja pelo meu abdômen, separando minhas coxas com delicadeza. Ele me dá um beijo carinhoso na boca, enquanto as pontas dos dedos percorrem suavemente as estrias da minha pele, traçando cada linha fina. Nós nos beijamos, depois nos beijamos mais, enquanto sua mão percorre minhas coxas e meu abdômen, em todos os lugares, menos onde eu sei que ele vai me tocar em seguida.

"Por favor", sussurro.

Ele sorri enquanto me beija. Seus dedos me abrem suavemente, me cobrem com delicadeza, com um toque tão carinhoso que tenho que engolir mais lágrimas. Jamie me observa, arrastando a umidade do meu corpo até o meu clitóris em círculos suaves e relaxantes.

Com o outro braço enganchado no meu pescoço, ele me puxa para perto, me deixa aconchegada nele, aquecida pelo seu corpo. Eu procuro seus olhos enquanto ele me toca. É tão diferente do que já tive com alguém antes. Como se não fossem apenas toques e hormônios e liberação iminente, mas algo profundo dentro de mim reconhecendo algo profundo dentro dele. Como se nossos corpos continuassem dando pequenos passos um em direção ao outro, e quando não houver mais para onde ir, não vão apenas se unir. Vai ser a conexão que sempre esperei, mas nunca encontrei naquele encaixe perfeito.

"Me mostra, querida", diz ele em voz baixa, antes de roubar um beijo lento. "Me mostra onde te tocar. Do que você precisa."

Observo minha mão trêmula viajar pelo meu corpo até deslizar sobre a dele, nossas mãos entrelaçadas enquanto eu o ajusto ligeiramente.

Um pouco mais leve, um pouco mais rápido. Eu guio um de seus dedos, depois dois, dentro de mim para acariciar o meu ponto G.

Perco a noção do tempo enquanto o Jamie me toca e me observa em busca de cada sinal de prazer, cada indicação do que me faz subir cada vez mais alto.

"Tão linda", diz ele. Palavras saem dele num francês sussurrado contra a minha pele. Profundo e baixo, rico e escuro. Não sei o que significam, mas não importa. Elas esquentam o meu corpo, fazem eu me derreter nos seus braços.

Jamie geme, sentindo eu abraçar os seus dedos, me observando montar em sua mão.

O prazer floresce cor-de-rosa atrás dos meus olhos. Seu toque é suave e quente, perfeitamente constante, e solto sua mão, e atiro meu braço acima da cabeça. A mão livre de Jamie encontra a minha e entrelaça nossos dedos, prendendo minha mão contra o colchão.

Eu gemo, entregue, segura, sem peso. Meus seios roçam os pelos macios do peito dele. Minhas bochechas esquentam contra os seus beijos suaves. Respirar fica mais difícil, enquanto uma dor ardente de calor branco cresce dentro de mim e eu me contorço contra a mão dele. A boca de Jamie encontra a minha de novo, primeiro gentil, depois dura e possessiva, me incitando. A dor se torna aguda e urgente, trêmula e derretida.

O gozo cresce dentro de mim. Meus dedos se curvam, meus pés deslizam freneticamente pelos lençóis. "Meu, Deus, Jamie. Ai, meu Deus, por favor."

"Isso", diz ele com voz rouca, me tocando com mais intensidade, me beijando, mordendo meu lábio e puxando-o gentilmente entre os dentes. "Vai."

"Jamie", suspiro, me movendo desesperadamente contra ele. E quando ele diz o meu nome contra a minha orelha, eu desabo, onda após onda devastadora me fazendo pulsar contra a sua mão, em torno de seus dedos, o que prolonga minha sensação até que eu não aguento mais um segundo.

Imploro para que ele pare, mas assim que seu toque me deixa, enquanto o observo olhar para mim e deslizar um longo dedo dentro da boca de cada vez, me provando, respirando com dificuldade, não consigo esperar nem um segundo a mais por ele.

"Quero você." Eu acaricio seu pau, que pressiona insistente os meus quadris.

Ele para minha mão e me beija de novo. "E eu quero que você espere um pouco mais."

"Por quê?", eu gemo.

Ele traça um caminho pelo meu corpo, beijando até a parte de baixo. "Para outra *petite mort*, é claro."

Eu rio ofegante. "Você ainda me deve onze..."

Minhas palavras são cortadas com um suspiro curto quando Jamie me puxa pelos quadris e me arrasta para perto.

O prazer ondula através de mim como um seixo que atingiu a água quando ele abaixa a boca até onde estou deliciosamente macia e molhada. Eu suspiro quando ele lambe de leve o meu clitóris, minhas mãos deslizando por seu cabelo, amarrando e puxando. "Perfeito", sussurro. "Delicado assim."

Ele cantarola em resposta, e seus beijos, que já eram suaves, ficam mais suaves. Sua língua gira de leve ao redor, mas nunca direto no lugar em que eu mal suporto ser tocada, aquele lugar que está tão terrivelmente sensível que tenho uma relação de amor e ódio com ele.

Seu alcance é tão longo que as mãos de Jamie deslizam com facilidade pelas minhas costelas e seguram meus seios, apertando-os com ternura.

Eu me dissolvo no colchão, no brilho dourado da luz do fogo transformando o cabelo dele em bronze polido, nos sons baixos de satisfação que saem da garganta do Jamie. Ele me deixa guiar o ritmo enquanto sua língua aprende os movimentos e redemoinhos que fazem minhas coxas apertarem ao redor de seus ombros, que fazem minha respiração ficar presa na garganta.

Tento não entrar em pânico com essa sensação boa, com a rapidez com que está aumentando, porque acho que vou chorar de novo. Porque nunca fui tocada com tanto cuidado, nunca fui ouvida assim, nunca fui... *amada* assim.

Meu orgasmo tira o ar de mim, esfacelando meu corpo enquanto Jamie prende meus quadris no colchão e me faz sentir tudo.

"Jamie", suplico, apertando sua mão, puxando-o na minha direção. "Eu preciso de você."

"Eu também preciso de você", ele diz baixinho, me beijando, me fazendo prová-lo e provar a mim mesma e suspirando de prazer enquanto minhas mãos vagam por seu corpo.

Ele se afasta apenas o suficiente para pegar o lubrificante na mesa de cabeceira. Eu o observo, esfregando minhas coxas uma na outra, contra o anseio que lateja ali, e olho para o seu belo corpo. A largura dos seus ombros, que afina para uma cintura estreita; a depressão acentuada onde seus quadris encontram seu traseiro; as poderosas e longas linhas de suas coxas.

Com o lubrificante na mão, ele desliza de volta para a cama e o esfrega entre os dedos, para aquecê-lo. Então seu toque desliza suave sobre mim em círculos leves como plumas, assim como seus dedos e língua que me fazem morder a bochecha antes de gemer tão alto que tenho certeza de que todo o prédio me ouve.

Alcançando minha mão, Jamie guia meu toque ao longo do seu pênis, duro como ferro e quente como seda, bombeando lubrificante em cada centímetro de espessura. Seus olhos procuram os meus enquanto ele tira o cabelo do meu rosto, úmido de suor, enquanto eu o toco. Abro mais as pernas enquanto ele se acomoda entre elas, se guiando para a minha entrada.

Nossos olhos se encontram enquanto ele entra dentro de mim. Mas então ele fecha os olhos e a cabeça cai para trás, expondo a longa linha de sua garganta. O pomo de adão se move violentamente enquanto ele engole e sua boca se abre. "Ai, meu Deus", ele sussurra.

Respirando devagar, tento relaxar, mas a sensação de estar preenchida é quase avassaladora. "Está t-tão apertado." Minha respiração fica entrecortada. Aperto os ombros dele enquanto um arrepio nervoso sacode o meu corpo.

"Eu vou devagar", diz ele com suavidade, me beijando com ternura, sua língua se envolvendo na minha. Uma mão embala meu rosto enquanto ele balança devagar, cada movimento de seus quadris tornando tudo um pouco mais confortável. Contido. Controlado.

Mesmo quando ouço como sua respiração está tremida. Mesmo quando do seu coração martela contra o meu peito.

Ele é paciente comigo. Respeita meu tempo. Como sempre fez.

"Eu... eu..." *Eu te amo*, eu quero dizer. *Eu te amo tanto que não há palavras para expressar.* Mas enquanto ele me preenche, o ar deixa meus pulmões. Lágrimas escorrem pelo meu rosto. A emoção dá um nó na minha garganta.

Jamie encontra a minha boca em um beijo intenso enquanto se acomoda completamente dentro de mim. "Eu sei", ele sussurra.

Eu o aperto contra mim, coração com coração, enquanto ele se move dentro de mim com movimentos profundos e lentos que fazem o prazer se desenrolar dentro de mim e minhas coxas apertarem ao redor da sua cintura. Nossas bocas se encontram para beijos lentos e molhados. Nossas línguas deslizam e se movem como nossos corpos, nossos gemidos enchendo a boca um do outro. O pau de Jamie engrossa, e uma camada fina de suor brilha em sua pele.

Nossos olhos se encontram, e a respiração dele se torna pesada, irregular. Posso sentir seu controle, o poder bruto de seu grande corpo prendendo o meu, seu peso me ancorando na terra, mesmo que cada movimento preguiçoso dos seus quadris me deixe flutuando.

"É tão bom", sussurro.

Ele assente, respirando com dificuldade, se inclinando para um beijo. "Muito bom."

A necessidade lateja dentro de mim, e Jamie sente, abrindo mais as minhas pernas, ralando a pélvis contra a minha à medida que ele se movimenta com mais força, mais rápido, exatamente como preciso.

A cama começa a ranger e nós rimos — a intensidade é quebrada por apenas um momento antes de nossas expressões ficarem sérias de novo, nossos olhos perdidos um no outro. A cabeceira bate contra a parede enquanto nos beijamos, e eu o agarro com mais força.

Um desejo novo e terno começa dentro de mim, profundo, onde Jamie toca lá dentro. Eu o puxo para perto, esfregando sua bunda dura e bonita, enredando meus dedos no seu cabelo, chamando seu nome enquanto ele se move mais rápido, mais rápido.

O desejo se transforma em uma queda livre de êxtase sem fôlego quando gozo ao redor dele. Eu grito, tremendo, segurando Jamie com força enquanto chamo seu nome.

"Bea", ele geme, prendendo minhas mãos acima da minha cabeça, entrelaçando nossos dedos. Finalmente, ele se solta, seus quadris batendo em mim. Feroz, com a respiração ofegante, o cabelo selvagem. Como sempre sonhei que o veria.

Com um grito rouco, ele enterra o rosto no meu pescoço, seus braços em volta da minha cintura enquanto ele me completa, quente e longo, seus quadris bombeando freneticamente, como se para ele nunca fosse o suficiente.

É um momento suspenso no tempo — nossas respirações irregulares, os sons suaves e íntimos dos nossos corpos se movendo, desacelerando, ficando imóveis. Nós suspiramos e nos beijamos enquanto nossas mãos vagam uma pela outra em uma nova reverência. Sem palavras, limpamos um ao outro, depois nos aproximamos, membros emaranhados, nus, felizes. Eu o beijo até não conseguir mais ficar acordada. E sob o céu noturno estrelado que Jamie me deu, brilhando em seu teto, adormeço.

34

JAMIE

Acordo com a luz do sol queimando através das cortinas e me deito de costas. Bea está sentada de pernas cruzadas, os olhos no caderno de desenho, o carvão voando na mão. Sorrio.

E quando olha para mim, ela também sorri. "Bom dia", ela sussurra.

"Bom dia." Inclino a cabeça, avaliando-a, nua exceto por um cobertor jogado sobre os ombros. "Como dormiu?"

Ela arqueia uma sobrancelha. "Isso implica que eu tenha dormido."

Sorrio. "Uma dúzia de pequenas mortes, como prometido."

Se inclinando, ela me dá um beijo suave nos lábios. "Você é um homem de palavra." Quando se endireita depois de se curvar para me beijar, ela tenta e não consegue esconder uma careta.

A culpa me invade. Eu me sento na cama.

"Droga, James." Ela larga o caderno de desenho. "Agora minha perspectiva vai ficar errada."

"Eu te machuquei."

Ela suspira, depois coloca de lado o caderno de desenho e o lápis de carvão e olha para mim pacientemente, como se esperasse isso. "Não. Eu transei depois de ficar na seca por dois anos."

"Foi o meu..." eu gesticulo apontando entre as minhas pernas. "Do meu... culpa do meu pau."

"Jame." Bea balança a cabeça e então se inclina para outro beijo. "Uma borracha de lápis teria me deixado dolorida, e todo o lubrificante do supermercado não ia evitar isso. Não tem nada a ver com você."

"Ainda assim." Eu jogo o lençol para o lado, prestes a me levantar e fazer *algo* a respeito, mas ela me empurra de volta na cama, montando nos meus quadris. Meu pau está ansioso e duro, se projetando entre nós. Eu o cubro com a mão, segurando-o contra a minha barriga. "Ignore isso."

"Impossível", ela sussurra, estendendo a mão sobre mim na direção da mesa de cabeceira.

"O-o que você está fazendo?" Seus seios roçam o meu rosto. Eu os beijo porque preciso.

"Pegando o lubrificante, é claro", diz ela. Sua voz é mais rouca pela manhã, e está causando coisas em mim, apertando minhas bolas, fazendo a necessidade pulsar no meu pau.

Com o lubrificante, ela me acaricia e depois se esfrega. E então desliza, macia e molhada, sobre o meu comprimento, com movimentos lentos e enlouquecedores de seus quadris. Eu a agarro impotente, afundando minhas mãos na doce redondeza do seu traseiro.

Bea dá um beijo no meu peito nu e respira profundamente.

"Você está me cheirando, Beatrice?"

"James." Brincando, ela afunda os dentes na minha pele, em seguida cobre sua mordida de amor com um beijo. "Você é tão cheiroso. O que você usa? Eu preciso disso engarrafado. Vou borrifar no ar pra me deixar feliz toda vez que um cliente entrar e quiser devolver algo que claramente usou."

"As pessoas fazem mesmo isso? Com coisas de papelaria?"

"Você ficaria surpreso. Sério, Jamie, o que faz você cheirar tão bem?"

Eu gemo, jogando a cabeça para trás. Ela espera mesmo que eu seja capaz de falar agora. "Minha essência natural, concedida por Deus."

"Eu vou arrancar essa informação de você um dia. É só o seu sabonete líquido? Você usa perfume? Vou roubar da sua casa se for preciso."

"É só o sabonete. Ai, meu *Deus*..." Ela está se esfregando bem na ponta do meu pau, fazendo-o latejar, pingar e ansiar demais por ela. "Para de me torturar."

Bea dá um sorriso meio malvado. "Eu quero fazer você desmoronar."

"Você com toda certeza já fez isso, várias vezes, ontem à noite."

"Cheguei perto." Olhando para mim, ela toca meu peito e acaricia meus mamilos. "Mas você ainda estava no controle."

"Eu gosto de ser assim com você."

"Eu sei." Bea passa a mão pelo meu cabelo, enrolando uma mecha no dedo. "E eu também gosto. Mas às vezes é um alívio deixar o controle de lado por um tempo. E eu quero te proporcionar isso... se você não se importar."

"Não tenho certeza", digo a ela com sinceridade.

Ela para de mexer os quadris. "Quer tentar? Se você não gostar, nós paramos."

Eu olho para ela, minhas mãos passam pelas suas costelas, até segurarem os seus seios. "Tudo bem."

O sorriso dela é brilhante, um daqueles sorrisos largos e radiantes que fazem meu coração bater forte no peito. Ela se agacha um pouco mais longe e se senta nas minhas coxas antes de me segurar.

"Você já ouviu falar em *edging*, Jamie?" Ela dá um beijo na base do meu pau que faz minha barriga se contrair.

"N-não."

Sinto sua respiração quente contra mim enquanto ela beija minhas coxas e gira sua língua mais perto, mais perto. "É quando você fica bem perto do orgasmo, e então para. E faz isso de novo e de novo até você criar um campo elétrico com palavrões e implorar pra gozar."

Um rubor sobe pelo meu peito e pescoço. "Isso parece... tortura."

Bea ri baixinho. "Ah, e é mesmo. Mas é do melhor tipo. O tipo de tortura que leva a orgasmos que duram tanto que você nunca mais vai querer outra coisa. Você fez isso comigo ontem à noite quando me curvou sobre a cama e..."

Outro gemido rola para fora de mim. Agora sei o que ela quer dizer. Cada vez que eu a sentia começar a gozar, ficava ávido para fazer durar mais, então tirava meu pau de dentro dela e a tocava, provocava seu clitóris, seus seios, beijava sua coluna, antes de enfiar de novo e deixá-la à beira do orgasmo. Fiz isso até que ela estivesse me xingando e eu não conseguisse mais fazer qualquer movimento dentro dela sem que ela gozasse.

"Hum-humm", diz ela contra a minha barriga, plantando beijos suaves, me provocando com mordidas leves. "Então, de verdade, eu te devo essa. Me diz, Jamie. Sim ou não."

"Sim", respiro.

Ela me prova com a língua, me provoca com as mãos. É o tipo de tortura que nunca sonhei que ia querer. Ela me leva repetidas vezes à beira do gozo; chupadas e bombeadas longas e fortes até eu ficar retesado como um arco, com o suor cobrindo o meu corpo. Perdi a conta de quantas vezes foram. Mal sei onde estou ou que dia é hoje.

Desta vez, se eu não gozar, vou enlouquecer. Bea lambe a cabeça do meu pau repetidamente. Eu gemo e enrosco minhas mãos em seu cabelo quando ela me enfia todo na boca, quase me levando ao orgasmo mais uma vez.

Eu a encaro enquanto ela beija todo o meu comprimento e rasteja para cima, com seu doce e lindo corpo nu exposto para mim, e diz: "Eu costumava fantasiar com você assim — desgrenhado, desbocado e desesperado. Gozei várias vezes pensando nisso".

"Ah, porra", sibilo enquanto ela provoca a ponta do meu pau com seu corpo. Eu a toco, onde ela é sedosa e excitada, onde eu beijei, lambi e me demorei por horas na noite passada. "Você vai me matar."

Bea cantarola alegremente enquanto agarra a base e afunda um centímetro, depois outro. Então ela para. Ela para, me deixando em um precipício agonizante. "Você tem algo a dizer, James?" Seus dedos passeiam pela minha barriga, seus músculos se apertam em torno de mim, e é aí que eu cedo.

Eu rosno enquanto agarro os seus quadris. "Puta merda, mulher. Senta no meu pau agora *mesmo* e me faz gozar."

"Com prazer." Em um movimento firme, ela senta em mim, apoia as mãos na minha cintura e faz o que eu disse, montando em mim com força. Eu me empurro para dentro dela, chegando a um ponto que eu nunca tinha alcançado antes, cada centímetro de mim mais vertiginosamente sensível do que nunca. Suas mãos estão no meu peito, sinto a maciez do seu traseiro quando ela pousa em mim a cada movimento de seus quadris. Seus seios, macios e delicados nas minhas mãos enquanto saltam com o movimento. Seu clitóris pequeno e escorregadio inchando para mim enquanto eu o esfrego com o polegar.

Nossos olhos se fixam enquanto Bea se move em mim, enquanto ela nos aproxima do que eu já sei que será o orgasmo mais intenso da minha vida. Quando ela joga a cabeça para trás e grita meu nome, me apertando entre espasmos curtos e rítmicos, agarro sua cintura e me impulsiono, me derramando dentro dela.

Quando meus quadris finalmente param de se mover, ela cai de cima de mim. "Isso", ela suspira, "saiu um pouco pela culatra."

"Não se preocupa", eu ofego, trazendo-a para os meus braços e beijando-a intensamente. "Você ainda terminou por cima."

Ela solta uma risada. "Essa foi uma piada de tiozão." O silêncio se instala entre nós enquanto ela passa os dedos pelo meu cabelo. "Você, senhor, parece totalmente acabado."

"Graças a você, senhora."

Seus olhos percorrem meu rosto. "Você é lindo", ela sussurra. "Um dia vou pintar você assim."

Traçando suas tatuagens com a ponta dos dedos, digo: "Você também é linda, sabia? A mais linda".

Com um suspiro satisfeito, ela desliza a perna sobre a minha e se aconchega mais perto. Beijo sua testa, colocando cobertores ao nosso redor. "Vamos ficar aqui pra sempre", ela sussurra.

"É um plano. Exceto por um dia muito importante que está chegando."

Ela ergue a cabeça, franzindo a testa para mim. "Qual?"

"O Halloween, é claro. Não só preciso de ajuda pra comer quantidades exageradas de doces pequenos, como também tenho uma namorada artista e preciso da ajuda dela com a minha fantasia."

Bea dá um gritinho de alegria ao me abraçar com tanta força que me derruba e faz com que a gente caia da cama. "Eu pensei que você nunca ia pedir."

"Não tem muitas crianças por aí", Bea diz enquanto morde um chocolate, se ajeitando na fantasia de caranguejo. "Que pena. Mais doces pra mim."

Olho para ela, admirando-a, e sorrio levemente. Eu me sinto como vidro soprado. Leve e transparente. Frágil de uma forma que nunca fui. Tivemos uma semana de amor e jantares, noites tranquilas no sofá com livros e seus materiais de arte espalhados pela minha mesa. Muitas chances de dizer a ela que a amo, mas as palavras morreram na minha língua todas as vezes, o medo dando um nó no meu estômago. E se ela perder o interesse? E se a novidade desaparecer? E se eu não for criativo o suficiente, brincalhão o suficiente ou divertido o suficiente? *E se, e se, e se.*

Não posso mais dar ouvidos a esses medos. De agora em diante, serei corajoso.

"Você está bem?", ela pergunta.

Eu pisco. Ela está ficando muito boa em me ler. "Sim." Olho para as casas do outro lado da rua, cheias de crianças pedindo doces ou travessuras, e faço uma careta. "Exceto pelo fato de sermos o prédio mais evitado do quarteirão."

"Não somos, não." Bea esconde embaixo de suas pinças a tigela de doces que mal foi tocada.

"Eu disse que essas fantasias iam assustar as crianças. O que pode ser bom, já que você não parou de comer chocolate desde que paramos aqui."

"Estou menstruada, James. Esta é a única semana do mês em que você não pode pegar no meu pé por causa do meu vício em açúcar. Além do mais, se as crianças não conseguem apreciar a pura expressão artística das nossas fantasias, eu não *quero* que comam os nossos doces."

"Caranguejos hiper-realistas do tamanho de um adulto são tão simpáticos", provoco. "Não consigo imaginar por que as crianças ficam apavoradas."

"Essa é uma falha da sociedade moderna." Ela levanta suas pinças. "Porque já vou avisando, nossos filhos não terão medo de um pouco de papel machê."

Os olhos dela se arregalam. Os meus também. Ela geme e tenta, sem sucesso, enterrar o rosto em uma pinça de caranguejo.

Meu coração explode de esperança e amor — alívio puro e feliz. Agora. *Agora* é o meu momento.

35

BEA

Não acredito que eu falei isso. De todas as coisas que eu podia deixar escapar enquanto estou fantasiada de caranguejo da cabeça aos pés, parecendo um logotipo enorme de um restaurante de frutos do mar, tinha que ser isso.

Mas Jamie está sorrindo, seus olhos dançando de uma forma que não estavam um instante atrás. Ele empurra minha pinça para fora do caminho e me beija, deslizando o nariz no meu. "Você quer ter bebês comigo", ele sussurra. Ele soa irritantemente arrogante e tão perfeitamente vulnerável. Quero fazer cócegas nele até que ele grite, depois beijá-lo um pouco mais.

"Quantos?", ele diz.

"Dois? Irmãos são irritantes, mas eu não poderia viver sem as minhas. O que você acha?"

Ele acaricia minha bochecha. "O que te deixar feliz. É o que eu quero."

Olho para Jamie, sabendo que ainda não falei as palavras. Que *eu te amo* dá um nó na minha garganta toda vez que está prestes a sair. É a etapa final, uma coisa que me deixa com um medo ridículo de que possa dar muito errado quando eu colocar para fora.

Mas a cada dia que passou desde que eu disse, com o meu corpo, quanto Jamie significa para mim, de todas as maneiras menos com as palavras exatas, eu me desprezo um pouco mais. Eu me sinto ainda mais covarde. Por que ter medo se eu sei que é verdade? Por que ficar alimentando uma suspeita infundada de que, quando eu falar, a verdade será de alguma forma comprometida?

Eu amo o Jamie. Eu o amo de um jeito que nunca amei nada nem ninguém. Não mais do que amo minhas irmãs, meu bichinho de estimação ou os meus pais, mas é um sentimento *diferente*, profundo, que chega até os meus ossos.

E esta noite, enquanto pequenas bruxas, fantasmas, guerreiros, dragões e abóboras paravam e hesitavam em interagir comigo, e então se animavam com o Jamie no segundo em que ele erguia a viseira de cavaleiro e sorria, eu soube que ia falar.

Olhando para Jamie, enquanto as crianças gritam de alegria e correm pela rua com as fantasias sendo arrastadas atrás delas, sei que vou dizer isso *agora*.

"Dá licença!", uma voz de criança grita, interrompendo o momento. *Droga*.

"Feliz Halloween", resmungo, estendendo a tigela.

"Seja legal", Jamie repreende.

O garoto, vestido como um Power Ranger das antigas, remexe na tigela e franze a testa. "Onde estão os chocolates?"

"Hum." Balanço a tigela. "Vai saber. Acho que eles são populares entre as crianças. Você está um pouco atrasado, amigo. Você conhece o ditado, 'Quem chega primeiro, bebe água limpa'."

Ele faz uma careta para mim, pega um punhado de balas e enfia na sua fronha.

"As crianças de hoje", murmuro quando ele se afasta, enquanto pego um chocolate fechado no meu bolso. "Nem agradecem."

Jamie dá uma gargalhada, ajustando seu capacete de cavaleiro feito à mão para que o visor fique aberto. "Não acredito que você negou às crianças seus amados doces de Halloween."

"É você que fica me dando sermão sobre como os jovens americanos comem muito açúcar!"

Estendendo o braço, Jamie pega um Snickers da tigela, rasga a embalagem e o enfia na boca. "Bem lembrado, senhorita Ranzinza."

"Eu não sou ranzinza." Eu o belisco com minha pinça. "Estou hormonal. E tenho limites com pessoas pequenas. Você é um bobão com elas, então eu equilibro você."

Jamie segura a pinça e olha para mim. "Bea?"

Paro o chocolate a meio caminho da boca, depois o abaixo. Ai, Jesus. É agora? Ele vai me mandar a real?

"Sim, Jamie?"

Ele se inclina, levantando com cuidado a antena de caranguejo que caiu nos meus olhos. "Lembra de quando trocamos mensagens, antes de sabermos quem era a outra pessoa?"

Eu assinto. "Sim."

"E nós dois dissemos... que foi 'estranho' quanto gostamos. Como funcionou bem."

Lágrimas deixam a minha visão embaçada. "Eu lembro."

"E aí você disse que 'estranho pode ser bom às vezes'."

Eu assinto de novo e dou um sorriso com lágrimas. "Sim."

"Nunca pensei..." Ele remove uma das minhas pinças e aperta minha mão com a sua, traçando calmamente minha palma com o polegar. "Nunca pensei que eu poderia amar alguém tão diferente de mim. Que ser tão diferente de alguém poderia fazer eu me sentir em casa, em vez de totalmente errado." Ele olha para cima e encontra meus olhos. "Mas cada momento que passei com você, todas as vezes que fingimos, a coisa mais estranha aconteceu... Se tornou real. Cada aspecto em que você era o meu oposto só me fazia desejar mais você, cada parte secreta sua que você confiava a mim só me fazia ansiar por confiar em você na mesma medida. E então percebi que aquela diferença da qual não me cansava... aquela intensidade estranha e perfeita entre nós... era amor, além de qualquer coisa que eu já conheci. Eu me apaixonei por você, tão loucamente, Bea. Não amo nada no mundo como eu te amo. E talvez você ache isso estranho, mas se achar... Espero que seja o melhor tipo de estranho, do tipo que um dia você também possa sentir."

Lágrimas escorrem pelo meu rosto. "Jamie." Eu o beijo com força enquanto jogo meus braços em volta do seu pescoço, sinto seu cheiro, e meu coração está dançando em um turbilhão de cores, alegria e amor. "Jamie, eu..."

"Bea!"

Nós nos separamos, mas desta vez não foi uma travessura que interrompeu o momento. Era a voz da minha irmã. Olho por cima do ombro e fico preocupada no mesmo instante.

"Jules?"

Ela está se esforçando muito para sorrir, mas seu rosto está coberto de lágrimas e sua maquiagem a transformou em um guaxinim triste. "Estou bem", ela diz com a voz fraca. "Tá tudo bem."

Eu a abraço, envolvendo-a com a minha fantasia ridícula. Arranco a máscara e a outra pinça. "Não tá, não. O que aconteceu?"

Seu rosto se contorce e ela por fim cede às lágrimas. "Tudo."

Faz um tempo que eu não assumo mais o papel de cuidadora na nossa dinâmica de gêmeas, mas me lembro exatamente do que a Jules precisa. Eu a coloco no chuveiro e preparo seu chá favorito, depois troco os lençóis da cama dela e acendo algumas velas de lavanda.

Jamie é um anjo e me ajuda, colocando a chaleira no fogo, dividindo comigo a tarefa de arrumar a cama. Nós dois estamos tensos porque sabemos que tem a ver com o Jean-Claude, cuja rara ausência nós obviamente notamos, embora a Jules ainda não tenha dito isso. Ela não disse nada. Apenas chorou durante toda a caminhada para casa, inclinando-se sobre mim, com Jamie do meu outro lado, me apoiando enquanto eu a apoiava.

Pouco depois que o chuveiro é desligado, a porta do nosso apartamento se abre e o ar sai dos meus pulmões. Christopher tem um olho roxo e um corte no lábio. Ele fecha a porta, fazendo uma careta com o movimento do ombro.

Jamie ativa seu modo médico, caminhando até ele, segurando com cuidado seu outro cotovelo. "O que aconteceu?"

Christopher geme ao desabar em uma cadeira junto à mesa. "Jean--Claude."

"O quê?" Me sento na frente dele enquanto Jamie vai até o freezer e prepara uma bolsa de gelo, depois a envolve em um pano de prato limpo.

"Coloque no olho", Jamie diz a ele.

Christopher obedece, fazendo outra careta quando o gelo encosta no seu rosto inchado e machucado. "Jules contou alguma coisa?"

Balanço a cabeça. "Ela apareceu na casa do Jamie — ela estava tentando me ligar enquanto distribuíamos doces, mas eu não estava com meu telefone, então ela foi até a casa dele — e desabou."

Ele ajusta o gelo sobre o olho. "Eu devia deixar ela te contar."

"Ela vai me contar a versão dela." Pego a mão dele e dou um aperto suave. "Você me conta a sua."

"A Jules participou da reunião de estratégia que temos todo fim de mês." Ele se vira para Jamie. "Os fundos de investimento não podem fazer propaganda do jeito tradicional. Tudo depende de networking e tapinhas no ombro, no que sou bom, mas não especialista."

"A Juliet é", diz Jamie.

"Exato. A carreira dela como consultora de relações públicas está prosperando por um motivo", Christopher diz. "Então, estávamos na nossa reunião habitual e notei que ela parecia pra baixo, não do jeito animado de sempre. Fiquei preocupado e perguntei a ela se podíamos mudar de assunto, conversar como família. Ela disse que sim e me contou o que estava acontecendo."

"O quê?", pergunto. "O que estava acontecendo?"

"Bem, *essa* história é dela, mas nem preciso falar que ela estava chateada, e eu fiquei chateado por ela. Então a abracei. E foi aí que o Jean-Claude invadiu a reunião, olhou pra gente, perdeu a cabeça e veio pra cima de mim."

Jamie olha para o Christopher e seu olho roxo, com pesar. "Ele fez isso com você."

"Sim. Algumas contusões, nada grave. E queria deixar registrado que só estou assim porque eu não ia destroçar o Jean-Claude na frente da Jules. Eu o dominei, o que já foi perturbador o suficiente pra ela. Eu teria vindo antes pra ver como ela está, mas tive que lidar com a polícia."

"Então você denunciou o ataque", diz Jamie.

Christopher assente enfaticamente com a cabeça. "Claro que sim."

"Bom." Jamie suspira, abatido. "Deus, que confusão. Eu sinto muito."

Christopher faz um gesto com a mão. "Você não tem que se desculpar. Ele era meu funcionário e claramente tem problemas que eu já devia ter notado, que não se limitam a um temperamento violento e ciúme irracional. Quer dizer, Jesus Cristo, ela é uma irmã pra mim. Eu nunca..."

Dou um tapinha gentil na sua mão. "Eu sei. Mas não tem nada racional em um comportamento como esse."

"Não, não tem", ele concorda.

"Então... e agora?", pergunto.

"Ele foi embora", Christopher diz, enfático. "Eu o demiti. Ele está na delegacia."

Respiro aliviada. "Bom. É o mínimo que ele merece."

"O pai dele vai pagar a fiança", murmura Jamie, esfregando o rosto, as mãos deslizando sob os óculos. "Ele vai receber um tapa na mão e um emprego novo em algum lugar, trabalhando para algum executivo que deve um favor ao pai dele."

"É provável", Christopher concorda.

"Mas ele está fora da nossa vida, pelo menos?", pergunto.

Jamie abaixa as mãos e encontra meus olhos. "Com certeza."

Christopher massageia o ombro e olha para a mesa. "Sem dúvida."

"Coitada da Jules", sussurro, triste, esfregando a dor no meu peito, dor de solidariedade, que não é nada perto do que ela deve estar sentindo.

"Ei", diz minha irmã do outro lado da sala, com a voz trêmula. Todos nós ficamos de pé. Ela dá uma olhada no Christopher e se encolhe, escondendo o rosto nas mãos enquanto começa a chorar. "Ai, meu Deus, Christopher. Ele te machucou de verdade..."

"Ei, não. Jules, estou bem", diz ele, indo na direção dela.

"Deixa comigo", digo a ele, colocando a mão em seu braço para detê-lo antes de me virar para Jamie.

"Pode ir", diz ele com suavidade, a mão nas minhas costas. "Eu faço companhia para o Christopher. Vou encher o saco dele por não ter examinado o ombro."

Christopher estreita o olho que não está inchado. "Fiquei um pouco ocupado."

"Bem, há tempo agora", ouço Jamie dizer a ele enquanto atravesso a sala em direção à minha irmã. "Posso te levar. Tenho uma colega do abrigo que sei que está trabalhando hoje à noite no pronto-socorro mais próximo. Vou cuidar para que você seja atendido por ela. Vamos."

Passo meus braços em torno da Jules, levo-a para o seu quarto e fecho a porta.

Ela está tremendo enquanto sobe na cama, e eu me junto a ela, tirando meus sapatos e puxando o cobertor sobre as nossas cabeças. Ligo a lanterna que escondi ali antes.

Novas lágrimas deslizam por suas bochechas. "Como nos bons velhos tempos."

"Jules." Aperto a mão dela com cuidado. "Ele te machucou?"

Ela se encolhe, escondendo o rosto. "Não fisicamente. Mas ver ele atacar o Christopher foi aterrorizante."

"Claro que foi." Esfrego seu braço com suavidade. "Mas ele te machucou com palavras, não foi?"

Jules olha para mim, olhos arregalados como os meus, molhados de lágrimas. "Eu fui uma idiota, Bea."

"Não foi, não." Pegando a mão dela, eu a seguro junto ao meu coração. "Você não foi idiota por acreditar no melhor de alguém que amava. Alguém que te arrebatou com o melhor de si e fez você se apaixonar por ele em apenas algumas semanas."

Ela funga. "Era tão perfeito. O que aconteceu? Como acabamos nesse pesadelo?"

Eu tiro uma mecha de cabelo escuro que ficou presa em sua bochecha molhada de lágrimas e a coloco atrás da orelha. "Porque o Jean-Claude não está bem. Porque ele não ama de uma forma saudável. Ele pode ter começado com boas intenções, ou talvez o objetivo dele sempre tenha sido possuir você, mas de qualquer maneira foi isso que virou — posse, controle. Não amor."

Ela franze a testa para mim, enxugando mais lágrimas. "Por que parece que você está falando por experiência própria?"

Eu beijo seus dedos, piscando minhas próprias lágrimas. "Tem... uma coisa que eu devia ter te contado sobre o Tod." Engulo em seco. "E eu me *odeio* por não ter feito isso antes, porque e se eu tivesse? Talvez você tivesse percebido os sinais, talvez tivesse achado mais fácil acreditar em mim quando expressei preocupações sobre o Jean-Claude."

"Bea." Jules chega mais perto, entrelaçando as nossas pernas, testa com testa. "Me conta."

Eu conto. Conto o mesmo que contei ao Jamie, como tudo começou tão bem e então eu perdi o rumo, como ele me enganou, fez com que eu duvidasse de mim mesma, como, quando terminamos, percebi que não tinha sido amada — e sim manipulada.

"Meu Deus, eu sinto muito", ela diz com a voz rouca. "E eu aqui, forçando você a namorar de novo, a se abrir, quando você precisava de tempo, quando estava machucada..."

"Você não sabia. Porque eu não te contei. Eu fui orgulhosa e estava com vergonha, e queria seguir em frente."

Ela ri em meio às lágrimas. "Sim. Eu entendo a coisa do orgulho ferido. Entendo mesmo. Junto com o coração partido e o sentimento de *em que porra eu posso confiar?* Que só me fazem querer enterrar a cabeça embaixo deste cobertor e não sair por muito, *muito* tempo."

Procurando seus olhos, pergunto: "O que aconteceu? Desde a festa? Durante toda a semana, você quase não estava por perto, mal respondia às minhas mensagens".

"Fizemos uma pequena viagem dia no dia seguinte à festa, e ele estava inconstante. Ainda estava chateado por eu não ter defendido ele na sua frente. Disse a ele que eu tinha cuidado disso, mas não era suficiente." Ela hesita e enxuga os olhos. "De noite, parecia que tinha melhorado. Achei que tínhamos resolvido as coisas, mas aí ele me pediu para ir na viagem de negócios dele esta semana. Eu estava com a agenda de trabalho bem cheia, então primeiro respondi que achava que não ia conseguir, e aí ele simplesmente... perdeu o controle, explodiu verbalmente, dizendo que eu estava me afastando, criando distância, que não o amava de verdade.

"Então eu fui com ele para tentar tranquilizá-lo, e continuou a mesma coisa, uma hora bem, outra hora mal, sexo incrível e depois horas de silêncio de pedra, sem responder às mensagens, sem explicação quando ele voltava para o hotel. Quando cheguei em casa, eu estava mal, triste e confusa. Então eu encontrei o Christopher e ele é só... meu irmão, sabe? Um cara bom, seguro e gentil. O contraste não poderia ser mais evidente, e eu desmoronei. Porque eu percebi que o que o Jean-Claude estava fazendo era..." Ela fecha os olhos com força. "Era uma merda na qual eu acreditei e me culpei por ela. Uma coisa que eu *não* merecia."

"Não", sussurro. "Não merecia mesmo. Mas acabou agora. E você vai ficar bem."

Lágrimas escorrem pelo rosto dela. "Como?"

"Um dia de cada vez. Terapia. Noites tranquilas com os seus amigos. Comida caseira da mamãe."

Um soluço salta dela. "Parece que nunca vai melhorar. Como se eu sempre fosse ficar mal assim."

"Vai melhorar, JuJu. Eu prometo."

"Quanto tempo?", ela diz em meio às lágrimas, enterrando a cabeça no meu pescoço. "Quanto tempo?"

Eu passo meus braços em volta dela e beijo seu cabelo, o medo se infiltrando em meu coração. Novas lágrimas — lágrimas por mim e pelo Jamie, pelo que sei que temos que deixar — enchem os *meus* olhos. "O tempo que for preciso."

36

JAMIE

Entro no apartamento de Bea e da irmã horas depois, com o cuidado de fechar a porta silenciosamente. Imagino que depois de uma noite terrível e cansativa, Juliet esteja dormindo.

Quando meus olhos se ajustam à escuridão, vejo Bea no sofá, de costas para mim. Quando ela se vira, meu estômago se revira. Ela está chorando.

"Bea." Diminuo a distância entre nós quando ela salta do sofá e se joga em meus braços. Uma onda de alívio me invade. Se ela está me abraçando, está tudo bem. Tem que estar.

"A Juliet está a salvo dele", digo a ela. "Assim como o Christopher. O advogado dele está trabalhando em uma ordem de restrição, e eu mandei uma mensagem para o Jean-Claude dizendo que ele tem quarenta e oito horas para sair da minha casa."

Bea assente e sussurra: "Obrigada, Jamie".

Beijo o topo da sua cabeça. "Como a Juliet está?"

"Péssima."

Eu a abraço com força, balançando-a gentilmente, porque sei que isso a acalma. "O que eu posso fazer?"

"Matar ele", ela rosna.

"Se ao menos um duelo com armas não fosse coisa do passado e eu não tivesse feito o juramento de Hipócrates."

Sua voz fica dura. "Eu o odeio. Eu o odeio por ter machucado ela." Ela enxuga as lágrimas de suas bochechas com raiva. "Eu sei que minha irmã não é perfeita. Eu sei que ela exagerou quando tentou juntar a gente. Mas ele *machucou* ela. Ele machucou ela e o Christopher, e eles são a minha família, Jamie. Agora temos que juntar os pedaços. Eu queria que ela nunca o tivesse conhecido."

Eu a encaro, tentando não ficar magoado com o que ela está insinuando. Porque se a Juliet nunca tivesse conhecido o Jean-Claude, como *nós* teríamos nos conhecido? Como teríamos nos encontrado?

"Sinto muito", digo. "Por tudo isso. Eu odeio que ele tenha causado tanta dor. Lamento que ele tenha machucado a Juliet e o Christopher, e que é provável que ele ainda vá machucar outras pessoas. Mas não vou me arrepender de terem se conhecido, não quando isso me deu você."

Piscando para afastar as lágrimas, Bea passa os braços em volta da minha cintura e coloca a cabeça sobre o meu coração. "Jamie."

"Sim?" Eu a seguro com força, balançando como ela gosta.

"Eu..." Sua voz falha enquanto ela enterra o rosto no meu peito. "Ele machucou a minha irmã, Jamie. E eu não posso permitir que ela se machuque mais."

Esfregando suas costas em círculos suaves, beijo sua têmpora. "Sei que você não suporta pensar nas pessoas importantes pra você sofrendo, Bea, mas você não pode acabar com a dor da Juliet. Você só pode estar presente enquanto ela passa por isso."

"Eu posso diminuir a dor dela." Bea engole em seco, me segurando com mais força.

Franzo a testa, me afastando o suficiente para que eu possa procurar os seus olhos. "Como? Do que você está falando?"

Lágrimas escorrem por suas bochechas. "Jamie, a gente não pode mais se ver, não agora. Não quando tudo o que aconteceu entre a Jules e o Jean-Claude está entrelaçado ao nosso relacionamento. Toda vez que ela nos vir — vir você —, ela vai se lembrar dele. Mesmo que eu tente escapar pra te encontrar em particular, ela vai saber pra onde estou indo, com quem estou saindo, e isso vai trazer tristeza e memórias dolorosas, tudo o que ela precisa esquecer pra que possa realmente seguir em frente. Não posso fazer isso com ela."

Eu a encaro em estado de choque. "Você não está falando sério."

"Já estive no lugar dela e sei do que ela precisa: conforto e segurança, não lembranças constantes da pessoa que a machucou. Eu tenho que proteger a minha irmã, dar tempo para ela se curar do Jean-Claude."

"Eu não sou o Jean-Claude."

"Eu sei que você não é, Jamie." Bea enxuga as lágrimas. "Droga. Eu sei que você não é. Para de distorcer minhas palavras."

"Não estou distorcendo, estou argumentando. Você está dizendo que não pode ficar comigo por causa de algo que outra pessoa fez?"

Sua expressão se enruga com novas lágrimas. "Eu só estou tentando..." Ela geme e esconde o rosto nas mãos. "Por favor, não posso escolher você em vez da Jules."

"Eu não estou pedindo pra você me escolher em vez dela. Estou pedindo para você não me deixar de lado como um peão que não serve mais para os seus propósitos."

"Não é isso!", Bea diz na defensiva, deixando as mãos caírem. "Isso não é a porra de um jogo de xadrez. É o coração e os sentimentos das pessoas..."

"Estou ciente! Acontece que os meus também estão envolvidos."

"Eu sei, Jamie!", ela sibila, olhando para a porta fechada do quarto da Juliet e baixando a voz. "Você acha que eu não sei disso?"

"Não parece. Você está me dizendo que vou ter que esperar por tempo indefinido, que não podemos ser um casal por causa do meu *colega de apartamento*, o homem que a *sua* irmã escolheu namorar. Você sabe como isso é terrível, Bea? Ser posto de lado tão prontamente?"

Lágrimas escorrem por suas bochechas. "Eu sinto muito. Eu nunca quis..." Ela geme de frustração. "Estou tentando ser honesta sobre o que acho que a minha irmã precisa, e sim, envolve um sacrifício, mas parece que você está me interpretando mal de propósito, Jamie. Não estou terminando com você. Estou pedindo pra gente *dar um tempo*."

"Tempo", digo, respirando através da dor no meu peito. Ela está me dizendo que *eu* sou o irracional aqui, mas não parece. Parece que, mais uma vez, fui considerado insuficiente e descartado. "Por quanto tempo, Beatrice? A gente vai 'dar um tempo?'"

Ela levanta as mãos. "Eu não sei, ok? Eu não tenho um cronograma exato para a recuperação de abuso emocional da minha irmã, então acho que você vai ter que esperar eu te procurar, Jamie."

"'Dar um tempo' sem saber até quando. Soa muito como um rompimento."

O fogo lampeja nos olhos da Bea, que se enchem de lágrimas. "Com certeza soa, quando você coloca *dessa* maneira, Jamie."

"Desculpa, de que outra maneira exatamente eu poderia dizer isso?"

"Eu..." Um rosnado baixo e pesaroso sai dela. Ela agarra o cabelo em dois grandes punhados e puxa. "Eu não sei. É complicado. E você não está facilitando em nada."

"Bem, minhas sinceras desculpas por ser inconveniente, por querer clareza e uma resposta de verdade a respeito disso." Ela fica em silêncio, com a cabeça baixa enquanto puxa o cabelo com mais força. "E esse silêncio", digo a ela, "é a resposta de que eu precisava." Puxando minhas mangas, eu ajusto os botões até que eles fiquem na metade dos meus pulsos. Meu peito está dolorosamente apertado.

Girando nos calcanhares, eu a deixo parada na porta.

Quando meus pés atingem a calçada, eu corro.

As semanas parecem anos. Eu vou para o trabalho. Corro até ficar exausto. Me sinto vazio.

Evito todos os lugares onde poderia cruzar com Bea. Ou seja, vou para o escritório e depois para casa. Meu apartamento está vazio de risos e cheio de silêncio. As únicas ligações que recebo são do meu pai, que terminam em uma mensagem de voz furiosa sobre "lembrar onde está a minha lealdade", acrescida de insultos e ameaças veladas porque eu não defendi o comportamento desprezível do Jean-Claude. Jean-Claude atendeu às minhas exigências e se mudou. Eu estava fora quando ele chegou, e ele já tinha ido embora quando eu voltei. Já vai tarde.

Agora tenho apenas a companhia dos meus gatos, e até eles parecem infelizes. Joguei fora as saborosas guloseimas para gatos que Bea trouxe para eles no Halloween e deu a eles na própria mão, dizendo que eles mereciam um petisco adequado.

Eu os alimento com petiscos dentais saudáveis e sem grãos. Eles odeiam. Eu odeio.

Odeio ter feito isso de novo. Ter me deixado me apaixonar tolamente por alguém que nunca ia me querer por muito tempo.

Eu a amava. E eu ainda não era suficiente. Não tenho como pensar em uma saída, não tenho como mudar o passado. Eu só preciso me arrastar pelo presente todos os dias e conseguir dormir.

De pé na cozinha vazia, olho pela janela, sem sentir o gosto do meu smoothie de café da manhã, quando a tela do meu telefone se ilumina com uma mensagem de Christopher:

Tá a fim de tomar um café e colocar o papo em dia?

A culpa me inunda. Deus, eu tenho sido um babaca. Já se passaram semanas desde que o vi em segurança sob os cuidados da minha amiga no pronto-socorro e, embora eu tenha falado com Christopher mais uma vez para saber como ele estava, não mandei mais mensagens desde então. Ele tem sido gentil comigo, e é alguém que, se as coisas não tivessem explodido na minha cara, eu esperava que se tornasse um bom amigo.

Nervoso, com as mãos trêmulas, respondo.

Eu gostaria, sim. A que horas e em qual lugar?

Sua resposta é imediata.

Esta manhã? Se não se importar de vir aqui, minha máquina de café expresso está funcionando.

Meu estômago se contrai. Ele é vizinho dos Wilmot. Tenho uma fantasia absurda sobre ver Beatrice quando chegar lá. Nossos olhos se encontrando, o mundo se dissolvendo ao nosso redor, o tempo em câmera lenta, até estarmos nos braços um do outro e tudo se transformar em desculpas, beijos e promessas de nunca mais...

Miau.

Olho para os gatos, suas cabeças inclinadas em expressões gêmeas de preocupação. Morgan anda na direção da porta da frente e bate a pata na maçaneta. Gally cutuca minha perna.

"Eu devo ir?"

Eles miam alto em uníssono. Engolindo em seco, mando uma mensagem para o Christopher e pego minhas chaves.

Estou indo.

* * *

A casa de Christopher é parecida com a dos Wilmot, porém um pouco menos refinada, é arrumada, o jardim imaculado, mas ainda assim tem pintura descascando aqui e ali, janelas mais velhas e tijolos implorando por uma reforma. Considerando como ele é bem-sucedido, não tenho dúvidas de que ele poderia pagar alguém para fazer o trabalho. Me pergunto o que o estaria impedindo.

Bato na porta e um momento depois uma das últimas pessoas que eu esperava ver me recebe.

"Jamie!" Maureen Wilmot abre os braços e me envolve em um abraço.

Ela olha para mim e fico sem palavras. As íris de tempestade marítima da Bea brilham alegremente. Um rosto gentil aquecido por um sorriso tão familiar que dói.

"Jamie?", ela diz. "Está tudo bem?"

"Bem o suficiente", digo a ela, cruzando a porta. "E você?"

"Ocupada", ela diz, um pouco brusca. "Você me pegou de saída. Eu estava deixando algumas refeições, já que o Christopher está virando noites trabalhando, pra compensar a ausência daquele filho da mãe."

Mordo meu lábio, estranhamente animado com o seu jeito de falar.

"Tenho cozinhado sem parar, comidas reconfortantes pra Juliet, já que ela mal tem comido, e agora minha outra filha está voltando pra casa, e ela é uma comilona. Eu fiz tudo o que podia na cozinha e vim aqui garantir que o Christopher recebesse um pouco. Você deveria levar um pouco pra você também."

"Você é muito gentil, mas está tudo bem."

"Tem certeza?"

Faço que sim com a cabeça.

"Como quiser." Ela encolhe os ombros e fecha a porta da frente. "Entre, pelo menos. Vamos encontrar o Christopher. Sabe", diz ela, sorrindo para mim, "ainda penso no bilhete que você enviou, nos agradecendo por recebê-lo naquela noite. Ninguém mais manda bilhetes, mas você mandou. Foi quando eu soube que você era especial e disse à minha Beatrice: 'Aquele é um cara especial. Um homem que tem uma letra impecável e sabe como escrever um bilhete adequado de agradecimento? Não deixe ele escapar', eu disse. E então ela, claro, respondeu: 'Você acha que eu não sei como ele é maravilhoso? Como eu poderia deixar ele ir?'."

Eu agarro o batente da porta para não cair. "O quê? Quando?"

"Ah, outro dia", ela diz vagamente, levando-nos para a cozinha do Christopher, que não está a vista, mas uma gaveta do armário está aberta, revelando uma lixeira vazia.

Maureen franze a testa. "Ele deve ter levado o lixo pra fora. Agora, por que você não se senta e eu lhe sirvo um dos meus bolinhos de mirtilo com creme?"

Estou prestes a dizer a ela que não tenho apetite por comida, apenas por mais notícias, mais palavras, agora que ela me deu essa migalha de esperança, porém ela coloca o bolinho na minha frente antes que eu possa falar.

"Então, como você está lidando?", ela pergunta. "Esse tempo entre você e Bea deve ser difícil."

"Sra. Wilmot..."

"Maureen", ela corrige, gentil.

"Maureen, não é... um tempo."

Ela inclina a cabeça, perplexa. "Bea disse que até as coisas se acalmarem com a Juliet, vocês precisavam dar um tempo."

Belisco a ponte do meu nariz, com a ansiedade martelando meu crânio. "Bea disse que precisávamos dar um tempo, sim, mas ela não tinha ideia de quando esse tempo terminaria. Eu disse a ela que isso era uma separação. E quando eu a pressionei para refutar, para dar algum sentido à situação, ela não tinha uma resposta pra mim. Então eu saí, e não nos falamos desde então. O que significa... Ou seja, acho..." Suspirando, eu esfrego meu rosto. "Que nós terminamos. Ela não te contou isso?"

"Acho que ela me disse aquilo em que queria que eu acreditasse... talvez aquilo em que ela ainda acredita." Sua mão pousa suavemente em meu braço, seu calor penetra em meu suéter. Ela é tão diferente da minha mãe. Tão quente e maternal. Ela inclina a cabeça de novo, como se estivesse lendo meus pensamentos.

"O que quer que tenha acontecido entre vocês dois, acho que vocês deveriam conversar", diz ela. "Não sou especialista, mas aprendi algumas coisas desde que me casei com o Bill. Ele e eu somos pessoas muito diferentes e muitas vezes não nos comunicamos da mesma maneira, e costumávamos deixar que isso causasse problemas entre nós. Mas aprendemos que são as coisas que não foram ditas, e não as coisas que *de fato* dissemos, que mais machucam com o passar dos anos. Todas as vezes que conversávamos, sempre melhorava, mesmo que demorasse um pouco."

Eu assinto, taciturno. "Terei isso em mente."

"E você sabe, você pode se abrir com o Christopher também."

"Ah. Bom." Eu franzo a testa para o meu bolinho. "Sim, acho que sim. Eu só não... tenho muita prática com isso."

Ela assente. "Nem ele, mas vocês dois se beneficiariam de uma boa amizade. Ele é filho único, sabe. Os pais faleceram quando ele era mais novo, então somos a família dele. As pessoas que ele ama, seus amigos, são a família dele. É por isso que ele está sofrendo tanto pela Juliet. É por isso que acho que ele precisa de um amigo como você. Ele fala muito bem de você. Eu sei que ele já te considera um amigo. Quando estamos sofrendo, precisamos nos apoiar nas nossas amizades."

Antes que eu possa responder, Christopher vira o corredor da cozinha. "Ei, West." Ele lava as mãos rápido e depois as seca. Eu me levanto e aperto sua mão quando ele a estende. "Como você está?"

"Bem o suficiente, suponho. E você?"

"Também. E *você*?", ele diz a Maureen, colocando um braço em volta dos ombros dela e sorrindo timidamente. "Você está atormentando ele? Se intrometendo? Criando intriga?"

Ela o afasta. "Estou servindo bolinhos com creme, é isso que estou fazendo."

"Hum-humm." Ele a olha desconfiado.

"E agora que fiz a minha entrega, vou embora."

"Fica pro café", diz ele, apontando para a máquina sofisticada atrás dele. "Posso fazer literalmente o que você quiser."

"Tentador, mas não", diz ela enquanto seu telefone vibra e ela o pega. Lendo a tela com os olhos semicerrados, ela sorri.

"O que é?", Christopher pergunta.

"Katerina acabou de enviar uma mensagem." Maureen enfia o telefone no bolso. "Ela está aqui!"

Christopher pisca para ela, chocado. "Quando você ia me contar que a Kate vinha pra casa?"

Maureen pisca para mim, então se volta para o Christopher. "Pra ser sincera, Christopher, eu não tinha certeza, considerando que valorizo a minha sanidade. Eu tenho muito que fazer ultimamente, meu caro, e a última coisa de que preciso é aguentar outra daquelas discussões que você e a Kate têm."

Ele fica boquiaberto.

"Tudo bem, estou indo para o apartamento das passarinhas e a ralé está proibida, então nem pense em me seguir." Ela abre a porta lateral da cozinha e acena para mim. "Tchauzinho!"

Assim que a porta se fecha, eu me viro para o Christopher. "Ela é sempre assim?"

"O quê?", ele diz, observando-a ir. "Irritante?"

Pela primeira vez em semanas, quase sorrio. "Eu ia dizer um pouco encantadora." Uma pontada agridoce atravessa meu peito. "Já sei a quem a Bea puxou."

"Espera só até conhecer a Kate", ele murmura sombriamente. "Aí você vai saber quem herdou o lado irritante."

Observo Maureen pela vidraça da porta, atravessando o gramado até sua casa, até desaparecer lá dentro. Suas palavras reverberam na minha cabeça: *são as coisas que não foram ditas, e não as coisas que dissemos, que mais machucam.*

"Christopher, por acaso você não tem uma caneta e um pedaço de papel, tem?"

37

BEA

Uma pancada na porta da frente do apartamento me acorda. Olho para cima e leio o relógio digital ao lado da minha cama. É muito cedo.

A porta chacoalha com mais batidas. Sabendo que a Jules tem sono leve e tem dormido muito mal, tropeço para fora da cama e corro pelo corredor, esperando parar o barulho antes que ela acorde. Tento desviar da mesa de centro, mas bato o dedo do pé e mordo o lábio para abafar um grito de dor.

Mancando, chego à porta e abro, prestes a falar poucas e boas para quem achou fofo aparecer na minha porta às sete e meia da manhã. Mas, em vez disso, meu queixo cai. "Kate?"

"Finalmente. Toma, isto estava preso na porta." Minha irmã mais nova joga um envelope no meu peito, depois passa por mim com uma mala enorme atrás de si. A mala balança perigosamente, sem uma das rodas, enquanto Kate a arrasta com uma das mãos.

Então percebo que seu braço direito está dobrado para a frente. Em uma tipoia.

"O que aconteceu?", pergunto. "Por que você tá aqui?"

Kate deixa a mala cair com um baque alto e vai direto para a cozinha.

"Ah, tudo bem", digo. "Beleza. Não precisa responder. Tudo bem você ficar longe por dezoito meses, enviar cinco e-mails e dois pacotes via correio pra manter a nossa relação, depois invadir o *meu* apartamento e ficar à vontade."

"Obrigada", ela diz, se atrapalhando com a porta do armário enquanto pega um copo, abre a torneira e o enche de água. "Eu vou."

Eu a encaro enquanto ela bebe todo o copo em um só gole, então o coloca na mesa ruidosamente.

"Katerina Wilmot. Me responda."

"Era pra Jules ter contado pra você."

Eu franzo o nariz. "O quê?"

"Jules. Ela não te contou?" Ela abre a geladeira e fuça lá dentro. "Ah, que bom. Mamãe cozinhou." Fechando a porta da geladeira com o quadril, ela coloca uma torta salgada na mesa, encontra um garfo e começa a comê-la fria.

Eu quase fico com ânsia. Passando por ela, ligo a cafeteira, que só estava programada para passar o café dali a uma hora. Preciso de cafeína. "Para de ser enigmática", eu falo. "Para de responder às minhas perguntas com mais perguntas."

"Que saco." Ela deixa o garfo cair e parece genuinamente irritada. "Por que vocês duas são tão funcionalmente disfuncionais?"

"Hã... o quê?"

"Deixa pra lá", ela diz enquanto mastiga. "A Jules vai te contar quando sair do quarto, aquela medrosa. Quanto a mim, estou aqui porque encontrei uma pedra no caminho."

"O que aconteceu com o seu braço?"

Ela para no meio de uma garfada e olha para mim. "Uma pedra no caminho. Literalmente. Tropecei numa pedra durante uma trilha pra um trabalho na Escócia e quebrei o ombro."

"Eita. Você tá bem?"

"Esplêndida", diz ela. "Emocionada por estar em casa."

Reviro os olhos. "Quanto tempo você vai *ficar* em casa?"

Ela encolhe o ombro bom. "Tempo suficiente pra cuidar de um ombro gravemente quebrado e recuperar a minha renda. Fotojornalismo só com sua mão não dominante à disposição é praticamente impossível. E sem trabalho de fotojornalismo não tenho dinheiro. E sem dinheiro não tenho onde morar — antes que você diga, *não*, ficar com a mamãe e o papai não é uma opção. Eu amo os dois, mas não."

"Ah. Agora estamos chegando a algum lugar."

"Posso ficar aqui?", ela diz, um tom de súplica na sua voz. "Ainda não consigo dividir o aluguel, mas fico com o sofá. Eu mesma limpo. Tenho alguns amigos fotógrafos aqui que tenho certeza que vão me pagar pra fazer edições, o suficiente pra eu conseguir ajudar com compras de mercado e serviços até descobrir o que vou fazer em seguida."

"Claro, Kate. Você sabe que é bem-vinda aqui."

"Beleza." Ela termina uma fileira da torta e começa a seguinte. "Então, como você tá? Mamãe disse que você e o seu namorado estão dando um tempo?"

Lágrimas enchem meus olhos. Só de pensar no Jamie dói.

"Ah, merda", ela geme. "Você tá chorando. Não chora."

Enxugo as lágrimas e tento sorrir, tento fazer o que tenho feito nas últimas semanas, que é focar nas coisas boas, mesmo que o meu coração diga que nada pode ser bom sem o Jamie na minha vida.

Mas aqui está a minha irmã, com sardas na pele e o cabelo mais ruivo por passar tanto tempo no sol, as roupas puídas e o corpo machucado. Eu senti saudades dela. A falta que senti dela se mistura com a que sinto do James. Sou um baú cheio de saudade ardente e aguda. "KitKat, eu já disse que você é um colírio pros olhos?"

Ela estreita os olhos e funga desconfiada. "Para com isso, BeeBee. Não faz eu ficar emocionada."

Eu a abraço com força, tendo cuidado com seu ombro. "Eu preciso de alguém pra se juntar a mim. Estou toda emocional."

"Por quê?" Ela se afasta, franzindo a testa para mim.

Lágrimas borram a minha visão e tento conter a necessidade de chorar. "Quanto você sabe?"

"Nada, além da mamãe ter me contado que o seu namorado era amigo do idiota que machucou a Jules. Então as coisas estavam compreensivelmente complicadas agora."

"Complicadas é um eufemismo. Aquele estúpido fez muito estrago. Ele machucou a Jules. Ele machucou o Christopher. Foi horrível."

"Humm", diz ela, garfando a torta. "Tenho certeza de que o Christopher vai ficar bem."

"Um dia, seria ótimo se vocês dois ficassem no mesmo hemisfério sem deixá-lo carregado de ódio elétrico."

"Isso vai ser em outra vida", ela murmura enquanto mastiga a sua comida. "Eu gostaria de manter o apetite, então vamos continuar o outro assunto. Me conta sobre o seu cara."

Conto para ela entre goles de café e assoadas no nariz. Então eu caio sobre o balcão, batendo a testa nele. "Estou tão ferrada, presa e confusa.

Não sei quando a Jules vai superar isso e, até lá, Jamie e eu não podemos ficar juntos. Mas... Sinto muita falta dele."

Kate franze a testa, pensativa. "Sim, é um lugar de merda pra se estar. Mas queria dizer que não gostei de como ele te deixou. Ele não deveria ter transformado um tempo em um término."

Balanço a cabeça. "Não, ele tinha razão, e eu não reconheci isso. Eu fiquei na defensiva e..."

"Perdeu a calma", ela termina para mim. "Consigo imaginar isso."

Olho feio para ela. "Antes de mais nada, se olha no espelho, senhorita Esquentadinha."

Kate bufa.

"Eu não falei com muito *cuidado*. Ele passou por um rompimento ruim, KitKat, com alguém que fez ele se sentir... descartável. Quando disse a ele que ele teria que pegar um número e esperar até eu procurá-lo, eu fiz ele se sentir assim de novo."

Ela faz uma careta. "Ai."

"Sim. Eu errei", sussurro em meio às lágrimas. "Eu já quis ligar pra ele uma centena de vezes, mas parece inútil dizer *Ei, me desculpa por ter te tratado daquele jeito, mas ainda preciso que você fique no aguardo por enquanto.*

"Que droga, BeeBee. Sinto muito."

"Eu também." Olho para as minhas mãos. E é aí que percebo que estou segurando esse envelope desde que a Kate o empurrou para mim e entrou. Meu coração dispara a galope quando leio a única palavra escrita nele:

Beatrice.

"O que é isso?", Kate pergunta.

"Esse envelope... Essa é a letra do Jamie."

Ela se inclina na minha direção. "Bem, não fique aí só olhando pra ele. Leia."

"Você pode me dar um pouco de espaço?"

"Claro." Ela dá um passo para trás. "Foi mal. Minha mala e eu vamos até o sofá e cuidar da nossa vida."

"Obrigada."

Fico olhando para a sua caligrafia. Então rasgo o envelope e olho um pouco mais. Letra bonita como sempre, um pouco irregular nas bordas. Uma lágrima escorre pelo meu rosto enquanto leio.

Bea,

    Levei muitos dias para perceber que o que você estava pedindo não era fácil para você, mas era necessário para cuidar de alguém que você ama. O que você me pediu doeu, mas só porque algo dói não significa que seja errado — apenas significa que é difícil. O que eu devia ter dito é que, embora esperar vá doer, eu compreendi.

    Há muitas palavras para o que eu gostaria de dizer desde que comecei a escrever isto, então vou dizer agora: eu te amo e vou esperar por você. Pelo tempo que for necessário.

Sempre seu,
Jamie

"Tudo bem aí?", Kate chama.

Aperto o bilhete contra o peito e choro copiosamente. "Não."

Gemendo, Kate se empurra para fora do sofá, então se aproxima de mim, me dando tapinhas duros nas costas que eu acho que eram para ser reconfortantes, antes de ela arrancar o bilhete das minhas mãos.

"Cuidado com isso!"

"Calma aí. Só quero ver o que ele tem a dizer a seu favor. Seus olhos passam rápido pelo papel. "Caramba. O cara sabe escrever uma carta. Curto, doce e caidinho."

Pego o bilhete de volta e enxugo as lágrimas que escorrem pelo meu rosto. "Sim. E eu não tenho ideia do que fazer."

Kate dá um aperto suave no meu ombro. "BeeBee. Vai dar certo."

"Como?"

"Ei", diz Jules. Ela fecha a porta do quarto e empurra uma mala pelo corredor.

Eu fico olhando para a minha irmã, que está muito mais parecida com seu antigo eu do que esteve nas últimas semanas — o cabelo escuro caindo em ondas suaves, as sombras sob os olhos escondidas com corretivo. Ela usa um vestido azul royal que ressalta a cor dos seus olhos e está com seu sapato preto de salto favorito. Ela parece pronta para conquistar o mundo. O que não faz sentido, sabendo que ela estava em posição fetal e soluçando nos meus braços ontem à noite.

"Aonde você tá indo?", pergunto.

Sua expressão está o mais perto de um sorriso que esteve em semanas. "Viajar."

Kate parece surpreendentemente não surpresa.

"Você sabia disso?", pergunto a ela.

Minha irmã mais nova evita meus olhos de propósito, de repente parecendo muito intrigada com o jornal que está no balcão.

"BeeBee." Jules pega minha mão e entrelaça nossos dedos. "Vou sentir sua falta. O que você vai fazer sem mim pra meter o nariz na sua vida?"

"Para com isso. Você já se desculpou. Eu te perdoei, JuJu."

"Eu sei", diz ela, engolindo em meio às lágrimas. "Mas ainda me sinto uma merda com isso. Eu não devia ter pressionado você. Sempre estarei do seu lado e provavelmente sempre vou te encher e me preocupar mais do que deveria, mas você sabe o seu próprio caminho para a felicidade. Eu não devia ter tentado fazer isso por você."

Enxugo as lágrimas com as costas da mão, o bilhete de Jamie ainda agarrado com força entre meus dedos. "Mas por que você tem que ir?", eu sussurro. "Por que agora? E pra onde?"

Ela sorri em meio às lágrimas. "Porque eu *quero*. Porque está na hora. O universo diz isso. A Kate tinha um lugar reservado pras próximas semanas, mas agora com o acidente ela não vai mais. Então vou começar por lá, no meio do nada na Escócia, e continuar a partir daí."

Meus olhos embaçam com mais lágrimas. "Não acredito que você tá indo embora. Nós nunca vivemos separadas."

"É estranho, eu sei. Vou sentir sua falta. Mas você não vai ficar sozinha por muito tempo. Você tem a Kate. E você tem o West. Ele é tão perfeito pra você, Bea. Eu sei que fiz isso da maneira errada, mas estou feliz de mesmo assim ter lhe dado a pessoa certa."

"Jules..."

"Seja feliz", ela sussurra, beijando minha bochecha e jogando os braços em volta de mim. "Porque quando eu voltar também estarei. Então é melhor você estar pronta."

Eu a abraço, sentindo nossos corações baterem contra o peito. Mesma altura. O mesmo aperto forte quando nos agarramos. "Eu te amo", digo a ela. "Sinto muito que tudo tenha acabado..."

"Tão mal?", ela diz através de uma risada chorosa. "Eu também. Mas vai servir de material pro romance que sempre quis escrever. Foi o que a vovó disse: 'Você não tem nada a dizer, Juliet, porque nada aconteceu'."

"Vovó era dura às vezes", diz Kate.

Jules assente. "Mas acho que ela tinha razão. Agora, vem aqui e me dá um abraço de despedida."

Meio relutante, Kate passa seu braço bom em torno de nós duas, se elevando sobre nós e nos puxando para perto. "Nada como uma boa reunião de cinco minutos das irmãs Wilmot."

A risada chorosa da minha gêmea ecoa dentro do nosso pequeno casulo de irmãs. "Amo vocês duas", ela sussurra.

Então, como um Band-Aid sendo arrancado, ela encolhe os ombros dentro do casaco e sai rápido. A porta fecha com um baque, e eu a ouço batendo a mala nos degraus. Correndo, chego à minha cama e abro as cortinas bem a tempo. "Jules!" Eu grito, abrindo a janela.

Ela estreita os olhos para mim, a porta do carro aberta. "Tchau!", ela grita, se esforçando para sorrir. "A despedida é uma dor tão doce!"

Eu rio em meio às lágrimas enquanto a porta se fecha e o táxi desaparece pela rua.

Kate entra devagar, parecendo tão hesitante e alérgica a lágrimas como sempre. "Acabou de chorar?"

"Acho que sim", resmungo, antes de assoar o nariz.

Ela cai na beirada da minha cama, me fazendo pular. "Eu vou desfazer a mala. Se importa se eu ficar com o quarto dela até você encontrar uma colega de apartamento?"

"Eu não vou procurar colega de apartamento, sua esquisita. É óbvio que você vai ficar com a cama dela. Pague o que puder pelo aluguel. A gente dá um jeito."

Kate dá um tapinha na minha coxa. "Obrigada, BeeBee."

Engulo uma nova leva de lágrimas. "Ai. Isso é tão estranho. Ela não devia ir embora."

"Ela deve fazer o que quer que a deixe feliz e permita que ela viva uma vida plena. O mesmo serve pra você. Porque você não vai desanuviar a cabeça, sentar em algum lugar pra desenhar? Ir pro trabalho por algumas horas. Desenhar clitóris clandestinos. Vender cartões obscenos."

"Não posso", digo. "A loja tá fechada por causa do feriado. Hoje à noite é a festa de Ação de Amigos."

"Ação de Amigos?" Kate se anima. "Parece que teremos muita comida boa. Quando vamos sair?"

"Eu..." Minha voz morre abruptamente. A realidade me atinge.

Posso ver o Jamie agora. Posso consertar as coisas com ele. A Jules foi embora, a salvo de qualquer tristeza e dor que ver a gente juntos poderia causar. O que estou fazendo aqui, chorando de pijama?

Salto para fora da cama e estou a meio caminho do armário quando uma mensagem aparece no meu celular. Voltando, procuro o aparelho no meio dos lençóis, porque e se for o Jamie?

Mas não é.

A Kate voltou mesmo ou sua mãe tá brincando comigo de novo? Já faz um tempo desde a última vez que ela me pregou uma peça.

"Quem é?", Kate pergunta.

"O Christopher", murmuro, jogando o telefone de lado e em seguida correndo para o armário. Ele vai ter que esperar por uma resposta. Não tenho tempo para nada além de me jogar nos braços do Jamie o mais rápido possível.

Kate franze o nariz. "Ele vai estar lá? Na festa de Ação de Amigos?"

"Sim!", respondo do armário.

"Credo. Deixa pra lá. Vou comer o que sobrou da torta."

"Certo." Estou distraída, com o coração batendo forte. Dentro do armário, tiro o pijama, coloco o moletom que roubei do Jamie e um par de leggings grossas e quentes.

"Eu não reconheço *esse* moletom", ela diz enquanto corro para o banheiro e escovo os dentes freneticamente.

"Hum-humm", respondo, distraída, jogando água fria no rosto e passando uma escova no cabelo para arrumar minha franja.

"Acho que vou sair", diz Kate, "e colocar minha calcinha na cabeça, cantando 'Yankee Doodle Dandy'."

"Arram." Corro de volta para o quarto, calço as meias, pisoteando as botas desamarradas. "Sei."

Kate me observa com um sorriso divertido enquanto visto a jaqueta e pego meu celular. "Suponho que essa corrida maluca tem a ver com aquele bilhetinho adorável que você recebeu. E a pessoa dona do moletom que você tá vestindo."

"Jamie", digo sem fôlego. Desbloqueando a tela, mando uma mensagem para ele do jeito que começamos, sem preâmbulo, sem saudação floreada. Uma piada de xadrez. A mais brega de todas. Espero que o faça sorrir. Espero que diga a ele tudo o que ele precisa saber. Que recebi o bilhete; que também sinto muito; que estamos livres para ficar juntos.

Que não aguento nem mais um minuto sem correr na direção dele.

"Me deseje sorte!", digo a Kate enquanto corro para fora do quarto.

Eu mal ouço a voz dela antes de fechar a porta: "Boa sorte!".

Correr costuma ser uma escolha imprudente para mim. Ainda mais quando meus cadarços estão desamarrados. Mas não me importo. Eu corro pela calçada, o ar frio queima meus pulmões, folhas douradas, cor de bronze e âmbar são varridas pelo vento do outono, como confetes da natureza girando ao meu redor.

Estou a um quarteirão de distância, minhas botas batendo no chão, quando a porta do prédio dele se abre.

Jamie. Correndo na minha direção, totalmente desgrenhado. Alto e com costas retas e braços balançando. A postura perfeita para correr, tenho certeza. E, no entanto, seus botões estão abertos, os óculos estão na metade do nariz. As ondas do cabelo estão molhadas e soltas, selvagens ao vento.

Eu não paro quando nos aproximamos. Pulo nele do jeito que fiz naquela noite no The Alley. Nossos corpos colidem e meu coração balança como pinos de boliche com o golpe do nosso beijo. É um beijo do tipo *nunca se esqueça disso*. Um beijo do tipo *o melhor beijo da minha vida*. Um beijo do tipo *eu quero beijar só você*.

"Bea", ele sussurra contra a minha boca. Seus braços se fecham ao redor de mim.

"Jamie." Minhas mãos estão em seu cabelo, segurando seu rosto. Eu o olho com reverência, traçando as linhas precisas e bonitas do seu rosto. As linhas do maxilar, das maçãs do rosto, do nariz. A parte macia da sua boca. O calor queimando em seus olhos cor de avelã.

"Sinto muito", digo em meio às lágrimas. Beijo sua testa, a curva dos seus lábios, o canto da sua boca. Eu quero beijar tudo dele e nunca mais parar. "Eu nunca quis te machucar. Me desculpe pelo jeito como eu falei, pelo jeito como eu pedi um tempo..."

"Não se desculpe", ele diz baixinho. "Eu falei no bilhete, eu entendo agora."

Nossos olhos se encontram. Ele é a coisa mais linda que já vi, até que não consigo mais vê-lo. O mundo está embaçado pelas lágrimas que inundam a minha visão.

"Eu senti a sua falta", sussurro, enxugando os olhos.

Seu rosto se aquece com um sorriso só para mim. "Eu também senti a sua falta", diz ele em voz baixa. Meu gentil e paciente Jamie, beijando minha testa, sentindo meu cheiro. "Muita. O que mudou? A Juliet está..."

"Ela vai ficar bem", sussurro. "Ela foi viajar. Não tem nada que nos separe. Não agora, não mais. Nunca mais."

Ele se mostra aliviado. "Meu Deus, Bea." Me dá um beijo, intenso e lento, pesaroso pela dúvida. Eu o seguro com tanta força que espero deixar uma impressão na sua pele. Quero que ele me tenha para sempre. Quero que ele seja meu para sempre.

"Eu te amo", digo a ele, porque não consigo segurar isso por mais nem um instante. "Eu te amo pra caralho."

"Eu sei que você me ama." Ele me beija suavemente, dessa vez inspirando meu cheiro. "Eu soube disso antes mesmo de você dizer. Me desculpe por ter duvidado de você."

"Eu não te disse", sussurro em meio às lágrimas. "Porque eu nunca amei alguém como amo você, Jamie, e isso me assusta pra caralho. Mas você merece ouvir. Você merece ouvir o que eu estava prestes a dizer quando tudo desmoronou no Halloween: que eu te amo. Que eu quero te beijar quando ninguém estiver olhando e pintar você só pra mim. Que eu quero ficar abraçada com você debaixo do meu cobertor ponderado e ver a neve cair e rir das coisas mais estranhas. Porque você é extraordinariamente precioso para mim. Você é tudo que eu quero, do jeito que você é, sem condições ou cláusulas, sem data final ou vingança, apenas você."

Jamie me aperta contra o peito em um abraço forte, sua boca me dando beijos doces na minha têmpora, na minha bochecha, no alto do meu nariz e, por fim, nos meus lábios. Quando ele se afasta, coloca uma mecha de cabelo atrás da minha orelha. Nossos olhares examinam os olhos um do outro enquanto ele diz: "Eu tenho uma resposta para a sua charada".

Eu mordo o lábio, lembrando a piada que mandei para ele. "E?", pergunto timidamente.

"Ah, não tão rápido." Ele desliza o polegar ao longo do meu lábio inferior, libertando-o dos meus dentes. "Primeiro você tem que repetir a pergunta."

"É tão cafona! Tá bom. Ok." Limpo a garganta, então repito: "Como um jogador de xadrez chama sua amada?".

Seu polegar segue para baixo, ao longo do meu queixo enquanto ele me beija. "Minha rainha."

"Estou surpresa que você tenha corrido na minha direção e não pra longe depois dessa", digo.

"Apenas mais uma prova do quanto eu te amo." Ele me pega nos braços como uma noiva, me fazendo dar um gritinho de alegria.

"Aonde estamos indo?"

"Para a minha cama", diz ele. "Depois para o sofá. Depois para o banho. Estou me sentindo aventureiro: talvez até para um armário. Parece que nos damos bem neles."

"Aah, um armário."

Quando estamos na casa dele, Jamie fecha a porta com um chute, me leva para o quarto e fecha a porta, tornando o mundo tranquilo e silencioso. Deslizando por seu corpo, eu me aproximo para poder vê-lo, senti-lo e saber que ele é real. Ele está aqui. Ele é meu.

Ele tira minha jaqueta devagar e a joga de lado. Ele encontra minha boca com um beijo gentil que se intensifica, que promete mais. Hoje. Amanhã. Para sempre.

"Bea." Seu nariz acaricia a minha bochecha, e em seguida ele me beija. "Você é tão bonita."

"Você também", sussurro. "Mesmo que eu quase não tenha reconhecido você. Sua roupa está amassada."

"Meu celular tocou enquanto eu estava no chuveiro" Outro beijo lento e intenso. "Então vi que era você. Eu nunca me vesti tão rápido antes."

"Meu capricorniano precioso." Endireito seu colarinho. "Mas você ainda passou sua cueca, né?"

"Eu *nunca* passei minhas cuecas, seu monstrinho."

"Você sabia", pergunto, enquanto Jamie nos leva de volta para a cama, sentando e depois me puxando para o seu colo, "que cancerianos e capricornianos formam um par ideal?"

"Sim", ele responde, pegando minha mão e beijando a palma, deslizando as pontas dos dedos por baixo do moletom, roçando minha barriga e minha cintura. "Por serem signos opostos, eles têm uma forte atração complementar."

"Uau. Primeiro os amassados. Agora você conhece o zodíaco. Quem é você?"

"O mesmo homem que te amava da última vez que te viu e está muito feliz por estar abraçando você agora. Estou realmente tocando você", diz ele, beijando minha garganta, segurando meus seios. Respiro fundo e me contorço em seu colo, onde ele está duro e grosso dentro da calça.

"Você está", digo com a voz fraca. "E eu te amo. Já falei isso?"

Seu sorriso torto enche meu coração até a borda e tinge o mundo com um tom delicioso e apaixonado de lavanda. "Você falou." Meu moletom é retirado, meu corpo é pressionado contra a cama. "Mas vou adorar ouvir você dizer isso o dia inteiro."

"Eu te amo." Observo-o tirar os óculos, a camisa; puxar a camiseta branca apertada pela parte de trás da cabeça e jogá-la de lado. Eu o vejo tirar minhas botas, depois as meias, arrancar as leggings do meu corpo. Me maravilho enquanto ele tira os sapatos, a calça e a cueca, enquanto ele rasteja sobre mim e pressiona nossos corpos juntos.

"De novo", ele diz asperamente, sua respiração quente no meu pescoço enquanto ele me beija, me lambe, o calor limpo de sua pele aquecendo a minha, me fazendo tremer. "Fala de novo."

"Eu te amo."

"Quanto?" Suas mãos seguram meus seios, os polegares acariciam meus mamilos. Seu beijo é mais duro, possessivo. O homem que ele é só para mim, só comigo.

"Hum..." Mordo o lábio enquanto ele beija meu corpo até embaixo. "Eu te amo... numa quantidade razoável."

Sua cabeça aparece. Ele franze a testa. "*Razoável.*"

"Hum-humm." Estou brincando, e ele sabe disso. Ele sabe quanto eu o amo. Eu disse a ele. E agora mostrei a ele. Estou aqui em seus braços e nunca mais vou deixá-los.

Seus olhos se estreitam, mas a boca se contrai como se ele estivesse lutando contra um sorriso. "Beatrice."

"James?"

"Não me provoca." Sua mão desliza ao longo do meu quadril, então se curva mais abaixo.

"Ou o quê?", sussurro fazendo charminho. "Vou ganhar mais um daqueles 'tapas de amor'?"

Um gemido baixo ressoa em sua garganta. Então, com um movimento suave, ele me vira de bruços e levanta meus quadris. Ele dá um tapa rápido e doce na minha bunda que me faz gemer como se eu estivesse morrendo. Se é possível morrer de prazer, eu acabei de morrer.

"É disso que você precisava, humm?", ele diz, beijando minhas costas, acariciando minha bunda, aquecendo-a.

Eu assinto febrilmente. "Mais."

"Veremos." Sua voz é áspera, mas sua boca é doce, seu toque é ainda mais doce, arrancando de mim um orgasmo agudo e glorioso. Ainda estou atordoada de felicidade quando o ouço atrás de mim, se acariciando com lubrificante antes de entrar em mim com movimento lento dos quadris. Nós dois suspiramos quando estou cheia de cada centímetro dele.

"Eu te amo", sussurro através das lágrimas, através da alegria que é um nascer do sol na minha alma.

Ele gira o meu corpo de novo, seu corpo mergulha no meu, seus braços em volta de mim. "Bea." Sua voz é rouca, as mãos encontram as minhas e elas se unem acima da minha cabeça. "*Mon cœur*."

A cama range. O ar voa para fora de mim enquanto ele me toma, através de cada estocada profunda que envia prazer correndo por mim, quente, trêmulo, afiado e necessitado entre as minhas coxas, ansiando nos meus seios. Em todos os lugares que tocamos e saboreamos, compartilhando fôlego, súplicas e promessas.

O desejo dentro de mim aperta mais, me leva a uma altura tão alta que estou tão apavorada quanto animada por saber que logo vou cair.

Travo minhas pernas em volta da sua cintura, sinto seu ritmo vacilar, sinto-o crescer dentro de mim.

"Goza pra mim, Bea." Seus dentes roçam meu pescoço, em seguida ele me dá um beijo longo e quente. "É isso, querida. Goza pra mim."

Enquanto eu me curvo para fora da cama e me despedaço, em queda livre, pairando, Jamie me segue.

"Seu chá de Pinho Sol, senhor." Coloco a xícara de chá de Jamie, em formato de gato, na mesa de cabeceira, com a minha caneca de café combinando ao lado.

Ele sorri para mim, ainda sem camisa, cabelo despenteado, brilhando de suor, com um rubor em suas bochechas. Um retrato que pintarei chamado *Saciado*.

Pensar nisso me faz lembrar de...

"Aonde você está indo?", ele pergunta. Sua voz é baixa e calma e um pouco áspera, e estou começando a aprender que ela muda quando ele me quer.

Olho por cima do ombro, em posição curvada, vasculhando minha jaqueta em busca do meu celular. "Quero te mostrar uma coisa."

"O que quer que seja, não pode ser melhor do que a minha visão atual."

Sorrindo, eu me levanto e puxo para baixo a camiseta dele que estou vestindo e que mal cobre a minha bunda. "Eu não tenho certeza."

Pulo no colchão, monto em seu colo, e dou um beijo lento e quente em Jamie. "Aqui. Pra você."

Ele aperta os olhos para a foto na tela do celular. Um close-up de uma tela ainda no cavalete no meu ateliê em casa. Estendendo o braço por cima de mim com cuidado, Jamie pega os óculos para poder ver melhor. Seus olhos percorrem a pintura, o rosto contraído de emoção. "Bea."

Deslizo para fora de seu colo, me aninho ao lado dele e ele coloca um braço em volta de mim. "Estou trabalhando nisso há semanas. É baseado na foto da Grace do Pinte o Que Seu Coração Mandar, porém desfrutei de um pouco de licença poética. Em vez de em pé, estamos sentados diante de um tabuleiro de xadrez, no..."

"Nosso primeiro encontro, é claro", ele diz.

"Ao fundo, ao lado da vitrine do Pinte o Que Seu Coração Mandar, o bar de karaokê, o estúdio de tatuagem e o The Alley, na noite mais embaraçosa da minha vida."

Jamie ri. "Me lembro de ajoelhar aos seus pés antes do sairmos, para amarrar as suas botas." Seus olhos encontram os meus. "Eu não queria me levantar."

Eu fico espetacularmente vermelha e aperto minhas coxas juntas, lembrando de como Jamie é talentoso com a língua, com as mãos, com tudo. "Pare de me atiçar. Estou sendo romântica."

"Eu amei", ele fala, me dando um beijo furtivo antes de voltar a estudar a imagem. Seu sorriso retorna. "Finalmente terei meu próprio original da Beatrice Wilmot."

"O primeiro de muitos."

Seu sorriso é tão delirantemente largo que faz meu coração cantar. "Como se chama?", ele pergunta.

"*Dois erros fazem um acerto*."

Jamie abaixa o telefone devagar. Ele pisca. Então pisca de novo, antes de enxugar o canto do olho. Então percebo o que está acontecendo.

Meu coração cai no chão.

"Jamie? Eu fiz você chorar. Me desculpe..."

"Vem cá, você", ele diz, me apertando com força entre os braços, colocando o celular na mesa de cabeceira ao seu lado. "Não se desculpe", ele murmura enquanto me afaga. "São só aquelas alergias irritantes de outono de novo."

O alívio me invade. "Quer dizer que o meu apartamento não é o único com uma quantidade astronômica de pólen."

Ele ri baixinho, depois pigarreia e enxuga o nariz. Estendo o braço por cima dele, procurando lenços, mas não vejo nenhum na mesa de cabeceira ou no quarto.

"Já volto", digo, correndo em direção à pequena despensa no corredor. Abro a porta e alcanço na ponta dos pés a prateleira que tem caixas de lenços de papel, organizadas por cores, é claro. Então eu o sinto — aquele corpo alto e quente logo atrás do meu, o cheiro glorioso das manhãs frescas e enevoadas. Como naquela primeira noite em outro armário, fechado e escuro, nossa respiração ecoando no pequeno espaço.

"Você não pode sair por aí com nada além da minha camiseta, que mal cobre esse seu" — ele diz isso num elegante e suave sotaque francês — "*beau cul*, e achar que eu não ia te seguir."

Sorrio, me virando e encarando Jamie quando a porta se fecha atrás dele e ele se aperta contra mim, depois me coloca em uma prateleira. "Eu só estava pegando lenços pra você."

"Eu não preciso de lenços. Eu preciso de você", ele resmunga contra o meu pescoço, beijando minha clavícula, pressionando minhas coxas, me puxando para perto até que eu sinta como ele está quente, duro e pronto.

"De novo?", sussurro.

"De novo. E de novo. Sempre vou precisar de você." Ele coloca minhas pernas em volta da sua cintura enquanto eu agarro seus ombros.

Seus beijos provocam meu pescoço e meus seios. Eu jogo a cabeça para trás com prazer e a bato na prateleira. "Merda."

Jamie esfrega a parte de trás da minha cabeça, segurando-a em sua mão grande enquanto dá um beijo na minha têmpora. "Tudo bem. Sem sexo no armário, então."

"É só uma batidinha na cabeça, não uma concussão", choramingo, me apertando contra sua cintura.

"Considerando que eu sou o médico, Beatrice, sou eu que vou fazer os diagnósticos." Ele me levanta mais alto nos seus braços e me beija antes que eu possa argumentar. "Agora, abre essa porta."

Fazendo beicinho, alcanço a maçaneta, então finjo que não consigo girá-la, sacudindo-a para um efeito dramático a mais. "Droga. Está emperrada. Acho que vamos ter que ficar aqui e fazer sexo afinal."

Seu sorriso é calmo e divertido. "Isso com certeza seria poético", ele diz, "visto que tudo começou conosco trancados em um armário de vassouras, que é bastante aconchegante, longe de todos aqueles tolos enxeridos, mundo exterior, tão intrometido e barulhento. Mas" — ele estende a mão atrás de mim e gira a maçaneta com facilidade — "acho que provamos que podemos nos cuidar lá fora, né?"

"Sim", digo enquanto ele nos conduz pelo corredor, sussurrando beijos por cima do seu lindo e querido rosto. "Também acho."

Jamie sorri e me abraça apertado, coração com coração. Seus beijos sussurram amor. Seus braços são minha casa.

Se isso for errado, vou viver feliz por muito tempo sem nunca ter estado certa.

Agradecimentos

Pensei que quando chegasse a hora de escrever os agradecimentos deste livro, esse sonho que se tornou realidade não pareceria mais uma ilusão fantástica da minha imaginação: que o romance que escrevi, combinando meu amor por Shakespeare com minha convicção de que precisamos de histórias que reafirmem o direito de *todos* de terem um felizes para sempre, de algum modo encontrou o caminho certo até o coração de um agente, depois de um editor e de uma editora e, em breve, eu torço, esperançosa, também encontrará seu caminho até o coração dos leitores.

Ainda parece um sonho.

Então, enquanto continuo me beliscando, quero expressar meus mais profundos agradecimentos à minha incrível agente literária, Samantha Fabien, que amou o Jamie e a Bea desde a primeira página, cuja dedicação à inclusão em romances roubou o *meu* coração e fez com que eu me sentisse muito mais do que acolhida, ouvida e apoiada. Agradeço a Kristine Swartz, uma editora extraordinária, por seu entusiasmo com *Dois erros, um acerto*, por acreditar na história do Jamie e da Bea, por apoiar minha voz e minha visão de romances que valorizem o amor de todos, por sua sabedoria e orientação que moldaram esta história em sua melhor versão. Agradeço também a todos na Berkley que trabalharam e apoiaram este livro, por meio de design, edição, publicidade, marketing e muito mais.

Agradeço às queridas amigas que encontrei por meio do meu amor pela leitura e escrita de romances. Helen Hoang, não há palavras adequadas para expressar quanto seus livros, amizade, orientação e apoio significam para mim — você é uma joia e eu a estimo muito. Mazey Eddings e Megan Stillwell, minhas rainhas neurodivinas, obrigada por me acompanharem nesta jornada com muitas risadas, roupas confortáveis combinando, aventuras no Airbnb e muito amor. Elizabeth Everett, Rachel Lynn Solomon, Sarah Hogle, Sarah Grunder Ruiz e Sarah Adams: cada uma à sua maneira, vocês me encorajaram e ofereceram sabedoria quando eu comecei a me aventurar no mundo da publicação tradicional, e depois mergulhei nele, sou muito grata pela amizade. Tantos outros amigos maravilhosos, autores e leitores, espero que saibam quanto significam para mim: sua gentileza e apoio são presentes que jamais deixarei de apreciar.

Agradeço à minha família e aos amigos da parte cotidiana e não tão literária da minha vida. Vocês me amam por quem eu sou — alguém que está quase sempre com um pé em uma história que está escrevendo ou lendo, e o outro no mundo que compartilhamos. Vocês me divertem quando divago sobre clichês e primeiros beijos e todas as ideias que tenho para meu próximo romance. Vocês lamentam minhas decepções e comemoram minhas vitórias, e sou muito grata por tê-los em minha vida.

Para meus dois filhos corajosos, vocês são as melhores coisas que eu vou dar a este mundo. Obrigada por expandirem meu coração e minha curiosidade e me apressarem para tornar o mundo um lugar mais gentil. Se um dia vocês vierem a ler meus livros (se quiserem, vamos esperar mais alguns anos, ok?), espero que se orgulhem de mim, que reconheçam em minha escrita o que eu desejo para vocês: vidas construídas com autoconhecimento saudável e amor-próprio, com o amor de amigos, da família, da família escolhida — e sim, um dia, um parceiro romântico, se assim o desejar o coração de vocês — que os adore por *tudo* o que vocês são, que deseje conhecê-los e envolvê-los em seus braços e com quem vocês estejam seguros e totalmente respeitados.

Por fim, para qualquer um cujo cérebro e/ou corpo, como o meu, torna a existência neste mundo selvagem muito mais complicada, que se sente à margem com frequência, que foi machucado, incompreendido ou negligenciado, que questiona se ou como podem se sentir parte de algo: você é pertencente, e nós precisamos de você. Sei que temos um longo caminho a percorrer para nos tornarmos a sociedade inclusiva, acessível e empática que precisamos ser, mas acredito profundamente que chegaremos lá. Para mim, a ficção altruísta que não foge das dificuldades humanas enquanto se agarra à esperança é um lugar reconfortante para se estar enquanto esperamos, enquanto a mudança é feita com pequenos progressos. Se você, assim como eu, está esperando por isso, espero que esta história tenha sido, de alguma maneira, um espaço seguro para você, para ver pessoas com dificuldades e vulnerabilidades talvez um pouco semelhantes às suas encontrarem amor por serem exatamente quem são. Espero que histórias como a minha e tantas outras, que se esforçam em abrir o coração das pessoas para terem empatia, estenderem a mão e abrirem portas, façam a diferença — que um dia a verdadeira inclusão não seja a exceção, mas sim a regra, e nós nos sintamos em casa, bem recebidos no coração da história da vida.

Sobre a autora

Chloe Liese escreve romances que refletem sua crença de que todos merecem uma história de amor. Suas histórias são cheias de calor, emoção e humor, e muitas vezes apresentam personagens que são neurodivergentes, como ela. Quando não está sonhando com seu próximo livro, Chloe passa o tempo vagando pela natureza, jogando futebol e sendo feliz em casa com sua família e seus gatos travessos.

Para receber as notícias mais recentes, novos lançamentos e ofertas especiais de Chloe, visite o site dela e se inscreva.

ChloeLiese.com
Instagram: @Chloe_Liese
Tik Tok: @Chloe_Liese
Twitter: @Chloe_Liese
Facebook: ChloeLiese

TIPOGRAFIA Adriane por Marconi Lima
DIAGRAMAÇÃO Vanessa Lima
PAPEL Pólen Natural, Suzano S.A.
IMPRESSÃO Gráfica Bartira, julho de 2023

A marca FSC® é a garantia de que a madeira utilizada na fabricação do papel deste livro provém de florestas que foram gerenciadas de maneira ambientalmente correta, socialmente justa e economicamente viável, além de outras fontes de origem controlada.